KiWi
PAPERBACK
1244

Das Buch

Von der Erschaffung der Welt bis zur Einführung des iPhone 4S hat Gott bei den wichtigsten Ereignissen unserer – und aller – Zeiten die entscheidende Rolle im Hintergrund gespielt. Nun, da er im Zuge der geplanten Lancierung von Universum 2.0 im Jahr 2012 im Begriff ist, die Welt zu vernichten, hat sich der Allmächtige entschlossen, seine Memoiren vorzulegen. Er lässt seine Leistungen und Erfolge Revue passieren, korrigiert einige Missverständnisse und präsentiert seine Gedanken, Rechtfertigungen und Entschuldigungen zu Themen, die vom Nahen Osten bis zum Privatleben der Promis reichen. Wir dürfen mit wahren Offenbarungen rechnen – Barack Obama etwa, als »falscher Messias« gescholten, war von Gott durchaus für diese Position vorgesehen, aber dann stellte er sich als Messias noch nicht einmal für eine Amtszeit heraus …

Der Autor

Gott ist ein Kreis, dessen Mittelpunkt überall, dessen Umfang nirgends ist.

David Javerbaum ist ein Comedy-Autor, der in New York lebt. Für seine Arbeit für *The Daily Show* wurde er mit elf Emmy-Awards und anderen Preisen ausgezeichnet. Die von ihm mitverfassten Bücher *America (The Book)* und *The Earth (The Book)* waren Nummer-eins-Bestseller.

Kiepenheuer
& Witsch

Gott

der Allmächtige

mit David Javerbaum

Aus dem amerikanischen Englisch
von Kristian Lutze

DAS LETZTE TESTAMENT

Erinnerungen

MIX
Papier aus verantwortungsvollen Quellen
FSC® C083411

Verlag Kiepenheuer & Witsch, FSC® N001512

1. Auflage 2011

Titel der Originalausgabe: *The Last Testament*

Aus dem amerikanischen Englisch von Kristian Lutze

Umschlaggestaltung: Barbara Thoben, Köln
Umschlagmotiv: © Michael Cogliantry
Gesetzt aus der Life und der ITC Cerigo
Satz: Buch-Werkstatt GmbH, Bad Aibling
Druck und Bindung: CPI – Clausen & Bosse, Leck
ISBN 978-3-462-04377-8

Inhalt

Für jeden, der je zu hören bekommen hat:
»Du sollst nicht …«

... und gehorsam war

Prolog

1 Am Anfang traf ich mich mit Daniel Greenberg von der Levine Greenberg Literary Agency zum Mittagessen.
2 Die Zukunft des gedruckten Wortes war wüst und leer, und Finsternis lag auf dem Antlitz des gesamten Verlagswesens.
3 Also reservierte Daniel, mein Agent, mit dem ich schon seit Ewigkeiten zusammenarbeite – womit ich nicht buchstäblich »Ewigkeiten« meine, weil ich mich zunächst selber vertreten habe, aber doch ein gutes Vierteljahrhundert oder so –
4 Jedenfalls hatte Daniel uns einen Tisch im Balthazar besorgt, er kennt dort jemanden.
5 Also trafen wir uns, plauderten höflich, nahmen Platz, brachten einander auf den neuesten Stand, und nach einer Weile lenkte ich das Gespräch bescheiden auf die Frage, warum er mich sehen wollte, obwohl ich es wusste, und er wusste, dass ich es wusste, und ich wusste, dass er wusste, dass ich es wusste, aber siehe, so läuft das nun mal.
6 Und über einem *frisée aux lardons,* wie man es damals im Himmel nicht bekommen konnte, was sich *inzwischen* geändert hat, sprach er zu mir:
7 »O Herr, unser Gott, König des Universums, höre, was ich mir gedacht habe:

8 Von deinen vorherigen Büchern sind beeindruckende sechs Milliarden Exemplare verkauft worden;
9 Sie bilden die Grundlage von drei großen und fünf bescheuerten Religionen;
10 Sie sind in 2453 Sprachen übersetzt worden, darunter die einer fiktionalen Rasse von TV-Außerirdischen mit Schuhcreme im Gesicht.
11 Man findet sie in jeder Synagoge, Kirche, Moschee und jedem Comfort Inn auf der Welt;
12 Vor allem jedoch haben sie Maßstäbe gesetzt für Glauben, Ethik und Moral (wie *The Bartender's Bible* für das Barkeeping).
13 Aber siehe, dein letztes Buch liegt beinahe vierzehnhundert Jahre zurück –«
14 »Vergiss nicht das *Buch Mormon*«, unterbrach ich ihn.
15 »Dein letztes *ernsthaftes* Buch«, fuhr er fort, »und nun ist eine Seuche über unseren Stamm gekommen; Bücher bleiben ungelesen, Buchläden unbesucht, und Bibliotheken sind noch immer ein Treffpunkt für Sonderlinge;
16 Und obschon die Digitalisierung neue Chancen bietet, stellt sie gleichzeitig eine Herausforderung dar; ein Paradigmenwechsel vollzieht sich; ich weiß nicht, ob du die Entwicklungen in der Branche verfolgst, aber content-mäßig …«
17 »ICH VERFOLGE ALLES!«, brüllte ich mit viel Hall und Donnergrollen, wie ich es zu solchen Anlässen einzusetzen pflege.
18 »Verzeih mir, Herr«, sagte Daniel. »Ich werde später mein Kleid zerreißen und vor deinem Antlitz im Staub kriechen.
19 Ich wollte lediglich sagen: Wenn ich den großen Verlagshäusern ein Exposé von Gottes Letztem Testament präsentieren könnte, wäre das ein ziemlicher Knüller.«

20 »Aber was soll darin stehen?«, fragte ich, piekste mit der Gabel in mein pochiertes Ei und betrachtete versonnen, wie das Gelb verführerisch über die bauernfrischen Chicorée sickerte.
21 »Denn ich habe bereits all meine Weisheit vermittelt, all meine Gebote erlassen und all meine Wahrheit offenbart;
22 Und ich muss außerdem gestehen, dass mich die bange Angst umtreibet, kein Buch mehr in mir zu haben.«
23 Und ich seufzte und wandte mich ab und fragte mich ehrlich, ob ich es noch draufhatte.
24 Und Daniel sagte: »Gewiss, wir sprechen nicht mehr von demselben selbstbewussten allmächtigen Gott, der das Rote Meer geteilt und seinen eigenen Sohn von einer Jungfrau hat gebären lassen und … und … also, ich habe den Koran nie gelesen, aber ich bin sicher, dass du darin auch ein paar unglaubliche Sachen gemacht hast.
25 Außerdem ist das Buch, das mir vorschwebt, nicht wie jene.
26 Denn in diesem Buch würdest du noch einmal deine größten Erfolge Revue passieren lassen – das Alte und das Neue Testament und, wenn du darauf bestehst, auch den Koran – aber auf eine Weise, die mehr den modernen Gebräuchen entspricht;
27 Will sagen, du sprichst ›offener‹ über die darin geschilderten Ereignisse, lässt die Leser an deinen Gefühlen ›teilhaben‹, enthüllst mehr über die diversen beteiligten bekannten Personen, kurzum eine Art ›Making-of der Heiligen Schrift‹.
28 Dann schreibst du die Geschichte fort, indem du schilderst, wo du in den letzten 1400 Jahren warst und was du in dieser Zeit gemacht hast, eine Phase, die viele deiner Fans sehr interessieren wird.

29 Zum Schluss lässt du den Leser einen flüchtigen Blick in die Zukunft werfen, vielleicht mit einer kleinen Vorschau auf das Weltenende, worüber nicht wenige deiner Verehrer nach meiner Einschätzung ebenfalls gerne ein Wörtchen von dir hören würden.
30 Aber das Beste kommt noch: Als Einsprengsel wird es eine Reihe kurzer Essays über Fragen von allgemeinem Interesse geben, über Naturkatastrophen, die USA, Prominente und jede andere Zerstreuung, die du ersinnest;
31 Denn solcherart werden auch die Empfindlichkeiten des modernen Lesers bedient, dessen Aufmerksamkeitsspanne auf die Länge von Jonathan Franzens Bartstoppeln geschrumpft ist.
32 Was ich sagen will, G-Man«, und dabei streckte Daniel die Hand aus und fasste den Ärmel meines Umhangs auf eine Art, wie es kaum ein Mister 15 Prozent ohne prompte Bestrafung je getan hat –
33 »Ich liebe dich als Gottheit, und ich verehre dich als Autor; und ich möchte, dass du neue Gunst unter den Menschen gewinnest, indem du von deinem Podest steigst und dich menschlich zeigst;
34 Auf dass du ein weiteres Mal die Bestsellerlisten anführest, nur diesmal in der modernen Ära;
35 Einer Ära, in der Tantiemen, wie ich dich erinnern darf, korrekt abgerechnet werden können.«
36 Dann verstummte er, und ich grübelte lange.
37 Ja, lange grübelte ich, bis sich in meinem Geist allmählich die uralte Sehnsucht rührte, mein Wort noch einmal unter den Menschen zu verbreiten.
38 Und der Kellner kam und teilte die Rechnung, und Daniel übernahm beide Hälften, denn er sah, dass es gut sein würde.

Regenesis

Die Erschöpfungsgeschichte ff.

Kapitel 1

1 »Am Anfang schuf Gott Himmel und Erde.«
2 Ja, das weckt Erinnerungen.
3 An den ersten Tag der Schöpfung, den Tag, an dem für mich in gewissem Sinne alles begonnen hat;
4 An den Tag, an dem ich dem Müßiggang meiner frühen Äonen entsagte, um die Ehre, die Verantwortung und das Privileg auf mich zu nehmen, der Herr, dein Gott, König des Universums, zu sein.
5 Ich erinnere mich an jenen Tag, als ob es gestern gewesen wäre, obwohl es ganz bestimmt nicht gestern war, sondern vielmehr vor Urzeiten, jenseits eines unermesslichen Meeres von Zeit, dessen schmalste Bucht allein den Horizont menschlichen Verstehens übersteigt.
6 Es war der 23. Oktober 4004 v. Chr.
7 Aber bevor ich über jenen Tag, jene Woche und all die Freude und die Enttäuschungen, die Tragödien und Triumphe spreche, die folgen sollten, will ich zu Beginn dieses meines Letzten Testaments kurz innehalten, um etwas über mich preiszugeben.
8 Ich bin Allmächtig, Allwissend, Allgnädig, Allgewaltig, Allinformiert, Allbesitzend, Allbezwingend, Allüberwältigend, der Heiligste, Höchste und Mächtigste.
9 In meiner Freizeit bin ich unter anderem gern unum-

schränkter Herr, himmlischer Herrscher, Fixstern ewiger Führung, Tabernakel der Erhabenheit, Inbegriff der Pracht, Hand der göttlichen Macht, Zunge der Großartigkeit und Auge des Glanzes.

10 Und im Interesse umfassender Enthüllung muss ich gestehen, dass ich mich außerdem gelegentlich noch als Begehren der Welt, Kraft des immerwährenden Lebens, Oberster Beschützer und Quell der unendlichen Gnade versucht habe.

11 Warum, haben die Menschen sich oft gefragt, erschuf ich bei all diesen Eigenschaften – und vielen anderen, denn eine weitere meiner Qualitäten ist meine Allbeschaffenheit – das Universum, anstatt weiter zufrieden als reiner Geist über dem Wasser zu schweben und über meine eigene Göttlichkeit zu sinnieren.

12 Weil das kein Gottsein ist, deswegen.

13 Meiner Ansicht nach kann man sich selbst wohl kaum Herr nennen, wenn man keine anderen Wesen geschaffen hat, über die man herrscht.

14 (Im Übrigen habe ich es *versucht,* allein als reiner Geist über dem Wasser zu schweben; aber über sich selbst zu sinnieren, wie man über sich selbst sinniert, wie man über sich selbst sinniert … wird irgendwann öde.)

15 Ich brannte vor Ehrgeiz, die Welt zu beherrschen, doch ich wusste, dass eine solche Welt sich nicht von selbst erschaffen würde; kein fertig ausgestalteter Planet würde aus dem Nichts auftauchen und sagen: »O Herr, nimm diese zwanzig Brandopfer.« Oder: »O Herr, nimm diese fünfzig untreuen Seelen.« Oder: »O Herr, nimm diese zweihundert Jahre Religionskrieg.«

16 Nein, mir blieb nichts anderes übrig, als selbst loszulegen, meinen Traum zu leben, meine Vision zu verfolgen und meines eigenen Glückes Schmied zu sein; und dabei konnte

ich mich nur auf meinen eigenen Mumm und Schneid und meine unendliche Macht über das Raum-Zeit-Kontinuum verlassen.
17 Und so begann ich meine Geschichte, und so beginne ich auch jetzt.
18 Indes, bevor wir beginnen, möchte ich, dass ihr euch stets eines vergegenwärtiget, denn es ist das Prisma, durch welches alles im Folgenden Gesagte gesehen werden muss, um es klar zu erkennen.
19 *Ich bin nicht vollkommen.*
20 Ja, ich bin allmächtig, doch in den Fluren eurer Macht wandeln Sterbliche, die das zumindest für den irdischen Herrschaftsbereich auch beinahe sind. Und nährt diese große Macht etwa vollkommene Rechtschaffenheit in ihnen? Oder sind es nicht meistens Schweine?
21 Ja, ich bin allwissend, aber durch die Kasinos von Las Vegas watscheln Sterbliche, die fast alles über Handicap-Wetten und Wahrscheinlichkeiten wissen. Und befördert dieses große Wissen etwa vollkommene Entscheidungen? Oder haben sie nicht gerade mit einem falschen Tipp auf die Seattle Seahawks ihr letztes Hemd verspielt?
22 Und deshalb, Leser, der du durch diese Ehrfurcht gebietenden Seiten blätterst, sei nicht überrascht zu entdecken, dass ich im Laufe der Jahrtausende bisweilen in kleinen und großen Dingen geirrt und sogar Charakterschwächen gezeigt habe.
23 Denn ungeachtet aller oben aufgeführten Beinamen und der außerordentlichen Attribute, die ich in mir versammele, bin ich nicht vollkommen und habe das auch nie von mir behauptet.
24 Ich habe lediglich behauptet, dass meine Unvollkommenheit deine Schuld ist.

Kapitel 2

1 Bei einem größeren Bauvorhaben wie einem Universum ist es sehr wichtig, das Projekt in überschaubare Arbeitsschritte zu unterteilen.

2 Denn fürwahr, so du eine einzige große Aufgabe vor dir siehst, wirst du dir unweigerlich sagen: »Ein ganzes Universum in sechs Tagen zu erschaffen, das bekomme ich nie hin; es ist schlechterdings zu schwierig.«

3 Da ich die Fallstricke dieser Vorgehensweise kannte, verbannte ich sie vom ersten Tag an aus meinen Gedanken und plante die Woche als eine Folge erreichbarer kleinerer Ziele, deren erstes, die Erschaffung von Himmel und Erde, eine relativ einfache Aufgabe war.

4 Das dauerte etwa fünf Stunden.

5 Es wäre auch noch viel schneller gegangen, wenn ich gesehen hätte, was ich tat, doch es war finster auf der Tiefe, sodass ich mich überwiegend auf meinen Tastsinn verlassen musste.

6 Als ich später darüber nachdachte, hatte ich eine Erleuchtung und ich sprach: »Es werde Licht!« Und es ward Licht; und ich fand es ermutigend, dass die Energieversorgung bereits gesichert war.

7 Und ich schied das Licht von der Finsternis und ich nannte die Finsternis »Nacht« und das Licht »Tag« und dann machte ich Feierabend.

8 Tag zwei stellte mich vor die riskanteste und zugleich entscheidende Herausforderung der gesamten Woche, wie du nachlesen mögest: »Es werde eine Feste zwischen den Wassern, die da scheide zwischen den Wassern.«

9 Nun wäre das Scheiden der Wasser durch eine Feste an

sich schon ein kühnes schöpferisches Wagnis gewesen, ganz gleich, wie ich es angestellt hätte; wahrhaft heikel jedoch wurde das Unterfangen dadurch, dass ich es – nimm dies, Einstein! – komplett mit Firmament machte.

10 Denn wenn du dich nur ein wenig mit Firmamenten auskennst, wissest du, dass sie übler lecken als ein Damm im Süden von Louisiana.

11 Und da dies eine Katastrophe erahnen ließ, die ich mir schwerlich leisten konnte, nahm ich mir vor, eines Tages – genauer gesagt, am nächsten – die Wasser über der Feste in den Himmel zu verwandeln, der von einer ganz anderen Beschaffenheit sein sollte als das Wasser, obwohl ich die Farbe Blau als durchgehendes Motiv beibehalten wollte.

12 Aber wäre die Feste nicht von strengster stofflicher Festigkeit gewesen, wäre der Himmel in das Wasser und das Wasser in den Himmel gesickert, und ich hätte mir jahrhundertelange Renovierungsarbeiten eingehandelt.

13 Trotzdem schuf ich die Feste des Himmels, die auch viele Jahrtausende später noch hält, weil man damals Wert auf solide Handwerksarbeit und Sorgfalt im Detail legte; im Gegensatz zu heute, wo alles von Maschinen oder ausgebeuteten jungen Asiaten gemacht wird, die einfach nicht mit dem Herzen bei der Sache sind.

14 Tag drei lief relativ routiniert: trockenes Land am Vormittag, Pflanzenwelt am Nachmittag.

15 Das trockene Land zu erschaffen, hat mir in der ganzen Woche am meisten Spaß gemacht, denn ich fand großes Vergnügen daran, die Landmassen zu formen, den Grand Canyon zu schnitzen, den Himalaya zu gestalten und Florida so zu modellieren, dass es, wie ich mir schon zu diesem frühen Zeitpunkt ziemlich gewiss war, aussah wie das, was später einmal ein Penis sein würde.

16 Die Pflanzen waren beschwerlicher, denn Pflanzen sind öde, ökologisch notwendig, aber öde, vor allem Bäume, die mich ohne Ende langweilen.
17 Höre: Ich bin der Herr dein Gott, König des Universums, und Bäume sind blöd.
18 Der vierte Tag war »Astronomie-Tag«: Ich erschuf die Sonne, den Mond und die Sterne, außerdem die Planeten, auch wenn das in der Genesis nicht erwähnt wird.
19 (Ja, es gibt zahllose Details, die ich ausgelassen habe, als ich Moses das Alte Testament diktierte, nicht weil sie nicht geschehen wären oder ich sie vergessen hätte, sondern weil ich so gnädig war, dafür zu sorgen, dass du zu einer halbwegs zivilen Zeit aus der Kirche kommst.)
20 Von den Errungenschaften des vierten Tages bin ich am stolzesten darauf, Sonne und Mond in ihrer Größe so perfekt gestaltet zu haben, dass es auf der Erde zu Sonnen- und Mondfinsternissen kommen kann, die spektakuläre Anlässe für Ehrfurcht und Grauen bieten.
21 Und das sind ohne Frage meine beiden liebsten menschlichen Empfindungen.
22 Tag fünf war anstrengend, eine Beinahe-Katastrophe, denn es war der Tag, an dem ich »das Wasser von lebendigem Getier wimmeln und Vögel auf Erden unter der Feste des Himmels fliegen« ließ.
23 Das Meer mit Fischen und den Himmel mit Vögeln zu füllen, erscheint rückblickend logisch, doch ich hatte bis zum letzten Moment geplant, die Fische in den Himmel und die Vögel ins Wasser zu setzen.
24 Die Federn hatte ich als ein Mittel zur Fortbewegung im Wasser, die Schuppen für den maximalen aerodynamischen Auftrieb entworfen.
25 Aber als dann die Zeit kam, das Wasser wimmeln zu

lassen, machte ich es aus irgendeinem Grund genau umgekehrt und warf statt der Vögel die Fische hinein.

26 Und siehe: Die Fische fühlten sich in den Wassern so wohl, dass ein Fisch auf dem Trockenen zum Inbild eines Widerspruchs in sich geworden ist.

27 Da für die Vögel nun kein anderer Ort mehr übrig blieb, warf ich sie in den Himmel, wo ihre gefiederten Flossen sich als unvermutet geeignete Flughilfen erwiesen, sodass es für alle zum Besten auskam.

28 (Mit Ausnahme der Pinguine und Strauße – ein ewiger Quell der Peinlichkeit.)

29 Und dann kam Tag sechs, ein wahrer Wirbelsturm der Aktivität; denn ich brachte ihn damit zu, das lebendige Getier der Erde zu erschaffen.

30 Ich erschuf es in Gruppen: Säugetiere, Amphibien, Reptilien, Insekten; darunter allein mehr als 400 000 verschiedene Käferarten.

31 Dabei liegen mir Käfer nicht einmal besonders am Herzen; im Gegenteil, ich mag keinen von ihnen; mehr als 400 000 Mal mühte ich mich, einen perfekten Käfer zu erschaffen, und mehr als 400 000 Mal scheiterte ich.

32 Bis ich zuletzt den Kartoffelkäfer, *Leptinotarsa decemlineata,* erschuf und dachte: »*Das* ist mal ein Käfer!« Und dann wandte ich mich anderen Gattungen zu.

33 Am späten Nachmittag hielt ich inne, um mein Werk zu betrachten.

34 In nicht einmal sechs Tagen hatte ich buchstäblich aus dem Nichts ein komplettes Universum erschaffen und war erstaunlicherweise sogar noch unter den veranschlagten Kosten geblieben.

35 Allenthalben gedieh das Leben; die Sterne schienen, die Meere rauschten, die Blumen blühten, überall um mich he-

rum wucherten zahllose Zeichen meines glorreichen Überflusses …
36 … und dann betratest *du* die Bildfläche.

Kapitel 3

1 Doch bevor ich zu den frühesten Ahnen der Menschheit komme, muss ich an dieser Stelle eine Frage ansprechen, die für alle Wahrheitssuchenden von großer Bedeutung ist, vor allem die Wahrheitssuchenden, die in Wichita, Kansas, die zehnte Klasse einer Highschool besuchen.
2 In den letzten paar Hundert Jahren haben Wissenschaftler eine stattliche Anzahl an Beweisen für die von Charles Darwin entwickelte Evolutionstheorie gesammelt.
3 Und jedes dieser Indizien hat einen neuen und tieferen Widerspruch zwischen der Realität und der Schöpfungsgeschichte im 1. Buch Mose offengelegt.
4 Nun weiß ich, dass viele meiner treuen Diener sich ernsthaft bemüht haben, die beiden miteinander zu versöhnen, und dabei sogar eine neue Fachrichtung namens »Wissenschaftlicher Kreationismus« entwickelt haben, ein Begriff von ähnlichem intellektuellem Gewicht wie »Drachenanatomie«.
5 Mittlerweile ist die Absurdität dieses Unterfangens sicherlich selbst für meine eifrigsten Anhänger offenkundig geworden.
6 Und so sage ich euch im Geiste der Offenheit, dass die Beweise für die Evolution so überwältigend sind und so unwiderlegbar über eine bloße »Theorie« hinausweisen, dass es sich nicht länger leugnen lässt,

7 Wie beeindruckend es ist, dass ich sie alle selbst in der Schöpfung platziert habe.
8 Denn so war es.
9 Ich habe sie alle arrangiert.
10 Jedes ... einzelne ... noch so kleine Indiz.
11 *Tusch!*
12 Begreifest du, o Menschheit, das Ausmaß meines Schabernacks?
13 Und wenn du so arg getäuscht wurdest, wie der Ozean tief ist, kann dein sterblicher Verstand auch nur einen Tropfen dieses gewaltigen Ozeans ermessen?
14 Und hätten alle Menschen seit Anbeginn der Schöpfung gemeinsam daran gearbeitet und ihr Leben nur der einzigen Aufgabe gewidmet, all die Beweise zu fälschen, die die Theorie der Evolution belegen, sie wären jämmerlich gescheitert.
15 Doch ich bin Gott; und in mir ist alles fälschbar.
16 Ich habe die Fossilien modelliert, die Dinosaurier verteilt, die DNA modifiziert und die rudimentären Schwänze mutieren lassen; ich habe die Verteilung der Arten durch Migration arrangiert und die Schnäbel der Darwinfinken ausdifferenziert; ich habe sogar Darwins Überfahrt gebucht.
17 Und mehr noch: Ich habe sorgfältig geologische Formationen geschichtet und den Kohlenstoff-14-Gehalt jedes Felsens auf der Erde verändert; ich habe sogar die Rotverschiebung sämtlicher Lichtpartikel im Universum organisiert, auf dass es euch Betrachtern erscheinen sollte, als sei der Kosmos vor 13,7 Milliarden Jahren durch eine Art große Explosion entstanden.
18 Ja, im Laufe der Äonen habe ich der Fälschung eines wissenschaftlich unangreifbaren Beweises für die Evolution mehr Zeit und Kraft gewidmet als jedem anderen Unternehmen.

19 Willst du wissen, warum?
20 Jedes Mal, wenn ein Wissenschaftler stirbt und in den Himmel kommt, überschütte ich ihn eine Stunde lang mit Lob dafür, dass er seinen Verstand benutzt und sich an die Fakten gehalten hat, um den primitiven Aberglauben seiner Mitmenschen zu überwinden.
21 Und dann kommt der Moment, für den sich der ganze gewaltige Aufwand gelohnt hat; jener glorreiche Augenblick, wenn sich der Himmel mit Donnergrollen verdunkelt und ich brülle: »Reingelegt!« Und die Falltür tut sich auf, und ich schicke ihn zur Hölle.

Kapitel 4

1 Fahren wir fort:
2 Es wird häufig gesagt – und bei Demonstrationen gegen die Schwulenehe noch öfter gebrüllt –, dass ich nun mal Adam und Eva erschaffen hätte, nicht Adam und Ewald.
3 Falsch.
4 Ich werde nun die Geschichte von Adam erzählen, dem ersten Menschen, von Ewald, dem Begleiter, den ich für ihn erschuf, und der großen Heimlichkeit, die über ihre Beziehung kam.
5 Denn nach der Erschaffung der Erde, des Meeres sowie jeder Pflanze, jedes Samens, der Tiere des Feldes und der gefiederten Vögel war so weit alles vorbereitet.
6 Und ich sah, dass es gut war, doch ich sah auch, dass es verwaltungstechnisch vernünftig war, zur Aufsicht eine neue Position im mittleren Management zu schaffen.
7 Deshalb erschuf ich am sechsten Tag als Letztes aus Erde

vom Acker einen Menschen, hauchte ihm Atem ein und nannte ihn Adam, um ihm alphabetisch einen Vorsprung zu geben.
8 Und siehe, ich erschuf ihn nicht *nach* meinem Bilde, sondern *für* mein Bild in der Öffentlichkeit, denn bei einer Schöpfung kriegst du keine zweite Chance, einen guten ersten Eindruck zu machen.
9 Und so bemühte ich mich bei seiner Gestaltung nicht nur, einen verantwortungsvollen Hausmeister für den Planeten zu erschaffen, sondern auch einen unmittelbar sympathischen Sprecher, der im Falle einer Umweltkatastrophe eine gewisse menschliche Wärme vermitteln konnte.
10 Und um seine Funktionsfähigkeit in meiner Abwesenheit sogleich einer Prüfung zu unterziehen, beschloss ich, meine Pläne zu ändern; denn eigentlich hatte ich für den siebten Tag vorgehabt, dem Universum einen ureigenen Sinn für Mitgefühl und Gerechtigkeit einzuhauchen, doch stattdessen überließ ich Adam die Aufsicht und machte ein Nickerchen.
11 Adam bestand meine Prüfung; ja, er war fürwahr meine größte Errungenschaft, denn er befreundete sich mit all meinen Geschöpfen, gab ihnen Namen und kümmerte sich um sie; und er pflegte den Garten mit großem Geschick; er hatte wirklich ein Auge für Landschaftsgestaltung.
12 Doch bald gewahrte ich, dass er sich in seiner Einsamkeit verloren fühlte, denn er seufzte vielmals voller Sehnsucht nach einem Gehilfen; außerdem befriedigte er sich in einem fort selbst, bis er das Paradies gründlich vollgespritzt hatte.
13 Deshalb ließ ich ihn eines Nachts in einen tiefen Schlaf fallen, indem ich ihm etwas in seinen Nektar gab; und als er schlief, entnahm ich ihm eine Rippe, aber keine tragende.

14 Und aus dieser Rippe formte ich einen Kameraden für
ihn; einen kräftigen Burschen, unbeschwert durch über-
mäßige Weisheit, gebaut und ausgestattet wie ein Feigen-
baum vor der Ernte.
15 Ja, und mit einem Hammerarsch.
16 Und Adam erwachte, sah ihn und weinte vor Freude;
und er nannte den Mann Ewald. Ich hatte Ewaldus vorge-
schlagen, doch das fand Adam zu lang.
17 Und Adam und Ewald waren nackt, und sie schämten
sich nicht; sie erkannten einander, so oft wie möglich; ihre
Lenden waren wahrlich ein Wunderland;
18 Und sie waren glücklich, weil sie noch nicht die Frucht
vom Baum der Erkenntnis gegessen hatten, dass das Leben
sündhaft ist.

Kapitel 5

1 Nun verbarg die männliche Schlange sich mehr als alle
anderen Tiere im Garten, denn obwohl sie häufig zischend
ihr Begehren kundtat, sich mit hübschen weiblichen Schlan-
gen zu paaren, lispelte sie, hatte Hautprobleme und hätte
nicht phallischer aussehen können, wenn sie zwei Hoden
als Klapper gehabt hätte.
2 Und was sie unnötigerweise in sich selbst verachtete,
suchte sie in anderen zu zerstören; deshalb schlängelte sie
sich eines Tages an Ewald heran und sagte:
3 »Ewald! Wassss geht?
4 Hast du zufällig schon mal eine Frucht vom Baum der Er-
kenntnis gegessen, dass das Leben sündhaft ist?
5 Ich hab nämlich gehört, sie sei ziemlich lecker!«

6 Lange betörte die Schlange Ewald solcherart; anfangs sträubte er sich, doch die Schlange betrog ihn, indem sie ihm erzählte, dass man durch die Frucht von diesem Baum intensivere Orgasmen erleben würde, was eine skrupellose Lüge war.

7 Die Frucht machte Orgasmen nicht intensiver, sondern dehnte sie nur auf eine Dreiviertelstunde aus.

8 Und so aß Ewald eine Frucht von dem Baum und gab auch Adam davon; und die Erkenntnis, dass ihr Leben sündhaft war, beschämte sie und erfüllte sie gleichzeitig mit glühender Leidenschaft, sodass sie sich bis zum Morgengrauen ineinander verschlungen.

9 (Denn es ist und bleibt wahr, dass sämtliche Aspekte sexueller Aktivität nach ihrer moralischen Verdammung genussvoller werden.)

10 Aber am Morgen wurden sie verlegen und beschürzten sich, ihrem natürlichen Faible für Mode folgend, mit Feigenblättern.

11 Und sie hörten, wie ich den Garten betrat, als es kühl geworden war, und sie versteckten sich vor meinem Angesicht unter den Bäumen im Garten, was ihnen garantiert viel nützen würde.

12 Und ich rief: »Adam und Ewald, wo seid ihr?« Und Adam sagte: »Vater, wir müssen dir etwas sagen: Wir sind schwul.«

13 Und ich sagte: »HHHÄÄÄHHH?«

14 Und Ewald sagte: »Ja, es ist wahr, Herr; denn die Schlange hat mich betrogen, sodass ich die Frucht von dem verbotenen Baum aß; und ich habe sie auch Adam gegeben; und nun wissen wir, dass wir schwul sind; und siehe, wir möchten, dass du dich daran gewöhnst.«

15 Ich wandte mich der Schlange zu und brüllte: »Du hast

alles verdorben; denn ich habe Ewald aus demselben Geschlecht gewirkt wie Adam, damit sie keine Kinder kriegen, sondern sich ganz auf ihre Karriere als Gärtner konzentrieren.
16 Doch nun schämen sie sich ohne Grund, nur, weil du sie überredet hast, vom Baum der Erkenntnis zu essen, dass das Leben sündhaft ist.«
17 »Aber Herr«, sagte die Schlange, »diese böse Tat hätte ich gewisslich nicht begehen können, wenn du nicht zuvor unerklärlicherweise diesen verbotenen Baum in deinen Garten gestellt hättest.«
18 Ich dachte darüber nach.
19 »Hör zu«, sagte ich. »Hinterher ist man immer schlauer.
20 Und dies ist bestimmt nicht der Zeitpunkt für gegenseitige Schuldzuweisungen; zumindest nicht bis zum Abschluss meiner umfassenden internen Untersuchung.
21 Deren Ergebnisse werden in Zukunft gewährleisten, dass es nie wieder zu so einem tragischen Ereignis wie dem Sündenfall des Menschen kommen kann.
22 Aber bis dahin, Schlange, seiest du verflucht aus allem Vieh und allen Tieren auf dem Felde; auf deinem Bauche sollst du kriechen und Erde fressen dein Leben lang; und sogar die Menschen, die dich studieren, werden verflucht sein, denn man wird sie ›Herpetologen‹ nennen, was wie ›Herpes‹ klingt.
23 Und was euch betrifft, Adam und Ewald: Verdammt! Ich wusste, dass ich euch lesbisch hätte erschaffen sollen!
24 Dann hättet ihr den Garten sorgfältiger gepflegt und hättet überhaupt mehr Zeit an der frischen Luft verbracht.
25 Aber ihr wart ungehorsam, und dafür muss ich euch mit der härtesten aller möglichen Strafen belegen:
26 Ich werde euch von sorglosen jungen Verliebten, die im

Herzen der Welt leben, in ein verheiratetes Paar mit Kindern verwandeln, das in einer Siedlung am Stadtrand festsitzt.
27 Auf dass du jung gebären kannst, werde ich dich morgen in eine Frau verwandeln, Ewald; fürchte dich nicht, die Operation ist mittlerweile Routine; bis dahin zieh das hier an.
28 Und bedenke, welchen Frauennamen du annehmen möchtest; er sollte so ähnlich klingen wie ›Ewald‹.
29 Und was die Nachwelt betrifft, habt keine Angst, dass die Menschheit von der wahren Natur eurer Beziehung erfahren wird; denn ich bin der Herr euer Gott, König des Universums; und ich weiß, wie man so was dreht.«

Kapitel 6

1 So verließen Adam und »Eva« den Garten, wanderten durch die Wildnis und nährten sich von gesammelten Früchten und Gelegenheitsarbeiten.
2 Und sie lernten zu kopulieren; und nach ein paar Jahren entdeckten sie auch die vaginale Variante, bis Eva schließlich schwanger wurde.
3 Es war die erste Schwangerschaft eines Menschen, und sie hatte keine Ahnung, was vor sich ging, also erklärte ich ihr, dass ein winziger Mensch für neun Monate in ihrer Gebärmutter leben und zur Größe einer Wassermelone heranwachsen würde, bevor er durch ihre Vagina in die Welt gelangte.
4 Das kam gar nicht gut an.
5 Aber ich muss ihr lassen, dass sie es trotz aller Fährnisse

tapfer durchgestanden hat; und obgleich sie bei der Geburt litt, wie seither keine Frau gelitten hat, hatte sie, nachdem alles vorbei war … Kain geboren.
6 Das erste Baby, das zu einer großen Enttäuschung für seine Eltern heranwachsen sollte.
7 Du hast gelesen, was zwischen Kain und seinem jüngeren Bruder Abel vorgefallen ist; von dem Mord, begangen in eifersüchtiger Wut darüber, dass ich Abels Opfer gnädig angesehen habe, Kains jedoch nicht.
8 Denn Abel war ein Hirte und opferte mir die Erstgeborenen seiner Herde, die absolut hinreißend waren; womöglich sind sie bis heute das Niedlichste, was ich je lebendig auf einem Scheiterhaufen habe brennen sehen.
9 Kain hingegen war Bauer, und sein Opfer bestand aus mageren zehn Garben Getreide, was garbenmäßig recht dürftig ist; und du hättest die Garben sehen sollen, vollkommen unakzeptabel, selbst nach den einfachsten Standards für Opfergetreide.
10 Und das habe ich Kain auch gesagt; und er wurde wütend und zog los, um seinen Bruder zu ermorden.
11 Nun, das mag merkwürdig und sogar grausam klingen, aber es ist die Wahrheit: Der Mord an Abel war nicht nur der erste in der Geschichte der Menschheit, sondern aus eben diesem Grunde auch der komischste, denn Kain hatte absolut keine Ahnung, wie man es anstellt.
12 Vom Morgengrauen bis zur Dämmerung griff er Abel auf allerlei nutzlose Weisen an; er pustete ihn an; er zerzauste sein Haar; irgendwann rief er zwei Stunden lang einfach aus verschiedenen Winkeln: »Stirb! Stirb!«
13 Er hatte Glück, dass Abel genauso unwissend darüber war, wie man einen mörderischen Angriff abwehrt; weder verteidigte er sich, noch lief er davon, sondern machte viel-

mehr den rückblickend schweren taktischen Fehler, absolut still zu liegen.

14 Ah … so was kann man sich nicht ausdenken.

15 Zuletzt benutzte Kain einen Stein, aber anstatt den auf seinen Bruder zu werfen, nahm er seinen Bruder und warf ihn auf den *Stein;* und er tat dies fünfzig Mal, bis Abel schließlich einer angeborenen Herzschwäche erlag.

16 Aber dem Vorsatz nach war es Mord, und hinterher fragte ich Kain in der Tat, wo denn Abel sei, worauf er antwortete: »Soll ich meines Bruders Hüter sein?«

17 So erfand Kain auch den Sarkasmus, und wer ist ihm *dafür* nicht ewig dankbar?

18 Ich erinnere mich, Kain das Mal des Brudermörders auf die Stirn geprägt und zu ihm gesagt zu haben: »Siehe, du bist für immer gezeichnet.«

19 Und er wandte sich lächelnd um und sagte: »In der Tat, o Herr, und überaus vorteilhaft, denn nun werde ich mich als das Original des ›Schurken‹ etablieren.

20 Und ich werde mit brütender, undurchdringlicher Miene und einer Aura von Gefährlichkeit als einsamer Rebell über die Erde wandeln, und alle Männer wollen mich kennen, und alle Frauen wollen mich ›erkennen‹.«

21 Damals hielt ich ihn für verrückt, doch er erwies sich als überaus ausgebufft, und fünf Jahre später war Kain der berühmteste Mann der Welt.

22 Zugegeben, damit war er der berühmteste Mann unter dreiundzwanzig Menschen, aber trotzdem.

Kapitel 7

1 Die nächsten zehn Generationen von Zeugen und Gebären überspringe ich; für die fesselnden Einzelheiten darüber, wie Irad Mehujael zeugte; und wie Mehujael Metuschael zeugte, und wie Metuschael mithilfe von Vicky – einer edomitischen Straßendirne mit einem Herz aus Gold – Lameth zeugte, mögest du das vierte Kapitel der Genesis konsultieren.

2 Auch werde ich gewisse Fragen unbeantwortet lassen, die du womöglich hast, wie etwa: »Und wen hat Kain geheiratet?« – »Woher kamen all die anderen Leute?« Und: »Und würde das nicht bedeuten, dass es zu den verrücktesten Varianten von Inzest kam?«

3 Die letzte Anschuldigung ist schockierend und empörend; und ich würde nichts lieber tun, als an dieser Stelle eine einfache Erklärung dafür darzulegen, wie all das Zeugen und Gebären auf absolut gesunde Weise geschah.

4 Aber leider hat mein Anwalt mir wegen eines laufenden Verfahrens geraten, mich nicht zu dieser Angelegenheit zu äußern.

5 Stattdessen werde ich mich meiner nächsten großen Krise zuwenden; denn eins hatte ich bereits über das Gottsein gelernt: Es erforderte sehr viel mehr Krisenmanagement, als ich erwartet hatte.

6 Nach Kain beschloss ich, einen Schritt zurückzutreten und die Menschheit ihren eigenen Weg auf der Welt finden zu lassen; mich nicht mit dem Kleinkram abzuplagen – denn siehe, es war *alles* Kleinkram.

7 So beobachtete ich still, wie eine Generation die nächste zeugte; wie die menschliche Rasse neue Fertigkeiten wie

das Sammeln und Jagen und die mittlerweile vergessene Kunst des Sammeljagens erlernte.
8 Jeder hatte reichlich Zeit, aus seinen Fehlern zu lernen; denn bedenke, dass die Lebensspanne der Menschen damals mehrere Jahrhunderte umfasste.
9 Rekordhalter war Methusalem, der 969 Jahre lebte, deren 940 letzte er damit zubrachte, seinen Verwandten und Freunden zu klagen, wie viel besser die ersten 29 gewesen waren.
10 Und ich beobachtete, wie sich alles entfaltete, und wie hätte ich nicht beeindruckt sein sollen von meinen größten Errungenschaften; aber diese Verderbtheit …
11 Meine Güte, die Verderbtheit.
12 Ich werde dir die Peinlichkeit ersparen, die liederlichen Ausschweifungen deiner Vorfahren in allen Einzelheiten zu beschreiben; ich werde schlicht sagen, dass die Verderbtheit auf allen Ebenen der Gesellschaft um sich griff: Das Familienleben wurde verderbter; die Stammesherrschaft wurde verderbter; sogar Gruppensex wurde verderbter, was schwer zu glauben ist, da er von Anfang an ziemlich verderbt war.
13 Schließlich empfand ich, was im 1. Buch Mose 6,6 aufgezeichnet ist: »Und es reute den Herrn, dass er die Menschen gemacht hatte auf Erden, und es bekümmerte ihn in seinem Herzen.«
14 An dieser Stelle kann ich einige meiner jungen Zweifler förmlich vor mir sehen, wie sie in ihren Klosterschlafsälen gesüßten Bohnenextrakt schlürfen und mit gerunzelter Stirn und einem angedeuteten höhnischen Lächeln fragen: »Aber wenn du ›Gott‹ bist, warum hast du den Menschen dann nicht gleich perfekt erschaffen?«
15 Auf diese Frage gibt es zwei Antworten, deren erste lautet: Fühle dich von meiner Strafe geschlagen.

16 Doch die zweite Antwort ist, dass ich bei der Erschaffung der menschlichen Rasse sehr wohl Perfektion *erreicht* habe; ein perfektes Gleichgewicht zwischen den Kräften, die sie zum Guten, und den Kräften, die sie zum Bösen treiben.
17 Denn man kann die Dutzende verschiedener Regungen und Triebe in dir mit einzelnen Sportlern vergleichen, denen die Aufgabe gestellt ist, sich zum Wohle einer Mannschaft zusammenzutun; einer Mannschaft, die eine Nation, eine Familie oder auch eine einzelne menschliche Seele sein kann.
18 Und manche Teams steigen auf und andere steigen ab; manche sind unehrenhaft siegreich, andere scheitern ehrenvoll; und individuelle Siege oder Niederlagen sind kurzlebig, doch der größere Zyklus von Sieg und Niederlage ist ewig.
19 Und irgendwann geht jedes Team unter, nur um durch neue Allianzen ersetzt zu werden, die in größeren Stadien spielen mit luxuriöseren VIP-Lounges. Und in der größten dieser Lounges wirst du mich finden, gebannt, lächelnd an meinem metaphysischen Bier nippend, begeistert von dem Spiel und der perfekten Unterhaltung, die es bietet.
20 Denn ich bin der Herr dein Gott, König des Universums; und ich bin immer für guten Fußball zu haben.
21 Aber hin und wieder läuft in einem Sport etwas so grundsätzlich verkehrt, dass der Verbandspräsident von seinem hohen Stuhl herabsteigen und das Gleichgewicht wieder herstellen muss.
22 In der Sphäre des Sports kann das bedeuten, dass die Regeln oder Lizenzbestimmungen geändert werden.
23 In der Sphäre der Göttlichkeit heißt das, die Menschheit zu ersäufen.

Kapitel 8

1 Von allen Menschen seiner Zeit war Noah der Einzige, der vor meinen Augen Gnade fand; denn er war weise und ohne Tadel, und er »wandelte mit Gott«, wie es in der Schrift heißt, obwohl ich mir wahrlich gewünscht hätte, dass er hin und wieder mit Gott *gejoggt* wäre, denn er hatte eine kleine Wampe.

2 Noah war ein großartiger Mann; er hatte eine wundervolle namenlose Ehefrau und drei tolle Söhne: Sem, Ham und Jafet, auf die er zu Recht stolz war. Denn wahrlich sie waren stets höflich, respektvoll und gut gekämmt.

3 Also erzählte ich Noah von meinem Plan und dass ich vorhatte, ihn und seine Familie zu retten, indem ich ihn eine Arche von der Größe 300 mal 50 mal 30 Ellen bauen lassen würde.

4 (An dieser Stelle muss ich eine Bitte an die Menschheit einschieben, die Wiedereinführung dieser Längenmaßeinheit ernsthaft in Erwägung zu ziehen, denn sie bleibt die fabelhafteste Maßeinheit, die je erfunden wurde, dem angloamerikanischen als auch dem Dezimalsystem weit überlegen.

5 Vier Fingerbreit sind eine Hand, sieben Handbreiten eine Elle, sechs Ellen ein Rohr, zwei Rohre ein *Nindan* und zehn *Nindan* ein *Aslu* – ich *fordere euch heraus,* Maßeinheiten zu entwickeln, die zweckmäßiger und vernünftiger sind.)

6 Und Noah leistete fantastische Arbeit beim Bau des Schiffes, vor allem wenn man bedenkt, dass ich ihm auftrug, es aus »Gopherholz« zu bauen, wie es im hebräischen Original heißt; seither haben Gelehrte darüber debattiert, welche Holzsorte solcherart bezeichnet wurde; und die Antwort lautet, gar keine.

7 Denn »Gopherholz« war seinerzeit eine Umschreibung für vernietete Stahlplatten.
8 Und nun komme ich zu einer der sensationelleren Enthüllungen, die du auf diesen Seiten finden wirst:
9 Ich habe Noah *nicht* gesagt, er solle von allen Tieren je ein Paar mit auf die Arche nehmen.
10 Ich weiß, was in der Bibel steht, aber bedenke: ein phylogenetisch vollständiges, doppeltes Bestiarium auf 450 000 Kubikellen?
11 Selbst in einem mittelgroßen Zoo nehmen allein die Tiere beinahe 450 000 Kubikellen ein, den Raum für ihren Schutz und die Lagerung ihres Futters nicht mitgerechnet, von Weide- und Jagdgründen ganz zu schweigen; und ein Zoo präsentiert immer nur einen winzigen Bruchteil sämtlicher Arten auf dem Globus.
12 Nicht zu erwähnen die große Bandbreite künstlicher Habitate von arktisch bis tropisch, die man an Bord hätte einrichten und unterhalten müssen; oder die beschwerliche Aufgabe, all diese Tiere aus ihren natürlichen Lebensräumen einzusammeln, viele davon auf Kontinenten, die bis dahin im Alten Testament gar nicht erwähnt worden waren …
13 Und so könnte ich fortfahren.
14 Nein, ich sagte nicht: »Und du sollst in die Arche bringen von allen Tieren je ein Paar.«
15 Ich sagte vielmehr: »Und du sollst in die Arche bringen von *einem* Tier ein Paar.«
16 Denn ich wusste, dass Noah und seine Familie eine lange, tückische Reise vor sich hatten und fünf Monate lang nicht vor die Tür kommen würden; und unter solchen Umständen wäre es ein Trost für alle, vor allem für die Kinder, zwei Hunde, Katzen oder meinethalben auch Hamster mitzunehmen.

17 Ich empfahl Noah Hunde, überließ die Wahl jedoch ihm; ich bin nie ein Katzengott gewesen.

18 Und Noah *nahm* zwei Hunde mit, Cockerspaniel-Welpen, die er am Tag vor Beginn der Sintflut gekauft hatte – Sparky und Pillow.

19 Aber als ich Moses diese Geschichte Hunderte von Jahren später auf dem Berg Sinai diktierte, hat er mich falsch verstanden und »Ein Paar von *allen* Tieren« aufgeschrieben.

20 Ich habe ihn natürlich sofort verbessert, doch dann fanden wir beide die mögliche Auslegung dieser Formulierung höchst amüsant und malten uns gut eine Stunde lang voller Heiterkeit aus, wie es auf einem Schiff mit so vielen Tieren aussehen würde.

21 So groß war unsere Belustigung, dass wir den Vers so in der Heiligen Schrift stehen ließen, ohne zu ahnen, dass jemand von euch ihn tatsächlich ernst nehmen könnte.

22 Die Erschaffung der Welt in sechs Tagen, sprechende Schlangen, 969 Jahre alte Männer, das sind offensichtlich Tatsachenbeschreibungen, die durchaus glaubwürdig sind.

23 Aber ein Paar von allen Tieren auf einem Boot?

24 Nein, alle anderen, die Tiere des Feldes, die Vögel am Himmel und das Gewürm, das auf Erden kriecht, wurden eingefroren und trieben in Eiswürfeln auf dem Wasser, bis die ganze Sache vorbei war.

Kapitel 9

1 Die stürmische Seefahrt von Noah und seiner Familie dauerte so lange, dass das Büffet fast verputzt war, als der Sturm sich legte.

2 Die Eisfiguren waren lange geschmolzen; der Schnaps aus dem obersten Regal war weg, die unerschöpflichen Garnelen drohten auszugehen, und das bisschen Cocktail-Sauce, das noch übrig war, musste vom Rand des Krugs geleckt werden.

3 Denn die Sintflut dauerte viel länger, als ich erwartet hatte; ich muss gestehen, dass viele von euch weit bessere Schwimmer waren, als ich gedacht hatte, und dass eure Leichen bessere Flöße waren, als ich das zuvor berücksichtigt hatte.

4 Aber schließlich waren die Letzten von euch ertrunken; und ihr waret alle von Fischen verspeist; und diese Fische hatten euch wieder ausgeschissen, und kleinere Fische hatten die Ihr-Scheiße gefressen.

5 Und die Wasser fielen; an dieser Stelle gibt es in der Bibel einen weiteren tierischen Irrtum; denn Noah ließ nicht einen Raben und eine Taube ausfliegen, um festzustellen, ob die Wasser auf Erden sich verlaufen hätten; er schickte vielmehr Sparky und Pillow los.

6 Er warf sie beide ins Wasser; und Pillow schwamm nur wenige Ellen, winselte hundserbärmlich und kehrte zur Arche zurück; Sparky hingegen erwies sich als furchtloser und paddelte und kraulte durch das endlose Wasser, bis er jenseits des Horizonts verschwunden war.

7 Er kam nicht zurück; und Noah nahm an, dass er trockene Erde gefunden hätte; und Noah liebte Sparky; und ich liebte Noah; also beließ ich es dabei.

8 Dann zogen die Wasser sich endlich zurück; und die Tortur war vorbei; und die Menschheit trat wieder auf den Plan, bereit, diesen langen globalen Albtraum hinter sich zu lassen, der seinerzeit als »Flut-gate« bekannt war.

9 Die Arche landete auf dem Berg Ararat, den ich aus-

wählte, weil von seinem Gipfel ein Riff hervorragte, das breit genug war, um als Anlegesteg zu dienen.

10 Ich erinnere mich noch, wie ich, als die Arche sich dem Berg näherte, buchstäblich aus dem Stegreif für Noah und seine Familie scherzhaft reimte: »Siehe, da ist ein Steg an eurem Weg!«

11 Lange wartete ich auf eine Antwort, doch sie schwiegen in ihrer Trauer um Zehntausende ertrunkener Artgenossen.

12 Eine untadelige Familie, aber auch eine zähe Sippe.

13 Also verließen sie die Arche; und sobald ich die Tiere aufgetaut hatte, opferte Moses mir eines, was mich erfreute, denn wie es im 1. Buch Mose 8,21 heißt: »Und der Herr roch den lieblichen Geruch.«

14 (Auch darin steckt ein saftiges Sensationshäppchen für die Medien: Ich bin nämlich nicht nur allmächtig, allwissend und allgegenwärtig, sondern auch allriechend; ich rieche alles, ein göttliches Attribut, das ehrlich gesagt nur teilweise ein Segen ist.)

15 Dann segnete ich Noah und seine Nachfahren und forderte sie auf, fruchtbar zu sein und sich zu mehren und die Erde zu bevölkern, und als Zeichen dieses Segens präsentierte ich ihnen einen prachtvollen Regenbogen.

16 Deshalb finde ich es besonders ironisch, dass heute Millionen von Menschen den Regenbogen als ihr Symbol erwählen, von denen sich *keiner* ohne fremde Hilfe fortpflanzen kann.

17 Überdies schloss ich einen Bund mit Noah, nie wieder sämtliches Leben in einer Flut zu zerstören, wie es geschrieben steht: »Und ich richte meinen Bund so mit euch auf, dass hinfort nicht mehr alles Fleisch verderbt werden soll durch die Wasser der Sintflut und hinfort keine Sintflut mehr kommen soll, die die Erde verderbe.«

18 Das ist Genesis 9,11; und siehe, nach Genesis 9,11 wurde alles anders.
19 Denn die Überlebenden dieser neuen Welt nach 9,11 hatten durch bittere Erfahrung gelernt, dass hinter der friedlichen Fassade des Alltags stets die Möglichkeit unvorstellbaren Grauens durch die Hand eines religiösen Fanatikers lauerte, der keine Rücksicht auf das Leben anderer kannte.

Kapitel 10

1 Und so wurde die Erde ein zweites Mal durch eine einzige Familie bevölkert; und ein weiteres Mal werde ich es unterlassen, die lüsterne Neugier zu befriedigen, ob dabei auch die Praxis von »Geschwistern mit gewissen Vorzügen« verbreitet war.
2 Das einzig erwähnenswerte Ereignis in den nächsten vierhundert Jahren war der Turmbau zu Babel, der mich zwang, alle Sprachen der Erde zu verwirren.
3 Es ging um einen Baurechtsstreit.
4 Denn siehe, nach den Entwürfen sollte der Turm 57 Ellen hoch werden, während die damaligen kommunalen Vorschriften, vor allem § [C26–801.1] der Bauordnung für Babel und Nachbargemeinden, die Errichtung gewerblicher Gebäude von mehr als 50 Ellen Höhe untersagte.
5 (Grund dafür war die Tatsache, dass ein Bau von mehr als 50 Ellen Höhe meine Aussicht auf die Erde in erheblichem Maße beeinträchtigt hätte, wodurch der Wiederverkaufswert des Himmels gesunken wäre.)
6 Aber die gerissenen Besitzer des Gebäudes beantragten mit Verweis auf die Ein- und Zwei-Familien-Unterkünfte,

die in dem Turm geplant waren, eine Ausnahmegenehmigung für Wohnraum und/oder Sonderflächen nach einem selten angewandten (und offen gestanden schlecht formulierten) Kodizill des Codex Hammurabi.
7 Das führte zu einer Sachanhörung mit weitschweifigen Zeugenaussagen von müßigen Rentnern und großem Getöne des Architekten über »ästhetische Integrität«, obwohl der Entwurf optisch nicht einmal den Charme eines zweitrangigen Zikkurats hatte.
8 Und da die Baubehörde zu Babel mit sechs zu drei Stimmen bei einer Enthaltung zu meinen Gunsten entschied, wurde ein Eilantrag zum Baustopp bei König Gungunum eingereicht.
9 Das war offensichtlich ein taktischer Schachzug seitens der Handelskammer, um Zeit bis zur Wiedereinsetzung des Planungsausschusses zu gewinnen …
10 Lange Rede, kurzer Sinn, am Ende verwirrte ich aller Länder Sprache.
11 Und von diesem Tag an sprachen die Völker der Welt nicht mehr alle gutes altmodisches Hebräisch, sondern plapperten stattdessen in tausend verschiedenen Zungen, von denen eine fremder klang als die andere.
12 Aber von Babel einmal abgesehen verbrachte ich den Großteil dieser vier Jahrhunderte mit etwas, das ich schon viel früher hätte tun sollen: Ich suchte mir meinen Stab.
13 Das meine ich im doppelten Sinne: Erstens fand ich einen Ast von Zedernholz, schnitzte und polierte ihn und versah ihn mit einem kunstvoll gestalteten goldenen Griff.
14 Er machte was her.
15 Er glänzte.
16 Und zweitens legte ich mir eine Truppe von Bevollmächtigten, Vertretern, Untergebenen, Boten, Praktikanten und

Zeitarbeitern zu, die mir helfen sollten, alle Abteilungen meines ständig wachsenden Unternehmens zu managen.
17 Du magst dich fragen, warum ein vollkommener, erhabener und autarker Gott überhaupt himmlisches Personal braucht.
18 Das ist eine berechtigte Frage, über die ich in der Zeit vor der Sintflut selbst oft gegrübelt hatte und immer zu dem Schluss gekommen war, dass ich kein Hilfssystem brauchte, denn ich bin der Herr dein Gott, König des Universums und trage mir nie etwas auf, das ich nicht bewältigen kann.
19 Aber im Rückblick auf die Flut wurde mir klar, dass es diverse Anlässe gegeben hatte, bei denen der Einsatz eines Mitarbeiters durchaus nützlich gewesen wäre.
20 Zum Beispiel Noah zu unterrichten, dass all seine Freunde und seine weitere Verwandtschaft wegen meines Zorns für immer vernichtet werden sollten ... warum musste ich ihm das selbst sagen?
21 Die elenden Schreie der Verderbten und ihrer Kinder, als sie vergeblich gegen die steigende Flut ankämpften ... warum musste ich diese Rufe entgegennehmen?
22 Die unbarmherzige Dauer des sturzbachartigen Regens, vierzig Tage und Nächte ... warum hätte man diese eintönige Arbeit nicht an einen jüngeren Gehilfen delegieren sollen, der vielleicht ehrgeizig war und sich in der *machina* hocharbeiten wollte.
23 Des Weiteren war mein Versagen, das volle Ausmaß der um sich greifenden Verderbtheit in den Tagen vor der Flut zu erkennen, zum Teil auch darauf zurückzuführen, dass ich mich zu sehr auf meine Allwissenheit verlassen hatte, was ich rückblickend hätte wissen müssen.
24 Aber nun erkannte ich, dass die in der Welt nach 9,11 alles entscheidende Informationsbeschaffung besser von ei-

ner aggressiven Truppe von »Engeln am Boden« erledigt werden konnte, die den Auftrag hatte, die Region meines Hauptinteresses, den Nahen Osten, im Blick zu behalten.
25 Auf dass der Vordere Orient in alle Ewigkeit befriedet und sicher sein möge.

Kapitel 11

1 Also machte ich mich daran, eine Elitegruppe von Untergebenen zusammenzustellen – gewissermaßen Genesisten –, die meine Wünsche und Entscheidungen bekannt machen, die natürlichen Prozesse der Erde überwachen und den unvermeidlichen Papyruskram erledigen sollten, der dabei anfiel.
2 Ich kam rasch zu dem Schluss, dass es nicht ratsam war, Menschen zu verpflanzen; denn nur wenige waren würdig, und diese wenigen wurden auf Erden gebraucht, wo gute Männer schwer zu finden waren, sind und bleiben.
3 (Fürwahr, meine Damen, habe ich nicht recht?)
4 Nein, die einzige Lösung bestand darin, eine vollkommen neue Klasse von Wesen zu erschaffen, diesmal nicht aus Erde vom Acker oder irgendeinem anderen irdischen Material, sondern aus immateriellen Brocken reinen Geistes, die ich aus dem mystischen Herzen meines eigenen Seins gerissen und dann eine Weile daran herumgefummelt habe.
5 Alles lief reibungslos; binnen weniger Tage hatte ich mehr als 3000 Angestellte; ich gab ihnen einen Heiligenschein für die bessere Sicht, dazu Flügel, um Luftreisen weniger beschwerlich zu machen.
6 Ich möchte nicht ausführlich von meinen Engeln spre-

chen; zum einen, weil ein Großteil ihrer Arbeit geheim ist, und zum anderen, weil ich weiß, dass sie Wert auf ihre Privatsphäre legen.

7 Außerdem gehe ich davon aus, dass du in Grundzügen mit der neunchörigen Hierarchie der Engel, den drei Sphären und den drei Ordnungen in jeder Sphäre vertraut bist, weil du in der fünften Klasse die Abhandlung *De Coelesti Hierarchia* von Pseudo-Dionysius Areopagita aus dem frühen sechsten Jahrhundert gelesen hast.

8 In weniger gut geführten Schulbezirken vielleicht auch erst in der sechsten Klasse.

9 Trotzdem wäre es ein Säumnis, an dieser Stelle nicht fünf besondere Engel zu würdigen, ohne deren Hingabe, harte Arbeit und uneingeschränkte Loyalität trotzdem alles geschehen wäre, wie es geschah, aber wahrlich nicht mit derselben *Gutmütigkeit.*

10 Deren erster ist Uriel; er ist der weiseste meiner Engel, Schutzengel der Dichter, Wächter des Donners, Buße-Kanone und großartiger Wortschmied; seine Zusammenarbeit mit dem Propheten Esra ist der Grund, warum der zweite Teil des Buches Esra-Nehemia so viel besser geworden ist als der erste, der echt beschissen war.

11 Uriel war es auch, der die Kabbala ersonnen hat; wenn du also, Madonna, zum nächsten Mal die numerischen Werte der Buchstaben in der Thora addierest, um anhand der Summe den Zeitpunkt für dein Body-Waxing zu bestimmen, vergesse nicht Uriel zu danken.

12 Der zweite Engel ist Raphael, Heiler von Körper, Geist und Seele; er gilt als Schutzengel der Reisenden; Touristen aller Art bitten ihn bis heute um angenehme Fahrt und Aufenthalt, was allerdings nicht als Ausrede herhalten soll, sich ohne Sonnenschutz an den Strand zu legen.

13 Raphael hat außerdem einen trockenen Witz, der sich in den häufigen Momenten, in denen meine Gestimmtheit zu finsterem Jähzorn neigt, als großer Trost erwiesen hat.
14 So entsinne ich mich etwa an den Rat zur Entscheidung der Frage, ob der Schwarze Tod in die Welt geschickt werden sollte; es war eine lange und nüchterne Debatte, bis ich mich an Raphael als meinen obersten medizinischen Berater wandte und fragte, wie lange es dauern würde, bis die Opfer an der Seuche starben.
15 Er sah mich mit ernster Miene an und sagte: »Herr, drei Tage vom ersten Hustenreiz bis zum Tschüss allerseits.«
16 Das gab ein großes Gekicher, und die Last der Düsternis war von den Beratungen genommen; und danach war uns so viel leichter ums Herz, als wir uns daranmachten, jeden dritten Europäer zu ermorden.
17 Der dritte Engel ist Michael, oberster Erzengel, Engel der Gnade und Heiligung und Anführer der Armee Gottes; er ist auf jedem Schlachtfeld zugegen und garantiert der gerechten Seite den Sieg, wobei »Sieg« eine Vielzahl von möglichen Ausgängen bezeichnen kann, vom Triumph bis zum Triumph durch Märtyrertum.
18 In der Kunst wird Michael häufig androgyn dargestellt, doch er hat mich gebeten, euch zu sagen, dass er tatsächlich »ein ganzer Mann« ist, weshalb er euch äußerst verbunden wäre, wenn ihr darauf achten könntet, sein Kinn ein wenig markanter zu malen, weil die anderen Engel ihn manchmal damit aufziehen.
19 Vierter Engel und Chef des Ganzen ist Gabriel, mein Überbringer guter Nachrichten, der Daniel erschien, um dessen Visionen zu deuten, die Geburt von Johannes dem Täufer und Jesus ankündigte und Mohammed den Koran übermittelte.

20 Uriel, Raphael, Michael und Gabriel nenne ich gerne auch meine »hellen Jungs«, denn sie sind aufgeweckt und scharfsinnig und haben über die Äonen nicht nur unschätzbare Dienste für Gott und die Menschen geleistet, sondern auch etliches von meinem besten Material geschrieben.
21 Der fünfte und letzte Engel, den ich erwähnen möchte, ist Luzifer.
22 Zu ihm später mehr.

Kapitel 12

1 Während ich mit der Expansion meines Unternehmens beschäftigt war, ließ ich die Erde weitgehend auf sich gestellt in der Hoffnung, dass die Erinnerung an die Sintflut ausreichen würde, die Menschen auf dem schmalen und geraden Weg der Tugend zu halten, also der unaufhörlichen Dankesbekundung für mich durch das regelmäßige Verbrennen größerer Nutztiere.
2 Aber darin wurde ich aufs Ärgste enttäuscht.
3 Es wäre eine Sache gewesen, wenn die Menschheit einfach angefangen hätte, Sonne und Mond, Saat und Ernte für selbstverständlich zu halten, ohne anzuerkennen, wer sie ihnen geschenkt hatte.
4 Das hätte ich vielleicht noch als schlichte Unhöflichkeit verbucht und mit der üblichen Reihe von Benimmlektionen geahndet, die ihr »Naturkatastrophen« nennt (siehe *Klapsus* 1–4).
5 Es ereignete sich jedoch etwas weit Schlimmeres; die Menschen erfanden falsche Götter in Form von Steingötzen, denen sie huldigten und opferten.

6 Man hat mich einen eifersüchtigen Gott genannt, eine zutreffende, aber irreführende Beschreibung, da sie Assoziationen an einen abgewiesenen Liebhaber oder geschäftlichen Konkurrenten weckt, während meine Eifersucht von ganz anderer Natur ist.
7 Stelle dir ein Kleinkind vor, das auf einem Stück Pergament herumkritzelt und das Resultat für ein Meisterwerk hält.
8 Stelle dir vor, wie es zu seiner Mutter läuft und verlangt, dass sie seine künstlerische Kreation bewundert.
9 Es ist ohne Belang, ob sie in diesem Moment mit irgendeiner der zahlreichen anderen Tätigkeiten ihres arbeitsamen Lebens beschäftigt ist, ebenso wenig, dass das Gemälde in Wahrheit eher an epileptisches Gekritzel erinnert.
10 Das Kleinkind muss gelobt werden, und zwar hurtig; ansonsten wird es unruhig und unwirsch, Tränen fließen, der Atem stockt.
11 Und so kommen alle Tätigkeiten im Haushalt zum Erliegen, während die Mutter ausreichend Lobpreis über den kleinen Burschen häuft, sein Talent preist, seine Größe rühmt und sein Werk unverzüglich mit einem Magneten an den Hort kalter Speisen heftet.
12 Nun stelle dir vor, ich wäre dieses Kleinkind und du die Mutter; und das Bild ist das Universum, und genau dieser Augenblick ist jeder einzelne Augenblick bis in alle Ewigkeit.
13 Das vermittelt dir eine Ahnung von meiner Lobbedürftigkeit.
14 Denn siehe, es ist leicht, sich Götzen zu erschaffen und sie mit wünschenswerten Eigenschaften auszustatten; sie sich als Tiere oder die Sonne oder irgendein anderes Ding oder Geschöpf vorzustellen, das dich gerade beseelt; man

kann sogar einen ganzen Pantheon solcher Götzen ersinnen, die gemeinsam viele aufregende Abenteuer, haarsträubende Intrigen und verrückte Verwechslungen erleben.

15 Solche Gottheiten werden das Joch des Gottseins immer leichter tragen als ich und sich als feinsinnigere Figuren deiner Mythenbildung erweisen, denn ihnen steht eine Waffe im Universum zur Verfügung, die ich nie einsetzen kann: Nichtexistenz.

16 Nimm etwa Ninurta, den sumerischen Fruchtbarkeitsgott; er konnte sich problemlos in einen geflügelten Löwen verwandeln, die von Anzu gestohlenen Schicksalstafeln zurückerobern, das erlegte Bison auf seinem Streitwagen forttragen, mit Ugallu verkehren, sich als Heiler verehren und als Bringer des Windes fürchten lassen.

17 Er hat den Sumerern bereitwillig für all diese Zwecke gedient, *weil er nicht real war* und damit das, was ich wohlwollend »mythologisch flexibel« nenne.

18 Aber Ninurta hat nie eine einzige echte Regenwolke geschickt, nie einen einzigen Halm echten Getreides wachsen lassen; er hatte kein Verantwortungsgefühl, weil er wie alle anderen in seinem Pantheon in seinem Leben keinen götterverdammten Tag gearbeitet hat.

19 Ich mag meine Fehler haben: Ungestüm, Eifersucht, Jähzorn und andere, die ich offenbaren werde; nach Veröffentlichung dieses Buches wird es in der Tat nicht länger zu meinen Unzulänglichkeiten zählen, »alles in mich hineinzufressen«; ich mache reinen Tisch, und es fühlt sich gut an; ich umarme die Katharsis.

20 Aber im Gegensatz zu anderen Göttern *bin ich real,* ich bin der Herr dein Gott, König des Universums, und du wirst mich nicht los.

21 Und es ist töricht und böse, dass der Mensch versucht,

diese Wahrheit zu fliehen, indem er sich alberne »Gottheiten« aus Stein meißelt, anstatt dem Weg zu folgen, den ihm Vernunft und Gehorsam weisen:
22 Nämlich Lasttiere auf rituellen Altären zu verbrennen, bis das rauchige Aroma von Ochsenfett satt genug ist, deinen unsichtbaren Gott und Grillfan im Himmel zu besänftigen.

Kapitel 13

1 Doch ich hatte mich aus dem Weltuntergangsgeschäft zurückgezogen; wohl wahr, ich hatte mir schlauerweise eine Hintertür offengehalten, sodass ich die Menschheit mit jedem *anderen* Mittel als einer Flut strafen konnte; aber dann hätte jeder in seiner letzten Sekunde gedacht: »Wow, wieder eine Apokalypse ... schätze, da gehen *jemandem* die Ideen aus.«
2 Also entschied ich mich für einen anderen Ansatz und konzentrierte mich auf eine Handvoll Auserwählter, die bereits besonders gerecht waren und die ich durch ein großzügiges Immobilienangebot anspornte, ihren moralischen Reichtum zu verbreiten, auf dass er zu den weniger Frommen und Glücklichen durchsickern möge.
3 Die Suche nach diesen Menschen wurde eine der ersten Aufgaben meines neuen Teams, und ihre Lösung war genial. An einer viel bereisten Straße in Chaldea errichteten sie eine Holzbude wie einen Limonadenstand mitten in der Wüste, an der sie ein Schild montierten:
4 »Möchtest du auserwählt sein? Weitere Informationen hier!«

5 Und siehe, am allerersten Tag kam ein flinker junger
Mann von nicht mehr als 75 Jahren vorbei, mit Feuer in den
Augen, Träumen im Herzen und einer Herde, deren Tiere
fast alle von der Stoppellähme befallen waren.
6 Deswegen war er eigentlich in die Gegend gekommen; er
wollte seine Schafe auf trockenem Boden laufen lassen, auf
dass ihre Hufe Linderung erfuhren.
7 Das war natürlich Abraham, Patriarch des Monotheis-
mus, Urahn meiner drei großen Religionen, Vater der Israe-
liten, Ismaeliten, Edomiten, Midianiten und Parasiten.
8 Dabei hasste er Letztere, weil sie es sich immer nur in sei-
nem Zelt gemütlich machten und um Geld bettelten.
9 Abraham hatte sich schon als ein veritabler Bilderstür-
mer bewiesen; einige Monate zuvor war er in den Götzen-
Laden seines Vaters in der Stadt Haran eingebrochen und
hatte alle Götzenbilder zerstört, um zu beweisen, wie tö-
richt es war, von Menschen gemachten Kunstwerken gött-
liche Macht zuzuschreiben.
10 (Dabei hatte er sich zudem als überaus weise gezeigt,
denn vorher hatte er für seinen Vater eine Diebstahlver-
sicherung für Kleingewerbe abgeschlossen und den Tatort
so hinterlassen, dass es aussah wie das Werk der »Haran-
Räuber«, einer berüchtigten Bande von Katzendieben.)
11 Ich wollte gleich loslegen, also erklärte ich Abraham,
wenn er das Haus seines Vaters verließe, würde ich ihn
in ein Land führen, ihn zum Ahnvater eines großen Vol-
kes und seinen Namen unsterblich machen. Und alle, die
ihn verfluchen, sollten verflucht sein; aber ich bräuchte eine
schnelle Antwort, weil ich es ein wenig eilig hätte.
12 Und Abraham willigte ein und verließ das Land Ha-
ran und brach zusammen mit seinen Sklaven, seinem be-
trächtlichen Hausstand, seiner Frau sowie seinem Neffen

Lot nach Kanaan auf. Die Engel und ich nannten Letzteren nur »Sapper-Lot«, denn er war fürwahr nicht die schärfste Speerspitze in der Wüste.
13 Ich sage nicht, dass Lot dumm war, sondern nur, dass sein Zelt ein paar lose Stangen hatte.
14 *[Trommelwirbel]*
15 Fürwahr ich sage nicht, dass Lot dumm war, sondern dass ihm ein paar Kamele in der Karawane fehlten.
16 *[Trommelwirbel]*
17 Wahrlich ich sage nicht, dass Lot dumm war, sondern nur, dass seine Herde auf *ihn* aufpasste.
18 *[Großer Trommelwirbel]*
19 Ja, Lot mag nicht der Hellste gewesen sein, aber er war nichtsdestoweniger tugendhaft, und deshalb waren er und seine Familie (mit einer Ausnahme) auch die einzigen Überlebenden des berühmtesten strategischen Luftangriffs in der gesamten Heiligen Schrift.
20 Ich rede natürlich von Sodom und Gomorrha; aber das kann ich nur, wenn ich zunächst ausführlicher auf ein Thema eingehe, das in diesen Lebenserinnerungen bereits angesprochen wurde.

Kapitel 14

1 Die Bibelverse über Homosexualität haben mehr Streit und Hass hervorgerufen als irgendwelche anderen in der Thora, und ich gestehe, das habe ich nicht vorausgesehen.
2 Denn als ich Moses das Buch diktierte, nahm ich an, dass es die größten Kontroversen um die Verse in Leviticus 27 geben würde, wo befohlen wird, dass ein Stück Acker,

welches mir jemand von seinem Erbgut gelobt hat, geschätzet werden soll nach der Aussaat, zu einem Kurs von fünfzig Lot Silber pro Sack Gerste.
3 Ich entsinne mich, als ich nach dem Diktat der Verse aufblickte, starrte Moses mich mit weit aufgerissenen Augen an und sagte: »Du wissest, dass die Israeliten komplett ausflippen werden, wenn sie das lesen, oder?«
4 Doch wir sollten uns irren; es sind die Zeilen über Homosexualität, die bis heute am heftigsten diskutiert werden; deshalb möchte ich zunächst meiner Dankbarkeit für die Tatsache Ausdruck verleihen, dass die Worte des Alten Testaments mehr als dreitausend Jahre nach ihrer Niederschrift für so viele von euch noch immer die oberste Richtschnur in Fragen der Moral sind.
5 Darin tut ihr recht; denn meine Verfügungen über Geschlechtsverkehr, Speisevorschriften und Menstruation, die Notwendigkeit, ein Brandopfer mit zwei Zehnteln feinsten Mehls und Öl vermengt darzubringen, und die richtige Art, eure Töchter als Sexsklavinnen zu verkaufen, sind nicht das Produkt einer Gruppe von Menschen, die zu einer bestimmen Zeit an einem bestimmten Ort gelebt haben.
6 Sie sind zeitlos.
7 Dir einen eigenen Satz moralischer Werte auf der Grundlage der realen Welt zu schaffen, in der du lebst, ist das *Letzte,* was du tun solltest.
8 Nichtsdestoweniger hat es eine grundlegende Fehldeutung der Verse in Leviticus gegeben, die man für eine Verurteilung der Homosexualität gehalten hat: »Du sollst nicht bei einem Mann liegen wie bei einer Frau; es ist ein Gräuel.« Und: »Wenn jemand bei einem Manne liegt wie bei einer Frau, so haben sie getan, was ein Gräuel ist, und sollen beide des Todes sterben.«

9 Rückblickend verstehe ich, dass der Satz »Du sollst nicht bei einem Mann liegen wie bei einer Frau; es ist ein Gräuel« von jenen, die das so sehen, als eine Vorschrift gegen die Homosexualität gedeutet werden konnte, indes, das habe ich nicht gemeint.
10 Was ich meinte, war vielmehr: Wenn du ein Mann bist und einen anderen Mann siehst, den du begehrest, schneide ihm nicht die Genitalien ab und ritze mit dem Messer an ihrer Stelle einen Spalt, in den du eindringen kannst, auf dass du »bei ihm liegen kannst wie bei einer Frau«.
11 Selbst die Schwulsten unter euch würden mir gewisslich zustimmen, dass das ein *Gräuel* ist.
12 Die Schöpfung von Adam und Ewald habe ich bereits geschildert, und jenen, die sagen, »wenn Gott gewollt hätte, dass wir schwul sind, hätte er uns mit männlichen und weiblichen Geschlechtsorganen erschaffen«, entgegne ich: »Ja, aber wenn ich gewollt hätte, dass *keiner* von euch schwul ist, hätte ich den männlichen Anus nicht so gestaltet, dass er einen erigierten Penis bequem aufnehmen kann.«
13 Und jenen, die sagen: »Homosexualität ist eine Sünde, weil es Gottes Auftrag widerspricht, fruchtbar zu sein und sich zu mehren«, habe ich, was die Biologie betrifft, ja schon recht gegeben; dennoch möchte ich anmerken, dass Schwule Heteros in Sachen Kreativität fruchtbarkeitsmäßig weit voraus sind.
14 Und was das Mehren betrifft, ist es wahr, sie können sich nicht fortpflanzen, aber ich habe ihnen nirgendwo verboten, Gebärhilfe von anderen Mitgliedern ihrer Gemeinde in Anspruch zu nehmen.
15 Wie etwa Spender, Leihmütter oder beste Freundinnen, die sich der vierzig nähern, den perfekten Fortpflanzungs-

partner noch nicht gefunden haben und unaufhörlich über den Schatten jammern, der langsam auf ihre biologische Sonnenuhr fällt.
16 Außerdem ist es eine unbestreitbare Tatsache, dass die Kleriker, die Schwule und Lesben am strengsten verdammen, häufig diejenigen sind, die am heftigsten mit ihren eigenen verborgenen Trieben ringen.
17 Das war gewisslich wahr für die Schlange im Garten Eden; und es ist gewisslich wahr für viele andere »Männer Gottes« aller drei großen Religionen, die sich gegen die Homosexualität ausgesprochen haben.
18 Ich hoffe fürwahr, dass ich mich zu dem Thema klar ausgedrückt habe, denn man hat mir in meiner Zeit manches vorgeworfen und bisweilen zu Recht, aber ich bin in keinster Weise homophob.
19 Schwul, hetero oder bi, in meinen Augen seid ihr alle gleichermaßen bestrafenswert.

Kapitel 15

1 Und damit komme ich zu Sodom, wo der Brauch männlicher Homosexualität in der Tat vorherrschend war.
2 Aber das ist nicht der Grund, weshalb ich Sodom bestraft habe, und es ist ganz bestimmt nicht der Grund, weshalb ich Gomorrha bestraft habe, wo es praktisch keine Schwulenszene gab, mit Ausnahme des »Feuer und Schwefel«, einer versteckten und nur an Wochenenden geöffneten Taverne.
3 Nein, der Grund für die Zerstörung von Sodom und Gomorrha war simpel: Die beiden Städte waren die Zwillings-

Drehkreuze einer riesigen internationalen Geldwäscheoperation.

4 Ihre Masche war clever: Ein Bandit kam mit Diebesgut in eine der Städte, brachte es zu einem der vielen Händler auf dem Basar, wo er anbot, es gegen kleine Teile »legitimer« Ware wie etwa Kleidung oder Töpferwaren zu tauschen, die zu einem außerordentlich hohen Preis angeboten wurde, der gleichsam die »Waschgebühr« des Händlers darstellte.

5 Daraufhin übergab der Bandit sein Diebesgut, der Ladenbesitzer händigte ihm die Ware aus und gab ihm sein »Wechselgeld« in nicht zurückzuverfolgenden Münzen heraus.

6 So ritt der Bandit auf seinem Kamel mit »sauberem« Geld und dem Beleg eines scheinbar legalen Geschäfts von dannen, während der Händler ein Lager voller neuen Diebesguts hatte, das er wieder verkaufen – und dann von seinem Komplizen, dem Banditen, ein weiteres Mal stehlen lassen konnte.

7 Denn wie du vielleicht schon vermutet hast, steckten die beiden unter einer Decke.

8 Praktisch alle Bewohner von Sodom und Gomorrha waren an dem Geschäft beteiligt, ein in dieser Größenordnung einzigartiges kriminelles Unternehmen, dessen Ausmaße vielleicht begreifbarer werden, wenn ich enthülle, dass die unehrlichen Händler von Sodom und Gomorrha allein im Jahr 1653 v. Chr. mehr als fünftausend Lot Silber gewaschen haben.

9 Das ist kein Druckfehler: *5000* Lot Silber.

10 Die beiden Städte waren korrupt bis ins Mark, und ich hatte keinerlei Bedenken, ihre Zerstörung anzuordnen; doch ich wusste, dass in Sodom auch der gute alte Sapper-Lot mit seinen beiden Töchtern und seiner Frau Trish lebte.

11 (Ja, ihr Name wird im 1. Buch Mose nicht genannt, aber sie hieß Trish.
12 Und das war keine Abkürzung für Patricia, sondern eben einfach Trish.)
13 Und zwei Engel kamen in Lots Haus, und er ließ ihnen seine übliche trottelige Gastfreundlichkeit angedeihen, bis sich vor dem Haus eine Menschenmenge versammelte und forderte, dass er sie herausführte, »auf dass wir uns über sie hermachen«; ruchloses Benehmen, denn es wäre die schlimmste Form der Vergewaltigung gewesen: Notzucht mit Engeln.
14 Und wahrlich, du willst nicht wissen, was die Ewigkeit für Engelvergewaltiger bereithält.
15 Und es steht geschrieben, dass Lot hinaustrat und sprach: »Siehe, ich habe zwei Töchter, die wissen noch von keinem Manne; die will ich herausgeben unter euch und tut mit ihnen, was euch gefällt; aber diesen Männern tut nichts, denn darum sind sie unter den Schatten meines Dachs gekommen.«
16 Ich wünschte, ich könnte die Miene von Lots Töchtern in diesem Augenblick beschreiben.
17 Unbezahlbar.
18 Aber ein solches Schicksal blieb ihnen erspart, denn die Engel schlugen den Pöbel mit Blindheit und verhalfen der Familie zur Flucht; und sobald sie die Stadt verlassen hatten, wurden Sodom und Gomorrha komplett zerstört; es regnete Feuer und Schwefel, sämtliche Gebäude wurden in Schutt und Asche gelegt, die Bewohner von den Flammen verschlungen.
19 Es war ein schockierendes Ereignis, und noch Jahrzehnte später konnte sich jeder im Jordantal daran erinnern, was er gerade gemacht hatte, als er die Nachricht hörte.

20 »Wahrlich«, erinnerte sich vielleicht einer, »ich hatte eben zehn Mutterschafe getötet und mich in den Sklavenquartieren über Blimschur, die simritsche Amme meiner Frau, hergemacht, als Schazran, der Herdentreiber, in einem geliehenen Lendenschurz hereingerannt kam und mich mit der jammervollen Kunde überfiel.

21 Und ich brach weinend zusammen; denn ich hatte verloren, was ich erst rückblickend als meinen wertvollsten Besitz erkannt habe … meine Unschuld.«

22 Natürlich wissest du, was aus Trish geworden ist; die Engel hatten Lots Familie strikte Anweisung gegeben, sich nicht umzusehen, aber sie konnte der Versuchung nicht widerstehen und erstarrte zu einer Salzsäule.

23 Und zwei Minuten später hatte Lot sie mehr geleckt als in den 28 Ehejahren davor.

Kapitel 16

1 Abraham war ein würdiger Patriarch, aufrecht und mutig, tapfer und gütig, ein großartiger Mann und mehr als das, ein bescheidener Mann, ein netter Mann, einfach ein wirklich, wirklich Guter; Abraham war ein absoluter Schatz.

2 Doch er konnte auch schlagfertig und streitlustig sein; und ich entsinne mich zahlreicher lebhafter Diskussionen zwischen uns, bei denen er seine Ablehnung zu einer Frage des Protokolls oder Dogmas kundtat, was ich ihm gnädigerweise ungestraft durchgehen ließ.

3 Als ich ihm beispielsweise das neue Ritual der Beschneidung als Pflicht für seine Nachkommen auftrug, sagte er: »Herr, das Auserwählte Volk durch eine körperliche Verän-

derung zum Zeichen unseres besonderen Bundes von den anderen Stämmen zu unterscheiden, ist überaus weise.
4 Ich dachte nur: Was, wenn wir statt der Beschneidung acht Tage alter Jungen …
5 … eine Brustvergrößerung für siebzehnjährige Mädchen daraus machen würden?«
6 Wir diskutierten fast zwei Wochen lang über die Frage; die Meinungen schwankten hin und her; Beschneidung, Brustvergrößerung; Brustvergrößerung, Beschneidung; beide Optionen hatten Vorteile.
7 Abraham gestand mir zu, dass die Beschneidung eine bedeutungsvolle kulturelle Tradition gründen würde, die die Generationen miteinander verband; und ich räumte ein, dass eine Brustvergrößerung hilfreich beim Anwerben und Schaffen neuer Mitglieder wäre.
8 Am Ende blieb ich bei meiner ursprünglichen Wahl; und siehe, 3600 Jahre später praktizieren die Juden das Ritual der Beschneidung nicht nur weiterhin, es bleibt auch zentral für ihr Identitätsgefühl.
9 Gern geschehen, Juden.
10 Ein anderes Mal erschien ich Abraham im Traum und sagte ihm die Zukunft seines Volkes voraus; und dass es, bevor es zu einer großen Nation aufsteigen würde, erst vierhundert Jahre lang in ägyptischer Gefangenschaft leben müsste.
11 »Gott«, sagte er, »ich kann nicht umhin zu fragen: Wenn du das schon im Voraus weißt, warum kannst du dann nicht verhindern, dass es geschieht, und meinen Nachfahren damit vier Jahrhunderte Leid ersparen?
12 Und wenn du überdies die Macht hast über das, was noch nicht geschehen ist, könntest du die Zukunft nicht mit einem sanfteren Faden aufspulen; einem Faden, der einen

Wandteppich webt, in dem der Gerechte stets belohnt und der Böse bestraft wird, damit die Menschen deine unendliche Gerechtigkeit in vollkommener Deutlichkeit erkennen können?«

13 »Interessant, interessant«, sagte ich. »Aber ich glaube, mir ist es lieber, wenn meine Wege unergründlich bleiben.«

14 »Aber bedenke«, erwiderte Abraham, »wie viel Verehrung die Menschheit dir entbieten würde, wenn sie das Gefühl hätte, in einem Universum zu leben, in dem Gute und Böse ihrem Verhalten gemäß bestraft oder belohnt werden.«

15 »Nee«, antwortete ich, »ich höre, was du sagst, aber mir ist es trotzdem lieber, wenn meine Wege unergründlich bleiben.«

16 »Es ist natürlich deine Welt, ich lebe bloß hier«, fuhr Abraham fort, »ich glaube einfach, ein wenig Transparenz könnte sich als ein nützliches Bollwerk für all jene erweisen, die von Wut oder Zweifeln geplagt werden; und des Weiteren …«

17 *»Uuuuunergründliche Weeeege«,* schrie ich, und der starke girgaschitische Akzent, in dem ich sprach, machte das Ganze noch unheimlicher (weil Girgaschitien das Transsylvanien seiner Zeit war); dazu setzte ich Donner und Lichteffekte ein und warf eine Plastikspinne nach ihm.

18 All das nahm Abraham überaus ernst, denn vergiss nicht, all das passierte im Schlaf; und also erwachte er schreiend, schwer atmend und mit schweißnasser Stirn in seinem Zelt, bis seine Erregung schließlich abkühlte, er sich sammelte und voller Erleichterung sprach: »Oh, es war alles nur ein Traum.«

19 Und er blickte auf den Boden neben sich, entdeckte eine Plastikspinne und schrie: *»Oder etwa nicht?!?«* Und ich er-

füllte das Zelt ein weiteres Mal mit bösartigem Gelächter, Donner und Plastikspinnen.
20 Ja, Abraham musste sich schon eine Menge Scheiß meinerseits gefallen lassen.

Kapitel 17

1 Aber nichts war vergleichbar mit der Tortur, die ich ihm zwanzig Jahre später zugemutet habe.
2 Ich hatte Abraham erklärt, dass seinen Lenden eines Tages eine große Nation entspringen sollte; aber er und Sara waren alt, und sie gebar ihm kein Kind; also erlaubte sie Abraham, zu ihrer Magd Hagar zu gehen, der Nachfolgerin ihrer vorherigen Magd Lee Roth.
3 Und Abraham und Hagar lagen beieinander, und dabei kam es irgendwann zum Sex.
4 Und Hagar gebar einen Sohn, den sie Ismael nannte, weil sie wollte, dass er als erwachsener Mann einen Roman erzählen sollte, den gelesen zu haben jeder vorgeben würde.
5 Vierzehn Jahre vergingen, Abraham war mittlerweile hundert und Sara neunzig; und auch wenn eure modernen Medizinmänner es hinkriegen, dass Neunzigjährige Drillinge raushauen wie eine Ballwurfmaschine Tennisbälle, war das damals nicht so.
6 Doch ich war endlich bereit, meinen Bund zu besiegeln, und ermöglichte es Sara, zu empfangen und einen Sohn zu gebären, Isaak; daraufhin forderte sie, dass Hagar und Ismael fortgeschickt würden; denn sie war neidisch geworden auf Hagar, die als Magd offen gestanden auch schon mal besser gearbeitet hatte.

7 Also tat Abraham, wie Sara verlangte, und schickte Is-
mael ins Exil; er wuchs trotzdem zum Stammvater seines
eigenen großen Volkes heran – der Araber.
8 (Und die arbeiten sich bis heute an der Vertreibung Ha-
gars ab.)
9 Um jedoch zu Isaak zurückzukehren: Abraham liebte den
Jungen von Herzen; aber als er noch ein Kind war, erklärte
ich Abraham eines Tages, dass er mir Isaak als Brandop-
fer darbringen sollte, um ein für alle Mal zu beweisen, dass
er mir treu genug ergeben war, um seine Position als erster
Patriarch auch zu verdienen.
10 Also sah ich zu, wie Abraham am frühen Morgen das
Holz für das Brandopfer spaltete, seinen Esel gürtete und
mit seinem jungen Sohn aufstieg; und ich dachte: »So weit,
so gut.«
11 Und ich sah, wie er sich drei lange Tage auf dem Esel
und drei lange Nächte in dem Zelt an Isaak klammerte, bis
sie am Fuße des Berges im Land Morija angekommen wa-
ren; dort erklärte er seinen Knechten, sie sollten eine Weile
warten, während er und Isaak losgingen; und ich dachte:
»Beeindruckend!«
12 Und ich sah ihren Aufstieg und hörte Isaak blauäugig
fragen, wo denn das Lamm für das Brandopfer sei. Und
ich sah, wie Abraham seine Tränen herunterschluckte und
schweren Herzens murmelte: »Gott selbst wird sich das
Lamm für das Brandopfer ausersehen, mein Sohn.« Und ich
dachte: »Gute Antwort.«
13 Und ich sah, wie sie an die Opferstätte kamen; und Abra-
ham errichtete einen Altar, legte das Holz darauf, fesselte in
ärgster Pein seinen zappelnden Sohn und legte ihn oben auf
das Holz; und ich dachte: »Ich glaube, er macht es wirklich.«
14 Und ich sah, wie Abraham in unermesslicher Trauer die

Hand ausstreckte, das Messer fasste und seinen wunderschönen Sohn zum letzten Mal lebendigen Leibes betrachtete, den Sohn, den ich ihm verheißen hatte, nur um ihm jetzt zu befehlen, ihn eigenhändig zu schlachten; und ich dachte: »Unglaublich, er macht es tat–«

15 »Mein Herr!«, unterbrach mich mein Engel Michael. »Ich will nicht unhöflich sein, aber hast du wirklich vor, Abraham das Opfer vollbringen zu lassen?«

16 »Nein, nein, habe ich nicht, und es ist gut, dass du mich unterbrichst«, sagte ich, »denn fürwahr, Abraham in diesen letzten drei Tagen zu sehen, stimmt mich … ich bin mir selbst unsicher; aber zu beobachten, wie jemand, der mir nahesteht, sich anschickt zu töten, was ihm im Leben am liebsten ist, nur um meine Anerkennung zu gewinnen … sein Leid … ich fand es beinahe …«

17 »Mein Herr!«, brüllte Michael noch einmal und wies auf Abraham, der jetzt das Messer hob; und ich nickte, und Michael erschien Abraham im allerletzten Augenblick, hielt seine Hand zurück, blickte sich nach einem Ersatzopfer um und sah einen verirrten Widder, der zur falschen Zeit am falschen Ort war.

18 Und Michael gratulierte Abraham und tröstete ihn und versprach ihm in meinem Namen ein weiteres Mal, dass ich sein Geschlecht mehren würde wie die Sterne am Himmel und den Sand am Ufer des Meeres.

19 Ich jedoch blieb allein und wahrte lange Zeit Abstand zu den Angelegenheiten der Menschen, um der Wahrheit über mich selbst nachzusinnen, die mir aufgegangen war, als ich Abraham zugesehen hatte.

20 Denn siehe, ich hatte die Erde durch eine Sintflut zerstört; ich hatte den Turm von Babel geschleift und Sodom und Gomorrha dem Erdboden gleichgemacht; mit Katast-

rophen aller Art hatte ich euch geschlagen, im Namen der Gerechtigkeit.
21 Aber erst damals, als ich mich dabei ertappte, wie ich fasziniert die langsame, stumme Agonie eines Menschen verfolgte, den ich sehr liebte …
22 Fürwahr, erst in diesem Moment begann ich die Möglichkeit in Erwägung zu ziehen, dass mit mir irgendwas ernsthaft nicht stimmte.

Kapitel 18

1 Danach war es zwischen uns nie wieder wie vorher.
2 Sara starb ein paar Jahre später; und Abraham war untröstlich; weil ich mich schuldig fühlte, schenkte ich ihm eine dritte Frau; Ketura war neunzehn Jahre alt, Abraham 139, ein klassischer Fall von Johannistrieb.
3 Und Abraham fand eine Frau für seinen Sohn: Rebekka war die Tochter von Isaaks Vetter, nicht ideal, aber Isaak hatte leider keine infrage kommenden Halbschwestern oder Nichten.
4 Und Abraham starb im reifen Alter von 175 Jahren und wurde neben Sara in der Höhle von Machpela bei Mamre begraben, weiter hinten in der jüdischen Abteilung.
5 Und Isaak erwies sich als noch treuer und standhafter als Abraham; ich hielt es nicht für notwendig, ihn zu prüfen wie seinen Vater; von den drei Patriarchen findet er mit Abstand die wenigste Beachtung, denn sein Leben war nicht annähernd so interessant, wie das von Abraham gewesen war und das von Jakob sein würde.
6 Ja, er erinnert mich ein wenig an John Scott Harrison, den

einzigen Mann, der Sohn und Vater eines amerikanischen Präsidenten war.
7 (Du sollst mich nie zu einer Partie Bezzerwizzer herausfordern, sonst kassierest du eine gehörige Klatsche.)
8 Isaak baute den Reichtum seines Vaters aus, indem er sämtliche Brunnen im Gerar-Tal kaufte und damit großen Profit machte; vor allem nachdem ein hinreißendes zweijähriges Mädchen aus Berscheba, »Baby-Milka«, versehentlich in einen davon gefallen war.
9 Jeder im Umkreis von fünfhundert Ellen kam zu ihrer Rettung geeilt; der Zwischenfall machte den Brunnen berühmt und brachte Isaak und allen Beteiligten Ehre.
10 Traurigerweise wuchs Milka selbst vom Ruhm verdorben heran und starb im Alter von sechzehn Jahren an einer Überdosis Weihrauch.
11 Am bekanntesten ist Isaak wegen seiner beiden Kinder, der Zwillinge Jakob und Esau; Esau kam als Erster heraus, war rötlich und rau wie ein Fell; und lausbübisch an seine Ferse geklammert folgte Jakob.
12 Und mit seinem Auftritt wird die biblische Geschichte sofort spannender; denn von seinem frühesten Alter an wurde rasch für jedermann offensichtlich, dass Jakob ein wirklich gerissener kleiner Schlingel war.
13 Er überlistete Esau, ihm für ein Linsengericht sein Erstgeburtsrecht zu verkaufen, und täuschte seinen eigenen sterbenden Vater, ihm den Erstgeburtssegen zu geben – und das sind nur zwei der zahllosen kleinen, gerissenen, schlingelhaften Missetaten, die der kleine gerissene Schlingel beging.
14 Ich habe sie nur deswegen nicht in die Bibel aufgenommen, damit das Erste Buch Mose nicht zum Buch des gerissenen kleinen Schlingels wurde.

15 Jakob war ein unartiger Spitzbube, ein verschwörerischer Geist, den Kopf voller Unfug, eine semitische Eisenzeitversion von Dennis, the Menace, und Bart Simpson in einem.

16 Jakob war ein gewiefter Trickser, wie ich kaum je einen zweiten gesehen habe; gelegentlich ein skrupelloser Halsabschneider; einer jener Menschen, deren Erfolg den Groll anderer weckt, weil man sie solch irdischer Errungenschaften für unwürdig hält, und zu Recht.

17 Ich *liebte* Jakob.

Kapitel 19

1 Aber es war Esau, der Jakobs kunstvolle Listen am häufigsten und schmerzhaftesten erleiden musste; die beiden folgenschwersten Zwischenfälle habe ich bereits oben in *Regenesis* 18,13 erwähnt.

2 (Es ist wahrlich praktisch, jeden Satz seines literarischen Werks nach Kapitel und Vers zitieren zu können; und es ist mehr als praktisch, denn es verleiht jeder meiner Äußerungen das Gewicht unanfechtbarer Autorität.

3 An dieser Stelle eine kleine Gefälligkeit für meine Leser:

4 *Wenn du geschickt worden bist, dieses zu lesen, bist du ein Arschloch.*

5 So: Wenn du nun zum nächsten Mal mit einem Pedanten über ein Detail der Heiligen Schrift streitest, verweist du ihn auf diesen Abschnitt: »Ah, aber vergessest du nicht *Regenesis* 19,4?« Und er wird eilen, um meine persönliche Botschaft zu lesen.

6 Die Ambitionierten unter euch könnten sogar bei Sportveranstaltungen Plakate mit der Aufschrift »Regenesis,

19,4« hochhalten, auf dass Tausende ungehobelter Sophisten zu ihrem *Letzten Testament* greifen und eigenhändig die Epik meines Werkes und ihres Scheiterns erkennen.)

7 Es war Esaus Sache nicht dienlich, dass er ein ungewöhnlich steifer Streng-nach-der-Schriftrolle-Typ war, denn das machte ihn zur perfekten Zielscheibe für die Streiche seines jüngeren Bruders.

8 Und zahllos waren die Anlässe, zu denen ich einen Blick in ihre Kindheit warf und Jakob kichernd oder davonrennend sah, während Esau mit einem Bein in einem Topf feststeckte, sich Hafergrütze aus dem Gesicht oder Kameldung von seiner Tunika wischte und mit erhobener Faust kreischte: »JAKOOOOOOOBBBB!«

9 Verglichen mit seinem üblichen Schabernack war der Tausch des Erstgeburtsrechts eine vergleichbar simple Sache, die keine fünf Sekunden dauerte: Esau kam von einem langen Tag auf der Jagd zurück, sah Jakob einen Teller Linsen essen und sagte: »Ich schwöre bei Gott, für einen Happen davon würde ich auf der Stelle mein Erstgeburtsrecht eintauschen.« Und Jakob sagte: »Abgemacht!« Und damit hatte es sich.

10 Denn höre: Wo immer mein Name zur Bekräftigung eines irdischen Schwurs angerufen wird, wann immer ich gleichsam zur spirituellen Zusatzversicherung werde, merke ich mir das und zwinge den Sprecher dazu, seinen Teil der Abmachung einzuhalten, und zwar ohne Ausnahme.

11 Das gilt für die gesamte Menschheit; die *gesamte* Menschheit.

12 (Ich meine dich, Susan Moskowitz aus Great Neck, New York.

13 Denn ich habe dich gerade in der Mädchenumkleidekabine zu deiner allerbesten Freundin Marissa sagen hören:

»Ich schwöre bei Gott, wenn Joey Paulette zu Beths Party einlädt, bringe ich sie um!«
14 Siehe, Susan, ich werde dich beim Wort nehmen.
15 Wenn Joey Paulette zu Beths Party einlädt … musst du sie umbringen.)
16 Und was Jakobs andere große List betrifft, die Erschleichung des Erstgeburtssegens, das ist eine lange Geschichte; sie nimmt das ganze Kapitel 27 des 1. Buch Mose ein, obwohl ich zugeben muss, dass ein scharfsinniger Leser bereits ab Vers 4 ahnen kann, worauf das Ganze hinausläuft.
17 Der geradezu komisch senile Isaak schickt Esau los, das Essen für die Segnung vorzubereiten; während er weg ist, bereitet Rebekka das Essen selbst und verkleidet ihren geliebten Sohn Jakob mit dem Fell eines Böckleins, um so Esaus Behaarung vorzutäuschen; Isaak schöpft Verdacht und kommt der List beinahe auf die Schliche, doch dann fühlt er den »Bart« seines Sohnes …
18 Fürwahr, es liest sich wie eine Sitcom-Episode aus dem Vorabendprogramm, und keine gute.
19 Esau war stinkwütend auf seinen Bruder, also floh Jakob unter das Dach seines Onkels Laban; und während er dorthin unterwegs war, sandte ich ihm die berühmte Vision der Jakobsleiter.
20 Er träumte von einer Leiter, die in den Himmel führt, Engel stiegen hinauf und hinab, und oben stand ich; und wie zuvor seinem Großvater versprach ich ihm, seinen Nachkommen das Gelobte Land zu überlassen; und wie zuvor seinem Großvater versprach ich, sein Geschlecht so zahlreich zu machen wie den Staub auf Erden.
21 Und wie bei seinem Großvater beendete ich den Traum mit der Plastikspinneneinlage.
22 Aber das funktionierte bei Jakob nicht; er war viel zu

clever; in all den 147 Jahren seines Lebens habe ich es nie geschafft, Jakob auch nur einmal hinters Licht zu führen.
23 Nein, Jakob hat sich von mir nie verarschen lassen.

Kapitel 20

1 Irgendwann langte Jakob dann bei Onkel Labans Haus an; und es ist mir eine besondere Freude zu berichten, dass es dort zwei junge, frische, heiratsfähige Cousinen gab, die darauf warteten, die Ehe mit ihm einzugehen.
2 Laban war ein schillernder Charakter; in der Genesis schreibe ich darüber, wie er Jakob zwanzig Jahre lang in vertraglich festgelegter Knechtschaft hielt, seine Töchter an ihn verheiratete und letztendlich von Jakob um den größten Teil seiner Herde betrogen wurde; weggelassen habe ich, wie er mich ständig – und ich meine *ständig* – angebettelt hat, ihn zum Patriarchen zu machen.
3 Denn Laban wusste von meinem Bund mit Jakob und war brennend eifersüchtig; kaum ein Tag verging, ohne dass er sich davonschlich, gen Himmel blickte, wo er mich vermutete, und rief: »Gott, mach mich zum Vater des Volkes.
4 Beförder mich, Kumpel.
5 Los, komm schon.
6 Was, du willst mir erzählen, Jakob wäre ein Patriarch? Du willst mir in die Augen sehen und sagen, Jakob wäre besser geeignetes Patriarchenmaterial als ich?
7 Der Typ ist ein Idiot!
8 Siehe, ich sage das mit allem gebotenen Respekt, der Junge ist mein zweifacher Schwiegersohn, aber er ist außer Kontrolle.

9 Willst du einen unkontrollierbaren Irren zum Boss des Gelobten Landes machen?
10 Vergiss es.
11 Höre: ›Abraham, Isaak und Laban‹. Klingt das in deinen Ohren nicht gut? Denn für mich hört es sich verdammt gut an, das kann ich dir sagen.«
12 Ich fand diese Reden nicht ärgerlich, sondern eher belustigend, denn ich verstand seine Motive; es ist schwer, so eng mit jemandem zusammenzuleben, der regelmäßig mit Gott redet und unter seinem persönlichen Schutz steht, ohne einen Groll zu hegen.
13 Von einem weiteren Ereignis in Jakobs Leben möchte ich sprechen, weil es Gegenstand einer theologischen Kontroverse geworden ist, die ich gerne auflöse.
14 Jakob und seine Familie flohen vor Laban, nachdem Jakob ihn um seine Herde betrogen hatte; derweil hatte Esau vernommen, dass sein ungeratener Bruder in der Nähe war; und er schickte ihm eine Nachricht, dass er ihm mit vierhundert Mann entgegenziehe.
15 So von zwei Seiten schwer in Bedrängnis gebracht, schickte Jakob seine Familie zu deren Schutz fort und blieb bei Sonnenuntergang allein am Fluss, wo er einem Mann begegnete, »und der Mann rang mit ihm, bis die Morgenröte anbrach«.
16 Und das ist Gegenstand des Disputs; denn im 1. Buch Mose heißt es »ein Mann«, aber man hat angenommen, es müsse sich um einen Engel gehandelt haben; und Künstler wie Rembrandt, Gauguin und Chagall haben viele wunderschöne Bilder von Jakob im Kampf mit diesem »Engel« gemalt.
17 Aber wahrlich, ich sage euch, es war kein Engel, sondern ein Mann, wie es geschrieben stehet; ein Mann, den

Esau und Laban geschickt hatten, um Jakob windelweich zu prügeln.
18 Es hatte nichts mit mir zu tun, obwohl ich zugeben muss, dass ich auch keinen Finger gerührt habe, um die Sache zu beenden; denn nach allen Maßstäben göttlicher Gerechtigkeit hatte Jakob eine ordentliche Tracht Prügel verdient.
19 Und siehe, der namenlose Schläger brach Jakob jeden Knochen im Leib; Esau und Laban bekamen eine reelle Gegenleistung für ihre vierzig Lot Silber.
20 Aber Jakob wehrte sich nach Kräften; obwohl er nur von mittlerer Statur war, bewegte er sich flink und hatte eine gute Reichweite, außerdem konnte er ein bisschen Krav Maga; er wollte einfach nicht aufgeben, und so rangen sie, bis der neue Tag anbrach.
21 Bei Sonnenaufgang lagen Jakob und der unbekannte Angreifer beide verwundet, geschlagen und halbtot auf dem sandigen Boden.
22 Der gedungene Schläger nannte Jakob respektvoll »Israel«, was bedeutet, »der mit Gott kämpft«, denn er nahm an, dass ich die ganze Nacht auf Jakobs Seite gekämpft hatte; ich habe nichts dergleichen getan; ich habe bloß mit den Engeln auf einer Wolke gesessen und mir das Spektakel angeschaut.
23 Und so wurde Jakob zu Israel; und im Laufe der Zeit wurde Israel auch der Name des Landes, das ich ihm verheißen hatte.
24 Und es war ein überaus passender Name; denn fürwahr, welche Nation hat mehr mit Gott gerungen als Israel?

Kapitel 21

1 Nach dieser beinahe tödlichen Begegnung erkannte Jakob, dass es klüger war, seine Verwandten zu besänftigen, also versöhnte er sich mit seinem Onkel und seinem Bruder; als sie seiner jedoch erstmalig angesichtig wurden, wie er mit einem Tonverband am ganzen Körper auf sie zuhumpelte, mussten sie herzhaft lachen.

2 Nachdem er nun also Frieden – warte; hier sollte ich kurz erwähnen, dass Isaak starb.

3 Ja, nur um dich auf Stand zu bringen; er war die ganze Zeit älter und älter geworden, genau wie seine Frau; und dann starb sie und dann starb er.

4 (Ich möchte seinen Tod nicht als unbedeutend darstellen; denn Isaak war ein großartiger Mann, mit einem Herzen, starker Seele etc., aber sein Leben blieb unbefleckt von einem einzigen interessanten Moment.

5 Und ich bin der Herr, dein Gott, König des Universums, und ich muss meinen erzählerischen Schwung behalten.)

6 Um fortzufahren: Nachdem er sich mit seiner Familie versöhnt hatte, ließ Jakob sich nun nieder, um seine zwölf Söhne großzuziehen, die er von vier verschiedenen Müttern hatte; denn er lebte in einem Arrangement, in dem er nicht nur mit seinen beiden Cousinen verheiratet war, die ihrerseits Schwestern waren, er schlief auch mit ihren beiden Mägden.

7 Ja, Jakob war coooool.

8 Diese Nachfahren sollten eines Tages die zwölf Stämme Israels gründen; und die Stämme nahmen ihre Namen an; und noch Jahrhunderte später hing die relative Beliebtheit eines Stammes allein von der relativen Beliebtheit seines Namens ab.

9 Das wurde schon bei den ersten Versammlungen deutlich, als die Delegierten von Dan und Joseph hoch geschätzt wurden, während alle kicherten, wenn ein Zebulon den Raum betrat.
10 Aber ich eile der Handlung voraus; denn nun sind wir bei der Geschichte von Joseph angelangt, der von seinen Brüdern verraten, in die ägyptische Gefangenschaft verkauft, ins Gefängnis geworfen, wieder freigelassen wurde und zur rechten Hand des Pharaos aufstieg, bis es schließlich zu einer Versöhnung mit seinen Geschwistern und einem Wiedersehen mit Jakob kam.
11 Es ist eine lange, verschlungene und hintergründige Geschichte, die die letzten vierzehn Kapitel der Genesis umfasst, die mit Abstand spannendste und psychologisch feinsinnigste Erzählung im gesamten Alten Testament.
12 Ich werde sie nicht weiter erörtern.

Klapsus

»Über Naturkatastrophen«

Kapitel 1

1 Damit haben wir das erste mehrerer kleiner »Intermezzi« erreicht, die in die fortlaufende Erzählung eingesprengselt sind, damit sich der Text luftig, leserfreundlich und David-Sedaris-artig anfühlt.

2 (Denn in diesen skeptischen Zeiten braucht selbst die Frohe Botschaft Gottes ein wenig Mund-zu-Mund-Propaganda.)

3 Und nach dem Aufguss der Genesis scheint es an dieser Stelle passend, meine Ansichten über Naturkatastrophen zu erörtern, die in Wahrheit so »natürlich« sind wie Käse aus der Sprühdose.

4 Deshalb eine Botschaft an die Wahrsager, die rückblickend jede Katastrophe für einen Ausdruck göttlicher Gerechtigkeit halten und dafür den ärgerlichen Rationalismus der liberalen, mitfühlenden Alles-was-auf-Erden-geschieht-kann-rational-erklärt-werden-Fraktion ertragen mussten:

5 Fühlet euch bestätigt.

6 Denn Naturkatastrophen sind in der Tat »Akte Gottes«, in der Regel Einakter, aber hin und wieder füge ich auch zwei aneinander und biete euch einen kompletten Theaterabend.

7 Vulkane? Meine.

8 Tsunamis? Sowieso.
9 Schlammlawinen? Siehe, Gott würfelt doch.
10 Fürwahr, nach der Sintflut habe ich einen Bund mit Noah geschlossen und gelobt, nie wieder die ganze Menschheit umzubringen; und ich habe mein Wort gehalten.
11 Ich habe euch nie wieder alle gleichzeitig getötet; aber ich habe viele von euch getötet und oft.
12 Ich hatte schon immer Probleme mit Jähzorn; ich neige dazu, beim geringsten Anlass die Beherrschung zu verlieren und meinen Zorn in der Hitze des Augenblicks an einer ganzen Region, Nation oder sogar einem Kontinent auszulassen.
13 Dabei wäre es gesünder – zumindest aus Sicht von Afrika zum Beispiel –, wenn ich eine Stunde im absoluten Nichts des interstellaren Vakuums verbringen würde, um mich abzukühlen.
14 Aber wenn mein Zorn auch spontan sein mag, meine Mittel, ihm Ausdruck zu verleihen, sind durchaus überlegt; denn ich habe bei der Konstruktion der Erde sorgfältig darauf geachtet, in ihrer Architektur geologische und meteorologische Mechanismen einzubauen, die bei Bedarf auch als Killermaschinen eingesetzt werden können.
15 Nehmet zum Beispiel die tektonischen Platten; wie in vielen Ehen können sich zwei von ihnen jahrzehntelang aneinander reiben; keine Seite gibt nach, die unterirdische Spannung baut sich auf, bis irgendwann eine Bruchstelle erreicht ist, die sie heftig auseinandertreibt und eine Schneise der Verheerung und Verwüstung zurücklässt.
16 Es gibt keinen natürlichen Grund, warum das nicht anders sein könnte; warum ich die Platten nicht so hätte formen können, dass sie sich unaufhörlich sehr langsam bewegen, ohne dass sich Reibungsdruck aufbaut.

17 Und diese Möglichkeit habe ich bei der Schöpfung auch ernsthaft erwogen; ich habe sogar eine spezielle viskose Flüssigkeit entwickelt, die aus der Erdhülle nach oben sickern und die Kruste endlos mit Schmiermittel versorgen sollte.
18 Ich nannte sie »Landbutter«.
19 Einmal habe ich sie sogar ausprobiert; aber sie ließ die Erde fett aussehen.
20 Oder nehmet den Himmel, der sich mit Sturm und Regen gelegentlich gegen euch wendet; auch er hätte so konstruiert werden können, dass derartige Begebenheiten nicht vorkommen; ja, er hätte auf jede Weise konstruiert werden können, die ich für angemessen halte.
21 Diese fünf oder sechs Tage, wenn du aus dem Haus trittst und denkst: »Oh, dieses Wetter ist einfach *perfekt*!«?
22 So hätte ich es auch *jeden Tag* machen können.
23 Aber das habe ich nicht getan, denn erstens liebe ich die Jahreszeiten und zweitens wollte ich mir die Möglichkeit offenhalten, euch jederzeit zu begraben und zu verwehen und zu überfluten und wie ein Streichholz herumzuwirbeln.
24 Trotzdem: Diese fünf oder sechs Tage im Jahr sind wirklich großartig!

Kapitel 2

1 In der guten alten Zeit habe ich die Planung, Durchführung und in einigen Fällen sogar Choreografie jeder Katastrophe mit mehr als fünfhundert Todesopfern und/oder der Zerstörung eines Gebietes von mehr als hunderttausend Quadratellen grundsätzlich selbst übernommen.

2 Nach der weisen Maxime: Wenn du etwas grausam Verkehrtes richtig erledigt sehen willst, tu es selbst.
3 Nehmet etwa Pompeji, das ich im Jahr 79 n. Chr. zerstörte, als die Christenheit gerade mal einen Sandalenzeh breit Fuß im römischen Imperium gefasst hatte.
4 Ich wollte den Aufstieg der wohltätigen Religion meines Sohnes unterstützen, indem ich jedem, der sie abwies, die apokalyptische Hölle offenbarte, die ihn erwartete.
5 Also rief ich mein Team zusammen: alle außer Jesus; ich glaubte nicht, dass seine Anwesenheit der Diskussion förderlich sein würde; denn er und ich pflegen sehr unterschiedliche Führungsstile, wenn es um das Töten von Menschen geht.
6 Ich sagte: »Jungs, die Frage ist nicht, *ob* wir die Kapazität haben, ein Exempel an einer verruchten römischen Stadt zu statuieren; natürlich können wir das; in dem Punkt kann ich mir meine aufmunternden Reden sparen.
7 Doch ich möchte es so tun, dass die Verruchtheit auf irgendeine Weise für die Nachwelt konserviert wird, dass die Sünder selbst in der Zeit erstarren und zu dauerhaften Mahnmalen ihres eigenen Lasters werden.
8 Und außerdem möchte ich es so durchführen, dass Überlebende das Ganze vernünftigerweise auch für ein reines Naturphänomen halten können, damit nur die klügeren und aufmerksamen Römer konvertieren, während die Schwachköpfe Heiden bleiben.
9 Also bitte nichts Übernatürliches, nichts *Deus-ex-machina*-Mäßiges; nichts, das so offensichtlich das Werk göttlicher Abrechnung ist, dass wir jeden Spielraum für ein plausibles Dementi verlieren.
10 Aus der Perspektive der Erde muss es aussehen wie ein Insider-Job.«

11 Sobald ich die letzten Worte geäußert hatte, leuchtete Uriels Gesicht mit einer Inspiration auf, als hätte er Sterne in den Augen.

12 Wie sich herausstellte, hatte er wirklich Sterne in den Augen, die auf seinem Rückweg von Kassiopeia dort hineingeraten sein mussten; wir entfernten sie mit Pinzetten und Weihwasser.

13 Anschließend berichtete er uns dann, dass Pompeji nicht nur selbst nach römischen Maßstäben ein Sündenpfuhl sondergleichen war, sondern praktischerweise direkt neben einem brodelnden Vulkan lag, der Lava und Asche spucken konnte.

14 Schneller Tod durch Ersticken, ein gemächlicher durch Verschütten, Asche, die den Moment des Todes für alle Ewigkeit konserviert.

15 Es war ein genialer Plan; der Form halber ließ ich die anderen ebenfalls ein paar Vorschläge machen; die einzige interessante Alternative war, Rom in einem Sturm von Salzlake einzupökeln, kreativ, aber ein bisschen gewollt.

16 Alles lief wunderbar; der Vesuv brach aus, Pompeji wurde komplett zerstört und erhalten; und Hunderte klügerer Römer erkannten die wahre Ursache und konvertierten zum Christentum, das so eine dringend benötigte Injektion an Brain-Power erhielt, von Löwenfutter ganz zu schweigen.

17 Pompeji war überraschend, spektakulär, erschreckend, einzigartig und zielgenau.

18 Ich möchte nicht unbescheiden klingen, aber es war eine perfekte Katastrophe.

Kapitel 3

1 Aber es war nicht die *vollkommenste* Katastrophe; das war das Erdbeben von San Francisco 1906, das einzige größere Unglück der Geschichte mit einer Gerechtigkeitsquote von hundert Prozent.
2 Denn es gab 3425 Personen in San Francisco und Umgebung, deren Tod ich wollte; und diese waren genau die 3425 Personen, die gestorben sind.
3 Das hat also prima funktioniert.
4 Aber etwa zu jener Zeit zog ich mich aus Gründen, die später in diesem Testament deutlich gemacht werden, komplett aus der Organisation und Planung größerer Katastrophen und kleinerer Tragödien zurück, was dazu führte, dass der Zusammenhang zwischen moralischer Ursache und geophysikalischer Wirkung zusehends dünner wurde.
5 Denn siehe, das vergangene Jahrhundert hat vielfältiges Grauen hervorgebracht, das von unten betrachtet bestimmt wenig zielgerichtet erscheinen musste.
6 AIDS zum Beispiel; in keinster Weise war das Virus als Bestrafung von Homosexuellen gedacht, deren allgemeine Großartigkeit ich auf diesen Seiten bereits gerühmt habe.
7 Nein, AIDS begann als ein Virus unter Schimpansen, das dann auf die Menschen übersprang, die sie jagten und schlachteten; und Menschen, die Schimpansen jagen und schlachten, haben AIDS verdient; und ich habe kein Problem damit, das auch laut zu sagen.
8 Oder der Hurrikan Katrina; viele glaubten, er sei gesandt worden, um die Bewohner von New Orleans für die schandhafte Unmoral ihrer Stadt zu züchtigen.
9 Nein, er wurde geschickt, um die Bewohner des nahe

gelegenen Biloxi für schandhafte Bausünden und die Verschandelung der Küste zu züchtigen.

10 Oder die jüngste Serie von Katastrophen in Japan, die der Bürgermeister von Tokio persönlich drei Tage später als »göttliche Vergeltung« für die Gier des japanischen Volkes bezeichnete.

11 Nein, es war göttliche Vergeltung für die Gewohnheit des japanischen Volkes, Mädchenslips in Automaten zu verkaufen.

12 Ja, die Züchtigungen sind in letzter Zeit fraglos etwas schlampig geraten; ein Nebenprodukt der Tatsache, dass ich die himmlischen Zügel habe schleifen lassen.

13 Nehmet nur die drei oben erwähnten Fälle: Dass AIDS außer Kontrolle geriet, war das unvorhergesehene Ergebnis unzureichender Tests des damals führenden Forschungsengels.

14 Er ist mittlerweile von seinem Posten abgelöst und ohne Bezüge in die Hölle versetzt worden.

15 Der Hurrikan Katrina sollte ein lokal begrenzter Sturm der Kategorie 1 sein; aber einer unserer älteren Unterseraphime hat die Anweisung nicht erhalten und bei der Bedienung des Heul-und-Stürm-Hurrikan-Generators 9000™ die Zeit vergessen.

16 Er hat seinen Posten mittlerweile freiwillig geräumt und ist bei halben Bezügen in die Hölle gewechselt.

17 Was Japan betrifft, ist die Untersuchung noch nicht abgeschlossen, aber einen Teil der Schuld muss ich auf mich nehmen, weil ich mich überhaupt auf diesen Teil der Welt eingelassen habe; ich hätte es besser wissen müssen, denn mit Ausnahme des Nahen Ostens ist Asien traditionell kein guter Kontinent für mich.

18 Aber ich bin, wie ich oftmals betont habe, nicht voll-

kommen, genauso wenig wie meine Belegschaft; wir sind nichtsdestoweniger ständig bemüht, unseren Service zu verbessern, und entschuldigen uns bei den irrtümlich Getöteten für sämtliche Unannehmlichkeiten.
19 Und wo wir gerade beim Thema sind: Es gibt ein Unglück, über das ich meinem besonderen Bedauern Ausdruck verleihen will: die Große Hungersnot in Irland.
20 Ich entschuldige mich bei dir, Irland; ich liebe deine Nation und dein Volk; vor der großen Not durch die Kartoffelmissernte warst du eine stete Quelle religiösen Fanatismus und bist es auch nachher geblieben; ja, du hast sogar noch einen Zahn zugelegt.
21 Also sorry für die Große Hungersnot und die ganzen Kollateralschäden, denn ich war nicht wütend auf die Iren.
22 Ich war wütend auf die Kartoffeln.
23 Warum?
24 Sie wissen, warum.

Kapitel 4

1 Was indes die jüngsten und größten Katastrophen überhaupt betrifft, sind die allein *dein* Verdienst, Menschheit.
2 Denn Tausende von Jahren hat die Erde meine Dürren und Seuchen überstanden und allerlei Misshandlungen aus dem Boden, dem Meer und dem Himmel abgewettert.
3 Aber was immer man auch gegen das Essen und den Service auf der Erde einwenden mag – alle waren sich einig, dass sie eine nette Atmosphäre hatte.
4 Aber das ist in zunehmendem Maße nicht mehr der Fall; und ich bin nicht derjenige, der die Meeresspiegel ansteigen

lässt; ich bin nicht derjenige, der die Ozonschicht zerstört; ich habe keine CO_2-Abhängigkeits-Probleme.

5 Fürwahr, allein durch den Kauf dieses Buches, das einst Teil eines Baumes war, hat jeder von euch zur globalen Erwärmung beigetragen.

6 (Und wenn du dies auf einem Kindle liest, wisse, dass er aus Elefantenstoßzähnen und in Kohle verbrennenden Fabriken hergestellt wurde.)

7 Ihr Menschen seid in vielerlei Hinsicht bemerkenswerte Geschöpfe; aber die Selbsterhaltung der Art ist nicht eure Stärke.

8 Diesbezüglich sind euch Ameisen weit überlegen; wenn Ameisen die Welt regieren und feststellen würden, dass Umweltverschmutzung und Überbevölkerung den Planeten gefährden, würden sich neun Zehntel von ihnen einfach auf den Boden legen und sich von dem anderen Zehntel mit toxischer Säure besprühen lassen, bis sie sich verflüssigen.

9 Problem gelöst.

10 Aber der Menschheit mangelt es an vergleichbarem Korpsgeist; sie begeht keinen Massenselbstmord (außer in meinem Namen) und ändert auch ihren Lebensstil nicht.

11 Stattdessen macht ihr unweigerlich eine eurer grandiosen promethischen Gesten, schickt Sonnenreflektoren ins All, düngt Ozeane mit Eisen oder versucht, den Planeten mit einem Düsenpaket von der Größe des Mondes weitere fünfhunderttausend Meilen von der Sonne wegzubugsieren.

12 Viel Glück dabei.

13 Ich selbst finde nur langsam zurück ins Desaster-Business; doch meine Belegschaft bleibt allzeit wachsam und kontrolliert den Globus sieben Tage die Woche rund um die Uhr auf neue Schandtaten – oder »Chancetaten«, wie sie sie nennen.

14 Erst kürzlich haben mir meine Forschungsengel sogar von einer neuen Katastrophenvariante berichtet, die sie in Kürze vorstellen wollen.
15 Ich möchte nichts verraten, aber ich sage so viel: Es wird eure Vorstellung vom Lebendig-begraben-Sein für immer verändern.

Korrekturen

»Errata«

Kapitel 1

1 Weiter oben habe ich auf diverse Unstimmigkeiten zwischen dem biblischen Bericht über die Sintflut und den tatsächlichen Ereignissen hingewiesen.

2 Bevor ich meine Erinnerungen mit der Geschichte des Exodus fortsetze, möchte ich auf Bitten meines Ombudsengels und im Sinne der Transparenz ein paar weitere Korrekturen und Errata der Heiligen Schrift anführen.

3 Im 1. Buch Mose Kapitel 10 werden die Söhne Jafets fälschlicherweise als Gomer, Magog, Madai, Jawan, Tubal, Meschech und Tir benannt.

4 In Wahrheit hießen sie Gomar, Mageg, Makai, Javen, Tubil, Meschik und Tora.

5 Wir bedauern den Irrtum.

6 Desgleichen werden im 1. Buch Mose Kapitel 25 Abrahams Enkel von seinem Sohn Midian mit Efa, Efer, Henoch, Abida und Eldaa bezeichnet.

7 Tatsächlich hatte Midian keine Kinder; die aufgelisteten Namen waren eine Fehltranskription von Lauten, die er von sich gab, als er mit einem Lungenemphysem kämpfte.

8 Wir bedauern den Irrtum.

9 Das gesamte Kapitel 13 von Leviticus ist der priesterlichen Diagnose von Lepra durch die Untersuchung der Farbtönung eingewachsener Haare in Geschwüren, Brandmalen und Grind gewidmet.

10 Es ist absolut eklig.
11 Wir bedauern das Kapitel.
12 Und sehr viel später im *Neuen Testament* wurden die letzten Worte Jesu am Kreuz auf Syrisch-Chaldäisch »Eloi, Eloi, lama sabachtanei?« in Matthäus 27 mit »Mein Gott, mein Gott, warum hast du mich verlassen?« übersetzt.
13 Eine genauere Übersetzung müsste lauten: »Aua, aua, warum finde ich hier oben keine bequeme Stellung?«
14 Wir bedauern den Irrtum; er bedauert den Satz.
15 Im *Koran* wird die Zahl der »Säulen des Islam«, der Grundpflichten, die alle Muslime erfüllen müssen, irrtümlich mit fünf angegeben.
16 Eigentlich sollten es sechs sein.
17 Ausgelassen wurde die letzte, die da lautet: »Take it easy.«
18 Wir bedauern den Irrtum.
19 Was den *Koran* betrifft, haben vorherrschende Fehldeutungen vieler Abschnitte dieses Buches Menschen dazu verleitet, grausame Gewalttaten in meinem Namen zu begehen.
20 Wir bedauern ihr Wirrtum.

Kapitel 2

1 Ich bin gebeten worden, einige Irrtümer anzusprechen, die über den Bereich der Heiligen Schrift hinausgehen.
2 So fließt etwa der Amazonas in seiner aktuellen Verortung durch das nördliche Südamerika.
3 Eigentlich sollte er durch die Sahara fließen.
4 Wir entschuldigen uns bei allen Nordafrikanern, die dadurch gekränkt worden oder verdurstet sind.

5 Nuklearphysiker haben fälschlicherweise das Higgs-Boson vorhergesagt – ein subatomisches »Teilchen Gottes«, dessen Existenz sie verzweifelt nachzuweisen suchen.
6 Seine unvermeidbare Entdeckung wird die Menschheit jedoch beim Verständnis des physikalischen Unterbaus der Wirklichkeit keinen Deut weiterbringen.
7 Sie werden den Irrtum bedauern.
8 Aufgrund eines Schreibfehlers ist die Ozonschicht, die dicht genug sein sollte, um 99,8 Prozent der ultravioletten Sonneneinstrahlung zu absorbieren, nur dicht genug für 98,9 Prozent.
9 Wir bedauern den Irrtum.
10 Ein ähnliches Versehen führte dazu, dass der Britisch-Amerikanische Krieg von 1821 schon 1812 stattfand.
11 Diesen Irrtum bedauern wir *nicht;* so ist es letztendlich besser ausgekommen.
12 Eine Ära der Weltgeschichte, die als das »Zeitalter der Kolonisation« bekannt ist, hat möglicherweise den falschen Eindruck erweckt, dass die Völker Afrikas und Amerikas, die die Frohe Botschaft freudig empfangen haben, auch erpicht darauf waren, dass ihre Länder ausgeplündert wurden.
13 In Wahrheit wollte die überwältigende Mehrheit der Bekehrten nicht, dass ihre Länder ausgeplündert wurden.
14 Es tut uns leid, wenn ihre Bereitschaft, die Worte der Missionare für bare Münze zu nehmen, einen falschen Eindruck erweckt hat.
15 Eine unerwartete Aufwallung des italienischen Nationalismus spülte Anfang des 20. Jahrhunderts Benito Mussolini an die Macht.
16 Signore Mussolini hätte eigentlich sofort als Verräter angeprangert und hingerichtet werden müssen, auf dass seine

unselige faschistische Bewegung nie auf die Welt losgelassen worden wäre.
17 Unsere Schuld.
18 Die Maya-Prophezeiung, dass das Weltenende am 21. Dezember 2012 stattfindet, gründet sich auf einer weitverbreiteten Verwirrung bezüglich der Maya-Kultur, des mesoamerikanischen Long-Count-Kalenders und des *Popol Vuh.*
19 Wir sagen nicht, dass sie falsch ist; wir sagen, sie gründet sich auf einer weitverbreiteten Verwirrung.

Exundhoppsodus

Kapitel 1

1 Menschheit, wir müssen reden …
2 Zu Beginn des Exodus – des zweiten Buches im Alten Testament – geht es den Kindern Israels in Ägypten noch prächtig; doch binnen weniger Zeilen sind mehr als zweihundert Jahre vergangen, und die Kinder Israels sind Sklaven geworden.
3 Nach den relativ detaillierten Berichten über das Leben der Vorväter mag das als auffällige und gewaltige Handlungslücke erscheinen, selbst wenn man die losen narrativen Maßstäbe anlegt, die ich mir in der Genesis wiederholt gesetzt und erfüllt habe.
4 Aber ich habe versprochen, in dieser Chronik alles zu erzählen; und deshalb werde ich nun bekannt machen, wo ich mich in dieser Zeit aufgehalten habe.
5 Ich werde es bekannt machen, obwohl ich fürchte, die Enthüllung könnte sich als sehr verletzend herausstellen; deshalb, Menschheit, möchte ich dich bitten, Platz zu nehmen; wenn du noch nicht sitzest, rate ich dringend, dir einen Stuhl zu suchen.
6 Also:
7 Ich habe ein anderes Universum beaufsichtigt.
8 [Verlegenes Schweigen]
9 Du bist ihm nie begegnet; seine Lage ist unwichtig, sein Name ohne Belang.

10 Erinnerst du dich an das Ende der Genesis, wo Joseph und die Würdenträger vom Hofe des Pharaos in Goren-Atad sieben Tage lang die Totenklage für Jakob hielten?
11 Damals ist es passiert.
12 Das war die Woche, in der ich angefangen habe, ein anderes Universum zu beaufsichtigen.
13 Ich schwöre dir, ich habe diese Beziehung nicht gesucht; ich war rundum zufrieden mit deinem Universum; auf keinen Fall war ich auf der Suche nach einem Nebenkosmos.
14 Nein, es ist auf mich zugekommen oder genauer gesagt, seine Idee ist in meinem Kopf auf mich zugekommen; denn dieses andere Universum existierte als solches noch nicht, und genau deshalb war es so unglücklich.
15 Aber diese Idee von einem Universum machte rasch deutlich, dass es verzweifelt nach seiner Verwirklichung strebte und deshalb einen Gott – *irgendeinen* Gott – suchte, der es geschehen ließ; und dass es bereit war, alles – wirklich *alles* – zu tun, damit ich es tat.
16 Und so habe ich es in einem Moment der Schwäche geurknallt.
17 Und von da an ist das Ganze irgendwie explodiert; und so hat es angefangen, diese Sache mit dem anderen Universum, meine ich.
18 Und ich muss weiter gestehen, dass ich es in meinen periodischen historischen Absenzen seither immer wieder sporadisch besucht habe.
19 Aber höret mich: Meine Beziehung zu diesem anderen Universum ist eine reine Opfergeschichte.
20 Denn fürwahr, sobald seine Bewohner meine Gegenwart spüren, hüpfen sie schnurstracks zum Altar, sortieren ihre erstgeborenen Schafe und fleckenlos schwarzen Ochsen aus und fangen an zu schlachten.

21 Sie lieben das Schlachten.
22 Das ist alles, was sie für mich tun wollen.
23 Bei einer Gelegenheit konnte ich den süßlichen Duft des Nierennetzes ihrer brennenden Ochsen sieben Mal in einer Nacht genießen.
24 Ja, sie schlachten die ganze Nacht lang für mich; auf finstere und fremde Weisen, die euch völlig unbekannt sind.
25 Unvertraut oder vielleicht, noch wahrscheinlicher, unangenehm.
26 Denn seien wir ehrlich, Menschheit: Wir haben schon seit langer Zeit kein gegenseitig befriedigendes, massenhaftes Tieropfer mehr miteinander erlebt.
27 Damit will ich in keiner Weise Schuld verteilen; ich stelle lediglich eine Tatsache fest.
28 Nun, ich weiß, diese Neuigkeiten sind schwer zu verdauen; aber ich bin mein eigener Zeuge, wenn ich sage: Diese Beziehung mit dem anderen Universum ist nicht mehr als eine Tändelei.
29 In Wahrheit ist es nur ein alberner kleiner Makrokosmos, außerdem extrem flach; und zwar buchstäblich, denn ihm fehlt die Dimension der Tiefe.
30 Es ist nicht das Universum, das ich verehre; es ist nicht das Universum, für dessen Erschaffung ich fast eine ganze Woche aufgewandt habe; und es ist nicht das Universum, in dem Hunderte Millionen von Menschen in meinem Namen gestorben sind.
31 Zwischen uns hat sich nichts geändert.
32 Ich bin der Herr dein Gott, König des Universums.
33 Dieses andere bedeutet mir *gar nichts.*

Kapitel 2

1 Sklaverei im antiken Ägypten war der Sklaverei im amerikanischen Süden sehr ähnlich; Familien wurden auseinandergerissen; es gab kaum etwas zu essen und beklagenswerte Unterkünfte; es gab Missbrauch, Mord, Brutalität und Unmenschlichkeiten jeder Art.
2 Der einzige Unterschied war die Musik; denn die Arbeitslieder der afrikanischen Sklaven waren seelenvolle A-cappella-Klageweisen voller Leid, Sehnsucht und Freiheitsdrang.
3 Während die Arbeitslieder, die von den jüdischen Sklaven gesungen wurden, eingängige Melodien hatten, von Klarinette und Akkordeon begleitet wurden und von *Schlemihls, Schmocks* und allerlei *Mischegas* erzählten.
4 Die Versklavung der Juden war eine Grausamkeit epischen Ausmaßes; und es erzürnt mich, dass man in gewissen schäbigen Vierteln von Kairo noch immer Geschäfte damit macht; schmierige Männer stehen vor schlecht beleuchteten Etablissements und versprechen Passanten, dass sie drinnen »Bondage in Egypt« erleben können.
5 Ich weiß sogar von einer dieser Lokalitäten, die sich »Sexodus« nennt; sie ist dringend fällig für einen Kabelbrand.
6 In diese bittere Welt wurde Moses geboren, und du erinnerst dich gewisslich an die Umstände seiner Geburt; der Pharao hatte alle neugeborenen jüdischen Jungen zum Tode verurteilt; seine Mutter rettete Moses, indem sie ihn in einem Körbchen aus Rohr auf dem Nil aussetzte; die Tochter des Pharao fand und adoptierte ihn.
7 Damit begründete sie gleichzeitig den Promi-Trend der Adoption afrikanischer Kinder, der bis heute anhält.
8 Moses wuchs als Ägypter im Haus des Pharao auf und

wurde von einem halben Dutzend Hauslehrern in den vielen charakteristischen Bräuchen dieses bemerkenswerten Volkes unterrichtet, vor allem der einzigartigen Fortbewegungsart.
9 Denn sie gingen höchst sonderbar: Sie wippten mit dem Kopf in Richtung ihres vorübergehenden Aufenthalts, während sie die Hände parallel zum Boden ausrichteten, eine Handfläche nach unten, die andere nach oben, und sie gleichzeitig zu entgegengesetzten Punkten des Kompasses stießen.
10 Wenn du es nie gesehen hast, ist es schwer zu beschreiben.
11 Viele Jahre lang passte Moses sich an das höfische Leben an, verbarg seine wahre Herkunft und ging sogar so weit, seinen Namen kurzzeitig in »Miles« zu ändern; denn er klagte, dass ein Name nicht jüdischer klingen könne als »Moses«, worin man ihm schwerlich widersprechen konnte.
12 Seine leibliche Mutter, die als seine Dienerin angeheuert worden war, tadelte ihn oft für seine Assimilation und nannte ihn bisweilen scherzhaft den »Prinz aus dem Nil«.
13 Doch in all der Zeit gärte die Wahrheit seiner Identität in ihm und staute sich zu einer großen Wut auf, die eines Tages aus ihm herausbrach, als der Pharao ihn losschickte, Balsamierflüssigkeit zu besorgen.
14 (Dabei hatte der Pharao bereits zwei Pyramiden voll mit Balsamierflüssigkeit; doch er pflegte gerne zu sagen: »Du kannst nie genug Balsamierflüssigkeit haben.«)
15 Als Moses nun an diesem herrlichen *Achet*-Tag durch die Innenstadtstraßen von Cheops wanderte, sah er einen Aufseher, der einen hebräischen Sklaven schlug; und im Zorn über die Gewalt gegen seinen Landsmann streckte er den Aufseher nieder.
16 Daraufhin floh er vor dem Zorn des Pharao und tauchte

im Nachbarland Midian unter, das bekanntermaßen Flüchtlinge aus Ägypten aufnahm; Midian war gewissermaßen das Kanada Ägyptens.

17 Und als er dort im Exil in der trockenen Steppe Schafe hütete, erschien ich ihm zum ersten Mal in Form des berühmten Busches, der im Feuer brannte und doch nicht verzehrt wurde.

18 Ich wählte diese Form, weil ich wusste, dass Moses davon angezogen werden würde; denn Erscheinung und Geruch des Busches identifizierten ihn als eine Art der Flora, die er am ägyptischen Hof nur zu gut kennengelernt hatte, vor allem an Wochenenden.

19 Und deshalb würde er auch bestimmt erkennen, dass diese buschgroße Erscheinung inmitten der dürren Wüste ein Zeichen Gottes sein *musste.*

20 Und der Brand des Busches und mehr noch das Einatmen seines aromatischen Rauches erzeugte in ihm Gefühle der Freude und des Staunens, die sich mit Paranoia abwechselten, ganz wie beabsichtigt.

21 Denn die Mission, auf die ich ihn schicken wollte, würde gefährlich und lebensbedrohlich werden; und ich dachte mir, nach drei oder vier kleinen Zügen würde Moses zugänglicher sein.

22 Insofern war ich ermutigt von seiner ersten Reaktion, nachdem ich mich vorgestellt und ihn gefragt hatte, ob er bereit sei, das Werkzeug zu sein, mit dem ich den Pharao besiegen, Ägypten mit Plagen schlagen, die Juden befreien, mein Recht wiedereinsetzen und sie ins Gelobte Land ihrer Vorväter führen würde.

23 Er sagte nur: »Netter Busch!«, und dann kicherte er zehn Minuten.

24 Ja, ich weiß, du stellst dir Moses vor wie Charlton Heston

in *Die zehn Gebote;* ernst und nüchtern mit einem rollenden Bariton so tief, dass selbst die Sphinx unterwürfig winselte.
25 Und gewiss, Charlton Heston *ist* all das; er ist praktisch gottgleich; erst letzte Woche sind wir beiden zusammen durch den Himmel geschlendert; und all die vorbeikommenden Engel haben gegafft, sich die Augen gerieben und sich gefragt, ob wir plötzlich bitheistisch geworden waren.
26 Aber es gibt auch eine andere Art von Charisma: Wild, intuitiv, alles verzehrend; die Art Charisma, die ihren Träger mit einem beinahe körperlichen Magnetismus auflädt und auf seine Anhänger wirkt wie ein machtvolles Rauschmittel; die Art Charisma – vielleicht die einzige Art –, die sie dazu bewegen kann, sich zu vereinigen, um eine gemeinsame Vision zu verfolgen, selbst wenn sie aller Vernunft und Wahrscheinlichkeit widerspricht.
27 Solcherart war Moses' Charisma.
28 Er war nicht Charlton Heston; er war Charles Manson.

Kapitel 3

1 Und deshalb war er auch gleich Feuer und Flamme für meinen gewalttätigen Plan, gesellschaftliche Umwälzungen auszulösen, einen Plan, den er nach einer seinerzeit beliebten Hieroglyphe »Isis-Crisis« nannte.
2 Moses war das perfekte Werkzeug für die Umsetzung meines Planes; nur in einer Hinsicht nicht; wie er im Exodus selbst sagt, hatte er »eine schwere Sprache« und war »nicht beredt«.
3 Und selbst das ist falsch ausgedrückt, denn seine Sprache war keineswegs schwer; wenn er überhaupt redete, sprach

er extrem schnell; langsam – außerordentlich langsam – war er nur darin, zum Punkt zu kommen; und außerdem fluchte er wie ein Seemann.
4 Deswegen entschied ich auch, seinen jüngeren Bruder Aaron zu beteiligen; denn er verehrte Moses und tat alles, worum der ihn bat; aber er sprach knapp und melodisch.
5 Und mehr noch, er pflegte sein Haar, wusch seinen Umhang, badete zwei Mal in der Woche und wirkte ganz allgemein nicht wie ein schmutziger Herumtreiber, der sich von Mistkäfern nährte.
6 Einige mögen sich fragen, warum ich nicht Aaron als Anführer engagiert und seinen halb verrückten, wirre Reden schwingenden Bruder außen vor gelassen habe.
7 Die Antwort ist einfach: Moses hatte etwas, was Aaron nicht hatte.
8 »Es.«
9 Und »Es« ist undefinierbar.
10 Und »Es« ist unbeschreibbar.
11 »Es« ist eine so mysteriöse und mächtige Kraft, dass eine Person, die »es« hat, selbst *mir* das Gefühl vermitteln kann, gefesselt und hilflos zu sein, wenn ich mir nicht ausdrücklich bewusst mache, wer ich bin.
12 Ich habe nur wenig Kontrolle über »es«, aber ich erkenne »es«, wenn ich »es« sehe; und Moses hatte »es«, und Aaron hatte »es« nicht.
13 Und da hast du »es«.
14 Nachdem sie also die Stängel und Samen des brennenden Busches entfernt und die Reste in kleinen Säckchen verstaut hatten, kehrten Moses und Aaron nach Ägypten zurück und verlangten zum nächsten genehmen Zeitpunkt ein Treffen mit dem Pharao; um das zu ermöglichen, sorgte ich für den Ausfall all seiner Donnerstagstermine.

15 Und Moses stand vor dem Pharao – ein ebenso erschreckender wie hypnotisierender Anblick –, ungepflegt mit wirrem Blick, ein Henkelkreuz in die Stirn geritzt; und er sagte zu Aaron:

16 »Sag dem Schwein, dass da draußen Millionen Menschen als *Sklaven* leben, Mann; und zwar nicht nur so mit Ketten und Peitschen und dem Scheiß, sondern als *geistige* Sklaven, Sklaven der ganzen monopol-pyramidalen Pharaokratie, die von dieser … dieser *beschissenen* faschistoiden Unterwürfigkeit dieser verdammten kleinen beschissenen Obelisken gestützt wird, die er in unser aller Köpfe gepflanzt hat, und die einzige Lösung ist, alles niederzubrennen, Mann! Fackelt den ganzen Scheißhaufen ab!!!«

17 Und Aaron sagte zum Pharao: »Lass mein Volk ziehen.«

18 Aber der Pharao weigerte sich; denn ich hatte sein Herz verstockt; er war auch vorher nicht gerade ein Softie, aber ich plante eine göttliche Tour de force mit allen Schikanen und hatte nicht die Absicht, meinen Plan von irgendwelchen menschlichen Anständigkeiten in letzter Minute durchkreuzen zu lassen.

19 Also entschied ich, dem Pharao einen Vorgeschmack dessen zu geben, das da kommen sollte; und an dieser Stelle muss ich aus dem 2. Buch Mose 7,10–12 zitieren:

20 »Und Aaron warf seinen Stab hin vor dem Pharao und er ward zur Schlange. Da ließ der Pharao die Weisen und Zauberer rufen, und die ägyptischen Zauberer taten ebenso mit ihren Künsten: Ein jeder warf seinen Stab hin, da wurden Schlangen daraus; aber Aarons Stab verschlang ihre Stäbe.«

21 Ich habe die Szene mit eigenen Augen gesehen; fürwahr, ich habe sie geschehen lassen; und ich schwöre dir, Leser, weder Aaron noch Moses noch der Pharao noch einer der Zauberer hatte eine Ahnung, wie schwul es war.

22 Denn wenn sie sich alle nackt ausgezogen und eine sodomitische Polonaise gebildet hätten, wäre das immer noch weniger schwul gewesen als ein Haufen Schlangenstäbe, die andere Schlangenstäbe verschlingen.
23 Doch hätte ich einen der Männer beiseitegenommen und gefragt: »Erkennest du keinen Symbolismus in diesem Wettbewerb unter euren Schlangenstäben?«, hätte er gewisslich geantwortet: »Überhaupt nicht; es ist nicht mehr als ein einfacher Schlangenstabschluckwettkampf; dahinter verbirgt sich keinerlei Subtext.«
24 (Verzeih mir, ich wollte nicht vierzig Jahre durch die Wüste dieser Abschweifung wandern, aber es ist etwas, was mir als deinem Schöpfer schon lange durch den Kopf geht.
25 Wahrlich, es übersteigt beinahe mein Verständnis, wie es fünftausend Jahre dauern konnte, bis ihr die Ähnlichkeit zwischen dem Zylindrischen und dem Phallischen bemerkt habt.
26 Und selbst Freud, der Mann, der diese Offensichtlichkeit als Erster »entdeckte«, fühlte sich verpflichtet, seine Erkenntnis mit der Bemerkung zu entschuldigen, dass eine Zigarre manchmal auch nur eine Zigarre sei.
27 Nein. Nein. Eine Zigarre ist *immer* ein Penis.)

Kapitel 4

1 Die zehn Plagen waren eine aufregende Zeit.
2 Ich erinnere mich noch an das erste Brainstorming mit meinen vier Führungsengeln.
3 »Jungs«, sagte ich zu ihnen. »Lasst uns eine Liste der zehn besten Methoden erstellen, Ägypten mit Plagen zu schlagen, die eines Trommelwirbels würdig ist; eine Liste, die nicht

nur einen Katalog der Verzweiflung entfesselt, sondern das Ganze auf eine unterhaltsame und temporeiche Weise tut.
4 Geben wir unser Bestes: Denn wenn es gut läuft, verpflichte ich euch für die nächste Zehn-Punkte-Liste vielleicht wieder als Autoren.«
5 Die Ideen sprudelten; die Energie kochte über; Gabriel schlug eine mögliche Plage vor, die einen seuchenhaften Vorschlag von Raphael provozierte, der wiederum Uriel zu einem neuen unaussprechlichen Grauen inspirierte; man konnte die Kreativität regelrecht *spüren.*
6 Und am Anfang hatten wir alle fünf instinktiv dieselbe Idee: Tiere.
7 Elefantenherden, Wolfsrudel, unfreundliche Raben, Killer-Hündchen, Millionen von Landhummern, die durch die Wüste krabbeln wie *ein* riesiger Terror-Krebs; glaube mir, für jeden bewegungsfähigen lebenden Organismus kam *irgendjemand* mit dem Vorschlag, die Ägypter damit zu töten.
8 Wir hätten auch alle zehn Plagen mit dem Tiermotiv ausgestalten können; und es wäre ein ungemein unterhaltsames Schauspiel geworden; aber am Ende beschränkten wir uns auf vier: Frösche (igitt), Stechmücken (bissig), Ungeziefer (sehr bissig) und Heuschrecken (ausgehungert).
9 Dann hatte Raphael die Idee, das bereits vorhandene Vieh der Ägypter mit einer Pest zu schlagen, eine raffinierte Variation des animalischen Themas, fand ich; und wir griffen den Vorschlag sofort auf.
10 Daraufhin sagte Gabriel: »Wie wär's damit? Nachdem wir das Vieh getötet haben, schlagen wir auch seine *Besitzer* mit Krankheit, mit einem sichtbaren Zeichen ihrer Verderbtheit?«
11 Und das, meine Damen und Herren, war die Anregung für … die schwarzen Blattern.

12 Wir setzten sie direkt hinter die Viehpest in den Mittelakten fünf und sechs; erst das Vieh tot, dann kriegen die Leute Blattern, ein großartiger Doppelschlag.
13 Unnötig zu erwähnen, dass uns zahlreiche atmosphärische und meteorologische Katastrophen einfielen, doch am Ende nahmen wir lediglich zwei von ihnen: Hagel und Finsternis.
14 Einen Schneesturm hätten die Ägypter vielleicht eher für einen Segen als eine Plage gehalten, und ich würde es ganz bestimmt nicht *noch einmal* mit einer Sintflut versuchen.
15 Und kein Dekalog der Verzweiflung wäre vollständig ohne ein wenig von dem roten Stoff; es war Uriel, der die Idee hatte, ihr Wasser in Blut zu verwandeln, inklusive des Nils, und am Ende nahmen wir das als Ouvertüre.
16 Es war durchaus gewinnend, aber ehrlich gesagt kein richtiger Kracher, denn es gab keine Toten.
17 Damit hatten wir neun Plagen, jede einzelne eine ehrenhafte Erweiterung für den Pantheon des Leidens, doch keine dünkte uns ein würdiger Schlusspunkt.
18 Als wir dann eines Abends zahllose Ideen an die Wand geworfen hatten, ohne dass eine kleben geblieben wäre, und erschöpft beieinandersaßen, stand plötzlich Michael, der bis dahin wenig zum Prozess des Plagenschreibens beigetragen hatte, auf und sagte:
19 »Es klingt vielleicht verrückt, aber was, wenn wir jeden Erstgeborenen in Ägypten töten, vom ersten Sohn des Pharao an, der auf seinem Thron sitzt, bis zum ersten Sohn der Magd, die hinter ihrer Mühle hockt, und alle Erstgeburt unter dem Vieh?«
20 Und wir anderen dachten nur: »Fürwahr, das ist es.
21 Das ist die Nummer zehn.«

Kapitel 5

1 Aber ich wollte nicht, dass das Auserwählte Volk sich ausgeschlossen fühlte; denn ich wusste, wenn es bei all dem Töten und Verheeren nur eine passive Rolle spielte, würde es die Sache nicht als seine eigene ansehen.

2 Also entwickelten wir einen Plan, nach dem jeder jüdische Haushaltsvorstand am Abend vor der Tötung der ägyptischen Erstgeborenen ein Lamm schlachten und mit seinem Blut beide Pfosten und die obere Schwelle der Tür bestreichen sollte, als Zeichen für mich, dass ich daran vorübergehe, »pesach«, wie man auf Hebräisch sagt.

3 Dieses Ritual wurde die Grundlage eines achttägigen heiligen jüdischen Festes, das bis heute gefeiert wird: die »Lamm-Blut-Türpfosten-Rubbel-Party«.

4 (Auf Anraten der Marketing-Abteilung haben wir den Namen später in »Pessach« oder »Passahfest« geändert.)

5 Die Planungen waren also erledigt, die Vorbereitungen abgeschlossen, und ehe wir uns versahen, war P-Day.

6 Wir hatten uns vorgenommen, uns im Wesentlichen an ein Grundmuster zu halten: Moses würde dem Pharao unverständlich drohen; dann würde Aaron die Drohung verständlich wiederholen; der Pharao würde höhnisch lachen, Aaron oder Moses würden die Hand über Ägypten ausstrecken; Grauen würde folgen, Tausende würden leiden; der Pharao würde nachgeben; Moses würde die Sache abblasen; ich würde das Herz des Pharao aufs Neue verstocken, und auf zur nächsten Plage.

7 Es erwies sich als erfolgreiche Formel; denn der Pharao und seine Berater waren so benommen von der Folge der Plagen, dass sie die zugrunde liegende Vorhersehbarkeit

der Drohung-Hohn-Grauen-Verstocken-Schablone nicht erkannten.
8 Deshalb war es auch nicht nötig, den Rhythmus zu variieren, indem wir Plan B umsetzten, drei Plagen auf einmal, oder Plan C, eine Atombombe.
9 Ich bin froh, dass wir nicht zu Plan C greifen mussten; es hätte womöglich gekünstelt gewirkt.
10 Ich erinnere mich an den Nachmittag vor der Tötung der Erstgeborenen, als sowohl Aaron als auch Moses sich an die Kinder Israels wandten.
11 Aaron sprach als Erster, in beruhigendem Tonfall erklärte er ihnen, dass der kommende Tag der Tag ihrer Befreiung sein würde; sie sollten ihre Sachen packen und die Taschen mit Nahrung füllen; vor allem aber würden sie auf gar keinen Fall Zeit haben, ihr Brot zu säuern.
12 Er ließ sich lange über das Thema aus und zu Recht; denn eine der wenigen Waren, die sich die Juden in der Zeit ihrer Gefangenschaft leisten und in schicklichen Mengen erwerben konnten, war Hefe.
13 Deswegen war das Übersäuern von Broten eine verbreitete Methode, seinen relativen Wohlstand zu demonstrieren.
14 Das Übersäuern von Broten war ein wichtiger Bestandteil des Lebens; Familien spähten durch die Fenster der benachbarten Lehmhütten auf den Ofen und machten Bemerkungen darüber, wie groß die Brote der anderen waren.
15 Oder eine Ehefrau schaute unter dem Vorwand nachbarschaftlicher Freundlichkeit mit einem »hohen Laib« nebenan vorbei, während sie eigentlich nur zeigen wollte, dass ihr Mann Hefe satthatte.
16 Deshalb erklärte Aaron den Juden, dass ich in puncto Brotsäuern eine Linie der Nulltoleranz einführen würde; nicht eine einzige Scheibe »als Wegzehrung« sei erlaubt, und

alle Backwaren, die Ägypten verlassen sollten, müssten flach wie ein Brett sein und nach trockenem Lehm schmecken.
17 Dafür dürften sie alle anderen Köstlichkeiten mitnehmen, die noch heute zum Seder gegessen werden: bittere Kräuter und Petersilienzweige, Eier und Schokoladentorten mit Vanilleeis.
18 Letzteres haben indes alle irgendwie vergessen.
19 Aber den Juden musste auch noch erläutert werden, wie wir es bewerkstelligen wollten, dass ich an ihren Türen »vorübergehe«, und zu diesem Thema ließ Aaron klugerweise Moses sprechen.
20 Der Prophet hatte sich den ganzen Tag über mit dem Schlamm des Nils beschmiert, sich weitere Runen in die Stirn geritzt und Ysop-Tabletten geschluckt.
21 Nun versammelte er die Juden um sich – die er schon seit einiger Zeit die »Moses-Family« nannte – und sprach zu ihnen.
22 »*Heute Nacht* geht der Scheiß voll ab, Mann.
23 *Darauf* haben wir gewartet; davor hat der Pharao sich gefürchtet, Mann; das ist der Tag der Abrechnung.
24 Wenn ihr also wisst, was gut für euch und eure Familien ist, dann schnappt sich jeder von euch seine Schafe, seine beschissenen kostbaren Schäfchen, und macht sich bereit, sie mit der glänzenden Klinge bekannt zu machen, Mann; denn heute Nacht befehle ich euch allen ein Massaker, tötet die Schafe, tötet sie alle und schmiert ihr Blut an die Türpfosten und schreibt ›Isis-Crisis‹ an die Wände.
25 Denn wisst ihr was, Leute? Moses sagt, eure Lämmer, eure kleinen süßen Lämmchen, Moses sagt, eure kleinen Lämmchen *müssen alle verdammt noch mal sterben!*«
26 Eine wahre Geschichte und in Wirklichkeit noch viel unheimlicher, als sie sich liest.

Kapitel 6

1 Es ist eine universell anerkannte Tatsache, dass die Tötung aller erstgeborenen Jungen und Tiere ein wirksames Mittel sein kann, eine diplomatische Verwicklung zu einer friedlichen Lösung zu führen.
2 Nachdem man ihn über die Neuigkeit unterrichtet hatte, zeigte der Pharao sich der von Moses unterbreiteten Exit-Strategie ungleich zugänglicher; und noch am selben Abend marschierten alle 600 000 Mitglieder des Erwählten Volkes – sowie ihre Frauen und Kinder, die in einem gewissen Sinne auch Menschen waren – auf der Hauptkarawanenroute zum Roten Meer.
3 Wegen eines umgekippten Elefantensitzes auf dem Mittelstreifen ging es nur langsam voran.
4 Doch ich verstockte das Herz des Pharao erneut, auf dass er die eben freigelassenen Sklaven verfolgte; und ich ließ sie von ihm und seiner Armee bis ans Ufer des Roten Meeres jagen; und zwar aus dem Grund, der am Anfang von Exodus 14 in den Versen 4 und 18 zwei Mal genannt wird: »Und die Ägypter sollen innewerden, dass ich der Herr bin.«
5 Denn ich war mir noch nicht hundertprozentig sicher, dass die Ägypter wussten, dass ich der Herr bin.
6 Ich dachte mir, dass sie eine *Ahnung* hatten, aber ich war nicht überzeugt.
7 Ja, binnen einer Woche hatte *irgendwas* ihre Erstgeborenen getötet, ihre Ernte vernichtet und die Gräber mit ihren Kindern, die Flüsse mit Blut, ihr Haus mit Fröschen, die Straßen mit Ungeziefer, die Felder mit totem Vieh, den Himmel mit Finsternis und ihre Gesichter mit Blattern gefüllt …

8 Aber das hätte auch reiner Zufall sein können.

9 Und ein vernünftiger Mensch hätte diese Ereignisse immer noch plausibel als eine Folge unzusammenhängender Naturphänomene erklären können.

10 Also dachte ich: »Aber wenn die Ägypter sehen, dass ich ein ganzes *Meer* teile, und beobachten, wie die Juden hindurchgehen, und dann versuchen, ihnen zu folgen und ich ihre gesamte Armee auf einen Schlag ertränke –

11 – dann kapieren sie *bestimmt,* dass ich der Herr bin.«

12 Und so setzten wir den Plan um; es gab allerdings ein kleines Problem, als Moses die Juden an eine Stelle der Küste führte, wo das Meer breiter war, als ich mir erbeten hatte.

13 Denn er war ungehorsam gewesen und hatte einen Umweg zu einer verlassenen Ranch in der Wüste gemacht, wo er, wie er sagte, »pennen« und einige seiner attraktiveren Auserwählten in gewisse arkane Rituale eigener Erfindung einführen wollte.

14 Sein Starrsinn zwang mich, drei Mal so viel Wasser zu bewegen als geplant; nicht, dass ich dazu nicht in der Lage gewesen wäre – wie du dich vielleicht entsinnest, bin ich der Herr dein Gott, König des Universums –, aber es machte die Sache für meine Assistenten ungleich mühsamer.

15 Und die Ägypter nahten; und bei Sonnenaufgang reckte Moses seine Hand über das Meer; und ich hatte die ganze Nacht Winde wehen lassen, bis das Meer sich teilte; und es dauerte den ganzen Tag, bis die Legionen der Kinder Israels zum Sinai hinübergegangen waren.

16 Damit stellten sie einen Weltrekord für die größte erfolgreiche See-Evakuierung vor einer antisemitischen Armee auf, der erst im Jahr 1940 gebrochen wurde.

17 Als dann die letzte israelitische Familie am anderen Ufer angekommen war (die Zykorias; es ging nach Alphabet), erreichte die ägyptische Vorhut das, was nunmehr die Rote Schlucht war, und staunte ehrfürchtig über die gewaltigen Wasserwälle, die zu beiden Seiten aufgetürmt waren.

18 Und diejenigen, die noch weiter nach oben blickten, hatten eine sonderbare und rätselhafte Vision: In der Mitte zwischen dem Sand unter ihren Füßen und der Sonne über ihren Köpfen schwebte am Himmel ein riesiger roter Knopf; und über diesem Knopf schwebte ein einzelner gewaltiger Finger, der vom Himmel herabwies.

19 Was folgt, war und bleibt ein sehr peinlicher Moment für mich.

20 Lange hatten die Engel und ich über den witzigsten und denkwürdigsten Spruch diskutiert, den ich machen konnte, wenn ich auf jenen Knopf drückte.

21 Zuletzt hatte Michael vorgeschlagen: »Zeit, das Rote Meer in das Tote Meer zu verwandeln!« Das hatte mir außerordentlich gut gefallen, denn es hatte den notwendigen Witz und Schmiss, außerdem noch einen gefälligen Binnenreim.

22 Und also schwebte ich in den Sternen und mein menschenähnlicher Finger über dem Knopf, und ich wartete auf mein Stichwort.

23 Doch als der letzte Mann der ägyptischen Nachhut das Ufer verlassen und das trockene Meer betreten hatte und es Zeit war, meinen Satz zu sagen und auf den Knopf zu drücken, überkam mich ein machtvolles Gefühl.

24 Es war dasselbe Gefühl, das ich hatte, als ich Abraham dabei zusah, wie er das Opfer von Isaak vorbereitete, nur ohne Schuldgefühle und 200 000 Mal intensiver.

25 Ich verlor mich in dem Moment; zum Glück war Michael wieder zugegen, um mich mit einem Stups an meine Pflicht zu erinnern; aber ich hatte meine Konzentration verloren; und als ich auf den Knopf drückte, sagte ich:

26 »Zeit, das Rote Meer … in das *Rote* Meer zu verwandeln!«

27 Zeit, das Rote Meer in das *Rote* Meer zu verwandeln?!

28 Das ist eine Tautologie; sie bleibet ohne jeden Sinn, auf jeder Ebene, auch als Metapher für Blut.

29 Denn da ich die folgende Flut persönlich überwacht habe, kann ich berichten, dass es zwar eine Handvoll kleinerer Schürfwunden gab, die einigen Soldaten von heranrauschenden Mollusken zugefügt wurden, im Übrigen jedoch alle 200 000 Personen und 100 000 Pferde ertrunken sind; es gab praktisch kein Blut.

30 Das war mir über die Maßen peinlich; so sehr, dass ich den Fehler im Alten Testament weggelassen habe; und ein weiteres Mal blieb ich zurück, um der unangenehmen Wahrheit über mein Verhältnis zum menschlichen Leid nachzusinnen.

31 Ja, vielleicht war mit mir *tatsächlich* irgendwas ganz grundsätzlich nicht in Ordnung.

32 Und schlimmer noch, ich hatte meine Pointe verhaspelt.

Kapitel 7

1 Stell dir vor, du führst in einem riesigen ungelenken Vehikel durch eine karge und unvertraute Wüste; es ist sengend heiß, die Straße ungepflastert; dein Bruder sitzt auf dem Beifahrersitz und starrt neidisch aufs Lenkrad.

2 Und auf der Rückbank sitzen 600 000 Kinder, die nichts anderes tun, als in einem fort zu quengeln. »Ich hab Durst!« – »Sind wir bald da?« – »Der Stamm der Napthalin hat mich schon wieder angefasst!«

3 Und nun stelle dir vor, dass diese Fahrt zwei Monate dauert, dann hast du eine gewisse Vorstellung davon, wie die folgenden sechzig Tage für Moses waren.
4 Die erste Beschwerde des Volkes galt dem Trinkwasser; darum kümmerte ich mich, indem ich Moses mit seinem Stab gegen einen Felsen schlagen ließ, worauf sich ein Spalt auftat und Wasser heraussprudelte.
5 Die zweite Beschwerde des Volkes galt dem Waschwasser; darum kümmerte ich mich, indem ich Moses mit seinem Stab gegen einen Felsen schlagen ließ, worauf sich ein Spalt auftat und Wasser in ein natürliches Becken sprudele.
6 Die dritte Beschwerde des Volkes galt dem Wasser für die Hydrotherapie; ich kümmerte mich darum, indem ich einen Schlauch vom Himmel fallen ließ und die schmutzigen Undankbaren mit 50 000 Pfund pro Kubikelle besprühte.
7 Nachdem ich mich ihren Wassersorgen gewidmet hatte, fingen die Leute als Nächstes an, über das Essen zu murren; ein Problem, das ich in jener und allen folgenden Nächten in den nächsten vierzig Jahren löste, indem ich einen wundersamen Proviant namens Manna über ihrem Lager verstreute.
8 Manna war Reisenahrung, die vom Himmel fiel; und wenn du je auf Reisen ein Mahl im Himmel zu dir genommen hast, dann hast du eine ziemlich gute Vorstellung von seinem Geschmack.
9 Ich glaube, die berühmte Essleidenschaft der Juden lässt sich direkt von ihrer kulturellen Erinnerung an vier Jahrzehnte mit nichts als Manna zurückführen.
10 Aber endlos waren die Beschwerden über das Essen, das Wasser und darüber, dass in Ägypten alles besser gewesen sei, wo jedermann dreistöckige Schokoladentorten genossen hatte; und alle diese Beschwerden gingen direkt an Moses, weil er der einzige Mittler zwischen mir und dem

Auserwählten Volk war, eine Aufgabe, die ihn, wie mir rückblickend klar ist, ungebührlich belastete.
11 Denn kein Mensch sollte die Hälfte seiner Zeit damit zubringen müssen, sich einem Pöbel unzufriedener Juden zu widmen.
12 (Ich bin der Herr dein Gott, König des Universums, wenn ich das sage, ist es also nicht antisemitisch.)

Kapitel 8

1 Am ersten Tag des dritten Monats nach Beginn des Exodus erreichten die Juden schließlich den Berg Sinai; dort hatte ich vor, unseren Bund zu legalisieren.
2 Ich hatte den Sinai ausgewählt, weil er einen malerischen Hintergrund bildete; denn ich wollte, dass mein Antrag unvergesslich sein würde.
3 Also rief ich Moses nervös auf den Berg und wies ihn an, vor das jüdische Volk zu treten, auf die Knie zu fallen und mit einem goldenen Ring in der Hand zu ihm zu sagen:
4 »Der Herr möchte, dass ihr wisst, dass diese letzten zwei Monate die glücklichsten seines Lebens waren.
5 Er hätte nie gedacht, dass er so etwas für einen *Menschen,* geschweige denn ein ganzes Volk empfinden könnte.
6 Ihr habt ihn ausgeglichener, fürsorglicher und selbstbewusster in seinen Strafen gemacht.
7 Er kann sich also nicht mehr vorstellen, den Rest der Weltgeschichte ohne euch zu seinen Füßen zu verbringen.
8 Deshalb fragt er, ob ihr ihn zum glücklichsten Gott im Universum machen wollt, indem ihr sein Auserwähltes Volk werdet.«

9 Und Moses stieg von dem Berg herab und versammelte
die zwölf Stämme um sich; und ich sandte ihm meine bei-
den Zeichen, eine ohrenbetäubende Hornfanfare vom Gip-
fel des Sinai und einen Sandsturm aus Rosenblüten.
10 Und dann stellte er die Frage, und die Israeliten sagten Ja.
11 Es war ein glorreicher Augenblick; und ich stieg in ei-
ner dichten Wolke zu ihnen herab, damit wir uns irgendwie
umarmen konnten, obwohl ich unmissverständlich klar-
machte, dass jeder, der den Berg auch nur berührte, getötet
werden würde.
12 Denn ich brauchte nach wie vor meine Ruhe.
13 Dann rief ich Moses und Aaron auf die Spitze des Sinai
und begann, ihnen das Gesetz zu diktieren, beginnend mit
den Zehn Geboten.
14 Ach ja, die Zehn Gebote.
15 Eigentlich habe ich zu den Zehn Geboten nur sehr we-
nig zu sagen.
16 Ich denke offen gestanden nicht mehr so viel an sie.
17 Nagelt sie an eure Türpfosten oder auch nicht; lehrt sie
an euren Schulen oder nicht; hängt sie in euren Gerichten
auf oder nicht; lebt nach ihren Vorschriften oder nicht; das
gilt sogar für das Gebot mit dem »Töten«.
18 Es ist mir einerlei; denn ich widme den Zehn Geboten
wie gesagt kaum noch einen Gedanken.
19 Nein, praktisch gar keinen mehr.
20 [Pause]
21 Das ist nicht wahr.
22 Ich denke ständig an die Zehn Gebote.
23 Ich denke ständig an sie, weil ich sie hasse.
24 Ich *hasse* die Zehn Gebote.
25 Ich hasse die Zehn Gebote *genau so,* wie Don McLean
»American Pie« hasst.

26 Höret mich: Als ich vor all den Jahren diese Worte schrieb, haben sie mir etwas sehr Persönliches bedeutet; ich habe mein Herz und meine Seele hineingelegt; und dann habe ich mein Werk in die Welt entlassen und wie jeder Autor gehofft, dass sie ein Publikum finden würden.
27 Nie hatte ich mir vorgestellt, dass es nach all dieser Zeit mein bekanntestes Stück sein würde; die Verse, die die Leute noch immer ventilieren, diskutieren, interpretieren und von Anfang bis Ende zitieren.
28 Ich weiß, ich sollte froh sein, dass so viele von euch sich das Stück so zu Herzen genommen, ihm so viel Bedeutung abgerungen und seine schlichte AAAAAAAA-Struktur so bereitwillig aufgenommen haben.
29 Aber ich habe es satt, mich davon definieren zu lassen; ich habe es satt, als One-List-Wonder zu gelten, im Bewusstsein der Öffentlichkeit für immer darauf festgelegt, »die Gottheit zu sein, die ›Die Zehn Gebote‹ geschrieben hat«.
30 Ich habe vorher eine Menge guter Arbeit abgeliefert und ich habe seither eine Menge guter Arbeit abgeliefert; ich gehe meinen Weg als kreativer Künstler weiter und heiße jeden willkommen, der Interesse daran hat, diesen Weg mit mir zu gehen.
31 Aber das ist alles, was ich über die Zehn Gebote sagen möchte; bittet mich nicht, sie an dieser Stelle noch einmal vorzutragen, als Zugabe; das werde ich nicht tun.

Kapitel 9

1 Außerdem machen die Zehn Gebote nur einen Bruchteil der Hunderte anderer Gesetze, Klauseln, Bedingungen, Mandate, Edikte, Ukas und verpflichtender Vorschläge aus, die ich den Juden auf dem Sinai vermacht habe.
2 Ich weiß, dass viele meiner Leser mit den Worten der Heiligen Schrift nicht vertraut sind, weil sie frei denkende Entropisten sind, die bis zum Hals im Wirrwarr leben; deshalb informiere ich sie hiermit freundlicherweise, dass ein Großteil der zweiten Hälfte des Exodus – sowie die drei übrigen Bücher des Pentateuch – wenig mehr sind als ein Katalog zahlloser bürokratischer Detailbestimmungen für das Micromanagement, die empfangen zu haben die Israeliten sich glücklich schätzen dürfen.
3 Und es sind diese Detailbestimmungen, die mir besonders am Herzen liegen; bis heute lese ich sie mit großer Freude immer wieder; bitte mich nicht, einen Lieblingsvers zu benennen, denn jedes überholte Relikt einer überkommenen Lebensweise ist wie ein Kind für mich.
4 Ich werde nicht ungebührlich Bäume und Holzpulpe verschwenden, um mich hier selbst zu zitieren, aber ich biete dir eine erlesene Auswahl, als Anregung, in die nächste Alte Testamenterie zu eilen und ein Exemplar zu erwerben.
5 Levitikus 1,14: »Will er aber von Vögeln dem Herrn ein Brandopfer darbringen, so bringe er's von Turteltauben oder andern Tauben.«
6 Bumm!
7 Deuteronomium 20, 13–14: »Und wenn sie der Herr, dein Gott, dir in die Hand gibt, so sollst du alles, was männlich darin ist, mit der Schärfe des Schwerts erschlagen. Nur die

Frauen, die Kinder und das Vieh und alles, was in der Stadt ist, und alle Beute sollst du unter dir austeilen und sollst essen von der Beute deiner Feinde, die dir der Herr, dein Gott, gegeben hat.«

8 Wow!

9 Exodus 27,3: »Mache auch Töpfe für die Asche, Schaufeln, Becken, Gabeln, Kohlenpfannen; alle deine Geräte sollst du aus Kupfer machen.«

10 O nein, das kann nicht mein Ernst gewesen sein.

11 Ich scherze natürlich, aber mal ehrlich: Kannst du dir eine Welt, in der deine Aschetöpfe und Schaufeln, Becken, Gabeln und Kohlepfannen aus, sagen wir, *Bronze* waren, auch nur *vorstellen?*

12 Doch es gibt einen Satz von Bestimmungen, dessen Wirkung heute sogar die meines bahnbrechenden Kupfer-Aschetopf-Diktums übersteigt; und das sind die koscheren Speisevorschriften, die meine größte regulatorische Errungenschaft bleiben.

13 Es gibt keine größere Demonstration der Stärke meines Vertrags mit dem Auserwählten Volk als die Tatsache, dass viele von ihnen sich auch mehr als dreitausend Jahre später noch an die *Kaschrut*-Gesetze halten.

14 Denn die Haltbarkeit eines Vertrages lässt sich nicht an der Bereitschaft einer Partei ermessen, Vorschriften zu befolgen, deren Einhaltung leicht ist; denn eine solche Bereitschaft erfordert im Grunde gar keinen Vertrag.

15 Andererseits lässt sich seine Stärke auch nicht an der Bereitschaft einer Partei ermessen, Vorschriften einzuhalten, die nur *mühsam* sind; denn dieser Gehorsam gründet sich häufig nur auf die Furcht vor Bestrafung und ist kein Ausdruck inneren Respekts vor dem Vertrag als solchem.

16 Nein, die Stärke eines Vertrages lässt sich nur durch die

Bereitschaft einer Partei ermessen, Bedingungen zu erfüllen, die einerseits beschwerlich, andererseits aber bei Verstoß ohne Konsequenzen bleiben und drittens jeden Hauch von gesundem Menschenverstand vermissen lassen.
17 Und solcherart sind die *Kaschrut*-Gesetze.
18 Was, du hast geglaubt, hinter diesen Gesetzen stecke auch nur ein Körnchen Logik?
19 Schellfische sind unrein, weil sie keine Schuppen und Flossen haben? Klar, denn die Verseuchungsstoffe des Salzwassers werden am besten nicht durch eine harte Schale, sondern durch osmotische Kiemen gefiltert.
20 Schweine sind unrein, weil sie als einzige unter den verbreiteten Nutztieren schmutzig sind? Ja klar, Kühe sind ein Muster an Hygiene, Schafe regelrechte Ordnungsfanatiker und Hühner mit ihrem ständigen Krallensäubern reinlichkeitsfixierte Zwangsneurotiker.
21 Alle Insekten sind unrein mit Ausnahme von vier Heuschreckenarten? Ja, so steht es da, schlag nach in Levitikus 11, 21–22, das ist kein Scherz.
22 Oder bedenke die berühmteste meiner Diätvorschriften: »Du sollst das Böcklein nicht kochen in seiner Mutter Milch.«
23 Was für ein Volk würde eine derart spezifische Klausel – die lediglich eine kulinarische Generationsgrausamkeit unter Ziegen verbietet – zu einem Bann ausweiten, der den Verzehr *allen* Fleisches mit *allen* Milchprodukten verbietet, nach dem Prinzip »sicher ist sicher«?
24 Ein Auserwähltes Volk eben.
25 Und bedenke, die Natur der Gesetze einmal hintangestellt, ihren historischen Kontext, dann werden sie noch lächerlicher.
26 Ausführliche Speisevorschriften für ein Volk, das in den

nächsten vierzig Jahren genau ein (in Zahlen: 1) Lebensmittel konsumieren würde?

27 Etikette für den Umgang mit Meeresfrüchten für Wüstenstämme, deren Erfahrung mit Salzwasserfischen sich auf einen kurzen Marsch durch sie hindurch beschränkte?

28 Vorträge über Unreinlichkeit für Nomaden, die gemeinsam einen pilzartigen Gestank verströmten, dass Menschen tatsächlich *taub* davon wurden?

29 Nein, die Engel, Moses, Aaron und ich haben die hebräischen Speisegesetze sorgfältig so gestaltet, dass sie für die Gesundheit und den Erhalt der langfristigen Neurose des jüdischen Volkes sorgen würden.

30 Auf dass die Juden ihren Glauben für alle Zeit durch die rituelle Befolgung von Gesetzen beweisen mögen, deren Betonung es verbietet, sie zu ignorieren, die zu wahllos sind, um logisch zu sein, und zu vage, um zufriedenzustellen.

Kapitel 10

1 Neben diesen Gesetzen diktierte ich Moses auf dem Berg Sinai auch die Chronik im ersten Teil der Bibel, die Schöpfungsgeschichte, die Geschichte von Adam und »Eva«, Kain und Abel, Noah und den Vätern des Volkes.

2 Auch Moses' eigene Geschichte, bis ich zu der Stelle kam, wo ich zu Moses sagte: »Bis ich zu der Stelle kam, wo ich zu Moses sagte: ›Bis ich zu der Stelle kam, wo ich zu Moses sagte: ‚Bis ich zu der Stelle kam, wo ich zu Moses sagte'‹«, und er lachte.

3 Nun ja, er schmunzelte.

4 Die komplette Niederschrift dauerte vierzig Tage und

Nächte, genauso lang, wie es dauerte, den gesamten Planeten zu fluten, was entweder die relative Schwierigkeit des Schreibens oder die Leichtigkeit des Flutens beweist.
5 Wissenschaftler sind bei der Analyse des Alten Testaments zu dem Schluss gekommen, dass es ein Amalgam aus dem Werk von mindestens vier verschiedenen Autoren über einen Zeitraum von grob tausend Jahren sei.
6 Wie du dich erinnern wirst, habe ich in der Regenesis 3,1 von anderen »Gelehrten« gesprochen, die meinen, nachgewiesen zu haben, dass sich das Leben auf der Erde im Laufe von Jahrmillionen entwickelt hat; vielleicht entsinnst du dich an die dort angegebene Erklärung; ich werde sie nicht wiederholen, doch sie gilt auch hier.
7 Die einzigen Teile des Pentateuch, die ich Moses *nicht* direkt diktiert habe, waren die relativ kurzen Abschnitte über die Geschichte der Wanderung der Juden post Sinai, an denen Moses und ich zusammen Kerouac-mäßig *on the road* gearbeitet haben.
8 Dies ist vielleicht ein passender Moment, eine Frage zu beantworten, die man mir seit dem beispiellosen Erfolg der Bibel an der Spitze sämtlicher Bestsellerlisten am häufigsten gestellt hat: Welchen Rat habe ich für junge Autoren?
9 Es gibt wahrlich kein Thema, das ich mit größerem Vergnügen erörtere; nicht nur, weil es meinem (bodenlosen) Ego schmeichelt, sondern auch weil ich stolz darauf bin, Teil einer großen Tradition des Geschichtenerzählens zu sein.
10 Denn ich war nicht der Erste, der einen Bericht der Schöpfung veröffentlicht hat; andere Schilderungen gingen der meinen um Jahrhunderte voraus; das *Gilgamesch*-Epos ist sogar mehr als tausend Jahre älter als die Genesis.
11 Das *Gilgamesch*-Epos ist natürlich ein fiktionales Werk, während mein Bericht historisch ist; aber als ein Stück Lite-

ratur hat es beachtliche Verdienste, vor allem wenn du bedenkest, dass sein Autor in Keilschrift auf weichen Tontafeln schreiben musste und deshalb buchstäblich nie wusste, ob sich die neueste Wendung der Handlung nicht buchstäblich als halbgar erweisen würde.

12 Schon lange bevor die Griechen sie blasphemischerweise personifizierten, war ich ein Sklave der Muse, deshalb werde ich meine drei wertvollsten Erfahrungen über das Handwerk des Schreibens mit dir teilen:

13 *Schreibe über etwas, was du kennst.* Dieser Rat ist für manche offensichtlich eine größere Einschränkung als für andere.

14 *Warte nicht auf eine Eingebung.* Denn siehe, *ich* bin die Eingebung, und ich bin ziemlich beschäftigt.

15 *Fessele die Aufmerksamkeit deines Lesers gleich von Anfang an.* Das habe ich mühsam lernen müssen.

16 »Am Anfang schuf Gott Himmel und Erde.« Das allein reicht, um die Genesis lesen zu wollen.

17 Aber »Dies sind die Worte, die Mose zu ganz Israel redete jenseits des Jordans in der Wüste, im Jordantal gegenüber Suf, zwischen Paran und Tofel, Laban, Hazerot und Di-Sahab«. Das allein reicht, um sich mit dem Deuteronomium die niederen Körperregionen abwischen zu wollen.

18 *Streue unendliche Listen mit den Namen uralter Brunnen in deinen Text ein.* Das habe ich früh begriffen und nie zurückgeschaut.

19 *Veröffentliche und vergehe.* Oder veröffentliche *nicht* und vergehe. Will sagen, wenn du nicht ich bist, ist jede Option ohne Vergehen ein Rohrkrepierer.

20 Und zuletzt: *Schreibe.*

21 Höre nie auf zu schreiben; es ist ein Muskel, der permanent trainiert werden muss, sogar von mir.

22 Denn nach dem *Koran* legte ich meinen Stift nieder und versuchte mich 1200 Jahre lang nicht an einem weiteren Werk; dieses weitere Werk war dann *Das Buch Mormon* und mit knapp hundert Millionen verkaufter Exemplare ein gewaltiger kommerzieller Flop.
23 Und weit schlimmer noch, es liest sich wie eine groteske, lächerliche und absurde Märchensammlung.
24 Das ist schade, denn es ist alles wahr.

Kapitel 11

1 Als sich die Wochen des Diktats hinzogen und Moses nicht wieder auftauchte, während es den Israeliten weiterhin verboten blieb, den Berg Sinai zu betreten, schlug die Stimmung unter den feiernden Vagabunden rasch von Woodstock-artig in altamontesk um.
2 Schließlich umringte die rastlose Menge Aaron und sagte: »Wir sind hierhergekommen, um uns an diesem Berg mit Gott zu verbinden; aber siehe, du verbietest uns, den Fels zu berühren, und wir wollen mehr.
3 Mehr! Mehr! Mehr!
4 Wir spüren es in unseren Herzen; und kein starrsinniger Kleriker wird uns davon abhalten, ihn direkt zu spüren; denn wir sind jung und wütend und rebellieren gegen deine Autorität.
5 Hörst du uns, *alter Mann?*«
6 Und sie schickten sich an, den Berg zu stürmen; deshalb besänftigte der überwältigte Aaron sie, indem er ihren Schmuck einsammelte und daraus ein goldenes Kalb formte, das sie als Gott anbeten konnten.

7 Und er formte dieses Kalb; und dann opferte er ihm, nur um die Menge zu besänftigen, einen Ochsen.
8 Und dann leitete er mit Kummer im Herzen ein eintägiges Gebet für das Götzenbild.
9 Und dann leitete er – aus einem Abgrund von Traurigkeit, dessen Tiefen nicht einmal ich ausloten konnte – eine zweiwöchige Orgie zu seinen Ehren.
10 Und ich sah all das und wurde zornig; denn Moses und ich waren gerade in Schwung gekommen und schafften locker eine halbe Schriftrolle pro Tag; die Worte flossen nur so auf das Ziegenfell.
11 Mein Zorn wurde flammend; und ich blickte auf das Auserwählte Volk hinab, das in Bacchanalstimmung unbekleidet im Sand wimmelte wie eine fleischfarbene Wüstenkobra; und ich erklärte Moses, dass ich es ein für alle Mal satthatte und sie sämtlich niederstrecken würde, um mit einem anderen Volk, das meiner würdiger war, neu anzufangen.
12 Ich dachte an die Maya; ich mochte ihre Leidenschaft.
13 Aber in diesem Moment zeigte Moses, wie überheblich er gegenüber meiner Autorität geworden war; denn er unterbrach mich ohne das geringste Anzeichen von Furcht mitten in meiner Tirade:
14 »Weißt du was, Gott? Du kannst mich mal.
15 Du hast mich verstanden: Du … kannst … mich … mal.
16 Dieses ganze Auserwählte-Volk-Ding läuft jetzt wie lange? Vierhundert, vierhundertfünfzig Jahre? Und ich hab gerade einen Monat lang die ganze Geschichte auf deine beschissenen Schriftrollen geschrieben – Abraham und Isaak und Jakob und der ganze Märchenscheiß –, und jetzt schmeißen wir alles auf den Müllhaufen der Vergessenheit, nur weil meine kleine glückliche Familie da unten eine Party in der Wüste feiert?

17 Was denn? Du siehst irgendein blödes goldenes Kalb und fühlst dich davon bedroht?
18 ›Strafe hier, töte dort, ich bin der Herr, der allmächtige Schläger, blablabla‹?
19 Das ist doch asi, Mann.
20 Wahrlich.
21 Du magst Gott sein, aber du führst dich auf wie der *letzte Mensch*.«
22 Und in diesem Moment verbat ich Moses, Israel zu betreten.
23 Ich habe mich konstruktiver Kritik nie verschlossen; ich hatte sie mir von Abraham angehört; und im Laufe meiner Karriere würde ich sie mir noch von vielen anderen großen Männern wie etwa David, Mohammed und Kanye anhören.
24 Aber solche Kritik muss in einem Geiste des Respekts sowohl für mich als auch für die Organisation als Ganzes geäußert werden; und wenn sich Respektlosigkeit oder sogar regelrechter Spott und Hohn Bahn bricht, muss ein Exempel statuiert werden; selbst an jemandem wie Moses.
25 In der Bibel heißt es natürlich, ich hätte Moses bestraft, weil er mit seinem Stab gegen einen Felsen geschlagen hat, um Wasser daraus sprudeln zu lassen, ohne den Glauben an mich zu bekunden, wie ich es befohlen hatte.
26 Ja, in der Bibel steht vieles.

Kapitel 12

1 Je weniger über die vierzigjährige Wanderung durch die Wüste gesagt wird, desto besser.

2 In der Bibel werden nur eine Handvoll Zwischenfälle aus dieser Periode berichtet: ein paar militärische Scharmützel, einige Aufklärungsmissionen und hin und wieder eine mahnende Seuche, aber im Großen und Ganzen war es eine öde Zeit.
3 Die Israeliten schlugen ihre Zelte an Dutzenden einsamer Lager auf, jeder einzelne bar jeden Nachtlebens oder einer Theaterszene.
4 Die Wanderung verfiel in eine Routine; an der Spitze des Zuges waren die Bundeslade und die kleine Gruppe Priester, die für sie verantwortlich waren; dahinter folgte das bunte Gesindel, auch bekannt als die »Ladenkinder«.
5 Ehemalige Rebellen, die satt und träge geworden waren, tagaus, tagein immer dieselben Gesänge hörten und von den Brocken lebten, die vom Himmel fielen.
6 Und permanent auf ein Wunder angewiesen waren.
7 Aber ihre Kinder waren eine andere Generation; sie waren klüger und gerissener und wollten das Gelobte Land nicht nur erreichen, sondern auch erobern, und für dieses Ziel waren sie bereit, sich ganz der Organisation zu verschreiben.
8 Zu ihrem Anführer bestimmte ich Moses' Assistenten Joshua; er war hochintelligent, fleißig und hatte »es« in rauen Mengen.
9 Und besser noch, er war ein Mitglied des Stammes der Ephraim, des südlichsten aller Stämme, weshalb er mit ephraimitischem Dialekt mit gedehnten Vokalen und freundlichem Singsang sprach, was ihn populärer machte als die übliche Kaste liberaler Stammesführer aus dem Nordosten.
10 Tag für Tag, Woche für Woche, Jahr für Jahr starben die älteren Israeliten, und jüngere wuchsen nach, um ihren Platz einzunehmen.
11 Nun wussten diese jüngeren von meinem Schwur, dass

niemand das Gelobte Land betreten sollte, ehe nicht der letzte Überlebende des Exodus gestorben war; und sie hatten erkannt, dass ich nicht geneigt war, die Lebenszeit dieser Veteranen künstlich zu verkürzen.
12 Und so begab es sich zu Beginn des vierten Jahrzehnts der Wanderung immer häufiger, dass der rapide alternde Kader der Ex-Sklaven von »ungewöhnlichen Todesfällen« betroffen war.
13 Es gab einen sprunghaften Anstieg von Speerunfällen; Kinder wachten auf, um festzustellen, dass die Leiber ihrer Eltern sich rätselhafterweise mit Gallonen von Sand gefüllt hatten, die jene im Schlaf geschluckt hatten.
14 Und im Laufe der Wanderung blieben immer mehr der älteren Vorfahren tödlich erschöpft am Wegesrand liegen, die Art Erschöpfung, die mit zahlreichen Hals- und Kopfverletzungen einhergeht.
15 Siehe, selbst der arme Aaron starb unter mysteriösen Umständen; denn als er eines Tages den Gottesdienst leitete, ließen die vier jungen Vize-Priester, die die Bundeslade trugen, sie irgendwie plötzlich alle vier gleichzeitig aus den Händen gleiten, sodass sie Aaron unter sich begrub.
16 (Die Bundeslade hat wahrlich *sehr* viel mehr Ärger gemacht, als es wert war.
17 Ein kluger Rat: Lasst sie lieber in dieser Kiste in dem Lagerhaus.)

Kapitel 13

1 An einem herrlichen Frühlingsmorgen – auf den Tag genau vierzig Jahre nach jenem unsterblichen Sonnenaufgang, der den legendären Landgang der Juden markierte – stand Moses auf dem Berg Nebo.

2 Seine endlosen Wanderungen waren vorüber; Israel, das Land, das ich seiner Nation als rechtmäßiges Heimatland versprochen hatte, lag in Sichtweite; üppig und grün und jenseits der glitzernden Stacheldrahtzäune der demilitarisierten Zone vor Leben wimmelnd.

3 Und als der Prophet auf das Gelobte Land blickte, war sein Herz voll von tausend verschiedenen Gefühlen, und er dachte lange an seine zahlreichen Errungenschaften zurück: die Befreiung seines Volkes, den Empfang der Gesetze und – gewisslich nicht weniger beeindruckend – die erfolgreiche Bewahrung eines echten Privatlebens.

4 Etwas, was auch Zipporah, seit 43 Jahren seine Frau, sehr zu schätzen wusste.

5 Schließlich hielt Moses seine Abschiedsrede an das Auserwählte Volk, deren Text fast das gesamte Buch Deuteronomium einnimmt.

6 Er sprach über viele Dinge; darüber, dass Steinböcke unkoscher sind, dass man die Frauen und Kinder der Feinde versklaven und nicht töten solle; dass das Pflügen mit einem Rind und einem Esel zugleich *ebenso* frevelhaft ist wie Transvestitentum; dass dem Vater einer vergewaltigten Jungfrau fünfzig Silberstücke zustehen; dass jeder, der einen feuchten Traum hat, die Stadt vor Sonnenuntergang verlassen muss; und dass es angemessen sei, einer Frau, die ihrem Ehemann in einem Streit mit einem anderen Mann zur Hilfe eilt, indem sie den anderen bei seiner Scham ergreift, die Hand abzuhauen.

7 Emotional? Absolut.

8 Wahrlich, im Hause Israel blieb kein Auge trocken.

9 Als er seine Rede schließlich beendet hatte, seufzte Moses

schwer, ging zu der Seite des Gipfels, die Kanaan am nächsten lag, trat an den Rand des Abhangs und blickte sehnsuchtsvoll auf das Gelobte Land.
10 Ja, ich war ernsthaft in Versuchung, meinen strengen Schwur zurückzunehmen und ihm zu erlauben, einen Fuß in das Land zu setzen, für das er so lange gekämpft hatte, und sei es nur ganz kurz.
11 Denn als Gott sah ich, dass es richtig und gerecht wäre.
12 Aber als Autor erkannte ich, was für ein ergreifender Schluss der fünf Bücher Mose es wäre, den Titelhelden sterben zu lassen, wenn er das Gelobte Land sieht, das zu betreten ihm jedoch verwehrt bleibt.
13 Es würde seinen Charakter mit dem finalen Nimbus von Majestät und Tragik zieren.
14 Und ich könnte die Thora mit diesem Schlussakkord von Erhabenheit und Hochachtung enden lassen:
15 »Und es stand hinfort kein Prophet in Israel auf wie Mose, den der Herr erkannt hätte von Angesicht zu Angesicht,
16 Mit all den Zeichen und Wundern, mit denen der Herr ihn gesandt hatte, dass er sie täte in Ägyptenland am Pharao und an allen seinen Großen und an seinem ganzen Lande.
17 Und mit all der mächtigen Kraft und den großen Schreckenstaten, die Mose vollbrachte vor den Augen von ganz Israel.«
18 Und ich wusste, dass es meinem Werk eine Schlussszene bescheren würde, die einer epischen Geschichte wie dem Exodus würdig ist; und ich wusste, dass ein so großartiger Mensch wie Moses es verdient hatte, seine Geschichte mit einem edlen heroischen Schlusssatz enden zu lassen.
19 Und also stieß ich ihn in den Abgrund.

Heyjude

»Das Auserwählte Volk«

Kapitel 1

1 Die vierzigjährige Wanderung durch die karge Wüste war nur der Anfang für uns, Juden.
2 Wir haben viel zusammen durchgemacht, haben Triumphe und Tragödien, Segnungen und Ritualmordlegenden, Heiterkeit und den Holocaust geteilt; zu Letzterem gleich mehr; ich bin sicher, ihr habt da einige Fragen.
3 Ja, wir haben holperige dreitausend gemeinsame Jahre verlebt, ihr und ich; aber wir haben es geschafft, und nach all dieser Zeit seid ihr noch immer mein Auserwähltes Volk.
4 Die Wiedererzählung der Geschichte des Exodus hat mich an die vier Fragen erinnert, deren Antworten erklären, warum das Passahfest so wesentlich ist.
5 Aber an allen übrigen Abenden sind die vier Fragen, die ich von Juden am ehesten zu hören bekomme, vollkommen andere; und sie sind unbeantwortet geblieben … bis jetzt.

Kapitel 2

1 *Warum ist unser Glaube anders als jeder andere Glaube?*
2 *Warum werden alle anderen Bekenntnisse nur gelegentlich als Sündenböcke auserkoren, während unser Glaube*

seit 3000 Jahren ununterbrochen Sündenbockweltmeister ist?

3 Weil die Menschen eifersüchtig sind.

4 Es ist schlicht und einfach Eifersucht.

5 Es gibt einfach gewisse Menschen, die sehen, wie ich euren Erfolg in Branchen wie dem Rechtswesen, der Finanzwelt und der Unterhaltungsindustrie begünstige, und reagieren darauf mit gehässigen, beleidigenden Bemerkungen.

6 Zum Glück sind die meisten dieser Menschen selbst Juden; das ist also okay.

7 Aber zu den Anlässen, wo das nicht der Fall ist, ist es Antisemitismus – oder Progentilismus, wie seine Verfechter es lieber nennen – und nicht mehr und nicht weniger als die krebsartige Wucherung eines gärenden Ressentiments.

8 Glaubt mir, wenn sie fähig wären, eine Geheimorganisation zu gründen, die sich einmal in der Woche im Keller der örtlichen Synagoge trifft, um jeden Aspekt von Rechts- und Finanzwelt zu kontrollieren, würden sie es tun.

Kapitel 3

1 *Warum ist unser Glaube anders als jeder andere Glaube?*

2 *Warum betrachten alle anderen Kulturen Neujahr als einen Tag des Neuanfangs, während es für uns ein »Tag des Gerichts« ist? Und dann nur zehn Tage später Jom Kippur? Was für eine Terminplanung ist das denn?*

3 Das ist zugegebenermaßen unglücklich, Juden.

4 Wenn ich es recht bedenke, geht es bei fast allen jüdischen Feiertagen entweder um »die Erinnerung daran, in

der Vergangenheit nicht getötet worden zu sein«, oder »die Bitte, in unmittelbarer Zukunft nicht getötet zu werden«.

5 Aber das soll fürwahr genug des Greinens sein; denn ich habe in die Herzen des Auserwählten Volkes geschaut; und darin sehe ich die Wahrheit:

6 Niemand nimmt diesen Kram noch ernst.

7 Ja, das Judentum ist die erste Religion, die komplett ironisch geworden ist.

8 Denn siehe, es mag in Borough Park, Brooklyn, und Ma'alot Dafna ein paar Hunderttausend hartnäckige Schriftgläubige geben, die die Botschaft nicht mitbekommen haben; rückblickend hätte ich das Flugblatt vielleicht lieber während des Thora-Studiums in ihren Talmud legen sollen, anstatt es an einem stürmischen Sabbatmorgen unter die Scheibenwischer ihrer Autos zu klemmen.

9 Aber was die heutige jüdische Gemeinde zum größten Teil zusammenhält, ist das kollektive Vergnügen, sich über denselben Insiderwitz zu freuen.

10 Ich liebe es, wenn sich die weniger Frommen unter euch »Kulturjuden« nennen.

11 Könnt ihr euch vorstellen, einem »Kulturchristen« oder einem »Kulturmuslim« vorgestellt zu werden?

12 Eilmeldung vom Berg Sinai: *Das Judentum ist eine Religion.*

13 Die Abermillionen Anspielungen in jedem einzelnen Text, Kommentar und Ritual der vergangenen 3000 Jahre hätten als Hinweis eigentlich genügen sollen.

14 Aber dieser Tage gehen die Juden nur selten in eine Synagoge, um mich zu besuchen. Anrufen tun sie auch nicht.

15 Das ist okay.

16 Ich bin bloß ihr Schöpfer, derjenige, der sie vor allen anderen auserwählt hat, mehr nicht.

17 Ich weiß, wie beschäftigt sie sind mit ihren Geheimtreffen zum Rechtswesen, der Finanzwelt und der Unterhaltungsindustrie; ich finde mich damit ab.
18 Und wenn ich schon 6000 Jahre im Himmel geschuftet habe, was bedeutet es ihnen?

Kapitel 4

1 *Warum ist unser Glaube anders als jeder andere Glaube?*
2 *Warum bekommen alle anderen Religionen Dutzende von Heimatländern, während wir nur ein winziges kriegen, wo es mit den Steinen, Bomben und UNO-Resolutionen kein Ende nimmt?*
3 Ich bin der Herr dein Gott, König des Universums und ein entschiedener Unterstützer des Staates Israel.
4 Nicht ganz so entschieden wie die christliche Rechte, aber entschieden.
5 Und meine Unterstützung für Israel ist nicht politisch; sie ist nicht strategisch; sie ist nicht ideologisch; sie ist nicht einmal religiös.
6 Sie ist romantisch.
7 Am Ende der Offenbarung – ich weiß, ich weiß, aber nur Geduld – sieht Johannes eine Vision des »neuen Jerusalem, von Gott aus dem Himmel herabkommen, bereitet wie eine geschmückte Braut für ihren Mann«.
8 Das ist ein treffendes Bild, denn der Bund zwischen Israel und den Juden ist einer Ehe sehr ähnlich, einer von mir, dem höchsten Ge-Wesen, arrangierten Ehe.
9 Ich weiß noch, wie ich Abraham zum ersten Mal von Israel erzählt habe; ich sagte, es sei ein gutes und weites

Land, darin Milch und Honig fließt; ich habe ein bisschen dick aufgetragen; ich wollte, dass es klappt.

10 Dieses erste Date zu arrangieren dauerte ewig; die Juden arbeiteten wie die Sklaven; und als sie endlich Feierabend hatten, dauerte es allein vierzig Jahre, bis sie den Ort gefunden hatten.

11 Aber dort lag das Land genau an der von mir prophezeiten Stelle; und als die Juden des Altertums es schließlich erblickten, war es Liebe auf den ersten Blick.

12 Der Krieg … das Gemetzel … die komplette Vernichtung einer Stadt nach der anderen … ach, die Tollheiten, die ein Volk begeht, das jung und verliebt ist.

13 Eine Zeit lang waren Israel und die Juden unzertrennlich.

14 Ich herrschte über mein Auserwähltes Volk wie ein stolzer Vater, der vor dem Abschlussball Fotos macht; ich freute mich über ihr Glück; sie hatten sich auf dem richtigen Gebiet niedergelassen, um eine ehrliche Nation aus sich zu machen.

15 Mit wie viel Aufmerksamkeiten sie Jerusalem überschütteten, Israels berühmtesten Kleinod; wie gesegnet sie sich fühlten, als sie ihre Heiligkeit betraten und sich dann erschöpft aus ihrem Tempel zurückzogen.

16 Und sie wagten den Sprung ins Ungewisse: David machte die Sache offiziell und erklärte die beiden zu Volk und Königreich.

17 Aber sie waren noch nicht bereit, der Ehemann zu sein, den Israel brauchte; sie wurden schwach und hatten nicht die Kraft, ihre Bindung zu stützen.

18 Und so kamen stärkere und reichere Männer aller Art daher, erklärten ihr ihre Liebe und stießen die Juden beiseite: Babylonier, Perser, Griechen, Römer, Byzantiner, Araber,

Ottomanen, Briten, ein wahrhaft stattliches Register potenter Nebenbuhler.

19 Israel gab sich ihnen bereitwillig hin; jedem gewährte sie Nahrung und Unterkunft, und wer sie besaß, wähnte sich gesegnet unter allen Menschen.

20 Gebt nicht ihr die Schuld; denn was konnte sie anderes tun, als dazuliegen und es hinzunehmen?

21 Und wo waren die Juden? Unterwegs; auf einer langen Geschäftsreise; sie lebten in Erwartung albtraumhafter Begegnungen in ungastlichen Umgebungen aus dem Koffer.

22 Sie suchten ihr Glück anderswo; in Spanien, Osteuropa und anderen Regionen des Nahen Ostens; aber irgendwie klappte es nie; es wurde mühselig und schließlich regelrecht diasporatisch.

23 Und stets nährte die Lektüre ihres heiligen Buches ihre Sehnsucht nach jener unschuldigen, lange zurückliegenden Zeit, als die beiden noch zusammen waren und es nicht ganz so viele Vertreibungen, Zwangsbekehrungen und Pogrome gab.

24 Manche nannten es Zionismus; ich nenne es Heimweh.

25 Doch die Juden konnten Israel nur zurückgewinnen, wenn sie der Welt die Tiefe ihrer Bedürfnisse demonstrierten; und das konnte nur durch einen Akt des höchsten Opfers gelingen.

26 Sechs Millionen Opfer später war die Tiefe ihres Bedürfnisses anerkannt.

27 Und nun gehört sie wieder den Juden; sie haben ihre Frau zurück; und ja, sie haben sie gut behandelt.

28 Sie haben sie ein weiteres Mal zu einer großen Nation gemacht, zu einem nicht geringen Teil dank ihres geliebten Onkels Sam, mit dem sie seit mehr als einem halben Jahrhundert eine innige Fernbeziehung pflegen.

29 Und das jüdische Volk ist jetzt ein viel besserer Ehemann; leidenschaftlicher, eifersüchtiger, eher bereit, alles zu tun, damit die Ehe funktioniert, bis hin zur Spaltung eines Atoms.
30 Es kommt in diesem Leben selten vor, dass ein Paar eine zweite Chance in der Liebe bekommt; und als derjenige, der Israel und die Juden vor all diesen Tausenden von Jahren zusammengebracht hat, sehe ich mit Freuden, dass sie wiedervereint und glücklicher denn je sind.
31 Und all das war die Einleitung zu einer aufregenden Ankündigung:
32 Zu Ehren des 64. Staatsjubiläums werde ich 2012 nach Israel kommen!
33 Jawohl: Ich und eine Gruppe von Ehrengästen werden vom Himmel herabsteigen und das Neue Jerusalem besuchen, das bereitet ist wie eine geschmückte Braut für ihren Mann.
34 Denn siehe, ich habe eine *Menge* ganz besonderer Festivitäten geplant.
35 Nächstes Jahr … in Jerusalem!

Kapitel 5

1 *Warum ist unser Glaube anders als jeder andere Glaube?*
2 *Warum werden in keiner anderen Religion sechs Millionen Menschen in einem Genozid getötet, aber bei uns schon?*
3 *Mal im Ernst, was sollte das, verdammt noch mal?*
4 Okay, also zum Holocaust.
5 Zunächst einmal waren, wie ich bereits angedeutet habe und später deutlicher ausführen werde, die 1940er und das

20. Jahrhundert im Allgemeinen eine Zeit, in der mein Engagement in terrestrischen Angelegenheiten äußerst begrenzt war.

6 Das soll keine Entschuldigung sein; ich möchte nur den größeren Zusammenhang klarstellen.

7 Als ich bei der Rückkehr von meinem Sabbatjahrhundert von den Unfreundlichkeiten der Deutschen unterrichtet wurde, war ich bestürzt und beschämt.

8 Ich konnte nicht begreifen, wie jene, die in meiner Abwesenheit mit der Zuständigkeit betraut waren, allesamt kompetent und entweder Juden oder gerechte Gojim – ein derart verheerendes Unglück über das Auserwählte Volk kommen lassen konnten.

9 Ich zürnte zehn Minuten lang und verlangte eine Erklärung, während Jesus, Moses und die hellen Jungs betreten (und aus meilenweiter Höhe) auf den Boden blickten und mit den Füßen scharrten.

10 Schließlich blickte Raphael auf.

11 »Gott, du verstehst das nicht.

12 Er hatte ›es‹.«

13 »Was?«

14 »Hitler. Er hatte ›es‹.«

15 Ich blickte die anderen Engel an.

16 »Engel, ist das wahr?«

17 Sie nickten.

18 »Wie sehr?«

19 »So, dass du es nicht *geglaubt* hättest«, sagte Uriel.

20 »Jesus, stimmt das?«

21 »Vater, wenn er den Mund aufgemacht hat, hatte ich das Gefühl, er könne über das Wasser wandeln.«

22 »Jesus Christus!«, brüllte ich. Es war das einzige Mal, dass ich seinen Namen in dieser Weise benutzte.

23 »Und ihr wart so hin und weg von seinem charismatischen ›Es‹, dass ihr den Mord an der Hälfte aller Juden auf der Welt nicht verhindert habt?«
24 »Verzeih mir, Vater; es gibt keine Rechtfertigung; aber ich kenne mich ein wenig mit öffentlichen Reden aus, und fürwahr, dieser Typ … also, dieser Typ …«
25 Er schüttelte den Kopf, während sich seine Stimme verlor.
26 »Moses!
27 Du bist der Stammvater des jüdischen Volkes und verfügst selber über reichlich ›Es‹.
28 Ich habe gesehen, wie du nur durch das Hochziehen einer Braue eine Masse von einer Million Leuten dazu gebracht hast, einzeln hintereinanderzumarschieren.
29 Willst du mir in die Augen sehen und mir erklären, dass die schiere Macht der Persönlichkeit dieses Mannes selbst dich hilflos gemacht hat, irgendetwas zur Rettung deines eigenen Volkes zu unternehmen?«
30 Nie werde ich den Ausdruck vergessen, der sich in diesem Moment auf Moses' Antlitz legte.
31 Er war so eindringlich, dass er beinahe mit Händen zu greifen schien; als ob er mit seinen Augen tief in die meinen blicken wollte, um darin einen Fetzen Vernunft zu finden.
32 Doch in jenem Moment hatte ich keine anzubieten; ich konnte seinem Blick nur standhalten und folgen, als er ganz langsam nach unten wanderte und schließlich auf seinem Unterarm verharrte.
33 Dort erkannte ich die blassen Umrisse eines ausradierten Hakenkreuzes.
34 Warum der Holocaust?
35 »Es« passiert.

Schickeria

»Über Prominente«

Kapitel 1

1 Prominente sind Lieblinge Gottes; sie strahlen in meinem Anblick; sie sind nicht bloß berühmte Menschen – sie sind meine *auserwählten* Menschen.
2 (Ja, die Juden sind auch immer noch mein Auserwähltes Volk, doch es gibt ohnehin viele Überschneidungen.)
3 Prominente sind gleichsam wie ich; sie werden verehrt, vergöttert und wegen ihrer Wutanfälle gefürchtet.
4 Wir leben in unserem eigenen Kosmos; jede unserer Launen wird von einem treuen Assistenten befriedigt, der uns nie tadelt, es sei denn, er will nie wieder in der Stadt arbeiten.
5 Wir treten nur selten und ausschließlich zu PR-Zwecken in der Öffentlichkeit auf.
6 Wahrlich ich sage dir, jene, die das Streben nach irdischer Bekanntheit für leer und sinnlos halten, sind nichts als schlichtweg gehässig.
7 Denn ich habe Aberhunderte von Generationen kommen und gehen sehen; dreihundert Generationen von Berühmtheiten und dreihundert Generationen von Unbekannten; und siehe, beide sind zu Staub geworden.
8 Aber der Staub der Berühmten glitzert noch mit jenem gewissen Etwas.
9 Und wie könnte ich Prominente hassen, wenn mein Sohn einer der größten Promis aller Zeiten ist?

10 (Keine Spitzfindigkeiten, er *ist* der größte; ich weiß, dass die Beatles gesagt haben, sie wären größer, aber das waren sie nicht.

11 Sie waren nah dran, aber sie haben Woodstock ausgelassen; das hätte sie vielleicht an die absolute Spitze getragen.)

12 Dessen ungeachtet greife ich niemals in das Leben von Berühmtheiten ein; ich gebe mir im Gegenteil vielmehr besondere Mühe, von ihnen unentdeckt zu bleiben.

13 Der Grund liegt auf der Hand: Die Vorstellung, Gott würde zu ihm sprechen, ist das Letzte, was ein berühmter Mensch braucht.

14 Wie ausführlich berichtet wurde, mache ich deshalb meine Anwesenheit in Hollywood nur selten bekannt.

15 Nichtsdestoweniger habe ich viele besondere Momente mit den Prominenten geteilt, in Hollywood, New York, Mailand und auf der ganzen Welt.

16 Ich war bei ihnen, in guten wie in schlechten Zeiten, habe Lachen und Weinen, Freude und Schmerz mit ihnen geteilt.

17 Ja, ich war bei jedem einzelnen Moment im Leben jedes einzelnen Promis zugegen.

18 Das bedeutet, ich habe die schrecklichsten Dinge gesehen, die sie je getan haben, als sie dachten, es guckt niemand zu.

19 [Pause]

20 Ach, ich könnte Geschichten erzählen …

21 [Pause]

22 Möchtest du ein paar davon hören?

Kapitel 2

1 Wohlan, so vernehmet ein wenig göttlichen Klatsch.

2 Denn ich weiß alles und erzähle alles; ich bin der ultimative Insider, das ewige Original aller Paparazzi.

3 Denn aus Schmutz bist du erschaffen, und Schmutz werde ich dir auftischen.

4 Zuerst will ich von jenen Prominenten sprechen, die Jesus Leitspruch, den eigenen Leib wie einen Tempel zu behandeln, so ausgelegt haben, als ob Berliner Synagogen in der Kristallnacht gemeint gewesen wären.

5 Denn ich habe Paula Abdul so betrunken gesehen, dass sie ihre Choreografie verstolpert hat.

6 Und ich habe gesehen, wie David Hasselhoff, als ihm der Whiskey ausgegangen war, in einen Sumpf gefahren ist, sich Torfmoos in den Mund gestopft und darauf gewartet hat, dass die Gärung einsetzt.

7 Ich habe gesehen, wie Larry Hagman fünfundzwanzig Portionen Penne à la Wodka bestellt und hinzugefügt hat: »Aber lassen Sie die Penne à la weg.«

8 Ich habe Melanie Griffith Cosmopolitans picheln sehen, als würden sie demnächst aus der Mode kommen, was auch der Fall war.

9 Ich habe gesehen, wie Matthew McConaughey so bekifft war, dass er glaubte, er könne mich sehen.

10 Ich habe gesehen, wie Snoop Dogg so bekifft war, dass er mich *wirklich* gesehen hat.

11 Und ich habe gesehen, wie Harrison Ford so bekifft war, dass er *Indiana Jones und das Königreich des Kristallschädels* gemacht hat.

12 Ich habe gesehen, wie Whitney Houston einen Haufen

leerer Crackfläschchen ansammelte, mit unterschiedlich viel Wasser füllte und darauf mit einem Kokslöffel »The Greatest Love of All« in allen zwölf Durtonarten spielte, bevor sie auf die Minibar kackte.

13 Ich habe gesehen, wie Nicole Richie jahrelang Drogenmissbrauch betrieben hat, bis die Drogen schließlich den Mut aufbrachten, Zuflucht in einem Haus für missbrauchte Drogen zu suchen.

14 Ich habe gesehen, wie Britney Spears so benebelt war, dass sie Meth von ihrem Baby kaufen und ihren Dealer ein Bäuerchen machen lassen wollte.

15 Und ich habe gesehen, wie Lindsay Lohan und ihre Mutter sich so zugedröhnt haben, dass sie eines Freitags die Gefängniszellen getauscht haben.

16 Es war unheimlich.

17 Und Chemikalien sind nicht die einzige Art, mit der Prominente vor meinen Augen ihren Leib beschädigt haben.

18 Denn ich habe gesehen, wie Oprah Winfreys Gewicht so rapide schwankte, dass ihr Zwerchfell flatterte.

19 Ich habe gesehen, wie Jennifer Hudson anlässlich der drohenden Schließung eines Arby's-Restaurants in einen bewegenden Vortrag von »And I Am Telling You (I'm Not Going)« ausbrach.

20 (Das ist natürlich schon lange her; dieser Tage sieht Jennifer fantastisch aus!)

21 Ich habe gesehen, wie Kate Moss zum Mittagessen ein Neutrino bestellte und nur zur Hälfte aß.

22 Ich habe gesehen, wie Kirstie Alley ihre Warm- und Kaltwasserleitung durch Ketchup und Mayonnaise ersetzt, sich dann unter den Hahn gehängt und literweise lauwarmes russisches Dressing geschlürft hat.

23 Ich habe David Duchovny zu schwindelerregenden

0,000007 Prozent sämtlicher im Internet verfügbarer Pornos masturbieren sehen.

24 Und die ganze Zeit über habe ich gesehen, wie Dr. Drew Pinsky darum gebetet hat, dass weitere Prominente furchtbare Süchte entwickeln, auf dass er sie televisionär heilen kann.

25 Wird erledigt, Doc; ich liebe die Sendung.

Kapitel 3

1 Dann gibt es jene, die den Körper und das Gesicht, mit dem sie geboren wurden, als »brauchbaren Ausgangspunkt« betrachten.

2 Denn ich habe gesehen, wie Nicole Kidman sich die Haare mit Botox gespritzt hat.

3 Ich habe gesehen, wie sich Meg Ryan Kollagen durch einen Strohhalm direkt in die Lippen gesaugt hat.

4 Und ich habe gesehen, wie Burt Reynolds sich an den Straßenrand gelegt und einen Abschleppwagen gerufen hat, der sein Gesicht liften sollte.

5 Ich habe gesehen, wie sich die Reste der Originalgesichter von Kenny Rogers und Dolly Parton aufgelöst haben wie Inseln im Strom.

6 Ich habe gesehen, wie Heidi Montag »einmal alles« bestellt hat.

7 Ich habe gesehen, wie Carmen Electra eine einfache Busenvergrößerung in eine ganze Busenkarriere verwandelt hat.

8 Und ich habe Michael Jackson gesehen … Junge, Junge.

9 Michael, Michael, Michael.

10 Ich denke an *Psalter* 27,8: »Mein Herz hält dir vor dein Wort: ›Ihr sollt mein Antlitz suchen.‹ Darum suche ich auch, Herr, dein Antlitz.«
11 Hat Michael das gelesen und wörtlich genommen?
12 Michaels Songs haben meine Schöpfung gefeiert; seine Choreografien waren getanztes Gotteslob; er hat das Königreich des Pop mit einem Juwelenhandschuh und einem Affen in Windeln regiert.
13 Doch der Kopf, der diese Krone trägt, liegt niemals unbeschwert, und noch beschwerlicher lagen Hautpartien, Knorpel und Körperöffnungen auf der Vorderseite dieses Kopfes.
14 Aber er tat mir leid; deshalb sandte ich ihm, als er dahinschwand, lebendig begraben in dieser kalkigen polymeren Gesichtssuppe, eine letzte Vision von dem lebensprühenden, engelsgleichen Jungen, der einst der Star eines grandiosen Brüderquintetts gewesen war.
15 Und ich hörte seinen letzten, herzzerreißenden Gedanken, als er dieses Neunjährigen ansichtig wurde:
16 »Ich will dich zurück!«
17 (Falls du dich übrigens fragst, ja, Michael ist im Himmel.
18 Nein, wir erlauben Pädophilen keinen Zutritt; aber was soll ein gerechter Gott machen, wenn sich die Eltern der Cherubinen immer wieder außergerichtlich einigen?)

Kapitel 4

1 Ja, die Bandbreite zweifelhaften Verhaltens, dem die Berühmten heimlich frönen, würde ein Buch füllen.
2 Und dies ist dieses Buch, also lasset uns fortfahren.

3 Ich habe gesehen, wie Christian Bale Nelson Mandelas dreijährigen Enkel ein nutzloses Stück Scheiße genannt hat.

4 Ich habe gesehen, wie Mel Gibson … eigentlich auch nichts Schlimmeres als das, wobei du ihn schon selbst gesehen hast, was schlimm genug ist.

5 Ich habe gesehen, wie Angelina Jolie vier botswanische Waisenkinder mit der Aufforderung in einen Käfig gesperrt hat, dass sie um ihre Liebe kämpfen sollten.

6 Und ich habe gesehen, wie Brad Pitt diesen botswanischen Waisenkindern die erste Regel beim Kampf um Angelina Jolies Liebe erklärt hat, nämlich nicht darüber zu reden.

7 Ich habe gesehen, wie Jennifer Aniston jede Trennung tougher und stärker überstanden hat.

8 (Das ist streng genommen kein göttlicher Tratsch; ich erwähne es nur, weil ich weiß, wie sehr ihr euch alle um Jen sorgt, und zu Recht; aber glaubt mir, das Mädchen ist ein zähes Luder.)

9 Ich habe gesehen, wie Tommy Lee eine amerikanische Flagge an seinem Penis befestigt und drei Groupies befohlen hat, ihm ein »Iwojima« zu bereiten.

10 Ich habe gesehen, wie Gwyneth Paltrow in der Damentoilette von Spago's auf den Klodeckel gekackt hat.

11 Da hilft kein Leugnen, Miss Perfect; es war der 2. Oktober 2005; du hattest mitgehört, wie Wolfgang Puck über Coldplay hergezogen hat; ich habe das Video der Sicherheitskamera.

12 Ich habe gesehen, wie Axl Rose … nein; ich will nicht daran denken, was ich Axl Rose habe tun sehen.

13 (Das war eine Begebenheit, bei der ich, als ich sie geschehen sah, dachte: »Ich wünschte, ich müsste das nicht mit ansehen!«

14 Aber ich hatte keine Wahl, weil ich allgegenwärtig bin; also musste ich 73 Stunden ununterbrochen zugucken.)
15 Ich habe gesehen, wie Tiger Woods seine Ehefrau mit vielen, vielen, vielen anderen Frauen betrogen hat; ich verkneife mir in diesem Zusammenhang mit Bedacht jede anzügliche Golf-Anspielung, um nicht von dem Hauptpunkt abzulenken, nämlich dass ich von vielen, vielen, *vielen* Frauen spreche.
16 Ich habe gesehen, wie Tom Hanks einmal ein bisschen zu wenig Trinkgeld gegeben hat.
17 Ich habe Paris Hilton in Gedanken verloren gesehen; ein einziger reicht.
18 Ich habe gesehen, wie Jessica Simpson Tonto als »Hauptstadt von Kanada« bezeichnet hat.
19 Was in zweifacher Hinsicht falsch ist.

Kapitel 5

1 Doch warte, denn siehe, es gibt noch mehr.
2 Ich habe gesehen, wie Miley Cyrus von einem frischen jungen Teenie-Star zu der problembeladenen jungen Frau herangewachsen ist, die nicht zu werden sie nie eine Chance hatte.
3 Ich habe gesehen, wie die Black Eyed Peas auf Bali zwei Wochen lang Gamelan-Musik studiert haben, um herauszufinden, ob es eine Möglichkeit gibt, auch *diesen* Musikstil von innen zu verderben.
4 Ich habe gesehen, wie Jamie Foxx bei etwas, das er versuchte, nicht sofort erfolgreich war; es war das Trapez; er war okay, aber nicht *super.*

5 Ich habe gesehen, wie sich P. Diddy auf eine Weise benommen hat, die nicht nur ihn selbst, sondern den Namen Diddy bis zu zehn Generationen zurück entehrt hat.
6 Ich habe gesehen, wie Mariah Carey verlangt hat, dass Hotelangestellte sie in der vierten Person ansprechen.
7 Ich habe gesehen, wie John Travolta in den letzten dreißig Jahren an zahlreichen homosexuellen Akten beteiligt war, weil er schwul ist.
8 Verklage mich nicht, John; denn wenn du mich vor Gericht zitierst, rufe ich dich in den Zeugenstand, und du musst bei meinem Namen schwören, während ich dich direkt ansehe.
9 Ich habe die Gestalt gesehen, die Madonna zwischen ihren Verwandlungen kurz annimmt; es ist die einer schwarzen Echse.
10 Und schließlich habe ich gesehen, wie Sarah Palin …
11 Oh, Sarah Palin hasse ich verdammt noch mal einfach nur.

Semiticus

Kapitel 1

1 Der Rest des Alten Testaments nach der Thora ist ein eklektisches Gulasch aus gut zwei Dutzend Büchern; die genaue Zählung hängt davon ab, ob man die längeren als ein oder zwei Bücher betrachtet und ob man gewisse halb-heilige Bücher über die »Bible Bubble« mitrechnet.
2 Bücher wie Judith, Tobit und Ruth (zu ihr später mehr) sowie das mir persönlich am wenigsten zusagende Buch der Klagelieder, das genauso trübselig ist wie es klingt; eine geschwätzigere Sammlung ermüdenden Gejammers findest du nirgendwo diesseits von Reality-TV.
3 Was die kanonischen Bücher betrifft, lassen sie sich grob in drei Typen unterteilen: die historischen, die poetischen und die prophetischen.
4 Die historischen Bücher behandeln die tausend Jahre jüdischer Geschichte nach Moses' Tod bis zum 5. Jahrhundert vor Chr., als Plato, Sophokles und die anderen hellenischen Verführer gerade begannen, Eurasien mit einem Frontalangriff auf traditionelle und familiäre Werte zu besudeln, den sie ironischerweise »griechische Kultur« nannten.
5 Bei allem, was sich von Josua bis Jeremia ereignete, verfolgte ich die Angelegenheiten meines Auserwählten Volkes weiterhin mit großer Anteilnahme, sodass ich für die unanfechtbare Historizität dieser Bücher bürgen kann, sogar die

kurze Wiedererweckung des Propheten Samuel von den Toten auf Bitten Sauls durch die Hexe von En-Dor.

6 Jawohl, 1. Buch Samuel, Kapitel 28, die Verse 3–25, schlag selber nach; es ist zitierbar, also wahr.

7 Nun übersteigt die Gesamtlänge dieser historischen Werke die der fünf Bücher Mose beträchtlich, und ihr Inhalt bietet viel Tempo und Spannung, gleichsam früher Michael Crichton; doch meine Lektorin hat davon abgeraten, mich ausführlicher darüber auszulassen.

8 Denn sie meint, dass die Protagonisten für die allgemeine Leserschaft von größtenteils geringem Interesse seien; und wie lebhaft ich mich auch an die gemeinsamen Erlebnisse erinnern möge, könne nichts, was ich zu Othniel, dem Sohn von Kenan und Bruder Kaleb, gesagt, mit ihm angestellt, ihm zugeworfen oder angetan habe, die Tinte wert sein.

9 Trotzdem gibt es auf diesen Seiten zumindest eine Handvoll von Figuren und Ereignissen, die nach wie vor in mir widerhallen; wobei »widerhallen« bereits meine (oder ehrlich gesagt Uriels) raffinierte Überleitung zu dem ersten dieser Ereignisse darstellt: Josuas Sturz der Stadtmauern von Jericho mit kaum mehr als ein bisschen Chuzpe und einer Bläsertruppe.

10 Jericho ist nicht nur die älteste ununterbrochen besiedelte Stadt der Welt, sondern liegt mit siebenhundert Ellen unter dem Meeresspiegel auch so tief, dass jeder Reisende im Umkreis von drei Kameltagesritten, der es zu finden wünscht, nur einen Ball auf den Boden werfen und ihm folgen muss, bis er ausgerollt ist.

11 Jericho war die erste größere Stadt, auf die die Israeliten in Kanaan stießen, zur Eroberung reif, jedoch rundum von einer kräftigen, zwei Männer dicken Mauer geschützt.

12 Streichinstrumenten, das wusste ich, würde eine solche Mauer gewiss standhalten; auch durch Holzbläser würde sie nicht zu erschüttern sein; ja, selbst das Getrommel von einem Dutzend Perkussionisten direkt an ihrem Sockel würde ihre strukturelle Festigkeit kaum schwächen.
13 Nein, gefragt war ein radikal neuer Ansatz; und so wurden die Wachmänner Jerichos eines Morgens des Spektakels von sieben Priestern ansichtig, die um die Stadt zogen und laut in ihre Schofarhörner bliesen, hinter ihnen die Bundeslade, getragen von musikalisch weniger begabten Priestern, gefolgt von der 20 000 Mann starken israelitischen Armee, die in furchtbarer Stille marschierte.
14 Aus der Perspektive der Wachmänner muss es ausgesehen haben wie »76 Posaunen« unter der Regie von Luis Buñuel.
15 An sechs aufeinanderfolgenden Tagen wurden diese einstündigen Widderhorn-Wandel-Jam-Sessions abgehalten; und am siebten Tag wurde sie sieben Mal hintereinander wiederholt.
16 Und nach dem dreizehnten Marsch war aus dem priesterlichen Hornseptett eine ziemlich eingespielte kleine Truppe geworden, muss ich sagen.
17 Sie konnten diesen Schofarhörnern einigermaßen wohlklingende Töne entlocken, was beinahe unmöglich ist; denn ich habe einmal gesehen, wie Miles Davis es bei dem Fest versucht hat, als der Enkel des Chefs seiner Plattenfirma beschnitten wurde; er bemühte sich eine Dreiviertelstunde und konnte nur einen Laut hervorbringen, der sich anhörte wie das Kreischen einer Schleiereule beim Ausscheiden eines Nierensteins.
18 Aber die Priester waren Laien; wichtig war nicht, dass sie gut spielten, sondern dass sie mit Begeisterung bei der

Sache waren; und noch wichtiger war, dass sie *laut* gespielt hatten.

19 Laut genug, um das Geräusch der Vorschlaghämmer zu übertönen, die von sechzig israelitischen Spionen geschwungen wurden, die sich die ganze Woche über in den Katakomben von Jericho versteckt hatten.

20 Am Ende des letzten Marsches war die Stadtmauer sturmreif; doch damit auch die Armee das Gefühl hatte, eine Rolle gespielt zu haben, erklärte Josua den Soldaten, einen Kriegsruf auszustoßen, der dem Anschein nach Ursache des Einsturzes war; jedenfalls für jeden, der nicht während der letzten Woche Hunderte von Gallonen eingeschmuggelter Lauge in die unterirdischen Bohrlöcher gegossen hatte.

21 Wie auch immer es gewesen sein mag; entscheidend war nicht die Methode, sondern der Ausgang: Bei Sonnenuntergang hatten die gemeinschaftlich vorgehenden Israeliten die Stadt erobert, jedes Lebewesen darin (einschließlich der Kinder) getötet und sie bis auf die Grundmauern niedergebrannt.

22 Denn siehe, es ist erstaunlich, was man erreichen kann, wenn es allen egal ist, wer den Ruhm einheimst.

23 Als der letzte Ochse geschächtet war, blickte Josua zu mir auf und sagte: »Die Eroberung von Jericho war kaum eine Herausforderung.«

24 »Freut mich, dass du es so siehst«, erwiderte ich, »denn von jetzt an geht's nur noch ›bergauf‹!«

25 Er kicherte; etwas mehr Begeisterung hätte der Scherz schon verdient, fand ich.

Kapitel 2

1 Ansonsten gibt es über Josua wenig zu sagen, außer dass er weiter belagernd, brandschatzend und massakrierend durch Kanaan zog und seine Bewohner sowie jedes Zeugnis ihrer Existenz vom Antlitz der Erde tilgte, bis er im Alter von 98 Jahren friedlich im Kreise seiner Enkel starb.

2 Aber es gibt in diesen historischen Büchern drei andere Berühmtheiten, deren Erwähnung, wie mir geraten wurde, sicherlich hilfreich für den Absatz des Buches wären.

3 Deren erste ist der letzte der Richter, über die in dem gleichnamigen Buch berichtet wird; Führer, die nicht nur als Streitschlichter, sondern in den Tagen vor der Monarchie auch als eine Art stammesübergreifende Premierminister fungierten.

4 Es gab dreizehn dieser Richter, deren klügste, mutigste und höchstgeachtete die vierte, Debora, war, die bedeutendste Führerin im gesamten Alten Testament und theoretisch auch die schlechteste, denn sie war die einzige.

5 (Ich habe wahrlich nie recht begriffen, was genau an der strikt patriarchalisch-polygamen Gesellschaft der antiken Juden es ihrer weiblichen beweglichen Habe so schwer gemacht hat, sich erfolgreich zu behaupten.

6 Vor allem weil sie fast drei Viertel der Zeit als rein, unverflucht und des Erscheinens in der Öffentlichkeit würdig galten.

7 Es ist jedenfalls eine Schande, dass Debora für die nächsten drei Jahrtausende der letzte weibliche Richter bleiben sollte; denn sie war großartig.

8 Alle mochten Debbie.

9 Gefällig anzuschauen war sie auch.)

10 Es folgte Gideon, der mit der Posaune, dann Abimelech, dann Tola, Jaïr, Jeftah, Ibzan, Elon und Abdon.
11 Sie blieben weitgehend unauffällig.
12 Aber dann kam der 13. und letzte Richter, Samson, der gewaltige Samson, der legendäre Samson, der welterschütternde Samson.
13 Der einen Löwen mit bloßen Händen zerriss, der dreißig Festgäste erschlug, weil sie bei einem Rätsel schummelten, der eigenhändig die zwei Flügel des Stadttors von Gaza samt Pfosten aus dem Boden wuchtete, 150 Fuchspaare an den Schwänzen aneinanderband, brennende Fackeln daran befestigte und sie in den Getreidefeldern seiner Feinde laufen ließ, der tausend Philister mit eines Esels Kinnbacken erschlug …
14 Fürwahr, man liest Richter 1–12, über Allianzen hier und Handelsmissionen dort, die Errichtung von Altären und Opferungen, Jahwe, Jahwe, Jahwe …
15 Und dann gelangt man zu Richter 13 und denkt: »Wow, seit wann ist meine Bibel ein Comic geworden?«
16 Samson war der vollendete Richter, noch besser als Debora; denn obwohl es ihm an Weisheit und Mitgefühl mangelte, verkündete er seine Entscheidungen mit einer an die Brust schlagenden, Knüppel schwingenden, Schwarzeneggerschen Endgültigkeit, die die unterlegene Partei in der Regel entmutigte, Revision einzulegen.
17 Ich habe nicht häufig mit Samson gesprochen, denn während seiner kraftvollen Herrschaft war meine Intervention nur selten notwendig; außerdem war er kein großer Freund von Konversation; seine Freizeitbeschäftigungen beschränkten sich auf Steine heben und verständnislos blinzeln.
18 Samson war mehr als nur ein Held; er war ein Super-

held; und wie bei allen Superhelden wurde seine Geburt göttlich prophezeit, und seine Kraft überstieg die jedes Sterblichen; und er kämpfte für Gerechtigkeit; und er hatte eine Schwäche, deren Enthüllung zu seinem Fall führen sollte: Nasiräertum.

19 Ja, er war ein Nasiräer, ein Asket, der noch vor seiner Geburt zu meinem Dienst geweiht worden war und deshalb einen Eid geschworen hatte, sich des Alkoholkonsums zu enthalten, tote Körper zu meiden und sein Haar und seinen Bart ungeschoren zu lassen; was er auch tat … bis *sie* auftauchte.

20 Ich meine natürlich Delilah; sie war eine skrupellose, intrigante Dirne, eine Meisterin der Verführung, die nicht einmal als besonders attraktiv galt, jedoch den Ruf genoss, überaus geschickt im »Salben des Zeltpfahls« zu sein.

21 Von der ersten gemeinsamen Nacht an verschwor dieser verräterische Drachen sich gegen ihn, indem sie zu ihm sagte: »Sag mir, wie man dich bezwingen kann, wenn du mich liebst.«

22 Und Samson sagte: »Wenn man mich bände mit sieben Seilen von frischem Bast, so würde ich schwach und wäre wie ein anderer Mensch.«

23 Dann schlief er ein, und sie band ihn mit sieben Seilen von frischem Bast; und er wachte auf, zerriss die Seile, wie eine Flachsschnur im Feuer zerreißt, und verspottete sie.

24 Und in der nächsten Nacht sagte sie: »Necke mich nicht: Sag mir diesmal wahrhaft, wie man dich bezwingen kann.«

25 Und er sagte: »Wenn sie mich bänden mit neuen Stricken, so würde ich schwach und wie ein anderer Mensch.«

26 Dann schlief er ein, und sie band ihn mit neuen Stricken; und er wachte auf, riss sie von seinen Armen wie einen Faden und verspottete sie.

27 So ging es auch die 827 folgenden Nächte.
28 Wenn das nicht die Definition einer dysfunktionalen Beziehung ist, weiß ich es nicht.
29 Aber schließlich kochte Delilah ihn weich, setzte ihm zu und drängte ihn, bis er ihr seinen nasiräischen Eid und damit den Quell seiner Kraft verriet; das berühmte Finale der Geschichte folgte unverzüglich.
30 Sie schnitt ihm, während er schlief, die Haare ab; die Philister nahmen ihn gefangen, stachen ihm die Augen aus und brachten ihn in ihren Tempel, an dessen Säulen er sich lehnte, bis das gesamte Gebäude einstürzte und alle darinnen tötete.
31 Damit war die letzte Lektion der Samson-Saga – Rabbi, Meister, Patriot und letzter der dreizehn Richter Israels – allzu offenkundig:
32 Es sollte einem nie peinlich sein, den Friseur zu wechseln.

Kapitel 3

1 Wenig später erschien David auf der Bildfläche, und nach ihm Salomon, die beiden vollkommensten Männer alter Zeiten; Könige, Krieger, Musiker, Poeten, Psalmendichter und Liebhaber; ihre Zeitgenossen nannten sie Renaissance-Menschen, womit sie ihrer Zeit damals *extrem* weit voraus waren.
2 Der junge David erlangte zunächst als Harfenist Berühmtheit: Er war ein Wunderkind und wurde von seinem Vater Isai gezwungen, acht Stunden am Tag zu üben, bis seine Finger bluteten; Isai war selbst einmal ein hoffnungsvoller Harfenist gewesen, bis seine Karriere durch einen blutigen Sensenunfall beendet wurde.

3 Solcherart erregte David die Aufmerksamkeit des launischen Königs Saul, der nach eines harten Tages Schlacht Trost in den honigsüßen Glissandi des Jungen fand.
4 David gewann auch die Freundschaft von Sauls Sohn Jonathan, der ihn, wenn er denn nicht in ihn verliebt war, jedenfalls ziemlich oft küsste.
5 Eines Tages besuchte David seine Brüder, die Soldaten in Sauls Armee waren, im Tal von Elah; dort fand auch der berühmte Kampf mit dem Philister Goliath statt.
6 An dieser Stelle muss ich zur Verteidigung dieses ungerechterweise verleumdeten Mannes eilen; denn obwohl er nicht zum Auserwählten Volk gehörte und seine Niederlage deshalb vorherbestimmt war, verbarg Goliaths gewaltige Statur ein noch größeres Herz.
7 Goliath war ein treusorgender Ehemann, ein hingebungsvoller Vater; Goliath war ein vertrauenswürdiger Freund; Goliath war sozial engagiert; Goliath arbeitete ehrenamtlich mit gefährdeten Jugendlichen in Gaza-City; Goliath war Mitbegründer der Philister-Gesellschaft zur Vorbeugung von Grausamkeit gegen Tiere.
8 Goliath war so allgemein beliebt, wie es ein Zeitgenosse im Nahen Osten je war; und als der junge, freche, arrogante David ihn zum Kampf herausforderte, hielten *alle* zu Goliath – sogar die Juden, obwohl sie das nie zugegeben hätten.
9 Der Ausgang stand natürlich von vorneherein fest; David musste gewinnen, und die Philister mussten besiegt werden; aber nie habe ich größere Traurigkeit empfunden, ein Leben zu beenden, als damals, als ich die Raketengranate aus Davids spezialangefertigter Schleuder gegen Goliaths Stirn lenkte.
10 Ruhe in Frieden, Goliath; du wirst vermisst.
11 Saul wurde eifersüchtig auf die neue Beliebtheit Davids

und versuchte mehrfach, ihn töten zu lassen; doch er scheiterte, vor allem dank der Intervention Jonathans, der David, wenn er denn nicht in ihn verliebt war, jedenfalls oft sodomisierte.

12 Schließlich wurden sowohl Saul als auch Jonathan von den Philistern getötet; und David wurde zum König gesalbt, einen Posten, den er vierzig Jahre lang bekleidete; da ist sie wieder, die Zahl vierzig; es ist unklar, warum sie in meiner Karriere immer wieder auftaucht; vielleicht könnte ein Kabbalist Licht ins Dunkel bringen.

13 David führte seine Armee zu einer Reihe militärischer Triumphe; er unterwarf die Philister, zwang die Moabiter zu Tributzahlungen und nahm sogar den Dienern Hadad-Esers von Zoba ihre Bronzegefäße ab; und damals raubte *niemand* die Bronzegefäße der Diener Hadad-Esers von Zoba.

14 Außerdem hatte er acht Ehefrauen, die berühmteste unter ihnen war Batseba, eine verheiratete Frau, nach der es ihn gelüstete; er schickte ihren Gatten Uria in die Schlacht und befahl seinem Kommandanten, ihn auf dem Schlachtfeld allein zu lassen, »dass er erschlagen werde und sterbe«; schlauer Zug, David.

15 Aber es war nichtsdestotrotz eine schwere Sünde; und wie geschrieben steht, bestrafte ich David, indem ich seinen und Batsebas frischgeborenen Sohn sterben ließ; tragisch, gewiss, aber *ich* war es nicht, der entschieden hat, auf diese Weise als Davids Sohn auf die Welt zu kommen.

16 David und ich hatten im Laufe der Jahre unsere Meinungsverschiedenheiten, aber ich liebte ihn, und er liebte mich; denn er schrieb viele der Psalmen in dem gleichnamigen Buch; sie sind alle wunderbar, ein großartiger Psalm nach dem anderen; immer wenn ich niedergeschlagen bin und eine kleine Stärkung brauche, höre ich sie mir an.

17 Einen Lieblingspsalm habe ich nicht, aber die Menschheit scheint besonderen Gefallen am 40. zu finden (wieder diese Zahl); auf ihm beruht auch der Text von »40«, mit dem U2 gerne ihre Konzerte beenden.
18 (Meine Empfindungen zu Bono sind zwiespältig; er hat tolle Musik geschrieben und leistet noble wohltätige Arbeit; aber er ist auch ein bisschen selbstgefällig.)

Kapitel 4

1 Davids Nachfolger war Salomo, sein und Batsebas glücklicherer zweiter Sohn, der zu Recht als ein Muster an Weisheit in die Geschichte eingegangen ist.
2 Denn ich erschien ihm eines Nachts im Traum und bot ihm an, ihn mit einer Gabe auszustatten; und er bat nicht um Reichtum oder Ehre, sondern um Weisheit und ein urteilsfähiges Herz, um sein Volk zu regieren; und ich war so erfreut über seine Bitte, dass ich sie ihm nicht nur gewährte, sondern auch den Reichtum und die Ehre, um die er nicht gebeten hatte.
3 (Im Laufe der Jahre habe ich mich gefragt, ob er vielleicht um Weisheit gebeten hat, weil er wusste, dass es mich geneigt stimmen würde, ihm auch Reichtum und Ehre zu gewähren, was bedeuten würde, dass er *bereits* sehr weise war, womit seine Bitte um noch mehr Weisheit unnötig und daher nicht weise gewesen wäre, was sie wiederum nötig gemacht hätte …
4 Siehe, das ist der Grund, warum es einem erstaunlich wenig hilft, einen unendlichen Verstand zu haben.)
5 Salomos Weisheit wird veranschaulicht durch die Ge-

schichte der zwei Frauen, die beide behaupteten, die Mutter eines Säuglings zu sein; er hob sein Schwert, um das Kind in zwei Hälften zu teilen, worauf seine echte Mutter ihren Anspruch aufgab, um sein Leben zu retten.
6 Das war weise von Salomo; und noch weiser war es, die dankbarste MILF der Welt noch am selben Abend zur Feier des Urteils zu einer privaten »Schlummer-Party« einzuladen.
7 Denn das ist eine weitere Sache mit Salomo; ihn einen Liebhaber der Frauen zu nennen, wäre beklagenswert unangemessen; denn wie es in Könige 11,13 geschrieben steht, hatte er 700 Hauptfrauen und 300 Nebenfrauen.
8 Er verließ seinen Palast nur selten, sondern zog es vor, tagsüber in seiner Schlafkleidung durch den extra angelegten Garten des Palastes zu wandeln, komplett mit Grotte, in der er und seine Frauen herumtollten.
9 So lebte er bis zu seinem Tod im Alter von 94 Jahren; und in dem Alter wirkte sein Gebaren doch sehr, sehr beunruhigend.
10 Wie schon sein Vater war Salomo auch ein großartiger Autor; David hat in der Tat nur eine Hälfte eines der poetischen Bücher des Alten Testaments, des »Psalters«, verfasst, während Salomo gleich drei geschrieben hat:
11 *Sprüche,* voller kerniger kleiner Knaller wie: »Wer die Agora nicht ehrt, ist des Schekels nicht wert.« Und: »Rom wird nicht an einem Tag erbaut werden.«
12 *Prediger,* eine harsche Verurteilung von Eitelkeit und Verlogenheit, im Nahen Osten des achten vorchristlichen Jahrhunderts gleichsam *Der Fänger im Roggen* seiner Zeit.
13 Und das *Hohelied* Salomos, ein Liebesgedicht, das so pornografisch ist, wie die Bibel überhaupt wird, und das ist, ob du es glaubst oder nicht, ziemlich pornografisch.

14 »Die Rundung deiner Hüfte ist wie ein Halsgeschmeide«; »dein Leib ist wie ein Weizenhaufen, umsteckt mit Lilien«; »deine beiden Brüste sind wie junge Zwillinge von Gazellen«. Und das ist bloß das Material, das es in die gedruckte Version geschafft hat.
15 Denn Salomos Originalfassung war noch deutlich freizügiger, seine Bilder sehr viel anschaulicher:
16 »Die Kurven deines Hinterteils sind wie zwei Halbmonde«; »dein Honigtopf duftet wie blühender Hibiskus«; »und wie du meine Eier knetest … Mann, ich liebe es, wie du meine Eier knetest«.
17 Er trug mir die nicht gereinigte Version vor, und ich sagte: »Salomo, du weißt sehr gut, dass wir das so nicht veröffentlichen können; es ist Pornografie; und sogar in der Bibel muss ein Mindestmaß an Anständigkeit gewahrt werden.«
18 »Aber, Herr«, protestierte er, »das ist *keine* Pornografie, es ist *erotische Literatur.* Begreifest du den Unterschied nicht?«
19 »Nein, Salomo, und es ist nicht …«
20 »Pornografie zielt allein darauf ab, die Sinne zu erregen, während die Sexualität in der erotischen Literatur ein Fenster zur Seele ist.«
21 »Salomo, ganz egal, was es ist …«
22 »Mein Werk ist eine Kampfansage an die bürgerliche Sexuallehre, die unseren Leib schon viel zu lange als ›das Fremde und andere‹ betrachtet hat, anstatt …«
23 »Salomo, hör mir zu: Ich bin der Herr dein Gott, König des Universums; und wenn das Ding nicht bis zum nächsten Sabbat jugendfrei ist, kannst du dir eine andere Vertriebsschiene suchen.«

Kapitel 5

1 Die sechzehn prophetischen Bücher des Alten Testaments berichten vom Leben und den Visionen der großen israelitischen Propheten und sind in zwei Abschnitte unterteilt: die vier wichtigen Propheten Jesaja, Jeremia, Hesekiel und Daniel sowie die zwölf weniger bedeutenden, von denen fast keiner je von einem Wal verschluckt wurde.
2 (Das Schlimmste an dieser Erfahrung für Jona waren nicht die drei Tage, die er im Bauch des Tieres verbringen musste, sondern die Tatsache, dass er abgezehrt und von Walkotze bedeckt direkt vor seiner sonnenbadenden Ex-Freundin wieder an Land gespuckt wurde. Peinlich!)
3 Offiziell gilt Abraham als Prophet, genau wie Moses und später Mohammed; aber jene waren auch Krieger, Diplomaten und Anführer; Männer, die nicht nur Worte machten, sondern auch Taten folgen ließen.
4 Aber diese sechzehn Propheten waren aus weicherem Holz geschnitzt, denn sie waren allein mit der Gabe der Voraussicht ausgestattet.
5 Nun mag man darüber streiten, ob es ein Segen oder ein Fluch ist, ein Prophet zu sein; aber es kann keine Diskussion darüber geben, dass es auf jeden Fall ein Fluch ist, Zeit mit einem von ihnen verbringen zu müssen.
6 Denn Propheten sind die unangenehmsten Menschen in meiner ganzen Schöpfung; die mürrischsten, humorlosesten, kauzigsten; selbstgerecht, egozentrisch und ohne jedes Gespür für die eigene Körperpflege.
7 (Vor allem Jesaja; am Ende war sein Bart so mit Essensresten verklebt, dass ihn das *Monatsmagazin für Kopfläuse* als »Büffet des Jahres« auszeichnete.)

8 Und ihre Widerwärtigkeit steht im direkten Verhältnis zu der Tiefe und Schärfe ihrer Prophezeiungen; je spitzer ihre Zungen, desto dringender das Bedürfnis, sie abzuschneiden; je tiefer ihre Vision, desto inniger der Wunsch, ihnen mit Gabeln in die Augen zu stechen.

9 Es wäre anders, wenn der Inhalt ihrer Enthüllungen angenehm wäre; aber wie du zweifelsohne bereits bemerkt hast, sind die Zukunftsvisionen der Propheten selten von der Art, dass darin süße kleine Hündchen auf Kissen vom Himmel schweben.

10 Nein, sie sind beinahe ausnahmslos bitter und werden zudem meist zur gerechten Strafe für die Lasterhaftigkeit des Volkes erklärt; und als Thema einer öffentlichen Rede war »Ihr seid sündige Frevler« noch nie ein großer Publikumshit.

11 Und so war es auch bei meinen Propheten; sie fürchteten, dass ihr Volk vom rechten Pfad abgekommen war, und sprachen über ihre grausamen Visionen von der Zerstörung Jerusalems und dem Einsturz des Tempels; doch die Leute reagierten mit Spott, hörten nicht auf sie und strebten weiter geradewegs in ihr Unglück.

12 (Sie erinnern mich an Fahrlehrer, die ebenfalls fürchten, dass ihre Schüler vom rechten Weg abkommen; deshalb zeigen sie ihnen Filmchen mit grausamen Visionen von der Zerstörung eines Mini-Vans und kollabierten Lungen; doch die Schüler reagieren mit Spott, hören nicht auf sie und fahren geradewegs gegen den nächsten Telefonmast.)

13 Auch heute noch wandeln Propheten auf dem Antlitz der Erde; Einzelhandelsanalysten, Sportwettenspezialisten, Science-Fiction-Autoren und jenes geheime Gremium, das jeden Sommer zusammentritt, um festzulegen, welche Farben in zwei Jahren angesagt sein werden.

14 Sie sind unbedeutende Propheten: Denn sie können zwar in die Zukunft blicken; aber nur ein kleines bisschen, in Fragen von geringer Konsequenz, manchmal.

15 Doch es wandeln auch immer noch bedeutende Propheten unter euch; sie predigen ihre Weisheit, schelten die Verworfenheit und verbreiten ihre düsteren Visionen; sie tragen Namen wie Jeremia Q. Ökologe, Hesekiel R. Paleoklimatologe und Al Gore.

16 Ihre Visionen sind absolut zutreffend, absolut erschreckend und verlangen absolut dringendes Handeln.

17 Und was tut ihr? Absolut nichts.

18 Was Propheten höher als alles andere schätzen, höher als Geduld, Freundschaft und sogar Deodorant, ist die Wahrheit; und deshalb glauben sie, dass ihnen in dieser Wertschätzung alle Menschen gleich sind.

19 Sie glauben, dass die Massen irgendwann die Worte eines weiteren großen Propheten, meines Sohnes, annehmen werden, der da sagte: »Die Wahrheit wird euch frei machen.«

20 Was die Propheten jedoch offenbar nie begreifen – die Massen hingegen immer –, ist, dass sich mein Sohn in diesem Zitat auf die *bequemen* Wahrheiten bezogen hat.

21 Unbequeme Wahrheiten werden euch *nicht* frei machen; im Gegenteil, sie neigen ihrem ureigensten Wesen nach dazu, dir weitere Lasten und Verpflichtungen aufzubürden und dich damit eher zurückzuwerfen.

22 Bequeme Wahrheiten – wie etwa »Unser aktueller Lebensstil ist permanent aufrechtzuerhalten« – sind hingegen viel befreiender für die Seele.

23 *Das* ist eine unbequeme Wahrheit, Al; und hier kommt noch eine:

24 Du hättest noch zwei Stunden länger Wahlkampf in Florida machen sollen.

Kapitel 6

1 Wenn es im Rückblick über die Jahrtausende eine Frage gibt, die ich häufiger als andere nicht beantwortet habe, dann diese: »Warum widerfährt guten Menschen Böses?«
2 Oft wird die Frage auch ein wenig umformuliert, etwa: »Warum widerfährt bösen Menschen Gutes?« Oder: »Warum widerfährt *mir* Böses?« Oder: »Warum kann *ihm* nicht Böses widerfahren?« Oder: »Ist das dein Ernst? Mein Wagen wurde gestohlen, während ich in der Suppenküche die Kelle für Bedürftige geschwungen habe?«
3 Ihr schreit nach irdischer Gerechtigkeit, einer greifbaren Entsprechung zwischen moralischer Ursache und Wirkung; doch solche Gerechtigkeit wird nur selten verwirklicht.
4 Das ist das Dilemma im Kern des Buches Hiob, welches versucht, ein für alle Mal zu beweisen, dass meine Wege unergründlich oder zumindest *keine* gut beschilderten Hauptstraßen sind.
5 Die Handlung spielt laut der ersten Worte des allerersten Verses »im Lande Uz«.
6 Hiob »war fromm und rechtschaffen, gottesfürchtig und mied das Böse«; folglich war er wohlhabend geworden, hatte eine Frau, zehn Kinder, ein großes Haus, »siebentausend Schafe, dreitausend Kamele, fünfhundert Joch Rinder und fünfhundert Eselinnen«.
7 Ja, er hatte die größte Seele – und im besten Sinne auch den beschissensten Acker – im Nahen Osten.
8 Zur Klarstellung: Die ursprüngliche Diskussion über Hiob fand zwischen mir und meinem Engel Michael statt. Er war mein Gegner in dieser Debatte, und das hebräische Wort für »Gegner« ist »Satan«.

9 Das hat im Laufe der Jahrtausende viel Verwirrung gestiftet; deshalb hat Michael mich ausdrücklich gebeten, dir zu sagen, dass er *nicht* der Teufel ist; und auch, dass Worte in der Tat verletzen können.
10 Aber es ist wahr, dass er und ich eines Tages darüber diskutierten, ob die Rechtschaffenheit eines Mannes wie Hiob seiner natürlichen Güte entsprang, wie ich behauptete, oder aufgeklärtem Eigeninteresse, wie Michael meinte.
11 Galt seine Loyalität nur dem Überfluss, den er immer genossen hatte und mittlerweile als rechtmäßigen Anspruch betrachtete? Oder war er so ergeben, dass er auch in einem Strudel unvorstellbaren Leids standhaft bleiben würde?
12 Michael bat um Erlaubnis, ihn mit Plagen zu schlagen, um ihn zu prüfen; und ich gewährte sie ihm. Also vernichtete er Hiobs Tiere, zerstörte sein Haus, tötete alle zehn seiner Kinder und bedeckte seinen Leib mit Geschwüren.
13 Und während all dessen wandte Hiob sich nicht gegen mich, obwohl man schon sagen kann, dass er schlecht gelaunt war.
14 Dann kamen seine drei Freunde zu Besuch, vorgeblich, um ihm Trost zu spenden; doch tatsächlich erklärten sie ihm wiederholt, dass er gewisslich irgendeiner Sünde schuldig sein müsse, um eine solche Bestrafung verdient zu haben.
15 Ihre Unterhaltung nimmt den größten Teil des Buches Hiob ein, und bisweilen denkt man, es geht in Wahrheit um die Frage: »Warum widerfahren guten Menschen böse *Freunde?*«
16 Vor allem Zofar von Naama; was für ein Arschloch.

Kapitel 7

1 Und Hiob wandte sich immer noch nicht gegen mich, doch er fing an, eine Erklärung zu verlangen; und zu diesem Zeitpunkt trat ein vierter Freund, Elihu, mit einem neuen Argument auf den Plan:
2 Indem er seine eigenen moralischen Maßstäbe an Gott anlegte, würde Hiob Hochmut zeigen; denn als bloßer Sterblicher könne er sich nicht meine moralische Autorität anmaßen, sondern nur demütig anerkennen.
3 Das war die richtige Antwort, zumindest soweit es überhaupt eine Antwort war; und das war es nicht.
4 Elihus Worte waren majestätisch und lyrisch, teleologisch gesehen jedoch kaum mehr als eine über sechs Kapitel ausgebreitete Paraphrase des Satzes »Weil Papa es gesagt hat«.
5 Dann endlich erschien ich »aus dem Wettersturm«, um Hiob mit einer Reihe verblüffender uns einschüchternder rhetorischer Fragen zu bombardieren: »Wo warst du, als ich die Erde gründete?« – »Kannst du die Blitze aussenden?« – »Wer bereitet dem Raben die Speise?« Und viele andere mehr.
6 Hinzu kamen ein paar sehr erschreckende Monologe über das Seeungeheuer »Leviathan« und das Landungeheuer »Behemoth«; der verängstigte Hiob hatte keine Ahnung, wovon ich sprach, genauso wenig wie ich; der Teil war reine Improvisation.
7 Sinn des Ganzen war es, auf Elihus »Weil Papa es so gesagt hat« die Bekräftigung folgen zu lassen: »Daddy ist hier; ich hab mir die ganze Ewigkeit den Arsch aufgerissen, und wenn ich nach Hause komme, will ich nicht auch noch

Gejammer über deine zehn toten Kinder hören. Und jetzt geh hin und schlachte mir einen Ochsen!«
8 Was erstens keine Antwort war und zweitens wunderbar funktionierte.
9 Am Ende erlangt Hiob seinen Reichtum zurück und hat zehn weitere Kinder; so ist es wahrhaftig gewesen, obwohl ich dir sagen kann, dass Hiob den Rest seiner Tage in der Angst lebte, dass alles nur Vorspiel für irgendeine furchtbare Fortsetzung war: *Hiob 2: Das Leiden kehrt zurück.*
10 Aber es ist nicht das angeklebte Happy End, nicht einmal seine prächtige Poesie, deretwegen das Buch Hiob durch die Geschichte so viel Widerhall gefunden hat, sondern das zentrale Problem, welches es anzusprechen versucht: »Warum widerfährt guten Menschen Böses?«
11 Auch bei mir.
12 Von *meinem* Platz aus betrachtet kann man diese Frage sogar noch prägnanter formulieren:
13 »Was ist *los* mit mir?«
14 Zum ersten Mal aufgekommen war sie mit Abraham auf dem Berg Moriah, dann war sie (anders als die Ägypter) am Roten Meer wieder aufgetaucht und schwebte danach durch die Jahrhunderte wie eine Wolke über meinem Gewissen.
15 Ja, die Frage verschwand nie wirklich; denn ich bin der Herr dein Gott, König des Universums, und wohin sollte sie gehen?
16 Und deshalb habe ich weder Hiob noch dem anonymen Dichter, dessen Hand ich über das Pergament führte, um seine Geschichte aufzuschreiben, je den *wahren* Grund dafür erzählt, warum ich es zuließ, dass Hiob so grausam getroffen wurde.
17 Es ging nicht darum, Hiob zu prüfen, sondern darum, *mich* zu prüfen.

18 Ich wollte herausfinden, ob ich seinem Leid zusehen könnte, ohne jenen unbenennbaren Kitzel zu spüren, den ich verspürt hatte, als ich zusah, wie Isaak zur Opferung gefesselt wurde, die Ägypter ertranken, und all die anderen Massengräuel, die ich im Laufe der Jahrhunderte geschehen ließ – oder hin und wieder auch *verursachte.*

19 Du könntest sagen, ich wollte sehen, ob mein Herz auf dem rechten Fleck war.

20 Habe ich die Prüfung bestanden?

21 Fürs Erste will ich das als *meine* unbeantwortete Frage offenlassen.

22 Stattdessen werde ich deine beantworten: »Warum widerfährt guten Menschen Böses?«

23 Tut mir leid, Menschheit, dass ich nicht früher dazu gekommen bin; es hätte dir viel nutzlose Unruhe erspart, denn die Antwort ist nicht nur logisch, sondern, wie ich zu behaupten wage, auch überaus befriedigend.

24 Warum widerfährt guten Menschen Böses?

25 Als Ausgleich dafür, dass *bösen* Menschen Gutes widerfährt.

26 Siehe, es ist nur gerecht.

Dollaronomium

»Über Amerika«

Kapitel 1

1 Die Frage, wer meine Segnungen empfängt oder auch nicht, erinnert mich an eine gewisse Nation, die schon auf ihren Geldscheinen behauptet, in mich zu vertrauen.
2 Denn jedes Mal, wenn ich »God Bless America« höre, werde ich wütend.
3 Nicht, dass mir die Melodie nicht gefallen würde; im Gegenteil, sie ist ungleich gefälliger als die der amerikanischen Nationalhymne, jener schlurfigen Weise, mit der die fetischistische Mär des nächtlichen Überlebens eines magischen Stangentuchs vertont wurde.
4 Nein, meine Einwände gegen das Lied und die Redensart sind nicht künstlerischer, sondern persönlicher Natur; denn Amerikaner, die mich zum jetzigen Zeitpunkt um weitere Segnungen bitten, sind wie Tahitianer, die sonnigere Tage fordern.
5 Amerika ist reichlich gesegnet, ausgiebig gesegnet, tausendfach gesegnet; zahllos sind die Segnungen, mit denen ich Amerika in seiner zwanghaften Segnungsbedürftigkeit gesegnet habe.
6 Bedenke nur einige wenige der Segnungen, die ich, der Herr dein Gott, König des Universums – einer Region, die weit mehr umfasst als Zentralnordamerika –, den USA bereits habe zuteilwerden lassen.

7 Ich habe sie mit ihrem Land gesegnet: mit einer prachtvollen, vielfältigen Topografie, fruchtbaren Böden, gemäßigtem Klima und weitem Himmel.
8 Ich segnete die eingeborenen Völker, deren angeborener Freiheitssinn sich in ihrer Freiheit von schwerer Artillerie, Alkoholtoleranz, Eigentumsgedanken und Resistenz gegen die Pocken offenbarte.
9 Ich segnete Amerika mit zwei Gruppen europäischer Siedler, die das Land kolonisierten: den Puritanern, Spaßverächtern mit komischen Hüten, die den Charakter der neuen Nation mit einem gesunden Gefühl für Böses und noch Böseres färbten.
10 Und im Süden mit den Tabakfarmern von Jamestown, die der Welt zeigten, dass das neue »Land der unbegrenzten Möglichkeiten« jedem Erfolg versprach, der bereit war, auf harte Arbeit, den freien Markt und Millionen schwarzer Sklaven zu bauen, die eine tödliche Ernte einbrachten.
11 Ich segnete Amerika mit seinen Gründervätern, die, obgleich komisch gekleidet, über Weisheit, Führungsstärke, Mut, Voraussicht, Eloquenz und Kompromissbereitschaft verfügten.
12 Und die der aktuellen Tea Party zumindest hinsichtlich ihrer komischen Kleidung sehr ähnlich sind.
13 Und ich segnete Amerika mit Abraham Lincoln, einem der größten Führer in der Geschichte; wir standen uns sehr nahe; während des Bürgerkrieges rief er mich häufig um Hilfe an, meistens wegen Mary, die nichts als Ärger bedeutete.
14 Ich segnete Amerika mit Millionen von Einwanderern aus allen Nationen der Erde; Menschheit in ihrer gehäuften Mannigfaltigkeit landete an seinen Stränden, und jede Ethnie kämpfte um ihren Platz und stärkte damit den Charakter der Nation.

15 Ja, sogar die Mexikaner.
16 Ich segnete Amerika mit reichlich Arbeit, reichlich Kapital und reichlich Mitteln, die beiden in gesundem Abstand voneinander zu halten.
17 Ich segnete Amerika mit der »Greatest Generation«, deren grenzenlose Opfer im Zweiten Weltkrieg dazu beigetragen haben, die Schande der Generation rückgratloser Feiglinge zu tilgen, die es in den Ersten Weltkrieg geschickt hatte.
18 Ich segnete Amerika mit einem perfekten Schurken für den Kalten Krieg; komisch böse und offenkundig verbohrt; abwechselnd bedrohlich und inkompetent; ich segnete es mit einer Ära, in der jeder dachte, die USA sind die Guten; ja, meine Geschichte mit Amerika reicht *weit* zurück.
19 Ich habe es mit Martin Luther King Jr. gesegnet, dessen Liebe und Nachsicht mit denen, die ihn verachteten, so groß war, dass Jesus mich einmal gefragt hat, ob er sein Halbbruder sei.
20 Und in jüngster Zeit habe ich Amerika (buchstäblich, denn sein Name bedeutet »gesegnet«) mit Barack Hussein Obama gesegnet, meinem Boten, dem Erlöser, dem Messias.
21 Oder zumindest war das die Position, die er von Januar 2009 bis Februar 2010 innehatte.

Kapitel 2

1 Ja, ich bin so amerikanisch wie Baseball, Apple Pie und die Angewohnheit, sich zu gebärden, als wäre Amerika das einzige Land, für das ich mich einen Schiss interessiere.

2 Ich war die gesamten 66 Tage lang mit den Puritanern an Bord der *Mayflower;* mehr als zwei Monate in einem Boot mit Puritanern eingesperrt; wenn das keine Tortur war.
3 Ich war 1770 beim Massaker von Boston zugegen, als Rotröcke fünf Zivilisten töteten, was damals noch als Massaker galt; die Zeiten ändern sich.
4 Ich war zugegen, als Thomas Jefferson den Entwurf für die Unabhängigkeitserklärung schrieb.
6 Er fragte mich, was ich von dem Satz hielt: »Wir halten diese Wahrheiten für ausgemacht, dass alle Menschen gleich erschaffen und von ihrem Schöpfer mit gewissen unveräußerlichen Rechten begabt wurden.«
7 Ich sagte: »Tommy, es ist keine Lüge, wenn *du* es glaubst.«
8 Und ich war in jenem schicksalhaften Sommer von 1787 in Philadelphia bei der Verfassunggebenden Versammlung zugegen.
9 Ich erinnere mich an die langen Gespräche, die ich mit James Madison führte; an eine Unterhaltung entsinne ich mich ganz besonders; es war ein früher Julimorgen, und James hatte entschieden, sich mit einem forschen Spaziergang am Delaware River einer rigiden Strapaze zu unterziehen. Ich kam in seiner Hirnrinde mit.
10 »Gott«, sagte er, »wir beginnen dieses Experiment namens Amerika von Neuem. Und als ein tiefgläubiger Christ möchte ich, dass meine Nation dem Pfad der Erlösung durch Jesus Christus folgt.
11 Wie kann ich unsere Verfassung so gestalten, dass dieses Ziel erreicht wird?«
12 »Jim«, sagte ich, »dieses Ziel erreicht man am besten, indem man festlegt, dass der Kongress keine Gesetze in besonderer Achtung der einen oder zum Verbot der Ausübung einer anderen Religion beschließt und dass religiöse Prü-

fungen niemals zur Qualifikationsvoraussetzung für irgendein Amt oder eine öffentliche Treuhänderschaft in den Vereinigten Staaten erklärt werden.«

13 »Gott«, sagte er, »das widerspricht jeder Intuition.«

14 »Jim«, sagte ich, »wenn wir unverhohlen schreiben: ›Der Kongress beschließt ausschließlich Gesetze im Einklang mit den Geboten der christlich-jüdischen Tradition‹, gäbe es keine Möglichkeit mehr, die Häretiker in unseren Reihen auszusortieren; außerdem würden andere Länder eifersüchtig werden; und der Oberste Gerichtshof hätte nichts mehr zu interpretieren.

15 Apropos: Von jetzt an möchte ich, dass du deinen tiefen christlichen Glauben für dich behältst; es wäre mir sogar sehr lieb, wenn du zahlreiche aktenkundige Aussagen machen könntest, die jenseits aller historischen Diskussion belegen, dass du Deist bist.

16 Jefferson und Franklin sage ich das Gleiche.«

17 »Aber Gott«, wandte er ein, »ich liebe dich und deinen Sohn Jesus Christus so sehr, dass ich will, dass es die ganze Welt weiß!«

18 »Jim«, sagte ich, »vertrau mir.

19 Das Dokument, das du verfasst, wird nicht nur für alle Zeit bestehen, sondern eines Tages auch als die ausdrückliche Billigung einer christlichen Theokratie erkannt werden, die es, wie wir beide insgeheim wissen, schon immer gewesen ist.«

20 Daraufhin fühlte er sich besser; und da wir mittlerweile beim Kunstmuseum angelangt waren, lief er freudig die Stufen hinauf, warf triumphierend die Arme in die Höhe und boxte in Richtung einer Gruppe von Straßenkindern ein paar Mal in die Luft.

Kapitel 3

1 Amerika, erlaube mir, dich einen Moment lang direkt anzusprechen.

2 Als du einen Mann zum Mond geschickt und zurückgeholt hast, war das die erstaunlichste Leistung der menschlichen Geschichte, die Neil Armstrong berechtigterweise als »riesigen Sprung für die Menschheit« feierte, womit er die gesamte menschliche Rasse meinte.

3 Und dann hisste er dort eine *amerikanische* Flagge.

4 Auf dem *Mond.*

5 Das ist so *typisch* du!

6 Du treibst mich zum Wahnsinn, Amerika, aber ich segne dich immer noch; trotz all deiner Unzulänglichkeiten kann ich dich nicht verlassen; und ich werde dich nicht nur weiterhin segnen, sondern auch lieben; lieben auf eine ungesunde und nicht hilfreiche Weise, die dich davon abhält, dich der Gewissensprüfung zu unterziehen, die notwendig wäre, damit du eine bessere Nation wirst.

7 Fürwahr, Amerika, ich gebe dir fünfzig Archenladungen moralischen Nachlass pro Woche.

8 Warum?

9 Ich werde es dir sagen.

10 Wie du gesehen hast, bin ich ein göttliches Wesen, das Anerkennung braucht.

11 Ich mag es, wenn jene, die ich mit meiner Fülle segne, sich erkenntlich zeigen und das auf eine formelle und rituelle Weise tun, die dieser Anerkennung den Stempel der Autorität verleiht.

12 Und als ich vor einigen Jahren Abstand zu den irdischen Angelegenheiten suchte, gab es an dieser Front ein heraus-

ragendes Thema, das mich, da es Amerika betraf, zutiefst beunruhigte.
13 Ich habe es nie vergessen; als meine Belegschaft mich nach meiner Rückkehr über alles in Kenntnis setzte, was während meiner Abwesenheit geschehen war, und die Sprache auf deine Nation kam, unterbrach ich sie:
14 »Jungs«, sagte ich, »verschont mich mit diesem Gerede von Atombomben, Bürgerrechten, Umweltverschmutzung, Vietnam und Irak; denn wenn es um Amerika geht, gibt es nur eine entscheidende Frage, einen Punkt, der meine Haltung gegenüber diesem frustrierenden, liebenswerten tumben Schönling von einer Supermacht bestimmt:
15 Haben sie ›unter Gott‹ in ihren Fahneneid eingefügt?«
16 Und die Engel nickten und lächelten; und ich nickte und lächelte; und wir alle nickten und lächelten.
17 Denn in diesem wichtigsten von allen Aspekten bezüglich der Frage deiner Eignung, die Welt zu führen, hast du recht gehandelt.
18 Nennt mich töricht, nennt mich sentimental, aber ich habe einfach eine Schwäche für Nationen, die mich in den freiwilligen Schwüren auf ihre magischen Stangentücher hochleben lassen.

Fakten

»Ungelöste Rätsel«

Kapitel 1

1 Rätsel sind das Los des Menschen.

2 Rätselhaft ist dein Kommen in diese Welt; rätselhaft ist dein Abgang daraus.

3 Und dazwischen sind kriminalistische Rätsel das Lieblingsgenre von Millionen, vor allem solchen, die eine leichte Strandlektüre suchen.

4 Du magst womöglich annehmen, dass für Gott nichts ein Rätsel ist, da für mich alles vorhersehbar und mir noch die profanste Begebenheit im Voraus bekannt ist.

5 Nun liegt es wie bereits gesagt durchaus in meiner Macht, gleichzeitig sämtliche Informationen des Universums präsent zu haben.

6 Denn ich bin die ultimative Datenbank mit einer Prozessgeschwindigkeit von ∞ghZ; der Umfang meines Wissens spricht deiner leistungsstärksten Suchmaschinen Hohn.

7 Hin und wieder kann ich mich allerdings nicht zusammenreißen und google mich selbst; beim letzten Mal hatte ich mehr als 600 Millionen Treffer; nicht übel.

8 Aber ich habe im Laufe der Zeit gelernt, dass *wahre* Allwissenheit darin besteht, genug zu wissen, um zu wissen, was man besser nicht weiß.

9 So erinnere ich mich beispielsweise deutlich an den langen Sommer von 1980, als Millionen Fernsehzuschauer

dem Wahnsinn nahe waren, weil sie wissen wollten: »Wer hat J. R. erschossen?«

10 Nun, ich bin der Herr dein Gott, König des Universums.

11 Es wäre mir ein Leichtes gewesen, Monate im Voraus in Erfahrung zu bringen, wer J. R. erschossen hat.

12 Ich hätte an den Meetings der Produzenten teilnehmen, das Drehbuch lesen oder mir eine der Proben anhören können; du verstehst, was ich meine.

13 Aber ich tat nichts von alldem; bis zur Ausstrahlung der nächsten Folge, bei der sich herausstellte, dass es Kristin, J. R.s Schwägerin und Geliebte, war, blieb ich vorsätzlich uninformiert, was die Identität des Schuldigen betraf.

14 Eine passable Auflösung, fand ich, trotzdem ein wenig enttäuschend.

15 (Das Ende von *The Sixth Sense* wiederum hat mich umgehauen.

16 Ich hatte keine Ahnung, worauf das Ganze hinauslief, was durchaus erstaunlich ist, weil ich Tote ja wirklich *sehen* kann.)

17 Aber bei all meinen Bemühungen der Selbst-Nichtpreisgabe bleibe ich letztendlich trotzdem Quell alles geheimen und arkanen Wissens; eingeweiht in die Antworten auf alle großen Geheimnisse, die die Menschen seit Generationen verfolgen.

18 In mir wird das Unbegreifliche begreifbar, das Anonyme namentlich, jedes Wer-war's wird ein Der-war's, jeder Wie-hieß-er-noch-gleich ein *So*-heißt-er.

19 Mein Verlag hat angefragt, ob ich bereit sei, meinen Lesern einige dieser Geheimnisse zu offenbaren; und das tue ich gern; aber ich möchte nicht, dass die Lösungen dieser zeitlosen Rätsel in die Hände derjenigen fallen, die zu gottlos sind, den aufgedruckten Preis zu bezahlen.

20 Deshalb bitte ich dich, Käufer dieses Buches, die Informationen, die ich im Folgenden enthüllen werde, mit niemandem zu teilen, der dieses Buch nicht gekauft hat.
21 Vor allem nicht jenen feigen, teuflischen Seelen, die es in der Bücherei ausleihen.

Kapitel 2

1 SPOILERWARNUNG ******* SPOILERWARNUNG ******* SPOILERWARNUNG
2 Beginnen will ich mit einem ganz großen Geheimnis: der Identität des berüchtigsten Serienmörders aller Zeiten, Jack the Ripper.
3 Es war Neville Hopkins.
4 Er war ein umherziehender Wandertaschendieb, der in einem leer stehenden Haus in Whitechapel untergekommen war; ein stiller Mann, der lieber für sich blieb, ein Einzelgänger mit nur wenigen engen Freunden.
5 Er wurde bei den Ermittlungen komplett übersehen.
6 Direkt nach dem letzten Mord bestieg er ein Schiff nach New York City, und man hörte nie wieder von ihm.
7 Jedenfalls Neville Hopkins: Jack the Ripper.
8 Jetzt weißt du es.
9 Bleiben wir bei ungelösten Mordfällen: Der Zodiac-Killer war die berühmte Astrologin Jeane Dixon.
10 Bloßgestellt durch eine öffentliche Fehldeutung des Mondes im Skorpion reagierte sie ihre Wut mit einer schrecklichen Mordserie in Nordkalifornien ab.
11 Auch sie kam ungestraft davon; an ihrem nächsten Geburtstag stellte sie sich ihr eigenes Horoskop, das da lautete:

»Du, die du heute Geburtstag hast, bist leidenschaftlich, willensstark und kannst ungeschoren mit einer schrecklichen Mordserie durch Nordkalifornien davonkommen … *wenn du das Töten sofort einstellst.*«

12 Der berühmte Mord an der Schwarzen Dahlie in Los Angeles 1947 wurde von dem Folksänger Woody Guthrie begangen.

13 Er hat den Mord sogar in der sechsten Strophe seines berühmtesten Songs gestanden:

14 »I was strolling South Norton Avernue, I met a woman, the Black Dahlia. I killed her slowly and bashed her face in. This land was made for you and me.«

15 Er wurde jedoch nie erwischt, weil niemand es bis zur sechsten Strophe von »This Land Is Your Land« schafft.

16 Lizzie Borden, die mit der Axt, hat weder ihre Mutter mit vierzig Hieben getötet, noch, nachdem sie sah, was sie getan hatte, ihren Vater mit einundvierzig.

17 Nein, die Bordens fielen an jenem Augustmorgen einem Serienmörder zum Opfer, der wahllos in ihr Haus einbrach, die beiden in Stücke hackte und vom Tatort floh, ohne dass man je wieder von ihm hörte.

18 Sein Name?

19 Neville Hopkins.

Kapitel 3

1 Das Turiner Leichentuch ist eine 1287 von der Turiner Leichentuchmachergilde hergestellte Fälschung zur Förderung der örtlichen Leichentuchindustrie; die Maßnahme war ein spektakulärer Erfolg.

2 Prinzessin Anastasia starb durch die Hand der Mörder, die auch ihre übrige Familie töteten; die Frau, die später vorgab, Anastasia zu sein, war in Wahrheit die Haupttäterin, das Ganze eine *Weiblich, ledig, jung sucht*-Situation, die außer Kontrolle geraten war.

3 Die Werke von William Shakespeare wurden von niemand anderem geschrieben als dem berühmten britischen Dramatiker William Shakespeare.

4 Das Lindbergh-Baby wurde tatsächlich von dem Mann entführt und ermordet, der 1932 für das Verbrechen hingerichtet wurde: der deutsche Immigrant Bruno Hauptmann.

5 (Zum Glück hatte Lindbergh die Größe, seine Ansichten über die deutsche Führerschaft als auch über die vielen aufregenden Dinge, die jene in den 1930ern anstellte, nicht wegen »eines faulen Apfels« zu hinterfragen.)

6 Jimmy Hoffa liegt im General Grant National Memorial beerdigt.

7 Der Flugzeugentführer D.B. Cooper landete sicher mit seinem Fallschirm in den Wäldern im Südwesten Washingtons, wo er von Bigfoot verspeist wurde.

8 Lee Harvey Oswald war ein Einzeltäter.

9 Er lernte zufällig den Gangster Sam Giancana kennen, der ihm 50000 Dollar kubanischen Geldes für das Attentat auf JFK bezahlte.

10 Damit kommen wir zur Kryptozoologie: Den Yeti gibt es nicht; er ist eine Art Schwarzer Mann, mit dem die Sherpas ihren Kindern Angst machen, wenn jene über den Sauerstoffmangel jammern.

11 Das Monster von Loch Ness existiert hingegen *sehr wohl;* aber es ist kein Untier aus Fleisch und Blut, sondern ein Ungeheuer der Selbstgerechtigkeit und Intoleranz, das in den Herzen der Menschen wohnt, jedoch aus irgendeinem Grund als imaginärer schottischer Plesiosaurier externalisiert wurde.

12 Der Chupacabra ist real; eine riesige ziegenartige Kreatur, die eine konkrete Bedrohung für die Mexikaner und eine noch größere für die Amerikaner darstellt.

13 Denn er plant in Kürze, die Grenze zu überschreiten, wo er hart arbeitenden amerikanischen Fabelwesen wie dem Jersey Devil und Mothman die Jobs wegnehmen wird.

14 Weiter mit ein paar legendären Orten: Atlantis war eine reale Stadt auf der Ägäis-Insel Santorini, die vor 3600 Jahren bei einem gewaltigen Vulkanausbruch zerstört wurde.

15 Sie ist für immer verloren; aber ich muss dir sagen, selbst wenn nicht, würde es sich nicht lohnen, sie zu finden.

16 Denn Atlantis war ein Provinzkaff der Bronzezeit mit lausigem Wetter und einer einfältigen Bevölkerung, die ihre Zeit mit Rülpsen, Furzen und Schafe ficken zubrachte.

17 Ihr Untergang war ein Schub für die Zivilisation; aber es ist bei Städten nicht anders als bei Menschen: Ein früher und mysteriöser Tod kann jeden Idioten zur Legende machen.

18 (Es war das einzig halbwegs Intelligente, was Jim Morrison in seinem ganzen Leben getan hat.)

19 Die verlorene Stadt des Goldes El Dorado hat hingegen nie existiert, und das ist auch gut so; denn mich schaudert bei dem Gedanken an die »missionarische Arbeit«, die Cortez oder Pizarro an seiner Bevölkerung geleistet hätten, wenn sie diese Stadt erblickt hätten.

20 Ich vermute, es hätte mit Auspeitschungen angefangen und wäre von dort bergab gegangen.

21 Area 51 ist ein normaler US-Militär-Stützpunkt; und auch wenn dort geheime Operationen stattfinden, haben sie nichts mit Außerirdischen, UFOs, Zeitreisen oder irgendwie Paranormalem zu tun.

22 Diese Operationen finden alle in Area 63 statt.
23 Und schließlich: Stonehenge.
24 Ich habe keine Ahnung, was zum Teufel Stonehenge ist.

Kapitel 4

1 Aber ich bin bereit, zur Klärung einiger Fragen beizutragen, von denen du vermutlich angenommen hast, sie würden – oder könnten – nie beantwortet werden.
2 Zum Beispiel: Was kam zuerst, das Huhn oder das Ei?
3 Das Ei.
4 Wohin geht die Zeit?
5 Nirgendwohin; du bist es, der sich durch die Zeit bewegt.
6 Wie klingt Einhandklatschen?
7 Für einen Bühnenkünstler ziemlich dürftig.
8 Was muss getan werden?
9 Das kommt darauf an.
10 Wann werden wir endlich lernen?
11 Irgendwann.
12 Sind wir schon da?
13 Nein.
14 Ist das Glas halb leer oder halb voll?
15 Weder noch, es ist schmutzig.
16 Wenn im Wald ein Baum umfällt, und niemand ist da, der es hört, macht er trotzdem ein Geräusch?
17 Die Prämisse ist falsch: Es *ist* jemand da, der es hört.
18 Warum sind alle guten Männer entweder schwul oder schon vergeben? Die Prämisse ist ebenfalls falsch; es gibt jede Menge gute Männer, aber du vertreibst sie mit deiner Torschlusspanik.

19 Werden die Wunder nie aufhören?
20 Doch, irgendwann schon.

Kapitel 5

1 Der Geheimnisse sind gar viele, und ich bin begierig, sie zu enthüllen; doch mein berechnender, geldgieriger Verlag hat mich gebeten, einige von ihnen für eine mögliche Fortsetzung zurückzuhalten.
2 Ich erwähne nur en passant, dass die Wahrscheinlichkeit einer solchen Fortsetzung von zwei Faktoren abhängt: Erstens, ist der vorliegende Band auf dem Buchmarkt einigermaßen erfolgreich? Zweitens, existiert die Welt in zwei Jahren noch?
3 Und offen gesagt, Menschheit, sind beide Faktoren durchaus miteinander verknüpft.
4 Zwar sind meine eschatologischen Pläne – die ich am Ende dieses Buches erörtern werde – festgelegt, unveränderbar und unwiderruflich im Mark der Zeit.
5 Doch davon einmal abgesehen, gibt es, sollte sich dieses Buch hinreichend gut verkaufen, um eine Fortsetzung zu garantieren, in meinem apokalyptischen Fahrplan nichts, was sich nicht ein oder zwei Jährchen verschieben ließe.
6 Es ist deine Entscheidung, Menschheit.
7 Was ist der Sinn des Lebens?
8 Finde es heraus in: *Das Letzte Testament 2: Die endgültige Auflösung.*
9 Ab Anfang 2014 überall erhältlich … wenn es ein 2014 *gibt.*

Das Evangelium nach Papa

Kapitel 1

1 Ich habe einen Sohn namens Jesus. Vielleicht hast du von ihm gehört.

2 Vielleicht hast du die Tetralogie von Augenzeugenberichten über sein Leben gelesen, geschrieben von Matthäus (»der Niedliche«), Markus (»der Komische«), Lukas (»der Stille«) und Johannes (»der Un-Synoptische«).

3 Vielleicht hast du sein Bild auf einem der Gemälde oder als eine der Skulpturen gesehen, die das überschaubare Teilgebiet der westlichen Kunst namens »alles vor 1750« ausmachen.

4 Vielleicht verbringst du einen Vormittag in der Woche in einem speziellen, ihm geweihten Gebäude, lauschst Geschichten seines Ruhmes, während du insgeheim über die Fußballergebnisse vom Vorabend grübelst.

5 (Das mache ich jedenfalls manchmal.)

6 Vielleicht hast du *Die größte Geschichte aller Zeiten* gesehen; ein guter Film, obwohl er die mit diesem Titel verbundenen Erwartungen zwangsläufig enttäuschen musste.

7 Vielleicht hast du auch *Die Passion Christi* von Mel Gibson gesehen, mit dem mein Sohn als Jude nie wieder zusammenarbeiten wird.

8 Vielleicht hast du gehört, wie Personen des öffentlichen Lebens seine Lehren benutzen, um diverse politische An-

liegen zu rechtfertigen oder zu verurteilen; vor allem in den USA, deren Verfassung er zusammen mit mir und James Madison geschrieben hat.

9 Vielleicht hast du eine wundersame Erscheinung seines Antlitzes auf Toast, Pfannkuchen oder Waffeln gesehen.

10 (Er erscheint nur zum Frühstück, denn siehe, das ist deine wichtigste Mahlzeit.)

11 Höchstwahrscheinlich wirst du irgendetwas darüber wissen, wie Jesus in diese Welt gekommen ist und wie er sie wieder verlassen hat.

12 Denn die Geschichte seiner Geburt wird in deinen Elektronikmärkten einen Monat lang ununterbrochen besungen.

13 Und seine Geburt in einer Krippe wird in Vorgärten überall in deiner Straße nachgestellt, um ihn zu preisen und den Hirschfelds von nebenan eine klare Botschaft zu senden.

14 Und dein Kalender ist auf sein Alter abgestimmt, obwohl er eigentlich im Jahr 5 v. Christus geboren wurde, sodass man treffender sagen könnte, dass dein Kalender auf das Alter abgestimmt ist, von dem man ihm höflicherweise erklärt, »dass er keinen Tag älter aussieht als«.

15 Und was seinen Tod betrifft, wird die Geschichte seiner wundersamen Auferstehung und dem anschließenden Fund von einem Dutzend Schokoladeneiern alljährlich gefeiert.

16 Und das Kreuz, an dem er seine letzten qualvollen Stunden verbrachte, ist nach dem Nike-Swoosh das zweitbekannteste Symbol der Welt.

17 Ja, ich wage zu behaupten, dass du schon Dutzende von Versionen von Jesu Geschichte gehört hast; von Aposteln und Choralsängern, Priestern, Filmemachern und sogar von Peter Cetera, dem ehemaligen Frontmann von Chicago, in seinem Weihnachtsklassiker von 2004 *You Just Gotta Love Christmas.*

18 Aber du hast die Geschichte von Jesus noch nie aus der Perspektive desjenigen gehört, der ihn geschickt hat.
19 Denn für mich ist die Geschichte Jesu nicht die von einem Prinzen und Erlöser, der die Welt rettet, sondern die von einem Vater und seinem Sohn, die ihre Beziehung retten.

Kapitel 2

1 Dafür brauchst du ein paar Hintergrundinformationen.
2 Ab einem gewissen Punkt im Alten Testament – irgendwo zwischen 2. Könige und Chroniken – spürte ich, wie sich eine leichte Unzufriedenheit in mir zu regen begann.
3 Beruflich lief es besser denn je; mein Auserwähltes Volk florierte (leidlich); ich strafte und schlug wie noch nie und inhalierte Dutzende von Ochsen pro Woche.
4 Doch meine Konzentration auf die Schöpfung hatte mich komplett in Anspruch genommen und war auf Kosten meines transpersonalen Lebens gegangen.
5 Jahrtausendelang war mir meine eigene Gesellschaft genug, und ich verbrachte meine wenige Freizeit damit, meine Vollkommenheit zu betrachten; doch jetzt sehnte ich mich nach jemand Besonderem, mit dem ich meine Vollkommenheit gemeinsam betrachten konnte.
6 Nach einer Seelengefährtin, die mich nicht für das liebt, was ich tue, sondern dafür, wer ich bin.
7 Nun, offensichtlich muss ich auf mich selbst gewartet haben, wie man so sagt; denn kaum erkannte ich die Dringlichkeit meiner Sehnsucht, als ich auch schon Ruth traf.
8 Vielleicht kennst du Ruth aus dem nach ihr benannten

Buch, in dem sie als Vorbild an Güte und Treue gefeiert wird.
9 Denn es berichtet davon, wie ihr jüdischer Ehemann starb, sie bei seiner Mutter Noomi blieb und deren Glauben und Gott als die ihren annahm.
10 Sie war die allererste Konvertitin zum Judentum; sie wählte mich, ohne selbst auserwählt zu sein, und gab mir damit das Gefühl, etwas Besonderes zu sein.
11 (Ja, sie war eine Moabiterin, aber eine von den guten.)
12 Als ich zum ersten Mal den Mut aufbrachte, mich ihr in einer Vision zu zeigen, spürte ich eine Verbindung zwischen uns, die anders war als alles, was ich bis dahin empfunden hatte.
13 Hast du schon mal jemanden getroffen, bei dem du das Gefühl hattest, diese Person schon immer gekannt zu haben und von jeher ihr himmlischer Vater gewesen zu sein?
14 So habe ich mich gefühlt.
15 Ein einziges Mal im Leben hatte es *mich* erwischt.
16 Doch als Ruth meiner erstmals angesichtig wurde, schenkte sie mir nicht mehr Beachtung als nötig; sie hörte meine Worte und befolgte meine Befehle, schaute jedoch nicht in das blendende Licht, das meine Gegenwart ausstrahlte, als wollte sie sagen: »Du magst allmächtig sein, aber so toll bist du auch wieder nicht.«
17 Ich warb langsam und gemächlich um Ruth; es brauchte seine Zeit, ihr Vertrauen zu gewinnen.
18 Ihr zu zeigen, dass Allwissenheit nicht das Gleiche ist, wie ein Alleswisser zu sein;
19 Dass Allgegenwart nicht das Gleiche ist wie Stalking.
20 Und dass ich in meiner Existenz an einen Punkt gekommen war, an dem ich bereit war, in einer monotheistischen Beziehung zu leben.

21 Aber ich bin froh, berichten zu können, dass ich mit Zeit (und Raum) Ruths Herz gewann; und sie willigte ein, mich zum glücklichsten Gott des Universums zu machen, indem sie meine Frau wurde.
22 Wir heirateten am 12. September 545 v. Chr.; Abraham traute uns; Moses war Trauzeuge; und für die Musik sorgte das Jericho-Septett.
23 Erst wollten wir einen Geschenketisch einrichten, aber Ruth meinte, dass die immer nur zu Spannungen führen; denn die Objekte werden einzeln mit Preis aufgelistet, sodass die Gäste sich Gedanken machen, wie viel sie ausgeben sollten und wie viel alle anderen ausgeben, bis das Ganze eher ein ängstliches Vergleichen als eine fröhliche Feier wird.
24 Also sagten wir einfach: »Bitte keine Geschenke.« Und das war wahrlich die richtige Entscheidung, denn was will man einem Paar schenken, das schon alles hat?
25 Und um *eines* gleich unmissverständlich klarzustellen: Ich bin der Herr dein Gott, König des Universums, und du wirst *keine* intimen Details unserer Beziehung erfahren; dies ist mein Testament und nicht Ruths; und wenn es um den Schutz ihrer Privatsphäre geht, mache ich keine Kompromisse.
26 Ich habe all diese Einblicke nur gewährt, um euch auf die frohe Botschaft vorzubereiten, die alle zwei Milliarden von euch bereits in- und auswendig kennen:
27 Jesus Christus ist mein Sohn.
28 Das zweite meiner drei Kinder: Zach, Jesus und Kathy.

Kapitel 3

1 Wie ich den jungen Müttern und Vätern, die dieses Buch lesen, kaum erklären muss, kann das große Abenteuer der Elternschaft so nervenzerrüttend, erschreckend und belohnend sein wie die Herrschaft über einen Makrokosmos.
2 Aber als Ruth und ich begannen, eine Familie zu planen, bestand sie nachdrücklich auf einem Punkt: Unsere Kinder sollten so erzogen werden, dass sie sich nicht als etwas Besonderes fühlten, bloß weil ihr Vater Gott war.
3 Sie wollte, dass sie eine so normale Kindheit hatten, wie es nicht-menschlich irgend möglich war; und ich war ganz ihrer Meinung; sie wollte, dass sie auf eine öffentliche Schule gingen, also ließ ich eine werden; sie wollte, dass sie normale Spielkameraden hatten, also erschuf ich welche aus dem Staub der Erde; sie wollte, dass sie auf Spielplätzen herumtoben konnten, also beauftragte ich einen Bauunternehmer, einen Spielplatz zu bauen, einen schicken mit Klettergerüst und allem.
4 Zach war unser Ältester, extrem intelligent, aber ein Irrwisch und Schelm, ständig in lustige Kabbeleien mit den Engeln verwickelt.
5 Sein Lieblingsspiel war es, sich von hinten anzuschleichen und laut »Buh!« zu rufen. Das tat er so oft, dass Gabriel ihm den Spitznamen »der Heilige Geist« verpasste, kurz H. G., und der blieb dann kleben.
6 Kathy, unsere Jüngste, war ein so entzückendes Mädchen, wie du es dir nur vorstellen kannst, mit einem buchstäblich engelhaften Lächeln, denn es war einem Cherubim abgenommen und aufgepropft worden.
7 Ich gestehe, dass ich sie verwöhnt habe; ich habe ihr al-

les besorgt, wonach sie gefragt hat; ja, selbst wenn ich dafür das Pony eines Menschenkindes niederstrecken musste.
8 Aber Jesus ... Jesus war das klassische mittlere Kind.
9 Vielleicht habe ich ihn übersehen; vielleicht musste er zu hart um meine Aufmerksamkeit kämpfen; vielleicht habe ich H. G. und Kathy zu sehr verhätschelt und ihm das Gefühl vermittelt, der fünfte Gott am Wagen zu sein.
10 Vom Säuglingsalter an war er außergewöhnlich sensibel und konnte es nicht ertragen, wenn irgendjemand leiden musste.
11 Das war im Himmel kein großes Problem, weil es dort kein Leid gab, außer im Privaten unter gerechten Sadomasochisten; und selbst für sie war es eigentlich kein Leiden.
12 Aber jedes Mal wenn er nach unten blickte und den vielfältigen Kummer, Schmerz und die Sünden der Menschheit betrachtete, weinte er.
13 Es gibt einen Vers im Neuen Testament, Johannes 11,35: »Jesus weinte.« Es ist der kürzeste Vers der Bibel, so kurz, dass er irgendwie fehl am Platz wirkt.
14 Ich gestehe, dass ich Johannes viele Jahre später inspiriert habe, ihn einzufügen, als »Insiderwitz«, wie du es vielleicht nennen würdest, zwischen Ruth und mir.
15 Denn zahlreich waren die Abende, an denen ich heimkehrte und sie fragte, wie ihr Tag gewesen war – ich achtete sorgfältig darauf, sie nicht mit meinen beruflichen Problemen zu belasten; welche unerledigten Angelegenheiten mich auch beschäftigten, ich ließ sie bei meinem Thron zurück.
16 Und sie erzählte davon, was sie und die Kinder gemacht hatten; wie Zach dieses getan und Kathy jenes gesagt hatte.
17 Und ich fragte: »Und was ist mit Jesus?« Und sie antwortete seufzend: »Jesus?

18 Jesus weinte.«
19 Irgendwann begann ich die Worte mitzusprechen, und wir lachten, zumindest bis wir ein Schluchzen hörten und uns umdrehten und sahen, dass Jesus uns zugehört hatte; und siehe:
20 Jesus weinte.
21 Der Junge war eine Memme.

Kapitel 4

1 Kathy wuchs zu einer warmherzigen liebevollen Halbgöttin heran wie ihre Mutter und sie entwickelte einen großartigen Humor, und das zu einer Zeit, als Heiterkeit bei menschlichen Frauen eher missbilligt und eingeschränkt wurde, häufig indem man sie lebendig begrub.
2 Aber beide meiner Söhne machten mir eine Menge Ärger.
3 H.G. war wild und ungestüm, cleverer, als gut für ihn und die Welt war; er scheute jede Verantwortung, trieb sich stattdessen in meiner Schöpfung herum und erfreute sich an den Naturwundern, die ich erschaffen hatte; er nutzte seine familiäre Position aus, um sich mal eben den Mond »auszuleihen« oder einfach dreißig Jahre lang zu verschwinden, ohne sich die Mühe zu machen, mich wissen zu lassen, dass ich schon wusste, wo er steckte.
4 Und mit Jesus war es noch ärgerlicher; denn er war schwach, ein Träumer, ein »Künstler«, der kein Interesse am Richten, Strafen, an Rache oder irgendeinem anderen Aspekt des Familienunternehmens zeigte, sondern seine Tage lieber mit Grübeln, Seufzen, Lustwandeln und dem wahl- und grundlosen Segnen von Engeln verbrachte.

5 Derweil war Israel von einer weiteren Epidemie der Götzenanbetung und Bosheit erfasst worden.
6 Die Juden waren erst hellenisiert und dann romanisiert worden; der Tempel wurde von Geldverleihern überrannt; Pharisäer betonten einen gnostischen Mosaismus und halachitische Lehren auf Kosten der traditionelleren Lektüre des Pentateuch …
7 Es war schlimm.
8 Ohne einen Abraham, Moses oder David, die meinen Zorn hätten besänftigen können, war mir die Geduld mit den Juden ein für alle Mal ausgegangen; und so saß ich eines Tages auf meinem Thron und schickte nach Gabuthelon und Asasel.
9 Ich habe die Namen dieser beiden Engel bisher nicht erwähnt, aber sie waren meine Spezialisten für »schmutzige Jobs«; sie waren es, die Lot in Sodom besucht und die komplette Zerstörung der Stadt sowie der Nachbarstadt Gomorrha überwacht hatten; ich kannte sie also als verlässliche und engagierte Profis.
10 Ich erteilte den Befehl, Feuer und Schwefel auf das Haus jedes Juden in Judäa regnen und niemanden am Leben zu lassen; wenn ich mich auf diese Weise für immer von der hartnäckigen Treulosigkeit und Chuzpe der Juden befreien würde, könnte ich vielleicht mit einem anderen Volk, das meiner würdig war, von vorn beginnen.
11 Ich dachte immer noch an die Maya; ich mochte ihre Leidenschaft immer noch.
12 Aber als ich gerade die letzten Strafbefehle erteilte, nahte Jesus und hatte zum ersten von vielen, vielen Malen, die da folgen sollten, »den Blick« aufgesetzt.
13 Und ich denke, du weißt, was ich mit »dem Blick« meine.
14 Denn mit diesem Blick sah er Gabuthelon an, mit einer

Zärtlichkeit, die dessen Seele streichelte und einwickelte wie einen Säugling in seine Kuscheldecke.
15 Und mit diesem Blick sah er Asasel an, so sanft, dass aus dessen Herzen das klare Licht der Einheit aller Dinge leuchtete.
16 Und mit diesem Blick sah er mich an, mit einer Liebe, die tiefer war als jede Quelle und reiner als jedes Wasser, das daraus hätte fließen können.
17 Und er sagte: »Vater, ich habe eine Idee, die so verrückt ist, dass sie vielleicht funktionieren könnte.«

Kapitel 5

1 Und ob sie verrückt war.
2 Jungfrauengeburt, Totenerweckung, Wiederauferstehung zur Erlösung der Welt; heute klingen diese Begriffe vollkommen logisch, aber damals hörte sich das Ganze völlig absurd an.
3 Zunächst waren da die praktischen Einwände: Jesus schlug nichts Geringeres vor, als das Fleisch gewordene Wort zu werden, eine außergewöhnlich schwierige Transmutation.
4 Die Umwandlung von rein spiritueller Wesenheit in lebendige organische Materie war nie zuvor versucht oder auch nur erwogen worden.
5 Natürlich, ich bin allmächtig; ich kann alles; aber manche Aufgaben sind mühsamer als andere, und Wort in Fleisch zu verwandeln würde ein logistischer Albtraum werden, so viel war sicher.
6 Meine stärkeren Bedenken galten jedoch der Klugheit

von Jesu Plan; mir erschien er nicht nur verrückt, sondern auch Ausdruck eines unverständlichen Selbsterniedrigungsbedürfnisses.

7 »Mein Sohn, ein Mensch?«, brüllte ich.

8 »Ein Wesen von derselben ewiglichen Substanz wie ich will sich in der Verkleidung eines zweibeinigen Gimpels erniedrigen?

9 Hast du eine Ahnung, was es bedeutet, wahrhaftig ein Wesen von Fleisch und Blut, ein Mensch zu sein?

10 Menschen haben Durst und Hunger, werden krank oder verwundet und altern.

11 Menschen schwitzen, bis ein sehr pikanter Gestank von ihren Achselhöhlen aufsteigt wie verdorbener Weihrauch.

12 Manchmal bleiben Menschen Essensreste zwischen den Zähnen stecken; und andere sehen sie und lachen heimlich, sagen ihnen jedoch nichts, damit auch andere sie sehen und heimlich lachen können.

13 Menschen sammeln Schleim, Ohrschmalz, Zahnbelag und Mitesser an, als wären ihre Gesichtsöffnungen eine Dauerausstellung der Ekelabteilung des Hygienemuseums.

14 Menschen urinieren und defäkieren mehrmals täglich, also wirklich, Jesus, komm schon.

15 Und mit alldem ist noch kein Wort gesagt über die Veränderungen, die dein Körper kurz nach deiner Bar-Mizwa durchmachen würde.

16 Du würdest in den Stimmbruch kommen und Haare bemerken, wo vorher keine waren; und würdest anfangen, … gewisse … Bedürfnisse … ähm …

17 Verstehst du, Jesus, manchmal, wenn ein Vogel eine Biene ganz besonders lieb hat …

18 Ich möchte diese Unterhaltung hier und jetzt nicht mit dir führen, mein Sohn.

19 Ich habe dir sehr wohl zugehört, Jesus; ich habe deine Worte vernommen; ich weiß, du willst die Welt erlösen; und das ist ein wirklich netter Gedanke.
20 Ich zweifle auch nicht an deinen guten Absichten, Sohn; aber der Weg zur Hölle ist mit guten Vorsätzen gepflastert.
21 Also, eigentlich ist er vor allem mit menschlichen Schädeln gepflastert, aber die guten Vorsätze dienen als Bindemittel.
22 Dieser Plan von dir ist nicht die Antwort, Jesus; der Plan ist vielmehr das genaue Gegenteil von dem, was du brauchst; denn was du brauchst, Jesus, ist ein bisschen Abhärtung.
23 Hast du mich gehört, Junge?
24 Du musst diese sensible, vergrübelte Haltung abwerfen und arbeiten, strafen, dich stählen und ein Mann werden!
25 … Aber nicht, indem du ein *Mensch* wirst; tut mir leid, Jesus, aber *das* will ich auf gar keinen Fall für dich.
26 So sehe ich das nun mal, Jesus; als der Herr dein Papa verbiete ich dir, diesen Plan weiterzuverfolgen; und damit ist die Diskussion beendet.
27 Und komm mir nicht mit diesem Blick!«

Kapitel 6

1 An jenem Tag war ich höchst beunruhigt.
2 Ich hatte keinen Appetit auf meine Ochsen; etliche Hurer blieben unbestraft; nach der Abenddämmerung hätte ich beinahe aus Versehen die Sonne wieder *auf*gehen lassen, was gelinde gesagt unbehaglich gewesen wäre.

3 Ja, es war ein sehr seltsamer Tag im Büro, und bis zum Feierabend war die Laune der Engel jäh von selig auf lediglich freudig abgestürzt.
4 Am Abend erzählte Ruth mir, dass Jesus ihr von unserem Gespräch berichtet hatte; und davor und währenddessen und danach – Überraschung! –
5 Weinte Jesus.
6 Als ich später die Sterne anzündete, sprach sie mich noch einmal darauf an.
7 »Jehovi-Schätzchen.
8 Ich weiß, du und Jesus, ihr habt euch nicht immer verstanden.
9 Ich weiß, dass ihr in vielerlei Hinsicht verschieden seid, aber ihr seid beide rechte Gottköpfe.
10 Trotzdem, er ist dein Sohn; und im Augenblick versucht er, sich selbst und seinen Weg in der Welt zu finden; und du bist es ihm schuldig, ihn auf dieser Reise zu unterstützen.
11 Vergiss nicht, auch ich war einst ein menschliches Wesen, also weiß ich, wie es ist; und es ist nicht so übel; ehrlich gesagt ist es manchmal ganz schön.
12 Ich weiß, die Idee, dass der Sohn Gottes auf die Erde hinabsteigt, menschliche Gestalt annimmt, Wunder vollbringt, dann gekreuzigt wird und von den Toten wiederaufersteht, um die gesamte Menschheit zu erlösen, klingt vielleicht ein wenig sonderbar.
13 Aber weißt du was? Vielleicht ist es ja am Ende das Beste, was unserem kleinen Jesse je widerfahren könnte.
14 Wirst du zumindest darüber nachdenken, Liebster?
15 Für mich?«
16 Und ich dachte darüber nach; ich grübelte die ganze Nacht, so tief, wie ich früher über meine Vollkommenheit sinniert hatte in den Tagen, als es noch keine Tage gab.

17 Und als ich der Sonne das Stichwort zum Aufgehen gab,
war ich ein wenig milder gestimmt.
18 Zumindest insofern, dass ich akzeptierte, dass Jesus mein
Sohn war; und als sein Vater war es meine Pflicht, ihn zu un-
terstützen, welche Laufbahn er auch einschlagen wollte; selbst
eine so offenkundig alberne wie für deine Sünden zu sterben.
19 Seinethalben und um Ruths willen schluckte ich meinen
Zorn hinunter und erklärte ihm, dass ich ihm alle benötigte
Hilfe gewähren würde; welche Sorgen und Nöte er auf sei-
ner Mission auch erleiden möge, ich würde ihm helfen, sie
durchzustehen.
20 Auf dass er, wenn alles vorbei war und Jesu Zeit auf Er-
den in einer albtraumhaften Tortur zu Ende gegangen sein
würde (was für mich völlig gewiss war),
21 Er mir zumindest nicht vorwerfen konnte, ich hätte ihn
verlassen oder hängen lassen.

Kapitel 7

1 Die Planung der »Operation andauernde Erlösung« erfor-
derte Jahre komplizierter Koordination zwischen nicht nur
meinen Erzengeln, sondern auch Dutzenden meiner leiten-
den Seraphime, Cherubime und Hilfspersonalime.
2 Ich schickte sie im gesamten Heiligen Land aus, um be-
lastbare Umfragewerte über die Stimmung der Leute zu er-
halten, und die Ergebnisse waren überaus ermutigend.
3 So gaben zum Beispiel 73 Prozent der Judäer an, dass sie
der Idee eines Messias gegenüber zumindest »aufgeschlos-
sen« seien, darunter überwältigende 93 Prozent der in grö-
ßeren Städten lebenden Leprakranken.

4 Die Mühe und Hingabe, die mein Team in dieser Zeit investierte, waren außergewöhnlich; das Können und die Unermüdlichkeit, mit denen meine Leute zu Werke gingen, fürwahr staunenswert.

5 Besonders erwähnen muss ich in diesem Zusammenhang Raphaels Assistenten Jerachmeel, dessen Gelassenheit in Stresssituationen selbst den großen Shansiel wie einen veritablen Zebuleon aussehen ließ; und das sage ich nicht leichtfertig.

6 Unsere erste Aufgabe bestand darin, die richtigen Pflegeeltern zu finden.

7 Wir waren uns einig, dass wir ein judäisches Paar von tadellosem Ruf brauchten. Außerdem musste die Frau hinreichend Entbindungseifer mitbringen, um den Druck auszuhalten, neun Monate lang einen welterlösenden Fötus *in utero* zu tragen.

8 Heftig umstritten jedoch war der Status, den dieses Paar in der Gesellschaft haben sollte.

9 Einige meinten, der Sohn Gottes solle die Welt als hochgeborener Prinz betreten, wie es seiner wahren Natur entspräche.

10 Andere waren der Ansicht, wenn er schon hinabstieg, solle er bis ganz nach unten hinabsteigen und als Sohn eines Kanalreinigers, einer Prostituierten, einer Sklavin oder eines Musikers auf die Erde kommen.

11 Schließlich ertönte eine vertraute Stimme.

12 »Lasst uns einen Kompromiss suchen«, sagte H.G., »und für meinen Bruder ein passendes Paar mit bescheidenem sozioökonomischem Hintergrund suchen.

13 Anständige, hart arbeitende Leute mit starken familiären Werten, die den judäischen Traum verkörpern.

14 Und sie sollten in einem tugendhaften Arbeiterviertel leben; vielleicht Nazareth oder …

15 Nein, ich wollte sagen Ost-Nazareth, aber das ist mittlerweile zu sehr gentrifiziert.«
16 Und wir alle erkannten die Weisheit von H. G.s nüchternen, aber weichherzigen Worten, und ich war positiv überrascht, dass mein streunender Ältester sich von der Stimmung anstecken ließ und seine gewaltige Intelligenz endlich einmal in den Dienst einer irrationalen Sache stellte.
17 Wir schickten zehn unserer Spitzenkräfte nach Nazareth, die mit der Information zurückkehrten, dass die bei Weitem besten Kandidaten ein verlobtes Paar namens Maria und Joseph waren.
18 Marias Dossier wies sie als gütig, intelligent und selbstbewusst aus: der Typ Frau, die einen Sohn Gottes mit so viel Anmut und Ausgeglichenheit aufziehen konnte, dass andere Frauen, die sie vorbeigehen sehen würden, sich kopfschüttelnd fragen würden: »Wie *macht* sie das bloß?«
19 Joseph war laut Dossier still und standhaft, außerdem ausgerüstet mit der mentalen Stärke, die er brauchen würde, um mit der garantiert etwas eigentümlichen Familiendynamik klarzukommen, vor allem wenn Jesus in die Pubertät kam.
20 Wir waren überzeugt, dass Joseph geerdet genug war, um den richtigen Ton zu treffen, wenn es galt, dem Gottessohn Hausarrest zu erteilen.
21 Und Maria war natürlich Jungfrau, und das war der entscheidende Faktor; denn indem wir Jesus durch einen wundersamen Akt ungeschlechtlicher Vermehrung einführten, würden wir der Welt von Beginn an demonstrieren, dass er Wort *und* Fleisch, Mensch *und* Gott war, ein subtiles Konzept, das, wie wir wussten, schwer zu begreifen sein würde.
22 (Ich bin mir ehrlich gesagt selbst *immer noch* nicht ganz sicher, dass ich es wirklich verstanden habe.)

23 Es gab lediglich eine andere Frau, die auch nur entfernt
eine Konkurrenz darstellte, ein Mädchen, das ein paar Stra-
ßen weiter lebte; tugendhaft und jungfräulich, aber mit ei-
ner Neigung zu heftigen Stimmungsschwankungen; verlobt
mit einem Schmied, der ein gutes Herz, aber einen bedau-
erlichen Hang zum Trinken hatte; und ihre Beziehung war
von Streitlust geprägt.
24 Und am allerschlimmsten: Sie hieß Tabitha.
25 Wahrlich, ich weiß nicht, ob ich je *irgendwem* ewiges
Leben im himmlischen Königreich versprechen könnte, der
an die »Jungfrau Tabitha« glaubt.
26 Mary sah aus wie die klare Siegerin, doch wir überlie-
ßen Jesus das letzte Wort, denn er war derjenige, der neun
Monate in ihrem Fortpflanzungstrakt verbringen sollte,
deshalb war es wichtig, dass er sich mit der Person wohl-
fühlte.
27 Aber nach langer Überlegung blickte er auf und sagte lä-
chelnd: »Ja, Maria.«
28 So wurde Jesus das einzige Kind, das sich seine Mutter
aussuchen durfte.

Kapitel 8

1 Abgesehen von dieser einen Sache war es eine ziemlich
normale Schwangerschaft.
2 Übelkeit am Morgen, Rückenschmerzen, häufiger Harn-
drang; und wie üblich war das zweite Trimester das ange-
nehmste; aber dann kam das dritte: die Erschöpfung, die
schmerzenden Brüste, vaginaler Ausfluss und natürlich die
Appetitanfälle.

3 Maria wollte immer nur Datteln und Honig; unaufhörlich verlangte sie danach; und der arme Joseph musste mitten in der Nacht losrennen, um im Dattelpalmenhain Früchte zu pflücken oder Kieselsteine an die Fenster des Imkers Ephesam zu werfen.
4 Um einen Skandal zu vermeiden, hatten sie gleich zu Beginn der Schwangerschaft geheiratet, aber Joseph vollzog die Ehe erst nach der Geburt; wegen der Heiligkeit, sagte er, aber der Gedanke, dass der fetale Jesus nur Zentimeter von der Spitze seines Penis entfernt herumschwamm, muss auch psychologisch ein echter Stimmungskiller gewesen sein.
5 Denn mein Sohn war undercover; ganz tief undercover; vor der Implantation hatte er mir erklärt, er wolle, dass seine wahre Identität allen einschließlich seiner selbst dreißig Jahre lang verborgen bleiben sollte, damit er seine »Einbettung« möglichst authentisch erleben konnte; und ich versprach ihm, dass es so sein würde.
6 Aber ich war vor allem besorgt, wütend und empört; innerlich brütete ich weiter über dem bitteren Gedanken, dass kein Sohn mir je ein Sohn von *dir* sein sollte.
7 Die Monate gingen ins Land, und der Tag, den du als Heiligabend kennst, kroch heimlich näher; denn bedenke, es gab damals weder Weihnachten noch die »Vorweihnachtszeit«, die praktischerweise daran erinnert, dass der freudige Tag nur noch zwei Wochen, vier Wochen oder fünfundzwanzig Wochen entfernt ist, was meines Erachtens mittlerweile die übliche Laufzeit eines Shoppingcenter-Weihnachtsberieselungs-Tapes ist.
8 Maria und Joseph waren nach Bethlehem gereist, um sich im Rahmen einer Volkszählung registrieren zu lassen, einer Maßnahme, die die Römer aus Steuergründen in regelmäßigen Abständen durchführten, um festzustellen, dass eine be-

stimmte Provinz beispielsweise MMMMMDCCLXVII Einwohner hatte, von denen jeder ein I/MMMMMDCCLXVIItel der Steuerlast zu tragen hatte.

9 Sie trafen in Bethlehem ein und begaben sich wie geplant zu der örtlichen Bed-&-Breakfast-Pension, aber du ahnst es nicht, niemand hatte ein Zimmer reserviert!

10 Es war nicht ihre Schuld; denn ich war ihnen in einem Traum erschienen – als sprechender Wirbelsturm – und hatte ihnen ausdrücklich erklärt, dass Maria im Zimmer 423 der Bed-&-Breakfast-Pension Bethlehem niederkommen würde.

11 Es war der klassische Fall einer Anweisung, die durch die bürokratischen Ritzen gerutscht war; denn Uriel glaubte, Michael würde sich darum kümmern; Michael nahm an, Raphael hätte die Sache im Blick, während Raphael wieder davon ausging, dass Uriel zuständig war.

12 Als das Paar eintraf, gab es also keine Reservierung, keine freien Zimmer in dieser oder irgendeiner anderen Herberge in Bethlehem; denn wie es der Zufall wollte, traf sich am selben Wochenende auch die Jahresversammlung der Römischen Gesellschaft der Aquädukt-Verkäufer, in …

13 Erraten.

14 Wenn man rückblickend weiß, dass alles zum Besten ausgekommen ist, kann man solche Schnitzer leicht als belanglos abtun, aber damals waren sie eine potenzielle Katastrophe; denn die Geburt stand unmittelbar bevor; die Abstände zwischen Marias Wehen wurden kürzer, und ihr Muttermund war schon um 0,9 Ellen erweitert.

15 Wer weiß, was geschehen wäre, wenn Gabriel nicht zufällig den unverschlossenen Stall gegenüber mit der Krippe und einer Kiste primitivsten medizinischen und geburtshelferischen Geräts entdeckt hätte.

16 Doch die Komödie der Irrungen war noch nicht zu Ende; Joseph übersah oder missdeutete meine göttlichen Fingerzeige und ließ sich auf eine end- und ergebnislose Diskussion mit dem Geschäftsführer der Frühstückspension ein.
17 Schließlich musste ich auf ein Mittel zurückgreifen, das mir äußerst peinlich war und dem Eingeständnis des Scheiterns gleichkam.
18 Ich hielt das Universum an, nahm Maria und Joseph, setzte sie in den Stall vor die Krippe und polsterte ihre Landung mit einem Haufen Pferdedung.
19 Manchmal ist der Glaube eine Wurst, bei deren Herstellung man besser nicht zusieht.

Kapitel 10

1 Die Geburt Christi, der Stern von Bethlehem, die Verkündigung an die Hirten, die Anbetung durch die Heiligen Drei Könige, jedes dieser sich in rascher Folge entfaltenden Ereignisse war so bedeutend, dass es sofort zum festen Begriff wurde.
2 Die Geschehnisse jener Nacht waren Gegenstand von mehr Kunst, Musik, Kontemplation und Staunen als irgendein anderes vorher oder nachher, aber ich kann dir versichern, dass in der ersten Weihnacht niemand die geringste Neigung hatte, ein Fresko zu malen, ein Weihnachtslied zu singen, ein iPhone zu kaufen oder Schneemänner aus Ton aufzustellen.
3 Nein, für meine hart arbeitenden Engel in Bethlehem bestand »der wahre Sinn von Weihnachten« darin, am 1. Weihnachtstag bis vier Uhr am Nachmittag auszuschlafen.

4 Sogar ich war ermattet; denn es ist eine weitere irrige Vorstellung, dass ich unermüdlich wäre; ich bin nicht unermüdlich; Stress und Anstrengung können mich bis ins Mark erschöpfen.

5 Aber ich kann mir den Luxus von Schlaf nicht leisten; also benutze ich meine Allmacht, um mich wach zu halten; auf diese Weise komme ich jetzt seit sechstausend Jahren ohne aus.

6 In Anbetracht des Zustands deiner Welt glaube ich allerdings, dass der Schlafmangel mich doch langsam einholt.

7 Und so begann Jesu Zeit auf Erden, die dreiunddreißig Jahre dauern sollte.

8 Und mit Ausnahme des kurzen Abschnitts über seinen Besuch im Tempel von Jerusalem mit zwölf, weißt du nichts darüber, wo er sich in den ersten dreißig Jahren aufhielt und was er dort machte.

9 Es gibt keinen weiteren Hinweis, keine Anekdote, kein schriftliches Zeugnis, das Licht darauf werfen könnte, wie er sich in diesen drei Jahrzehnten für den kommenden Ruhm rüstete.

10 Aber ich war da; ich habe ihn die ganze Zeit beobachtet; und ich werde dir ganz genau sagen, was er in dieser Phase gemacht hat:

11 Feldstudien.

12 Jesus wollte die Menschheit erlösen; dafür musste er sie zunächst verstehen; und um sie zu verstehen, musste er ein Teil von ihr werden; und genau das hat er getan:

13 Ohne mit der Wimper zu zucken, gab er sich dem Leben hin, genoss und erlitt all die Gedanken und Gefühle, Empfindungen und Reize eines echten fleischlichen menschlichen Wesens.

14 Deshalb begab es sich nach seiner Geburt, dass:

15 Jesus weinte.
16 Und Jesus schlief.
17 Jesus saugte an der Brust seiner Mutter und nährte sich von der Milch, die die Jungfrau Maria mit ihren Brustdrüsen produziert hatte.
18 Jesus wurde entwöhnt und aß; Jesus kaute und schluckte; Jesus verdaute und verarbeitete die Nährstoffe; und Jesus schied festen Abfall aus.
19 (Eine entsprechende Prozedur gab es auch für Flüssigkeiten.)
20 Jesus lernte krabbeln und staunte; Jesus lernte laufen und war ergriffen; Jesus lernte sprechen und empfand den Klang seiner eigenen Stimme wie eine Offenbarung.
21 Als Kleinkind hatte Jesus eine Decke, die er überallhin mitnahm.
22 Jesus verehrte Maria und Joseph, und sie verehrten ihn; er war gehorsam und voller Liebe; und sie waren zärtlich und voller Liebe.
23 Mit sechs bekam Jesus die Windpocken; fünf Tage lang war sein Gesicht mit roten Flecken übersät; dann ging es Jesus wieder besser.
24 Neben dem Haus der Familie gab es ein Lavendelfeld; der Duft der Blüten wehte nachts durch das Fenster; und Jesus lernte ihn mit seinem Zuhause zu assoziieren; bis zum Tag seines Todes erinnerte Lavendelduft ihn an seine Kindheit.
25 Im Alter von neun begann Jesus eine Lehre bei Joseph; seine ganze Kindheit hindurch erlernte er das Zimmermannshandwerk; Jesus arbeitete fleißig; Jesus machte viele Fehler, aber Jesus wurde besser, mit der Zeit beherrschte er sein Handwerk, irgendwann sogar meisterhaft; und Jesus war stolz auf seine Fortschritte.

26 Jesus hatte Kindheitsfreude; sie jagten einander durch die Felder und warfen Steine gegen Bäume; im Laufe der Jahre verlor Jesus den Kontakt zu ihnen, was er bedauerte.
27 Jesus hatte sonderbare Träume, von gewaltigen Elefanten und davon, sich in der Öffentlichkeit zu entkleiden oder von einer riesigen Sandale verfolgt zu werden; wenn er aufwachte, konnte er sich nur teilweise daran erinnern und ihren Sinn nicht deuten.
28 Seine ganze Jugend hindurch ging Jesus zur Synagoge, achtete den Sabbat und war sehr fromm; er wusste noch nicht, dass er mein Sohn war, zeigte jedoch von früh an ein tiefes Interesse an allen spirituellen Dingen.
29 Jesus bohrte in der Nase, wenn er dachte, dass niemand guckte.
30 Er schob den Finger nicht ganz rein, nur ein bisschen; und er hat nie Popel gegessen.
31 Jesus hörte Passanten irgendwelche Lieder singen; und die Lieder blieben ihm im Kopf hängen; und Jesus summte sie unwillkürlich wochenlang.
32 Manchmal war Jesus nach dem Essen unwohl; irgendwann bemerkte er, dass das jedes Mal geschah, wenn er Pistazien aß, gegen die er, wie er solcherart lernte, allergisch war, weshalb er fortan keine mehr verzehrte.
33 Jesus kam in die Pubertät und den Stimmbruch; Jesus wuchs eine halbe Elle in sechs Monaten; Jesus bekam Schamhaar und spürte die pubertären Regungen der Lust mit zyklonenhafter Wucht.
34 Also masturbierte Jesus; denn niemand, nicht einmal mein Sohn, kommt ohne Masturbation durch die Pubertät, aber er tat es seltener als andere und mit lobenswerter Beschämung.
35 Jesus probierte zu verschiedenen Anlässen Wein; meh-

rere Male trank er zu viel; eines Abends übergab sich Jesus auf der Straße; er wachte mit verschmutzter Tunika auf und schwor sich, der Frucht des Weinstocks nie wieder bis zur Trunkenheit zuzusagen, was er auch nie wieder tat.

36 Jesus beendete seine Lehre und eröffnete seine eigene Werkstatt; er baute Joche, Pflüge und anderes landwirtschaftliches Gerät; einige Aufträge waren befriedigend, andere stumpfsinnig, aber alles in allem fand er in seiner Arbeit nur milde Erfüllung.

37 In seiner Freizeit verschlang er das Alte Testament und die Kommentare der Rabbiner; und er verfolgte das Zeitgeschehen mit Leidenschaft und engagierte sich in der Welt, einer Welt, auf die er nicht mehr herabblickte, sondern als deren Teil er sich fühlte.

38 Und so wurde er wie jeder Dreißigjährige oder vielmehr die besten von ihnen: innerlich aufgewühlt und sich stetig verändernd, voller Sehnsucht und hochfliegender Ziele; mit einem wachen Gewissen und pulsierender Lebenslust.

39 Ja, Jesus war ganz und gar ein gebürtiger Mensch geworden.

40 (Aber wisse dies: Jesus hat nie mit einer Frau das Lager geteilt; Jesus hat nie geheiratet; und Jesus hat ganz bestimmt niemanden geschwängert.

41 Haben wir uns verstanden, Dan Brown?

42 Vielleicht gewinnst du mit deinen Schnitzeljagd-und-schüchterne-Küsschen-Blasphemien Millionen von Lesern auf Stränden, Pflastern und anderen flachen Belägen, aber ich bin der Herr dein Gott, König des Universums, und habe fünftausend Mal so viele Bücher verkauft wie du.)

Kapitel 11

1 »Bereitet den Weg für den Herrn! Bereitet den Weg für den Herrn!«
2 Selbst diejenigen unter euch, die in den heidnischsten Höhlen von Greenwich Village hausen, kennen diese Worte, denn sie bilden den Auftakt für *Godspell – Folgt dem Herrn!,* ein Musical, das ich hoch schätze.
3 (Ich bin allwissend; deshalb kann ich mit Autorität behaupten, dass 39 Prozent von euch irgendwann einmal bei einer Schulaufführung von *Godspell* mitgewirkt haben.
4 Ich bin sogar selbst einmal in *Godspell* aufgetreten; ich hatte einen Cameo-Auftritt als ich selbst; ich war gut, nicht überragend, aber gut.)
5 Aber diese Zeile ist mehr als ein klappriger Liedvers; es sind auch just jene Worte, die Johannes der Täufer an jenem epochalen Tag sprach, als Jesus den Jordan als Mensch betrat und als Erlöser wieder verließ, gleichsam wie Superman in einer flüssigen Telefonzelle.
6 Johannes war ein Cousin von Jesus, ein Prophet, der in den Außenbezirken von Spinnerstadt geboren und kürzlich ins Herz der City gezogen war.
7 Er kleidete sich in Kamelhaar und nährte sich von Heuschrecken und wildem Honig, aber er war ein Prophet; und Propheten brauchen wie gesagt nicht die ehrwürdigsten Zeitgenossen zu sein; sie sind nicht zu Vernunft oder geistiger Gesundheit verpflichtet, solange ihre Vorhersagen zutreffen.
8 Am Morgen des zweiten Weihnachtstages nach seinem dreißigsten Geburtstag kam mein Sohn an den Jordan, hungrig nach Erfüllung und sehnsüchtig, getauft zu werden.

9 Inzwischen ist die Taufe längst Sakrament, aber von den damaligen Rabbis wurde sie als wertlos und protzig angesehen, eine unnötige Vergeudung des monatlichen Bades.
10 Bis dahin hatte sich nur eine kleine Gruppe von Judäern mittels dieser spirituellen Hydrotherapie verjüngt; lediglich drei wandernde Rabbis praktizierten das Ritual; die beiden anderen waren durchaus tauf, aber Johannes war Täufer.
11 Und so zog Jesus eine Nummer und wartete in der Schlange am Ufer, während Johannes die Menge taufte; dabei beschimpfte der Täufer die anwesenden Pharisäer als »Schlangenbrut«, für die »schon die Axt den Bäumen an die Wurzel geleget« sei, und verlangte, dass sie »rechtschaffene Frucht der Buße« bringen sollten.
12 (Das Zitat meinte er übrigens durchaus wörtlich; er hatte ein halbes Jahr von Heuschrecken und wildem Honig gelebt und verzehrte sich nach ein paar knackigen Äpfeln.)
13 Dann begann er von einem zu sprechen, der mächtiger sei als er selbst: »Ich bin nicht wert, ihm die Schuhe zu tragen … die Wortschaufel in der Hand wird er seine Tenne fegen und seinen Weizen in die Scheune sammeln; aber die Spreu wird er verbrennen mit unauslöschlichem Feuer.«
14 Derlei landwirtschaftliche Metaphern bedeuten deiner Generation, die da glaubt, ihre Nahrung stamme aus dem Lager eines Supermarktes, bestimmt kaum noch etwas, aber damals war es eine furchterregende Bildersprache.
15 Und dann ging mein Sohn in das Wasser (nicht *auf,* das kam später); und Johannes sah ihn, sank ehrfürchtig auf die Knie und sagte: »Ich bedarf dessen, dass ich von dir getauft werde, und du kommst zu mir?«
16 Und Jesus war seine wahre Identität noch nicht bewusst geworden; deshalb antwortete er zwar: »Lass es jetzt geschehen! Denn so gebührt es uns, alle Gerechtigkeit zu

erfüllen.« Aber insgeheim dachte er: »Achtung: Stalker-Alarm!«

17 Und siehe, das war der Moment.

18 Dreißig Jahre lang hatte mein Sohn in Unwissenheit seiner wahren Identität gelebt; aber in dem Moment, in dem er getauft wurde, stieg er alsbald aus dem Wasser herauf, und der Himmel tat sich ihm auf, und er sah meinen Geist wie eine Taube herabfahren und über sich kommen.

19 Und er wandte sich mir zu und erinnerte sich sofort an alles; und ich sagte zu ihm: »Dies ist mein lieber Sohn, an dem ich Wohlgefallen habe.« Und Jesus lächelte und umarmte mich.

20 Aber das sagte ich in Wahrheit nur, weil Ruth da war.

21 Ich hielt das Ganze nach wie vor für eine Schwachsinnsidee.

Kapitel 12

1 Die nächste Episode in der Geschichte Jesu war seine Versuchung durch den Teufel in der Wüste; und dafür muss ich kurz abschweifen.

2 Verzeih mir, Leser; und vertraue darauf, dass ich dafür auch dir verzeihen werde.

3 Als mein Verlag mich erstmals für das Buchprojekt zu gewinnen suchte, erklärte ich: »Leute, ich mag euch.

4 Aber wisset von Anbeginn: Es gibt zwei, vielleicht auch drei Themen, die ich in meinen Memoiren nicht erörtern werde: Himmel, Hölle und (falls es sie gibt) Vorhölle.

5 Dazu werde ich keinerlei Informationen liefern; nicht darüber, wo sie sind, wie es dort ist, wer dort wohnt, wie man

sich dort ein Plätzchen reserviert oder welches, so es sie gibt, die ewige Ruhestätte der gerechten Atheisten, auf dem Sterbebett Bekehrten und Chinesen ist.
6 Nein, bezüglich der posthumen Bestimmung des Menschen werde ich nichts enthüllen, denn eine solche Enthüllung wäre die Mutter aller Spaßverderber und würde dem Leben jedes Geheimnis und alle Spannung rauben.
7 Zudem würde eine solche Aufklärung den Leser von heute eine moralische Abkürzung bieten, die ungerecht gegenüber all den bereits von euch gegangenen Seelen wäre, die sich ihre ewige Erlösung oder Verdammnis streng nach Leistung verdient haben.«
8 Das habe ich gesagt, und ich habe es auch so gemeint; ich habe zwar flüchtige Einblicke in die Abläufe im Himmel gegeben, und bis zum Ende des Buches mögen weitere folgen; aber darüber hinaus muss, was jenseits der Pforte des Todes liegt, für immer vor den Augen der Menschen verhüllt bleiben.
9 Tut mir leid.
10 Nachdem du das weißt, verstehst du gewiss, warum auch der Teufel ein Thema ist, über das ich nur wenig sagen möchte; denn um über ihn und seine Aktivitäten zu sprechen, müsste ich streng geheime Informationen bezüglich des Lebens nach dem Tod preisgeben.
11 Im Übrigen gibt es ungeklärte urheberrechtliche Fragen, da er gerade über einen Buchdeal mit der Konkurrenz verhandelt.
12 Aber die erfolglose Versuchung Jesu ist nicht geheim; sie steht für jedermann sichtbar in allen synoptischen Evangelien; deshalb spricht nichts dagegen, sie hier zu erwähnen.
13 Und deshalb dünkt mich dies auch der passende Zeitpunkt, das wenige Weitere zu erörtern, das ich dir über den

Teufel zu erzählen bereit bin; denn nichts von alldem ist neu; es ist lediglich eine Bestätigung von Dingen, die du schon lange vermutest.

14 Denn der Teufel ist tatsächlich der gefallene Engel Luzifer.

15 Und Luzifer hat tatsächlich eine Rebellion gegen mich angeführt, die ich tatsächlich niedergeschlagen habe, um ihn anschließend tatsächlich hinauszuwerfen.

16 Und seither hat Luzifer sich tatsächlich bemüht, die Menschheit auf den Weg des Bösen zu locken.

17 Und das tut er tatsächlich, indem er sich und seine böse Botschaft in Büchern, Schatten, seltsamem Gemurmel im Wald, Quietschen im Dunkel, nicht jugendfreien Filmen und der jeweils aktuellen Popmusik überall auf der Welt vermittelt.

18 Und Heavy Metal mag er tatsächlich besonders; er schleicht sich tatsächlich bei den Aufnahmesessions ein, damit er rückwärts zu hörende Botschaften in die Songs einschmuggeln kann; denn er glaubt, rückwärts laufendes Kauderwelsch unter ohrenbetäubendem Grindcore wäre die wirksamste Methode, für seine Ansichten zu werben.

19 Und er besucht die Menschen tatsächlich in Zeiten der Not und bietet ihnen irdisches Glück im Tausch für ihre unsterbliche Seele; und wenn sie einwilligen, lässt er sie tatsächlich einen Vertrag unterschreiben; denn obgleich er der amoralische Prinz aller Lügen ist, hat er unerschütterlichen Respekt vor dem zivilen Recht.

20 Und er hat tatsächlich rote Haut, Hörner, einen langen gewundenen Schwanz und einen Dreispitz.

21 Und er hat in Georgia tatsächlich ein Wettgeigen gegen einen jungen Musiker namens Johnny verloren, dem er daraufhin tatsächlich seine geliebte goldene Fidel schenkte,

worauf ihn Johnny tatsächlich einen verdammten Mistkerl nannte.
22 Es gibt nur einen verbreiteten Glauben über den Teufel, der eine Fehlauffassung ist, und das auch nur zum Teil.
23 Die Nummer des Teufels ist nicht 666.
24 Das ist nur die Vorwahl; die Nummer seines Anschlusses ist geheim.

Kapitel 13

1 Ich habe nicht die Absicht, hier die letzten drei Jahre von Jesu Leben noch einmal auszubreiten, denn sie sind bereits hinreichend dokumentiert; alle vier Evangelisten erzählen die Geschichte in prachtvoller Detailliertheit.
2 Mein Lieblingsevangelium ist Matthäus, aber auch Markus hat seine Momente, und Johannes' literarischer Stil kann bisweilen recht fesselnd sein.
3 Lukas ist einfach nur schlecht.
4 Aber ich möchte meine Erinnerungen an Jesus in seinem geistlichen Amt anbieten; denn ich war nicht nur Zeuge, sondern habe aktiv mitgewirkt und in jener Zeit regen Austausch mit ihm gepflegt; wie übrigens auch H. G., der die Berufung seines jüngeren Bruders weiterhin mit leidenschaftlichem Interesse verfolgte.
5 Kurz nachdem Jesus der Versuchung des Teufels erfolgreich widerstanden hatte, trafen H. G., Jesus und ich uns zu einer Strategiesitzung in Jesu Gehirn.
6 Die entwickelte sich rasch zu einer Brüllerei zwischen Jesus und mir; denn er meinte, sein geistliches Amt solle daraus bestehen, dass er predigte, die Leute umarmte, ihnen

seine Liebe erklärte, sie in ihren Gefühlen bestätigte und ihnen vegane Hirselaibe buk.
7 Ich hingegen wollte, dass sein Amt von Strafpredigten, Tieropfern und Leberleiden für die Gottlosen geprägt sein sollte, und war deshalb perplex, dass das Wort »Strafe« nirgendwo in seiner PowerPoint-Schriftrollen-Liste der Prioritäten auftauchte.
8 Als Jesus seine orbikularen Okuli gerade für den Blick aufwärmte, ging H. G. dazwischen und sagte: »Paps, Jesse, es ist ganz einfach: GJW.
9 Gleichnisse, Jünger, Wunder.
10 Das ist es. Das ist alles, was wir brauchen.
11 Denn auf meinen vielen Reisen um die Welt habe ich beobachtet, dass es drei Dinge gibt, die die Menschen unabhängig von ihrer Größe, Statur, Hautfarbe und ihrem sozioökonomischen Hintergrund unfehlbar beeindrucken:
12 Geschichten, Magie und ein großes Gefolge.
13 Wir sollten also ein paar Gleichnisse schreiben, und wir sollten sie so schreiben, dass sie breiten populären Anklang finden; das heißt, nicht zu künstlerisch, Jesus, und nicht zu blutig, Paps.
14 Und dann sammeln wir Jünger, die helfen, das Wort zu verbreiten; wie viel genau, ist egal, obwohl ich instinktiv zu irgendwas zwischen zehn und vierzehn raten würde.
15 Und dann die Wunder … na ja, die Wunder sind einfach.
16 Was sagt ihr?«
17 Seine Begeisterung war ansteckend; und wenig später skandierten wir alle drei tanzend: »GJW! GJW! Gleichnisse, Jünger, Wunder!«

Kapitel 14

1 Wir einigten uns also auf H. G.s GJW-Plan und begannen, eine Sammlung von Gleichnissen für Jesus zu schreiben; bewährtes Material, auf das er zurückgreifen konnte, wenn seine neueren Sachen floppten.
2 Doch unsere Sorge war unbegründet; denn von dem Moment, in dem Jesus seine erste Predigt begann, fesselte er sein Publikum mit seiner Leidenschaft, seinem Ernst, seinem Mitgefühl und seiner Beherrschung der Requisiten.
3 Und bei der Komposition der Gleichnisse brauchte er auch nicht viel Hilfe; denn er erwärmte sich für die Form wie Äsop für Fabeln oder die Sparks für Kitsch.
4 Er erwies sich als äußerst versiert, komplexe moralische und theologische Themen in lebendige Geschichten zu verdichten, die die Botschaft vermittelten, ohne belehrend zu wirken.
5 Tatsächlich ist jede in den Evangelien festgehaltene Äußerung Jesu inspiriert und denkwürdig; aber nach erneuter Durchsicht für dieses Buch – denn die letzte Ausgabe des Neuen Testaments, die ich gelesen habe, war fürwahr die Gutenbergbibel – hatte ich den Eindruck, dass einige Passagen und Zitate ein wenig altmodisch klingen.
6 Deshalb präsentiere ich hier und in den beiden folgenden Kapiteln neue Versionen von vier seiner Parabeln sowie diverser anderer Äußerungen, die H. G. und ich mit Jesu unausgesprochener und uneingeholter Erlaubnis im Geiste deines Zeitalters aktualisiert haben.

Kapitel 15

Vom verlorenen Sohn

1 Ein Mann hatte zwei Söhne, und der jüngere von ihnen sprach zu dem Vater: »Gib mir, Vater, das Erbteil, das mir zusteht.«

2 Und der Vater teilte Hab und Gut unter sie. Und nicht lange danach sammelte der jüngere Sohn alles zusammen und zog in ein fernes Land; und dort verprasste er sein Erbteil durch seinen zügellosen Lebenswandel.

3 So lebte er jahrelang; sein Zustand verschlechterte sich zusehends; sein Leugnen klang immer hohler, bis er eines Tages nach einem Sturz vom Berg Hebron ganz unten angekommen war.

4 Und als er so halb tot dalag, erschien ich ihm in seinem Delirium und sagte: »Mein Name ist Jesus Christus, und ICH biete dir die Chance einer therapeutischen Intervention.

5 Du bist süchtig, mein Sohn, abhängig von der Sünde; und diese Abhängigkeit ist eine Krankheit, denn da gibt es kein Vertun: Abhängigkeit ist eine Krankheit.

6 Ich bin ein Heiler; ich kann die Toten erwecken; ich kann Blinde sehend machen; aber bei einer harten Sündenabhängigkeit gibt es keine Wunder, mein Sohn, sondern nur harte Arbeit.

7 Und um damit zu beginnen, musst du dich noch heute zu einem inmitten von Gärten gelegenen Sanatorium unweit von hier begeben, das sich Neue-Horizonte-für-EIN-drogenfreies-Leben-Zentrum Neu-Kanaan nennt.

8 Du hast die Wahl; ich kann dich nicht zwingen; aber wisse, wenn du nicht dorthin gehst, hat das folgende Konsequenzen: Ich werde weder für dich noch für sonst jemanden sterben; und die Menschheit wird auf alle Zeit unerlöst bleiben.

9 Aber es ist deine Entscheidung.«

10 Und der Sohn sammelte seine Kraft und meldete sich zu dem
Programm an; engagiert suchte er in sich die Stärke, um zu
konfrontieren, was ihm in seiner Kindheit widerfahren war.
11 (An dieser Stelle sei nur gesagt, dass seine verstorbene Mut-
ter extrem liebevoll sein konnte.)
12 Und als es vorbei war, beschloss er, seinen Vater zu besuchen,
um sich vor ihm zu erniedrigen und um Vergebung zu bitten.
13 Als er aber noch weit entfernt war, sah ihn sein Vater, und
er lief und fiel ihm um den Hals und küsste ihn und sagte sei-
nen Knechten, dass sie zur Feier das gemästete Kalb sowie eine
vegetarische Alternative vorbereiten sollten.
14 Als das der ältere Bruder sah, wurde er zornig und sagte:
»Vater, so viele Jahre diene ich dir und habe dein Gebot noch
nie übertreten.
15 Nun aber, da dieser dein verlorener Sohn gekommen ist,
hast du ihm das gemästete Kalb geschlachtet, auf das ich, wie
du weißt, schon eine Weile ein Auge geworfen hatte, weil ich
durchaus ein Kalbfleisch-Gourmet bin.«
16 Und der Vater antwortete: »Mein Sohn, du bist allezeit bei mir
und alles, was mein ist, das ist dein. Du solltest aber fröhlich und
guten Mutes sein; denn dieser dein Bruder war tot und ist wie-
der lebendig geworden, er war verloren und ist wiedergefunden.«
17 Und der ältere Bruder sagte: »Wenn ich es mir recht über-
lege, hast du für mich auch nie eine Ziege geschlachtet oder ein
Hühnchen.
18 Genau genommen hast du in deinem ganzen Leben noch *kein
einziges Stück Vieh* für mich geschlachtet.
19 Nicht ein einziges Mal.«
20 Und der Vater sagte: »Warum musst du den Augenblick ver-
derben?«
21 Und der verlorene Sohn erlitt noch vor Ende jenes Monats ei-
nen Rückfall in sein verderbtes Leben; also ging er wieder nach

Neu-Kanaan, verließ die Klinik jedoch drei Wochen zu früh, weil er sich schon »bereit« fühlte.
22 Danach blieb er zwei Wochen clean und erlebte dann einen weiteren schweren Rückfall; zum Zeitpunkt der Manuskriptabgabe hatte er sich ein drittes Mal in Neu-Kanaan angemeldet; aber siehe, das ist nicht ungewöhnlich.
23 Denn Gesundung ist kein Ziel, sondern eine Reise.

Vom Sämann

24 Siehe, es ging ein Sämann aus zu säen.
25 Und es begab sich, dass er, indem er säte, auf einen Rechen trat, der ihn im Unterleib traf.
26 Und ein anderer, der des Weges kam, filmte das Ganze auf seinem Smartphone und eilte nach Hause, um die Bilder unter all seinen vielen Bekannten zu verbreiten.
27 Und einige der Kopien wurden an nicht mehr aktuelle Adressen versandt und brachten keine Frucht außer ERROR-Meldungen.
28 Und einige wurden von Spam-Blockern verschluckt; und sie verwelkten in Junk-Mail-Ordnern.
29 Und einige fielen in die Hände von Menschen, die ein Leben hatten; und sie verdorrten im Müll.
30 Aber einige wenige wurden von der Sorte Leute empfangen, die ein Video von jemandem, der von einem Rechen im Unterleib getroffen wird, überaus amüsant finden.
31 Und sie verteilten die Bilder dreißigfältig, sechzigfältig und hundertfältig, bis sie viral wurden und ihresgleichen um die Welt verbreiteten.
32 Dies ist kein Gleichnis. Kennst du das Viral-Video »Sämann wird von Rechen im Unterleib getroffen«? So ist es passiert.

Der barmherzige Samariter

33 Es war ein Mensch, der ging von Jerusalem hinab gen Jericho und fiel unter die Räuber; die zogen ihn aus und schlugen ihn und machten sich davon und ließen ihn halb tot liegen.
34 Es traf sich aber, dass ein Priester dieselbe Straße hinabzog; und als er ihn sah, ging er vorüber.
35 Desgleichen auch ein Levit: Als er zu der Stelle kam und ihn sah, ging er vorüber.
36 Ein Samariter aber kam auf seiner Reise dahin; und da er ihn sah, jammerte es ihn.
37 Denn er erkannte in dem Mann seinen Partner von der Strafverfolgungsbehörde, der drei Wochen vor seiner Pensionierung stand.
38 Und in jenem Moment schwor der Samariter einen heiligen Eid, die Mörder zu finden, die seinem Partner das angetan hatten, ... und die beiden herzlosen Schweine, die ihn wie tot am Wegesrand hatten liegen lassen.
39 Was folgte, war die blutige Reise eines Mannes in die dunkle Nacht seiner eigenen Seele, wo er entdeckte, dass die Grenze zwischen Gerechtigkeit und Rache ... manchmal mit Blut gezogen wird.
40 Demnächst: Taylor Lautner als DER ... BARMHERZIGE ... SAMARITER.

Vom unehrlichen Verwalter

41 Es war ein reicher Mann, der hatte einen Vermögensverwalter; der wurde bei ihm beschuldigt, er verschleudere ihm seinen Besitz.
42 Und er ließ ihn rufen und sprach zu ihm: »Was höre ich da von dir? Gib Rechenschaft über deine Verwaltung.«

43 Und der unehrliche Verwalter blickte auf, erhob sich langsam von seinem Schreibtisch und sagte: »Rechenschaft über meine Verwaltung? Du verlangst Rechenschaft über meine Verwaltung?
44 Sieh dich um. Sieh dieses Büro. Sieh die Aussicht. Sieh diesen Füller! Platin. Wie empfindest du das? Als ›Rechenschaft für meine Verwaltung‹?
45 Hör zu, Freundchen. Ich spinne schon seit der Steinzeit Luft zu Geld, da hast du noch an den Titten deiner Mama gesaugt.
46 Und deshalb bin ich reich geworden.
47 Und deshalb gibt es auf meinem Boot einen See an Bord mit einem originalgetreuen 1:10-Modell des Bootes inklusive eigenem kleinen See und maßstabsgetreuem Bootmodell.
48 Und deshalb ist mein drittes Haus verglichen mit deinem Haus wie mein erstes verglichen mit meinem dritten.
49 Denn wahrlich, Freundchen, ich arbeite auf einem intellektuellen Niveau, dessen schiere Existenz sich Nieten wie du nicht einmal vorstellen können.
50 Mit deinem Besitz ist alles in Ordnung, okay? Und jetzt geh.
51 Geh.
52 Geh nach Hause zu deiner Familie und erzähl ihnen weiter den Quatsch, was für ein Mann du bist.
53 Masel tov.«
54 Jener Verwalter starb mit einem Vermögen von fünfzig Milliarden Dollar auf der Flucht in Mexiko.

Kapitel 16

Die Sprüche Jesu

1 Es ist leichter, dass ein Kamel durch ein Nadelöhr gehe, als dass zwei Kamele durch ein Nadelöhr gehen.
2 Bei Gott ist alles möglich, aber mit Geld ist alles wahrscheinlich und mit einem guten Steuerberater auch absetzbar.
3 Richtet nicht, auf dass ihr nicht gerichtet werdet; es sei denn, ihr seid Richter; dann aber richtig.
4 Schaut die Lilien auf dem Feld an, wie sie wachsen: Sie arbeiten nicht, auch spinnen sie nicht. Aber wenn ihr ... was? Ich mag eben Blumen. Na und?
5 Der Mensch lebt nicht vom Brot allein. Aber in einem Restaurant vergisst man das leicht und ist dann schon vor der Vorspeise satt.
6 Tut den Leuten, wie sie es euch tun würden, sobald ihr den Schweinen den Rücken gekehrt habt.
7 So gebt dem Kaiser, was des Kaisers ist, und Gott, was Gottes ist. Vielleicht solltet ihr praktischerweise zwei Haufen machen.
8 Wenn du aber Almosen gibst, so lass deine linke Hand nicht wissen, was die rechte tut; beim Jonglieren ist es genau umgekehrt.
9 Wenn dich jemand auf deine rechte Backe schlägt, dem biete die andere auch dar. Und nachdem du dich dieserart als durch Backenschläge unerschütterlich erwiesen hast, prügel ihn windelweich.
10 Wer unter euch ohne Sünde ist, der werfe den ersten Stein. Danach sind die Steine 2 bis 1000 für jedermann frei.
11 Wahrlich ich sage dir, wenn du Glauben hast so klein wie ein Senfkorn, kannst du zu dem Berg sagen: »Beweg dich.« Und der

wird versetzt werden. Ehrlich. Versuch es. Warte; das will ich auf Film haben.
12 *Gott schlägt nie eine Tür zu, ohne ein Fenster zu öffnen; denn er hat es gern zugig in seinem Hause.*

Kapitel 17

1 Nachdem das Material geschrieben war, debütierte Jesus mit seiner ersten größeren Predigt an einem beliebten lokalen Veranstaltungsort, der als der Berg bekannt war, und gewann mit diesem Auftritt eine kultische Anhängerschaft.
2 Mehr noch als seine Worte sorgten seine Taten für wachsende Bekanntheit; denn er hatte sich schon einen Ruf als Wunderheiler gemacht, jemand, der für Kranke, Besessene und Verstorbene wirken konnte, was ein Edel-Coiffeur gegen Spliss leistete.
3 Wunder sind eine heikle Angelegenheit; in Sachen Boah ey! ist ihre Wirkung auf ein Publikum unerreicht, doch sie neigen dazu, gewisse Erwartungen zu wecken, die immer schwerer zu erfüllen sind.
4 In seinen gut drei Jahren als Prediger haben Jesus und ich gemeinsam an 37 Wundern gearbeitet, was einer Rate von einem pro Monat entspricht; ein guter Rhythmus, nicht so dicht, dass sie für selbstverständlich genommen werden, und nicht so rar gestreut, dass das Publikum unruhig wird.
5 Es gab vier verschiedene Arten von Wundern, am verbreitetsten waren die Heilungen, von denen es insgesamt 19 gab.

6 Blindheit, Taubheit, Wassersucht, Lepra, Fieber, Lähmung, innere Blutungen, wir hatte eine nette Mischung.
7 Diese Wunderheilungen wurden voller Ehrfurcht empfangen, geschahen sie doch in einer Zeit, in der die verschriebene medizinische Behandlung für die meisten dieser Leiden in der Aussetzung an einem verlassenen Hügel bestand.
8 Zuletzt wurde das Geschrei um Jesu heilende Kräfte so überwältigend, dass wir die Zahl der Wundersucher begrenzen mussten, damit sein übriger Dienst nicht komplett zum Erliegen kam.
9 Deshalb entwarf H. G. eine lange Liste öder Fragen auf Pergament, die alle potenziellen Patienten in zweifacher Ausfertigung ausfüllen mussten, bevor sie auch nur einen Termin bei Jesus bekamen, was sich als überaus wirksam erwies.
10 Acht weitere Wunder kündeten von Jesu Macht über die Naturgewalten; seine übernatürliche Kraft, einen Sturm zu stillen, über Wasser zu laufen oder in letzter Minute Verpflegung für eine Horde Anhänger zu beschaffen, die bei einem Abendessen hereinplatzten, zu dem ausdrücklich *Nur für Jünger* eingeladen worden war.
11 Diese Wunder gefielen mir am besten, denn sie waren größer angelegt, Spektakel von der Art, wie ich sie seit dem Exodus kaum noch Gelegenheit hatte zu inszenieren; und ich hatte den Rummel vermisst.
12 Besonders denkwürdig war die Speisung der Fünftausend; denn ich verwandelte nicht nur sieben Laib Brot und Fische in ein Abendessen für 5000 Leute, sondern krönte das allgemeine Staunen, indem ich das Brot von Weißbrot in Ciabatta und die Fische von Karpfen in Rotzungen verwandelte.
13 Sieben Wunder Jesu waren Austreibungen; und die schienen mir allesamt ziemlich dubios.

14 Jesus selbst glaubte, Besessenen ihre Dämonen auszutreiben; und die Besessenen glaubten das später auch.
15 Aber ich war in allen Fällen zugegen; und meiner Ansicht nach waren von diesen sieben »Besessenen« drei Epileptiker, zwei schizophren und einer manisch-depressiv.
16 Nur einer von ihnen – der besessene Gerasener – war legitim besessen; und selbst das muss mit einem Sternchen versehen werden.
17 Denn der fragliche Dämon war zwar mächtig, aber »außer Dienst«, das heißt, er benutzte die Seele des Mannes lediglich als Ferienhäuschen, um Abstand von seinem dämonischen Arbeitsalltag zu gewinnen.
18 Bei drei Wundern ging es schließlich um die Erweckung von Toten.
19 Zunächst war da der Jüngling von Nain, an dessen Sarg Jesus bei dem Trauerzug trat; im selben Moment richtete sich der Jüngling auf und begann zu sprechen; ein gewaltiges Wunder, das die Mutter des Jünglings überglücklich machte und den Behörden den Augenzeugenbericht lieferte, den sie brauchten, um seinen Mörder zu verhaften.
20 Als Nächstes kam Jairus, der Jesus bat, seine sterbende Tochter zu retten; als sie in seinem Haus eintrafen, war sie bereits tot, und Jesus »erweckte« sie; und sie wurde spontan fromme Christin; 35 Jahre später wurde sie im Kolosseum von den Löwen gefressen; so ist das Leben.
21 Und der Letzte war Lazarus; der Bruder von Jesu Freundinnen Maria und Marta.
22 Wie du in Johannes, 11 nachlesen kannst, war Lazarus schon vier Tage tot und in einer Höhle begraben; Jesus befahl den Leuten, den Stein vor dem Eingang der Höhle wegzuheben; und in Vorbereitung der Auferstehung sagte er: »Vater, ich danke dir, dass du mich erhört hast.«

23 Diese Worte missfielen mir; sie klangen beinahe spöttisch, als wollte er sagen: »Da schau her, wer sich mitten in seinem geschäftigen Tag endlich Zeit genommen hat, mich zu erhören: Mr. Gottogott.«
24 Dann fügte Jesus hinzu: »Ich weiß, dass du mich allezeit hörst; aber um des Volkes willen, das umhersteht, sage ich's, damit sie glauben, dass du mich gesandt hast.«
25 Das machte mich richtig wütend.
26 Nicht genug, dass mein Sohn mich derart herablassend ansprach, musste er mich auch noch vor seinen Freunden blamieren?
27 Und ausgerechnet direkt vor einer Totenerweckung?
28 Ich sage dir, ich hatte nicht übel Lust, Lazarus tot liegen zu lassen und seine Körperöffnungen mit schleimigem Überfluss von Würmern und Maden zu stopfen, damit Jesus und seine Genossen sahen, dass ich nicht in diesem Ton mit mir reden ließ.
29 Aber H.G. erklärte mir, dass es einen schlechten Eindruck gemacht hätte, ihn nicht zu erwecken, also tat ich es doch.
30 Später besuchte ich Jesus in seinem Kopf und erinnerte ihn daran, dass er seine gesamte Zeit auf Erden nur meiner väterlichen Nachsicht zu verdanken und er sich deshalb der Unverschämtheiten zu enthalten habe, wenn es um …
31 Und dann sah er mich mit dem Blick an, und ich gab nach.

Kapitel 18

1 Das Wort von Jesu Wundern und Gleichnissen verbreitete sich wie ein Lauffeuer in Judäa, vor allem nachdem er das Wunder der Lauffeuerlöschung vollbracht hatte.
2 Es war nun an der Zeit, die Jünger auszuwählen, die seine Botschaft verbreiten sollten; wir hatten viele Kandidaten, die wir gründlich durchleuchteten; wir besuchten ihre Heimatstädte und spähten manch lange Nacht in ihre Seelen, was wir konnten, ohne sie aufzuwecken, wenn wir leise waren.
3 Über jeden einzelnen diskutierten wir lange, doch am Ende hatte ich das letzte Wort in der Sache; und wie du mich kennst, erwiesen sich die Männer, die ich auswählte, als veritables Apostel-Dreamteam.
4 Ihre bloßen Namen sind eine Liste der Unsterblichen: Petrus, Andreas, Jakobus, Johannes, Philippus, Bartholomäus, Matthäus, Thomas, Jakobus, Thaddäus und Simon, der Zelot.
5 Ja, elf fantastische Jünger.
6 Elf, fromme, getreue, unkorrumpierbare Apostel.
7 Wie glücklich konnte mein Sohn sich schätzen, von elf Männern wie diesen umgeben zu sein.
8 Und wie glücklich war die frühe Kirche, elf solch großartige Kämpfer zu haben, von denen nur einer nicht den Märtyrertod starb.
9 Der eine war Johannes, der 94 n. Chr. eines natürlichen Todes starb; aber er schrieb *Die Offenbarung,* ein Buch, das Tausende von Gläubigen inspiriert hat, ihr Leben zu geben, sodass er märtyrermäßig den Kopf nicht hängen lassen muss.

10 Und die anderen zehn: Größere Liebe kann ein Mann wahrhaftig nicht zeigen, als sein Leben für seinen Chef zu geben.
11 Der Größte von allen war natürlich der heilige Petrus, der Fels des Glaubens, sein größter Missionar, der erste Papst und Autor von großen Teilen des übrigen Neuen Testaments.
12 (Es geht das Gerücht, dass er seine Tage jetzt in meinem Pförtnerhäuschen fristet; ohne das zu bestätigen, sage ich nur, er ist weit mehr als ein Pförtner.)
13 Petrus und sein Bruder Andreas waren die beiden ersten Apostel; Fischer aus Galiläa; Jesus sah, wie sie ihre Netze ins Wasser warfen, und sagte: »Folgt mir nach! Ich will euch zu Menschenfischern machen.«
14 Dann gab es die beide Jakobusse; großherzige, Christ liebende Männer, die zwar nicht verwandt waren, sich jedoch ein wenig ähnlich sahen und häufig miteinander verwechselt wurden; ich erinnere mich nicht, welcher von beiden enthauptet wurde und welcher geschmolzenes Blei trinken musste.
15 Dann war da Philippus, ein Hellene, der Jesu Verbindung in die griechischsprachige Gemeinde war.
16 Und Bartholomäus: netter Kerl.
17 Matthäus war Steuerpächter; ich habe ihn rekrutiert, weil es in jeder kleinen Gruppe von Religionsführern praktisch ist, wenn einer mit Zahlen umzugehen weiß.
18 Und dann gab es natürlich noch Thomas, den »ungläubigen Thomas«, der Jesu Auferstehung von den Toten zunächst bezweifelte.
19 Thomas starb 72 n. Chr. auf der Mission in Indien, nachdem wütende Brahmanen ihn verhaftet, gesteinigt und mit einer Lanze erstochen hatten.

20 Das tat weh – das kannst du mir glauben.
21 Und Thaddäus war unser ganz spezieller Apostel; nein,
er war nicht der intelligenteste unter ihnen und konnte auch
ziemlich anstrengend sein; aber wenn er dich umarmte,
dann fühltest du dich umarmt.
22 Schließlich Simon der Zelot mit seinem permanenten
Zelotentum und seinem charakteristischen Eifer.
23 Diese elf waren eine Bombentruppe, die besten und got-
tesfürchtigsten ihrer Generation.
24 Was den anderen betrifft, dessen Namen an dieser Stelle
aufzuschreiben ich mich weigere, sage ich nur, dass wir
wirklich enttäuscht von ihm waren.
25 Wir mochten ihn; wir vertrauten ihm; aber dann verän-
derte er sich und beschloss, auf eine höchst unglückselige
Weise aus der Organisation auszusteigen.
26 Seine Taten führten zum Tod meines Sohnes; und die
Strafe, die der junge Mann dafür erhielt, ist so hart, wie eine
Strafe nur sein kann; dennoch war sie unzureichend.
27 Denn am Ende kann *nichts* einen Sohn zurückbringen.
28 Jedenfalls meistens.

Kapitel 19

1 Ich habe die Zeit mit Jesus in seinen letzten drei Lebens-
jahren genossen.
2 Ich habe ihn für vieles respektieren gelernt: seine Güte,
seine Disziplin, seine Manieren und seine Keuschheit.
3 (Denn bedenke, er war nach wie vor allen Schwächen
des Fleisches ausgeliefert; und er hatte zahlreiche weibli-
che Bewunderer; und viele von ihnen waren attraktiv, und

alle waren sieben Tage die Woche rund um die Uhr bereit und willig.)
4 Sogar Jesu Wahl seiner Feinde fand meine Anerkennung; denn die Pharisäer waren wahrhaft verwerfliche Menschen, Lügner und Heuchler größter Ordnung.
5 Aber im Hinterkopf meines unendlichen Geistes glaubte ich nach wie vor hartnäckig, dass die gesamte Mission dieses »Abstiegs« töricht und erniedrigend war.
6 Dieser Glaube verfestigte sich weiter, als die Zeit seines großen Martyriums näher kam; denn ich muss beschämt zugeben, dass ich es nicht wegen der Qualen fürchtete, die mein Kind zu erleiden haben würde, sondern wegen des Schadens, den mein Ruf durch eine derartige öffentliche Demütigung nehmen könnte.
7 Gut erinnere ich mich an das letzte Abendmahl; es war das Passahfest; alle aßen ein herzhaftes Sedermahl, und hinterher versteckte Jesus den *Afikoman* hinter einem Besen und sagte allen, sie sollten Thaddäus den Fund überlassen; er fand ihn tatsächlich und war so glücklich, dass er *jeden* umarmte.
8 Der Abend war eine Art Abschied, ein Rückblick auf eine bemerkenswerte Karriere; der Wein floss in Strömen, Geschichten wurden erzählt, und natürlich entwickelte sich das Ganze zu einer gutwilligen Spottorgie.
9 Zwei Stunden lang stand ein Jünger nach dem anderen auf und zog gnadenlos über Jesus her; sie verspotteten sein Wandeln über Wasser, seine Totenerweckungen, seine Gesichtsbehaarung und seine Neigung, endlos zu predigen; es war eine fröhliche Feier unbeschwerten Humors.
10 Ich erinnere mich, wie Bartholomäus bemerkte: »Jesus, hier ist ein Wunder, das du noch vollbringen könntest: *Rasieren!*

11 Dein Barthaar ist dicker als die Börse eines Geldverleihers!«
12 Sie machten ihn gründlich fertig; es war ein veritables Schlachtfest, zum Totlachen.
13 Schließlich stand Jesus auf; er lächelte, doch ich sah, dass er mit den Gedanken nicht bei der Sache war.
14 Vielleicht hat er an die bevorstehende Annagelung seiner Fuß- und Handgelenke an ein Holzkreuz und seinen folgenden qualvollen Tod gedacht, aber das ist reine Spekulation.
15 Seine ersten Worte nach all der Heiterkeit lauteten: »Ihr seid zu gütig; aber im Ernst, meine Herren, ich sage euch, einer von euch wird mich verraten.«
16 Das löste stürmische Reaktionen aus, wenngleich nicht unbedingt positive.
17 Jeder fragte, ob er es sei; Jesus schwieg, obwohl er wusste, wer es war; denn der Verräter hatte nicht nur bereits seine dreißig Silberlinge erhalten, sondern mit einem Teil davon die Rechnung für alle bezahlt.
18 Nette Geste, aber zu klein und zu spät.
19 Dann lud Jesus in einem Moment von großer Feierlichkeit zum ersten Abendmahl ein.
20 Er reichte das Brot herum und sagte: »Esset, denn siehe, dies ist mein Leib.« Und dann reichte er den Wein herum und sagte: »Trinket, denn dies ist mein Blut!«
21 »Na super, ein kannibalischer Vampir«, dachte ich.
22 »Mein Sohn wird als kannibalischer Vampir sterben.«

Kapitel 20

1 Die nächsten vierundzwanzig Stunden sollten alles verändern; gewisslich für die Menschheit, aber noch wichtiger für mich.
2 Nach dem Essen gingen Jesus und seine Jünger in den Garten Gethsemane am Fuße des Ölbergs.
3 (Der Garten war schon lange ein beliebter Treffpunkt der Jünger; dort wurden in gemütlicher Atmosphäre und zu günstigen Preisen verschiedene römische Speisen serviert; und wenn sie sich dort trafen, fühlten sie sich wie eine Familie.)
4 Doch wenig später kamen die römischen Soldaten, um Jesus zu verhaften; und du-weißt-schon-wer trat auf ihn zu und küsste ihn.
5 Küsste ihn, um das Ganze noch schlimmer zu machen, mit Zunge.
6 Jeder weiß, was als Nächstes geschah: die Verhaftung, die demütigende öffentliche Vorführung vor dem Tempel, die Einkerkerung wegen Hochverrats, eines Tatvorwurfs, den sich die jüdischen Hohepriester aus den Fingern gesogen hatten.
7 Dann wurde Jesus vor Pontius Pilatus gebracht; wie in den Evangelien berichtet, hatte Pilatus die Macht, einen Gefangenen zu begnadigen, entweder Jesus oder Barabbas; und er entschied, die Entscheidung dem Pöbel zu überlassen.
8 Was die Evangelien jedoch verschweigen, ist die Tatsache, dass Barabbas als Gentleman-Einbrecher und Juwelendieb im Gefängnis saß.
9 Er stahl Diamanten und Rubine von den Superreichen, war dabei elegant und weltgewandt und schlief mit Judäas

schönsten Frauen, gleichsam ein Clooneyesker Gelegenheitsgauner.
10 Jesus hatte nie eine Chance.
11 Und damit begannen seine Leiden erst richtig; Tritte, Schläge, Spucken, vom Spott ganz zu schweigen.
12 Spott, der im Gegensatz zu den gutmütigen Frotzeleien vom Vorabend keinen guten Ursprung hatte.
13 Denn Jesus wurde verhöhnt, beleidigt, gedemütigt und als »König der Juden« verlästert; sogar die Größe seiner intimsten Körperteile wurde lächerlich gemacht, am lautesten wie immer von denen, die selbst etwas zu verbergen hatten.
14 Alle meine Instinkte drängten mich, dem ganzen Haufen gründlich alttestamentarisch zu kommen; mir schwirrte der Kopf von tröstlichen Gedanken an Schwefel und Eiterbeulen; doch ich entsagte.
15 Denn als ich meinen Sohn die Misshandlungen erdulden sah, von denen er sein ganzes Leben geträumt hatte, wurde mir etwas klar:
16 Jesus war keine Memme.
17 Jesus war ein verdammt harter Bursche.

Kapitel 21

1 Denn mein Sohn klagte nicht, als man ihn zum Tode verurteilte.
2 Mein Sohn verzog keine Miene, als man ihm die Dornenkrone aufs Haupt setzte.
3 Mein Sohn zuckte nicht mit der Wimper, als man ihn auspeitschte.

4 Mein Sohn ging nicht in die Knie, als man ihm das Kreuz auf den Rücken lud.
5 Nein; denn mein Sohn war ... ein *Mann.*
6 Ja, Ruth hatte recht; er und ich waren zwei rechte Gottköpfe.
7 Ich war ein selbst erschaffenes Wesen, das aus dem Nichts zum Herrscher des Universums aufgestiegen war; um zu bekommen, was ich wollte, schlug ich jeden, der mir in den Weg kam; zusammen mit vielen, die nur in die Nähe des Weges kamen, und ungenannten Millionen, die eigentlich weit entfernt waren.
8 Mein Sohn aber war aus einem anderen Holz geschnitzt; er strebte danach, Herrscher des Universums zu werden, indem er zu dem Nichts *zurückkehrte* und nicht Schläger, sondern Geschlagener wurde.
9 Und als ich ihn auf seinem letzten, alles andere als malerischen Spaziergang durch die Innenstadt von Jerusalem sah, kapierte ich es endlich.
10 Was ich einst als seine Schwäche betrachtet hatte, war in Wahrheit seine Stärke; sein Leiden war seine Macht, seine Menschlichkeit göttlich.
11 Er wusste, dass ich zusah; er hätte mich um Hilfe bitten können; er hätte jederzeit die Kavallerie an den Kalvarienberg rufen können.
12 Ich hatte zugesehen, wie Abraham und Hiob gelitten hatten; und meine Reaktion darauf hatte mich grübeln lassen, was mit mir nicht stimmte; als ich Jesu Leiden zusah, empfand ich das Gleiche, aber aus völlig anderen Gründen.
13 Denn als mein Sohn, das Werkzeug seiner eigenen Tötung auf dem Rücken, über die Via Dolorosa stolperte, dachte ich lächelnd: »Das ist mein Junge!«
14 Und als er Golgatha erreichte und man ihn niederdrückte

und zwang, Essig mit Galle zu trinken, dachte ich: »Super Einsatz für die Mannschaft, Junior!«
15 Und als ich zusah, wie die Zenturien seine Hand- und Fußgelenke mit Nägeln durchschlugen und das Gesicht meines Sohnes unter qualvollen Schmerzen zitterte, dachte ich: »Du bist hart wie Nägel, Kleiner!«
16 Und als ich zusah, wie das Kreuz auf der Hügelkuppe aufgerichtet wurde, dachte ich: »Halt durch, Junge!«
17 Und als die Menge ihn verspottete und seinen gekreuzigten Leib mit Steinen bewarf, wäre ich beinahe vor Stolz geplatzt.
18 Und als er zu mir aufblickte und mit seinem letzten Atemzug murmelte: »Es ist vollbracht!«, sagte ich: »Du hast es geschafft, mein Sohn! Du hast es geschafft!
19 Siehe, Welt! Schaue diesen Mann! Denn mein Sohn ist … ist ein Mensch!
20 Ja! Mein Sohn ist ein Mensch, und es ist mir egal, wer es erfährt!
21 Ich liebe meinen toten Menschensohn!
22 Ich liebe dich, Sohn!«
23 (Denn er war gestorben und stand jetzt neben mir.)

Kapitel 22

1 An jenem Abend versammelten Jesus, H. G. und ich uns zum ersten Mal seit 33 Jahren auf unserer transdimensionalen Gottesebene.
2 Zunächst kümmerten wir uns ums Geschäft, denn siehe, es gab viel zu regeln; bis zu Jesu Auferstehung waren es nur 48 Stunden, und wir hatten noch ein paar Kniffe zu klären.

3 H.G. wollte für Jesu Rückkehr ein Treffen organisieren, um die Jünger offiziell zu instruieren, die Frohe Botschaft zu verbreiten.
4 Ich schlug vor, das zum letzten Punkt von Jesu Rückkehrprogramm zu machen, im Einklang mit meiner seit Langem gehegten Theorie, dass Motivationsreden eindrücklicher sind, wenn sie mit der Himmelfahrt des Redners enden.
5 Mit alldem war Jesus einverstanden; er bestand lediglich darauf, dass er Maria Magdalena als Erster erscheinen wollte, damit sie zumindest eine unvergessliche romantische Erinnerung an ihn hatte.
6 Er hatte großes Mitleid mit ihr; er wusste, wie sehr sie ihn liebte, doch sie war eine dieser unglücklichen Frauen, für die alle guten Männer sich als entweder verheiratet, schwul oder Jesus Christus erwiesen.
7 Ich plauderte mit meinem eigenen verlorenen Sohn über meine Ansichten und Gedanken zu den Details seiner Mission: seine Wunder und Salbungen sowie seine unvorstellbare körperliche Pein.
8 Als ich ihm erklärte, dass ich sehr stolz darauf war, wie er die Kreuzigung ertragen hatte, reagierte er charakteristisch bescheiden.
9 »O Vater«, sagte er, »wir sprechen vom Römischen Reich.
10 Eine Kreuzigung ist wahrscheinlich die am *wenigsten* schmerzhafte Todesart, die ich von ihrer Hand hätte erleiden können.
11 Denn siehe, sie haben ein neues Instrument erfunden, das Cubinatium. Es schneidet den Körper im Laufe eines Monats in kleine Würfel, während die Innereien mit einem spitzen Wurfspeer aus Bronze durchbohrt werden.
12 *Das* klingt wahrhaftig schmerzhaft.«

13 Wir lachten Tränen.
14 Die ganze Nacht schwelgten wir in Erinnerungen; wir alle, auch H. G., denn auch er hatte in meinen Augen an Achtung gewonnen; die Kombination aus H. G.s Pragmatismus, Jesu Mitgefühl und meiner Allmacht hatte sich als Rettung nicht nur für die Menschheit, sondern auch für unsere Familie erwiesen.
15 Wir waren uns sehr nahegekommen; unsere Verbindung war geradezu unheimlich, beinahe mystisch; als ob wir drei nur unterschiedliche Figurationen derselben Substanz wären; eine allseitig innewohnende Dreifaltigkeit, die nach der Lehre der Perichorese in reziproker Immanenz existierte.
16 Es ist schwer zu erklären; jedenfalls waren wir uns sehr nahegekommen.
17 Als wir zu Ruth und Kathy schwebten, nahm ich Jesus beiseite.
18 »Sohn«, sagte ich, »ich weiß, du hast dich bisweilen gefragt, ob ich wirklich an dich glaube.
19 Das tue ich wahrhaftig. Ich glaube an dich.
20 Ich glaube an dich; deine Apostel glauben an dich; und bald werden noch sehr viel mehr Menschen an dich glauben.
21 Weißt du, ich habe dir das nie erzählt, aber meine ganze Existenz lang hatte ich mit Zornbeherrschungsproblemen zu kämpfen; aber dich dort unten zu sehen, hat mir eine völlig neue Perspektive eröffnet.
22 Du hast mich inspiriert, mich zu verändern, eine gütigere, mitfühlendere Welt zu erschaffen, indem ich die noblen Lehren annehme, die du so ausdrücklich dargelegt hast.
23 Ja, sobald die Menschheit anfängt, sie zu befolgen, werde ich das auch tun.

24 Und noch etwas: Ich habe eine Überraschung für dich.
25 Als du deinen Plan ausgeheckt hast, auf die Erde zu kommen, ging es zunächst nur um die Erlösung der Juden; darum, sie auf den Pfad der Rechtschaffenheit zurückzuführen, damit ihnen mein Zorn erspart bleiben möge; und das hast du erreicht; die Juden werden verschont; ich werde sie nicht vom Antlitz der Erde tilgen.
26 Ich verspreche nicht, dass ihr Leben fortan nur aus Regenbogen und Honigwaben bestehen wird, aber ich werde sie nicht vernichten.
27 Aber als ich zugesehen habe, wie du dort unten deine Wunder gewirkt hast, wurde mir klar, dass es ungerecht wäre, deine Botschaft, Güte und Erlösung allein auf die Juden zu beschränken.
28 Sie sind mein Auserwähltes Volk; aber du hast ein eigenes Auserwähltes Volk verdient.
29 Was ich wohl sagen will, ist:
30 Was meinst du, wie klingt ›Jesuismus‹?«

Kapitel 23

1 Und der Rest ist, wie man so sagt, Theologie.
2 Jesus erstand von den Toten auf und hatte zwölf öffentliche Auftritte; wie bei den Wundern suchten wir, ein strenges Gleichgewicht zu wahren; genug, um als Bestätigung zu dienen, aber auch nicht so viele, dass niemand sagen konnte: »Na toll, dieser Tote macht wohl eine Abschiedstournee.«
3 Er erschien Maria Magdalena; er erschien den Aposteln; er erschien fünfhundert Gläubigen gleichzeitig; er erschien

sogar zwei seiner unbedeutenderen Jünger auf dem Weg nach Emmaus.

4 Er verbrachte den Tag unerkannt mit ihnen, lehrte sie über die Propheten und gab sich dann zu erkennen, als sie das Brot brachen, um im selben Moment zu verschwinden.

5 Das war das einzige Mal, dass Jesus je vor meinen Augen Schabernack mit irgendwelchen Menschen trieb.

6 Er achtete darauf, seinen langjährigen Unterstützern mindestens einmal zu erscheinen, auf dass er ihnen für die Zeit und Mühe danken konnte, die sie in seine Mission investiert hatten.

7 Dann fuhr er gen Himmel, um, wie es heißt, »zur Rechten Gottes« zu sitzen; das ist wahr; Jesus sitzt zu meiner Rechten; nun bin ich zufällig Linkshänder, trotzdem ist es der Ehrenplatz.

8 Und heute, 2000 Jahre, 500 000 Märtyrer, 824 000 Kathedralen und 723 Millionen Todsünden später, ist das Christentum – denn H. G. gefiel der Name »Jesuismus« nicht, weil er meinte, die drei s könnten Lispler abschrecken – die erfolgreichste Religion aller Zeiten.

9 Sie hat über zwei Milliarden Anhänger: mehr als Judentum, Sikhismus, Jainismus, Choktaw-Mythologie, sibirischer Schamanismus und Anthroposophie *zusammen.*

10 Und Jesus stirbt weiter jeden einzelnen Tag für die Sünden der Menschheit; und ich höre ihn niemals klagen, nicht ein einziges Mal.

11 Er räumt bestenfalls ein, dass es einige Menschen gibt, für die am Kreuz zu sterben ein Vergnügen ist, während es sich bei anderen eher anfühlt wie Arbeit.

12 Und was uns beide betrifft, so hatten wir im Laufe der Jahrhunderte unsere Meinungsverschiedenheiten wie alle Väter und Söhne.

13 Aber diese Dispute enden jedes Mal mit einem versöhnlichen »Komm zu Jesus«-Moment.
14 Ja, unsere Beziehung ist heute eine ganz andere, als sie es einmal war.

Fürbitte

»Vom Gebet«

Kapitel 1

1 Deines ist das Goldene Zeitalter des Gebets; nie zuvor habe ich aus so vielen Gründen so viele Bitten von so vielen Menschen erhalten, häufig begleitet von vielen hilfreichen Vorschlägen.

2 Erhöre ich sie? Dazu komme ich gleich.

3 Doch zunächst möchte ich das Beten als solches betrachten, denn schon die Definition dessen, was Gebet ist, bleibt umstritten; Beten ist ein vages Konzept, dessen Sphären sich mit denen des Rituals, der Meditation und der Straßenbettelei überschneiden.

4 Nach meiner Definition ist Gebet jede bewusste, überlegte, ausgesprochene oder stumme Äußerung, die in dem fundamentalen Glauben an mich gerichtet wird, dass ich Bitten entgegennehme und Wünsche erfülle.

5 Ich weiß, welch vielfältige Funktionen das Gebet für dich erfüllt: Katharsis, Trost, Erleuchtung, nicht zu vergessen einen perfekten Zeitvertreib, wenn es sonst nichts zu tun gibt.

6 Aber für mich bietet das Gebet offen gestanden weder Katharsis noch Trost noch Erleuchtung.

7 Für mich ist Gebet wie ein Kummerkasten für Kundenfeedback, der 200 000 Vorschläge pro Sekunde erhält.

8 Oder eine nur mit einer Person besetzte Notrufzentrale, bei der zwölf Millionen Anrufe pro Minute eingehen.

9 Wie sich diese Gebete en masse anhören? Von meinem Platz aus so ähnlich wie das Rauschen der von Astrophysikern entdeckten kosmischen Hintergrundstrahlung aus jedem Winkel des Universums, würde ich sagen.
10 Leider ist dieses Geräusch heutzutage die einzige Sinneswahrnehmung im Zusammenhang mit einem Gebet; ganz anders als in den alttestamentarischen Tagen, als Gruppengebete noch vom Anblick des Schlachtens, dem Duft von verbranntem Fett und dem Aroma von gemästeten Kälbern begleitet waren; jedes verzweifelte Flehen zu Gott war ein Fest für die Sinne.
11 Ich will nicht kokett klingen und sehe das Phänomen menschlichen Gebets auch nicht zynisch; ich versuche nur zu beschreiben, wie es tatsächlich ist, wenn man unaufhörlich angequengelt, belästigt und an Dinge erinnert wird, die man schon weiß.
12 (Denn es ist eine seltsame und amüsante Eigenart menschlicher Gebete, dass sie mich ständig an aktuelle Ereignisse in deinem Leben und dem der Deinen erinnern.
13 Es ist eine Sache zu beten: »Bitte beschütze Bobby in Zeiten der Not.« Das ist Ausdruck eines wohlmeinenden Wunsches.
14 Aber es ist ein ganz andere Sache zu sagen: »Bitte beschütze Bobby in Zeiten der Not; er hat sich gerade beim Skifahren ein Bein gebrochen, und in drei Wochen ist sein Karate-Wettkampf, für den er so hart trainiert hat …«
15 Höre: Ich bin der Herr dein Gott, König des Universums: Ich weiß, dass Bobby sich das Bein gebrochen hat, und ich weiß auch von seinem verdammten Karate-Wettkampf.)

Kapitel 2

1 Also: Erhöre ich eure Gebete?

2 Dazu komme ich noch früh genug, doch zunächst möchte ich einige Gebete erwähnen, die ich mir ständig anhören muss.

3 Das bei Weitem beliebteste Gebet ist das Ave Maria, was ich jetzt schon mehr als 3,2 Billionen Mal gehört habe.

4 Kaum überraschend wurden 482,5 Milliarden davon als Buße für Selbstbefriedigung gesprochen.

5 Schon eher überraschend, dass sich 4,5 Millionen davon mittendrin zu neuen auf die Jungfrau Maria konzentrierten Akten der Selbstbefleckung entwickelten.

6 Das Ave-Maria ist ein gutes Gebet, ein solides Gebet, ein sicheres Gebet; und Maria zu bitten, mich um Hilfe zu bitten, anstatt mich direkt zu fragen, ist durchaus klug.

7 Das Gebet des Herrn, direkt kopiert von Matthäus 6, 9–13, gefällt mir hingegen weniger.

8 Im Rahmen der Bergpredigt aus dem Munde Jesu ist es großartig, doch von Sterblichen geäußert klingt es ziemlich zudringlich.

9 »Unser tägliches Brot gib uns heute«? – »Vergib uns unsere Schuld«? – »Führe uns nicht in Versuchung«? – »Erlöse uns von dem Bösen«?

10 Kennst du mich als jemanden, der auf Drohungen reagiert?

11 (Wenigstens ist es nicht so anmaßend wie die amerikanische Sitte, jede Vereidigung vom Präsidenten an abwärts mit einem »So wahr mir Gott helfe« zu beenden.

12 Nicht: »Gott, lass mich deiner Hilfe würdig sein.« Nicht: »So mir Gott *bitte* helfe.« Nein, meine unmittelbare Unterstützung wird *gefordert.*

13 Täglich fallen Milliarden von Menschen auf die Knie und bitten demütig um meine Hilfe; aber die soll ich alle zurückstellen, weil die Stadtkämmererin von Omaha ihren ersten Arbeitstag hat und meiner Unterstützung bedarf?)

14 Das berühmteste Gebet des Judentums ist das Sch'ma Jisrael: »Höre, Israel, der Herr ist unser Gott, der Herr ist Eins.«

15 Nicht das *konkreteste* Gebet, das ich je gehört habe.

16 Bei den Muslimen ist es das Gleiche, ihr beliebtestes Gebet lautet: »Es gibt keinen Gott außer dem einen Gott, und Mohammed ist scin Prophet.« Das ist keine Bitte, sondern eine Tautologie, gefolgt von einer Tatsachenfeststellung.

17 Ebenso gut könnten sie auf die Knie fallen und beten: »Es gibt in Australien kein Land außer Australien, und Canberra ist seine Hauptstadt.«

18 Von allen vorformulierten Mustergebeten ist mir das Gelassenheitsgebet bei Weitem das liebste.

19 Die Gelassenheit, Dinge hinzunehmen, die du nicht ändern kannst, den Mut, Dinge zu ändern, die du ändern kannst, und die Weisheit, das eine vom anderen zu unterscheiden – das sind weise Lebensprinzipien, die jeder kennen und befolgen sollte; jeder und nicht nur diejenigen, die nicht das Rückgrat haben, ihren Alkoholkonsum zu kontrollieren.

Kapitel 3

1 Nun, ich weiß, was ihr alle denkt. Erhöre ich Gebete?
2 Dazu komme ich später.
3 Zunächst jedoch ein paar Daten und Zahlen, denn in Sachen Gebet bin ich ein Statistikfreak:
4 Und auch wenn Statistiken womöglich als eine unangemessen kühle und numerische Weise erscheinen mögen, die Sehnsüchte der menschlichen Seele auszuloten, ermöglichen sie doch einen breiteren, »analytischeren« Blick auf die Aktivität, als es möglich wäre, wenn man »auf dem Platz« mit inständigem Flehen beschäftigt ist.
5 Zum Beispiel: Vor 2001 war 1349 mit 2,458 GPG das Jahr mit der höchsten Durchschnittstagesrate von Gebet-pro-Glaubendem; diese reiche Ernte war die süße Frucht des Schwarzen Todes.
6 Doch diese Zahl ist in nicht weniger als sechs der letzten zehn Jahre überschritten worden; 2010 erreichte sie mit 2,475 GPG den höchsten Stand aller Zeiten; an Sonntagen wurden sie mit 2,488 GPG noch übertroffen, und während der Football-Saison erreichten die Sonntagswerte sogar bis zu 2,501 GPG.
7 Unter Monotheisten haben Muslime mit 5,0 die höchste GPG-Rate, eine Zahl, die seit geraumer Zeit stabil ist.
8 Unter den Christen liegen die Katholiken mit 2,871 an der Spitze, Methodisten haben mit 0,921 die niedrigste GPG-Rate, wenn man die Unitarier nicht mitzählt (0,573), was weder ich noch Jesus tun.
9 Der Durchschnittswert für alle Juden liegt bei sehr effizienten 0,856; unter Reformjuden sackt diese Zahl jedoch auf erstaunliche -0,003.

10 Das heißt, dass es statistisch gesehen minimal wahrscheinlicher ist, dass ich *sie* um etwas bitte.
11 Auch beim täglichen GKV (Gebetskalorienverbrauch) gibt es große Unterschiede von 145,2 unter Südstaaten-Baptisten bis zu 2,5 bei der Synode der Evangelisch-Lutherischen Kirche in Wisconsin.
12 (Chassidische Juden bringen es auf einen respektablen GKV von 87,4.
13 Wer hätte das gedacht? Das ganze Hin- und Hergewackel beim Beten zahlt sich um die Hüften tatsächlich aus!)
14 Der durchschnittliche WMG (Wert materieller Güter) betrug 2010 843,25 Dollar, was inflationsbereinigt fast genau dem Wert von vor tausend Jahren entspricht.
15 Und nun eine Zahl, die dich überraschen mag: Nur 45,2 Prozent der Familien, die zusammen beten, bleiben auch zusammen.
16 Demgegenüber steht eine Zusammenbleibwahrscheinlichkeit von 44,8 Prozent bei Familien, die nicht beten, eine geringe Differenz, die bei einer so gewaltigen Bezugsgröße jedoch statistisch signifikant ist.
17 Trotzdem immer noch ziemlich gering.
18 Ja, ich könnte mich endlos über meine Gebetsstatistiken verbreiten, aber höchstwahrscheinlich ist den meisten von euch bereits diese kurze Erörterung längst langweilig und zu »insider-mäßig« geworden.

Kapitel 4

1 Erhöre ich also eure Gebete?

2 Ich werde diese Frage jetzt beantworten, in zweifacher Weise.

3 Zunächst möchte ich meiner Herde versichern, dass jedes einzelne eurer Gebete auf jeden Fall *bearbeitet* wird.

4 Ein Beispiel: Würdest du etwa heute Abend ein Gebet sprechen, sagen wir »O Herr, wir haben einen drei Monate alten kleinen Hund, den die Kinder lieben, und es würde ihnen das Herz brechen, wenn er an dieser Magengeschichte sterben würde, die der Tierarzt diagnostiziert hat, also gib ihm bitte eine Chance und lass es ihn wieder ausfurzen oder so. Amen.«

5 Binnen einer billionstel Sekunde liegt dieses Gebet – nicht nur die Worte, sondern auch Gefühle, Kontext und spirituelle Gesamtgestalt – im Eingangskorb eine meiner hart arbeitenden Unter-Cherubime in der Abteilung für Bitten & Flehen.

6 Von dort wird es innerhalb von fünf bis sieben Arbeitstagen in einen Apparat gefüttert, dessen unergründliche Komplexität das menschliche Begriffsvermögen übersteigt, weil sein Verständnis in einem dreidimensionalen Universum schlechterdings unmöglich ist; deshalb werde ich es als das himmlische Äquivalent dessen beschreiben, was deine begrenzte Einbildungskraft sich am ehesten als einen Dell Inspiron 558 Desktop vorstellen kann.

7 (Ich betone mit allem Nachdruck, dass der tatsächliche Apparat einem Dell Inspiron 580 Desktop *nicht im Geringsten ähnlich* sieht; er ist vielmehr unsichtbar und transmateriell.

8 Meine Analogie ist wie gesagt nur ein Mittel, damit du den springenden Punkt begreifst:
9 Unsere neuen iPads sind noch nicht eingetroffen.)
10 Diese Maschine übernimmt die quantitative Analyse des Gebets mit nicht weniger als 143 Parametern; nicht nur offensichtliche wie GPG, GKV und WMG, sondern unter anderem auch Selbstlosigkeit, Eloquenz und EDEB (Erkenntnis der eigenen Bedeutungslosigkeit).
11 Anschließend werden die Resultate in einer 143-dimensionalen Tabelle verzeichnet; jede dieser Tabellen wird mit Millionen anderer Tabellen zusammengeführt, um spezielle demografische Gruppen zu beleuchten: Evangelikale zum Beispiel, oder in Vorstädten lebende männliche Bittsteller zwischen 30 und 40 oder solche, die Obdachlosen im letzten halben Jahr kein Geld gegeben haben.
12 Und diese ständig flukturierende Matrix von Daten wird dann von einem Team von Angelysten zu einem täglichen Bericht verdichtet, der Muster, Tendenzen und numerische Auffälligkeiten herausarbeitet.
13 Dann und erst dann landet dieser Bericht auf meinem Schreibtisch, wo ich ihn unverzüglich überfliege.

Kapitel 5

1 Schön; aber *erhöre* ich eure Gebete?
2 Ich werde diese Frage jetzt *beantworten,* nach Jesu Art mit einem Gleichnis.
3 Der Präsident der Vereinigten Staaten erhält jedes Jahr mehr als zehn Millionen Briefe.
4 Eine kleine Armee von zusehends weniger idealistischen

Apparatschiks ist hauptberuflich damit beschäftigt, diese Briefe zu beantworten.
5 Manche Antworten laufen auf ein »Der Präsident weiß Ihre Unterstützung zu schätzen« hinaus.
6 Andere auf ein: »Der Präsident weiß Ihre Besorgnis zu schätzen.«
7 Und wieder andere werden zu weiteren Ermittlungen an den Geheimdienst weitergeleitet.
8 Aber jeder Brief wird ordnungsgemäß auf Briefpapier des Weißen Hauses beantwortet; und auch wenn jeder Adressat tief in seinem Herzen weiß, dass sein Schreiben nicht einmal die erste der acht Sicherheitsstufen bis zum Präsidenten passiert hat, ist er trotzdem dankbar für den fernen Widerhall seines Kinderglaubens, dass die Amtsinhaber auf den Willen des Volkes hören.
9 Aber hin und wieder flattert ein Brief über den Schreibtisch eines Handlangers, der zufällig perfekt zu einer politischen Entscheidung passt, die der Präsident ohnehin propagieren wollte.
10 Und durch die übliche bürokratische Mischung aus Zufall und Eigeninteresse landet dieser eine Brief im Oval Office.
11 Der Brief ist echt, liest sich jedoch wie vom Präsidenten für seine Zwecke vorformuliert; denn die eingehende Post ist so umfangreich, dass sie unweigerlich einen solchen Brief erhält; meistens sind es Dutzende, aber einer reicht.
12 Und so werden Anrufe getätigt, Flüge gebucht, Hotelzimmer reserviert.
13 Und dann kommt der Abend der präsidialen Rede zur Lage der Nation; der Präsident spricht und legt in großen und vagen Worten seine allgemeine Sicht auf irgendwas dar.
14 Bis zu einem bestimmten, entscheidenden Punkt der

Rede, bei dem der Präsident unvermittelt einen anderen Ton anschlägt:

15 »Diese Woche erhielt ich einen Brief von Mrs. Stephanie Henderson aus Enid, Oklahoma.

16 Sie ist eine hart arbeitende, gesetzestreue Amerikanerin, eine alleinerziehende Mutter, die brav ihre Steuern bezahlt und ihr ganzes Leben ihren drei Kindern widmet.

17 Im letzten Monat wurde Stephanie ihr Job in einem Sägewerk gekündigt.

18 Die gute Nachricht ist, dass am 1. Juni auf der anderen Seite der Stadt ein neues Sägewerk aufmacht, das Leute anstellt.

19 Die schlechte Nachricht ist, dass die Zahlung von Stephanies Arbeitslosengeld am 1. April ausläuft.

20 Stephanie schrieb mir, ich zitiere: ›Mr. President, ich kann Ihnen gar nicht sagen, wie viel die Verabschiedung des *Gesetzes zur Verlängerung des Arbeitslosengeldes bis Ende Mai* mir und meinen drei Kindern bedeuten würde.

21 Es würde den Unterschied ausmachen zwischen der Verwirklichung des amerikanischen Traumes und Streichhölzer ziehen, um zu bestimmen, welches der drei Kinder von den beiden anderen gegessen wird.‹

22 Nun, Stephanie ist heute Abend bei uns, zusammen mit Tabitha – ich freue mich bekannt zu geben, dass der Kongress morgen das SGVAEM-Gesetz verabschieden wird, oder das ›Stephanie-Henderson-Gesetz‹, wie ich es gern nenne.

23 Stehen Sie auf, Stephanie!«

24 Und Stephanie erhebt sich schüchtern, winkt und badet im Applaus der Abgeordneten; für sie wird in der Tat ein Traum war, mehr als sie jemals zu hoffen gewagt hatte, als sie an dem Tag ihrer Kündigung vor zwei Monaten be-

trunken nach Hause gekommen war, *Ellen* geguckt, beim Abendessen die Kinder angeschrien, durch die Luft segelnden Spaghettis ausweichend ihren ersten Brief seit mehr als fünfzehn Jahren geschrieben und ohne viel Nachdenken im Briefkasten versenkt hatte.

25 *Ihr* Gebet war erhört worden.

26 Ich überlasse es dir, die Bedeutung dieser Geschichte für dieses Kapitel zu erkennen.

27 Derweil richte ich ein schlichtes Gebet an die Männer (und Frauen) im Erdgeschoss.

28 Menschheit, ich bete, dass du in deinem Herzen die Kraft findest, viele Exemplare dieses Buches zu kaufen.

29 Denn das ist es, was ich will.

30 Amen.

Enthusiasticus

»Was ich am liebsten mag«

Kapitel 1

1 Lieblingseissorte: Butter-Pekanuss.

2 Lieblingsfarbe: Infrarot.

3 Lieblingsgetränk: Extrascharfe Bloody Mary mit Grey Goose.

4 (Kein Scherz: Ich mag eine gute Bloody Mary; so hätte die Ursuppe geschmeckt, wenn es sie gegeben hätte.)

5 Lieblingstier: Hund.

6 In diesem Punkt alle Achtung, Menschheit: Es war wirklich genial von dir, so viele verschiedene Arten zu züchten.

7 Denn obwohl ich sie schon zu Noahs Zeiten zum Begleiter des Menschen gemacht hatte, gab es nur zwei Arten: Cockerspaniel (wie Sparky und Pillow) und Sphinxhunde, die den Kopf von Hunden, aber den Körper von Löwen hatten und zwanzig Meter hoch waren.

8 Dass du dazu fähig warst, sie in nur sechs Generationen zu Chihuahuas zurückzuzüchten, spricht Bände über deine Fertigkeiten in der Tierhaltung.

9 Lieblingsblumen: Narzissen und Flieder.

10 Ja, ich bin in meiner Gottheit hinreichend selbstbewusst, um das offen zu sagen.

11 Lieblingspflanze: Venusfliegenfalle. 50 Milliarden Insekten sind darin gestorben, und kein *einziges* hat etwas geahnt.

12 Lieblingskontinent: die Antarktis, wie offenkundig auch deiner, da du immer mehr davon an deine eigenen Ufer importierst.
13 Lieblingsmonster: Godzilla.
14 Lieblingsraketenforscher: Goddard.
15 Lieblingsmathematiker: Gödel.
16 Liebster früherer Name der Hauptstadt von Grönland: Godthåb.
17 Lieblingspaketversandart: Garantierte Zustellung am nächsten Arbeitstag.
18 Lieblingsdomain: Go Daddy.

Kapitel 2

1 Liebstes Naturgesetz: Dritter Hauptsatz der Thermodynamik.
2 Liebstes subatomares Teilchen: Jedes Geschmackslepton ist mir recht.
3 Lieblingselement: Helium, denn ich liebe Ballons; außerdem klingt eure Stimme dann immer so komisch.
4 (Aber kein gutes Gas für Prallluftschiffe.)
5 Lieblingszahl: 667, nur um den Teufel zu übertrumpfen.
6 Lieblingskrieg: Der spanische Erbfolgekrieg, ein in jeder Hinsicht großartiger Krieg.
7 Lieblingsmonument: Der Koloss von Rhodos.
8 Das Ding hat mir ein bisschen Angst gemacht.
9 Es war eine riesige Skulptur des griechischen Sonnengottes Helios, in Wahrheit nicht mehr als ein überdimensioniertes Götzenbild, aber seine Miene und Haltung waren mir irgendwie unheimlich.

10 Ich habe versucht, es zu ignorieren; ich habe versucht, so zu tun, als würde es mich nicht irritieren, aber jedes Mal wenn ich geschäftlich nach Rhodos kam, spürte ich seinen eisigen Blick.
11 Nach 56 Jahren hielt ich es nicht mehr aus und sandte ein Erdbeben, um es zum Einsturz zu bringen.
12 Danach fühlte ich mich besser.
13 Lieblingsgeschäftsmann: Henry Ford, ein wahrer Visionär und Pionier.
14 Wusstest du, dass 1916 zu Spitzenzeiten mehr als 5000 Exemplare antisemitischer Literatur *pro Tag* von seinen Fließbändern liefen?
15 Das war eine außergewöhnliche Stückzahl, denn bedenke, dass fast ein Jahrhundert später selbst die aktivsten Neonazi-Druckereien nur magere 800 Exemplare ausspucken.
16 Lieblingsmonarch: Queen Victoria. Statur, Majestät und Weisheit. Und wahrlich, sie konnte einen Penis fellationieren.
17 Lieblingspizzabelag: Pilze.
18 Liebste chemische Verbindung: Wasser.
19 (Eine wahre Geschichte über das Wasser: Eine Zeit lang habe ich überlegt, es zu HO_2 umzudrehen, was ein ungleich attraktiveres Molekül ist.
20 Doch HO_2 ist zufälligerweise das Hydroperoxylradikal, das für die Zerstörung des Ozons in der Atmosphäre verantwortlich ist; deshalb ist der Plan fürs Erste zurückgestellt.
21 Trotzdem, eines Tages probiere ich es vielleicht doch.
22 Falls ich es tue, lasst mich wissen, was passiert.)
23 Lieblingssprache: Um Nabokov zu paraphrasieren, mein Herz spricht Hebräisch, mein Ohr spricht Latein und mein

Kopf spricht ein wütendes Elisabethanisches Englisch mit Verstärkung und Hall.

24 Lieblingsplanet: OGLE2-TR-L9 b.

25 Lieblingsplanet in deinem Sonnensystem: Saturn.

26 Liebster terrestrischer Planet in deinem Sonnensystem: Unentschieden zwischen Merkur und Mars.

Kapitel 3

1 Lieblingsbuch (Antike): *Die Odyssee.* Diese Götter haben eine Menge unglaublicher Dinge angestellt – und dabei haben sie nie existiert! Ach, Mythen sind verschwendet an die Mythischen.

2 Lieblingsbuch (Mittelalter): *Der Da Vinci Code.*

3 Ich meine natürlich das Originalbuch dieses Namens, geschrieben 1502 von Leonardo da Vinci.

4 Es war der allererste Selbsthilfe-Ratgeber, in dem der große Meister seinen Lesern zu helfen versuchte, indem er den schlichten »5-Schritte«-Code darlegte, nach dem er lebte und der ihn so erfolgreich gemacht hatte.

5 Das Buch ist längst vergriffen, und kein einziges Exemplar ist erhalten … glauben zumindest die Gelehrten.

6 Ein kleiner Hinweis: Richtet einen Röntgen-Spektrofluorometer auf die rechte Tischseite des *Abendmahls.*

7 Lieblingsroman: *Die Enden der Parabel* von Thomas Pynchon.

8 Denn siehe, ich habe es vor einem Jahr ausgelesen, und ich glaube, ich fange langsam an, es zu verstehen.

9 Lieblingsregisseur: Alfred Hitchcock. Seine Filme bleiben für mich immer spannend, und das ist nicht leicht.

10 Lieblingsgemälde: *Die Erschaffung Adams.*

11 Zweitliebstes Gemälde: *Campbell's Soup Cans* von Andy Warhol. So viel Suppe!

12 Lieblingskünstler: Jackson Pollock, weil ich das kleine schmutzige Geheimnis seines Erfolges kenne. Er ist gar kein abstrakter Maler.

13 Jackson Pollock hat die ganze Zeit versucht, Landschaften zu malen.

14 Er war ein furchtbar schlechter Maler.

15 Lieblingsmusik: Mittlerweile höre ich eine Menge Contemporary Adult Mainstream, aber ich mag »good vibrations« jeder Art und in jeder Frequenz von Radiowellen bis Gammastrahlen.

16 Lieblingsband: Die Beatles, Ende der Diskussion.

17 Lieblingsrapper: Young Jeezy. Wenn mein Sohn in der Hiphop-Szene wäre, würde er so heißen.

18 Lieblingsfolklore: Gar keine; denn die Volksmusik aller Nationen und Völker ist in allen Zeiten gleichermaßen unerträglich.

19 Lieblingschoral: *Ein feste Burg ist unser Gott.*

20 Ja, das bin ich.

Koraniken

Sure 1

1 Ich werde dir nun die Geschichte meiner Beziehung zu dem Propheten Mohammed enthüllen, meine Offenbarung des heiligen Buches, des Korans, und die Gründung meiner dritten großen Religion, des Islam.
2 Also … Islam.
3 Islam, Islam, Islam.
4 Wusstest du, dass er mehr als eineinhalb Milliarden Anhänger hat?
5 Wahrlich, so ist es.
6 Und wusstest du, dass er sich in zwei Hauptkonfessionen teilt: Sunniten und Schiiten?
7 [Pause, Däumchen dreh]
8 Ich muss dir in aller Offenheit erklären, dass ich mir bei der Abfassung dieses Abschnitts große Sorgen gemacht habe.
9 Denn siehe, ich bin Allah, der Weise, der Allmächtige, doch in diesen Zeiten werde sogar *ich* nervös, wenn ich über den Islam spreche.
10 Manchmal mache ich oben im Himmel eine beiläufige Bemerkung über eine besonders schöne Moschee oder einen würdigen Imam.
11 Darauf blicken sich die um mich versammelten hebräischen Stammesväter und christlichen Märtyrer betreten an.
12 Das bemerkt ein gerechter Muslim in ihrer Nähe.

13 Zuletzt hüstelt irgendjemand, meistens der Apostel Jakobus, gekünstelt und murmelt leise: »Al-Qaida!«
14 Und der Muslim donnert: »Warum hast du al-Qaida gesagt?« Und Jakobus bestreitet das und sagt, er hätte »Ore-Ida« gesagt, was eine amerikanische Tiefkühlkostmarke ist und in diesem Zusammenhang absolut keinen Sinn ergibt.
15 Und die Stimmung wird wütender, bis ich gezwungen bin, die Ordnung wiederherzustellen, indem ich den Himmlischen Chor rufe, auf dass er die Gemüter mit seinem einzigartigen Mix von nicht-konfessionellem Mainstream-Pop wieder beruhigt.
16 So lasst mich also damit beginnen, was du *weder* in den *Koraniken noch* sonst irgendwo in diesem Buch finden wirst.
17 Nirgendwo in diesem Buch wirst du irgendwelche »satanischen Verse« finden.
18 Nirgendwo in diesem Buch wirst du irgendwelche antimuslimische Propaganda finden.
19 Nirgendwo in diesem Buch wirst du irgendwelche Schweinefleischprodukte finden.
20 Und nirgendwo in diesem Buch wirst du irgendwelche dänischen Karikaturen finden.
21 Diesen Punkt kann ich nicht nachdrücklich genug betonen.
22 Du wirst in diesem Buch tatsächlich nirgendwo irgendeine bildliche Darstellung von Mohammed finden, Punkt.
23 Keine Karikaturen, keine Gemälde, keine Zeichnungen, Radierungen, Lithografien, Fotografien, Daguerreotypien, Collagen, Scherenschnitte, gar nichts.
24 Das gesagt habend muss ich an dieser Stelle trotzdem ein Versprechen einlösen, das ich dem Verlag beim Einreichen dieser Seiten gegeben habe:
25 »Ich, Gott, stelle hiermit Kiepenheuer & Witsch von jed-

weder Empörung, Fatwa und möglichem Dschihad in Bezug auf sämtliche den Islam betreffenden Inhalte dieses Buches frei.
26 Des Weiteren stelle ich sie auch von jedwedem Zorn jedes Gläubigen irgendeiner Religion in Bezug auf den gesamten Inhalt dieses Buches frei.
27 Ich bin Jehova; ich bin Gott, der Vater; ich bin Allah und allein verantwortlich für die ewigen Wahrheiten auf diesen Seiten.
28 Und auch wenn es euch freisteht, irdische Rechtsmittel einzulegen und mich wegen Verleumdung zu verklagen, würde ich *wirklich* gern sehen, wie einer von euch versucht, mir diese Vorladung zuzustellen.«

Sure 2

1 Im Übrigen gibt es über den Islam nur relativ wenig zu sagen; denn sein heiliges Buch enthält fast keine neue Erzählungen, und sein Ursprung ist viel leichter zu schildern als der des Judentums oder des Christentums.
2 Anfang des siebten Jahrhunderts war das Christentum komplett dominant geworden, aber in dieser Religion geht ein Großteil des Ruhmes und Lobpreises an Jesus.
3 Ich hatte mehr und mehr das Gefühl, im Schatten meines Sohnes zu stehen, als ob ich in meinem Universum plötzlich nur noch der Zweitbeste war.
5 Nun möchte ich mit aller Eindeutigkeit sagen, dass ich meinem Sohn *absolut nichts* von seinem Erfolg missgönne.
6 Der Junge hat sich jede Pieta und jeden Wackel-Jesus auf einer Pkw-Hutablage verdient.

7 Anstatt also seine Religion zu übernehmen und umzudrehen, beschloss ich, eine neue zu gründen; eine, in der es keinen Zweifel darüber gab, wer der Boss war.
8 Ich grübelte eine ganze Weile darüber, welche Weltkultur am besten als Fundament für die neue Religion geeignet wäre.
9 Die Maya landeten nur knapp geschlagen auf dem zweiten Platz; ich bekomme einfach nicht genug von ihrer Leidenschaft.
10 Doch letztendlich entschied ich mich für die Araber, denn sie waren die Heiden, die am ehesten bereit schienen, einen wahren Gott anzunehmen.
11 Außerdem wusste ich etwas, was sie nicht wussten, über eine gewisse schwarze Substanz, die in riesigen Mengen unter ihren endlosen Wüsten verborgen lag.
12 Und ich dachte, wenn diese Substanz entdeckt werden und das Volk auf diesem Land denselben Gott verehren würde wie die Christen und die Juden, könnte sie friedlich und ohne Hass unter all meinen Gläubigen verteilt werden.
13 (Ich sage es noch einmal: *Ich bin nicht perfekt.*)
14 Und so schickte ich ein weiteres Mal mein Vorauskommando auf die Suche nach einem würdigen Propheten; denn diesmal wollte ich, dass mein Wort von einem echten Menschen verbreitet wurde, nicht allein, um meine Zentralität zu bewahren, sondern auch weil ich beim letzten Mal zahlreiche Beschwerden wegen Nepotismus erhalten hatte.
15 Wir legten uns rasch auf den richtigen Kandidaten fest, einen hart arbeitenden, gottesfürchtigen, patriotischen Führer:
16 Mohammed – ein mit Allah-Wassern gewaschener Junge aus Mekka.

17 Mohammed war nicht bloß ein Prophet, sondern *der* Prophet, locker der beste, mit dem ich je gearbeitet habe.
18 Charmant, weise, klug, charismatisch, umsichtig, beredt – der Mann war alles, was man sich vom Gründer einer Weltreligion nur wünschen konnte.
19 Das einzige Problem war, dass er aus Mekka stammte, heute ein Synonym für die heilige Stätte, seinerzeit aber mit einem ähnlichen Ruf behaftet wie die sprichwörtliche Durchschnittsstadt Peoria in den heutigen USA.
20 So konnte man Beduinenhändler verbreitet sagen hören: »Ja, in den kosmopolitischen Handelshäfen des Jemen ist diese Karawane von Seide und Nardendelöl vielleicht populär, aber wird sich die Ware auch in Mekka verkaufen?«
21 Dessen ungeachtet schickte ich eines Nachts meinen Engel Gabriel zu der Höhle, in der Mohammed gern meditierte, um ihm zu erklären, dass ich ihn als meinen Propheten auserkoren hatte.
22 Aber als der Morgen dämmerte, lief Mohammed davon, unschlüssig, seine neue Rolle anzunehmen.
23 Das überraschte mich nicht; ich wusste aus langer Erfahrung, dass Widerstand die typische erste Reaktion auf eine Berufung zum Propheten war.
24 Denn es gibt fünf klassische Stufen auf dem Weg zum Propheten: Widerstand, Wut, paranoide Schizophrenie, von einem Wal verschluckt werden und Akzeptanz.

Sure 3

1 Aber drei Jahre später zeigte sich Mohammed immer noch widerwillig, und ein widerwilliger Prophet ist nur von

geringem Nutzen für mich; gleichsam wie ein Motivationsredner, der seine Anfeuerungen mit Phrasen wie »glaube ich« und »oder auch nicht« durchsetzt.

2 Schließlich sandte ich Gabriel zu einem erneuten Besuch in Mohammeds Höhle, diesmal in Freizeitkleidung und ohne Flügel.

3 Sie plauderten eine Weile über leichtere Themen, Familie, Handel und Politik, insbesondere das Sassanidenreich und die nichtsnutzigen Volltrottel, die es regierten.

4 Schließlich kam Mohammed zur Sache: »Gabriel, es beschämt mich als seinen untertänigsten Diener, dass Allah mich auserkoren hat, seine Botschaft im Volk zu verbreiten, aber ich flehe dich an, bitte ihn, einen anderen Propheten zu finden.

5 Einen Propheten, der für das Auge gefälliger ist, nicht so … grässlich entstellt … so grotesk abstoßend … so widerwärtig anzuschauen!«

6 Und Gabriel schaute Mohammed an; er sah einen attraktiven, gut gebauten Mann mit angenehmen Zügen und sagte: »Mohammed, ich weiß nicht, wovon du redest.«

7 »Verspotte mich nicht!«, erwiderte Mohammed. »Erkennst du nicht den entsetzlich abstoßenden Makel, der mich aussehen lässt wie den Elefantenmenschen?«

8 Und er wies auf eine minimale Hautverfärbung auf der rechten Seite seines Kinns; ein kleines Muttermal, aus dem zwei gelockte Härchen wuchsen.

9 Es war nichts. Absolut nichts.

10 *Bubkes.*

11 »Mohammed«, sagte Gabriel, »das ist nur ein kleines Muttermal; nur aus großer Nähe fällt es überhaupt auf; ich sehe es nicht einmal.«

12 »Weil du ein Engel bist!«, schrie Mohammed und verbarg gequält sein Gesicht. »Du kannst über solche Oberflächlichkeiten hinweg auf das wahre Wesen der Dinge blicken.

13 Aber ich kann nicht als rechtmäßiger Prophet Allahs vor meine Mitmenschen treten, nicht mit diesem, diesem … hässlichen, scheußlichen, grotesken *Albtraum* einer Entstellung, bei der die Zuschauer entsetzt stöhnen und angeekelt *kreischen* würden …«

14 Und so zeterte er weiter, weil er sich irgendwie selbst davon überzeugt hatte, dass das winzige Mal eine gewaltige Missbildung sei.

15 Aber Gabriel ist der geduldige Typ, er redete Mohammed gut zu; zwei Stunden lang bemühte er sich, dessen dismorphische Zwangsvorstellung zu überwinden.

16 Bis Mohammed zuletzt nachgab und Folgendes sprach:

17 »Ich kann nicht länger mit dir streiten; du bist Gabriel, der Erzengel Allahs, und ich muss deinem Befehl gehorchen.

18 Doch ich bitte dich um diese Gnade: Wie viele auch von mir sprechen mögen, wie viele mich verehren und durch die Lehren, die ich verbreite, die Herrlichkeit Allahs erkennen mögen, von jetzt bis in alle Ewigkeit:

19 Keine Bilder.

20 Das ist mein Ernst.

21 *Keine … Bilder.*«

22 Und Gabriel seufzte und sagte: »Na gut.«

Sure 4

1 So begann Mohammed mein Wort zu predigen; und die Nachricht von seinen Lehren verbreitete sich rasch und florierte wie ein angesagter Twitter-Account; und die Worte der Weisheit wurden durch ganz Mekka retweetet; und diese Lehren wurden der Koran.

2 In den sechs Jahrhunderten seit dem Nicht-Tod meines Sohnes hatte ich mich mit aller Heiligkeit bemüht, einen mehr selbstlosen und mitfühlenden Ansatz des Gottseins zu verfolgen; aber ich fand es wahrhaftig mühsam.

3 Ich hatte das Gefühl, vor mir selbst wegzulaufen, und das kann niemand; das heißt, wenn es überhaupt jemand kann, dann ich.

4 Andererseits, wenn es jemand überhaupt nicht konnte, dann *ebenfalls* ich.

5 Schließlich reichte es mir; ich wollte wieder im Frieden mit mir selbst leben wie in den vor-abrahamitischen Tagen.

6 Also sagte ich: »Lass Frieden in mir sein.« Und es war Frieden in mir, und ich sah, dass es sich gut anfühlte.

7 Und mit diesem erneuerten Stolz widmete ich mich dem Koran, den ich bewusst in einem dezidiert traditionell alttestamentarischen Ton abfassen wollte.

8 Überschwängliches Lob; unterirdische Verdammnis; Visionen vom Paradies; wütende Propaganda; ständige Bedrohung der Ungläubigen durch furchtbare Strafen.

9 Es war eine Thora im Turban.

10 Mehr als jedes andere Werk der Literatur ist der Koran ein Buch, das die Menschen entweder wirklich gründlich gelesen haben oder tatsächlich überhaupt nicht.

11 Wenn du zu ersterer Gruppe zählst, kennst du seine drei wichtigsten und mehr oder weniger einzigen Themen:

12 1. Ich bin Ehrfurcht gebietend.

13 2. Zustimmung? Gut.

14 3. Ablehnung? Nicht so gut.

15 Wenn du jedoch zu letzterer Gruppe zählst, werde ich an dieser Stelle nicht mehr tun, als dich zu ermutigen, es zu lesen.

16 Ich sage das trotz der linguistischen Herausforderung, vor die dich das stellt; denn obwohl der Koran in praktisch jede menschliche Sprache übersetzt wurde, gehen viele Bedeutungsfeinheiten verloren, wenn man den Text nicht im arabischen Original liest oder hört.

17 So wird im 35. Ayat der 24. Sure, »Al-Nur«, dem Lichtvers, eine mystische Vision Allahs beschrieben:

18 »Das Gleichnis seines Lichtes ist wie eine Nische mit einer Leuchte darin, die Leuchte ist in einem Glas, das Glas ist wie ein funkelnder Stern.«

19 So die wortgetreue Bedeutung, aber in der am Weitesten verbreiteten englischen Übersetzung liest sich dasselbe Ayat wie folgt:

20 »Wir werden deine Kirchen niederbrennen, deinen Lebensstil unterwandern und all deine Mayonnaise durch Tahini ersetzen.«

21 Du erkennst, dass manche Nuancen verloren gegangen sind.

22 Trotzdem würde ich alle Nicht-Muslime, die bessere Beziehungen zum Islam wünschen, ermutigen, den Koran zu lesen.

23 Allermindestens würde ich alle Nicht-Muslime, die bessere Beziehungen zum Islam wünschen, ermutigen, den Koran nicht vor den Augen muslimischer Häftlinge in Guantánamo in der Toilette herunterzuspülen.

24 In der Sphäre interkonfessioneller Toleranz ist der Unterschied, den Koran gelesen zu haben und den Koran nicht gelesen zu haben, auf jeden Fall geringer als der, den Koran nicht gelesen zu haben und den Koran vor den Augen muslimischer Häftlinge in Guantánamo in der Toilette herunterzuspülen.
25 Was ich wohl sagen möchte, ist dies: Wenn du zum ersten Mal einen Koran in der Hand hältst und überlegst, ob du ihn a) lesen oder b) vor den Augen muslimischer Häftlinge in Guantánamo in der Toilette herunterspülen sollst,
26 Halte dich an a).

Sure 5

1 Im Jahr 622 n. Chr. flohen Mohammed und seine Anhänger von Mekka nach Medina und markierten damit den Beginn des muslimischen Kalenders.
2 (Ich muss an dieser Stelle bemerken, wie sehr es mich verwirrt, dass meine drei großen Glaubensrichtungen alle drei unterschiedliche Kalender haben, sodass das Jahr der Veröffentlichung dieses Buches für die Juden 5771, für die Christen 2011 und für die Muslime 1432 ist.
3 Ja, ich weiß, der muslimische Kalender richtet sich nach dem Mond, der christliche nach der Sonne und der jüdische, typisch gerissen alle Seiten abdeckend, nach Sonne und Mond.
4 Aber in Sachen Chronologie bin ich unparteiisch; es ist für mich ohne Belang, welche Zahlen auf euren Schecks geschrieben stehen, denn ich arbeite in der Zeit, lebe jedoch in der Ewigkeit.

5 Wenn ich du wäre – was ich meiner sei Dank *nicht* bin –, würde ich die Kalender synchronisieren, damit ihr alle buchstäblich auf derselben Seite anfangt.
6 Ich würde einen Tag, der nach übereinstimmender Ansicht aller absolut keine religiöse Bedeutung hat, zum ersten Tag des Jahres eins bestimmen und fortan Rosch ha-Schana, Neujahr und Al Hidschra jedes Jahr am selben Tag feiern.
7 Und wenn du schon dabei bist, nimm auch noch das Chinesische Neujahr hinzu; du kannst mit jedem beliebigen Tier anfangen.)
8 Als Mohammed zehn Jahre später starb, hatte er viele Schlachten geschlagen, viele Konvertiten gewonnen, große Weisheit gezeigt und sich nach dem Tod seiner ersten Frau zwölf weitere Ehefrauen zugelegt.
9 Einige dieser Ehen waren politisch motiviert, andere waren ein Akt mitmenschlicher Fürsorge; die letzte wurde geschlossen, um Haushaltswaren zum Großabnahmepreis zu erwerben, weil sie im Dutzend billiger waren.
10 Aber keine seiner Ehen war gesegneter als die mit Aischa, seiner Lieblingsfrau, »der Mutter aller Gläubigen«, in deren Gesellschaft er die meisten Offenbarungen hatte, die er heiratete, als sie sechs war, und deren Vater der erste Kalif der Sunniten wurde.
11 Jedenfalls waren dies die … was?
12 Oh, ich sagte: »Ihr Vater wurde der erste Kalif der Sunniten.«
13 Jedenfalls waren dies die …
14 Was? Davor?
15 Oh … ich sagte, Mohammed hat Aischa geheiratet, als sie sechs war.
16 Haben sie *was?* Nein!

17 Das ist widerwärtig!
18 Wahrlich, das verrät deine Unwissenheit.
19 Nein, sie haben gewartet, bis sie neun war.
20 Was soll das heißen »Pädophilie«? Daran war nichts Unschickliches.
21 Das war die damals übliche Praxis unter Beduinen, also erspare mir deine kulturell bezugslose Empörung; es war alles absolut einwandfrei.
22 Und außerdem, glaub mir: Sie sah eher aus wie elf.

Sure 6

1 Der Erfolg des Islam war unmittelbar und gewaltig; am stolzesten machen mich jedoch nicht seine Popularität, sondern seine Sitten und Lehrsätze.
2 Damit will ich nicht sagen, dass der Islam korrekter ist als andere Religionen, sondern nur, dass es mir gefällt, wie er seine Geschäfte führt.
3 Das Christentum ist wie ein Wal-Mart; ein unaufhaltsamer Koloss, der alles tut, um Fuß zu fassen; es bietet seinen Kunden Erlösung zum Sparpreis, und das Personal wirkt nur oberflächlich zölibatär.
4 Das Judentum ist wie Blockbuster-Video, eine klapprige alte Institution, die Erinnerungen an eine vergessene Ära weckt; man kann kaum glauben, dass es immer noch existiert, und wenn man gezwungen ist, ihre Dienste in Anspruch zu nehmen, weiß man nicht genau, ob man es ironisch tut oder nicht.
5 Aber der Islam ist wie Starbucks; direkt, unveränderlich und mit nur wenigen Variationen eines einzigen Themas im

Angebot; und die Menschen widmen ihm einen Großteil ihres Lebens, nicht trotz, sondern *wegen* der maßlosen Anforderungen, die das an sie stellt.

6 Die Genialität dieser Glaubensrichtung findet sich schon in seiner Grundsatzerklärung, den »Fünf Säulen des Islam«.

7 Denn die erste Säule ist das Glaubensbekenntnis, »dass es keinen Gott gibt außer Allah und dass Mohammed sein Gesandter ist«, ein Motto, so griffig wie man es nur irgend zu hören bekommt.

8 Und die zweite Säule ist das Gebet: zur Unternehmenszentrale ausgerichtet dem CEO fünf Mal am Tag seine Ehrerbietung zu erweisen, ist eine klare Direktive, die einen Ertrag von 7,5 Milliarden Anbetungen in vierundzwanzig Stunden einbringt, eine überaus beeindruckende Zahl.

9 Und die dritte Säule ist das Fasten; den gesamten Monat Ramadan hindurch müssen Muslime von Sonnenaufgang bis Sonnenuntergang fasten; optimales Team-Building.

10 Und die vierte Säule sind die Pflichtalmosen; alle Muslime sind verpflichtet, mindestens 2,5 Prozent ihres Einkommens zugunsten der Armen und Bedürftigen zu geben; nenn mir irgendwo sonst einen niedrigeren Unternehmensteuersatz; 2,5 Prozent, verglichen damit erscheint die Schweiz wie ein sozialistischer Staat.

11 Und die letzte Säule ist die größte von allen, die Hadsch; jeder Muslim muss einmal in seinem Leben eine Pilgerfahrt nach Mekka machen.

12 Wahrlich die ultimativen Betriebsferien.

13 Zermürbend? Ja. Schweißtreibend? Ja. Voller sonderbarer Rituale und Begegnungen mit Menschen, denen man sonst lieber nicht zu nah kommen will? Und ob.

14 Aber alle sind aus demselben Grund dort und nehmen die Anordnungen des Chefs vom selben Assistenten entge-

gen; und alle tragen die gleiche Kleidung, sodass sich niemand albern vorkommt.
15 Und wenn es vorbei ist, kehrt jeder mit einer neu entdeckten Achtung für diese 1,5-Milliarden-Religion heim, die es bei allem Erfolg geschafft hat, ihren kleinstädtischen Wurzeln treu zu bleiben.
16 Und die Zahl der zu Tode Getrampelten auf nicht mehr als ein paar Hundert pro Jahr zu begrenzen.

Sure 7

1 Damit ist die Geschichte des Islam knapp erzählt, und ich bin offenbar in einem Rutsch durchgekommen; wenn es dir nichts ausmacht, höre ich an dieser Stelle auf, bevor ich noch etwas schreibe, weswegen mir irgendjemand in meinem eigenen Namen den Heiligen Krieg erklärt.
2 Ich möchte nur noch ein Wort zu einem Thema hinzufügen, über das in religiösen Kreisen viel spekuliert wurde: das posthume Schicksal von Osama bin Laden und den Flugzeugentführern vom 11. September.
3 Viele nehmen an, dass sie in ewiger Qual in den tiefsten Verliesen der Hölle schmoren; aber einige fundamentalistische Fanatiker glauben, dass sie sich in Gesellschaft von mir und 72 Jungfrauen im Himmel entspannen.
4 Glaube, was du willst; ich habe geschworen, keine Details über das Wie und Warum des Lebens nach dem Tode zu enthüllen.
5 Ich erwähne es nur, weil mich ein Aspekt zumindest aus meiner Sicht schon immer sonderbar dünkte:
6 Nämlich der Reiz der 72 Jungfrauen und die Andeutung,

dass *dies* die größte Belohnung sei, die ich einem Märtyrer zuteilwerden lassen könnte.

7 Denn 72 Jungfrauen sind eine *Menge* Jungfrauen.

8 Wenn ich ein sterblicher heterosexueller Mann wäre, den im Himmel 72 Frauen erwarten, würde ich mir wünschen, dass einige von ihnen Jungfrauen sind; unbedingt.

9 Aber mir wäre es lieber, wenn wenigstens ein paar Dutzend von ihnen ein bisschen Erfahrung hätten.

10 Also, wenn *ich* es wäre, würde ich mir sogar ein paar echte Schlampen darunter wünschen.

11 Und vielleicht einige Professionelle.

12 Das würde nicht nur meine kurzfristige Befriedigung deutlich steigern, sondern auch helfen, die Novizinnen einzuführen.

13 Doch das ist in Bezug auf die Flugzeugentführer vom 11. September sowieso ohne jeden Belang.

14 Denn sie schmoren alle in ewiger Qual in den tiefsten Verliesen der Hölle.

15 (Uups!)

Hindus

»… und andere Heiden«

Kapitel 1

1 Der Islam und das Christentum sind die beiden größten Weltreligionen; und beide sind, wie ich mit Freuden berichte, verrückt nach mir.
2 Damit bleibt der Hinduismus mit seinen eine Milliarde Anhängern als die größte völlig verkehrte Weltreligion.
3 Ich glaube nicht, dass ich mein Geheimhaltungsgebot für Informationen bezüglich des Lebens nach dem Tod missachte, wenn ich enthülle, dass alle Hindus Osama bin Laden und den Flugzeugentführern vom 11. September Gesellschaft leisten werden.
4 Dessen ungeachtet muss ich gestehen, dass vieles an diesem lebendigen Irrglauben bewundernswert ist, angefangen mit dem Kastensystem, einer vernünftigen Methode, eine Zivilisation in einem Lasagne-artigen Gleichgewicht zu halten, wie ich sie sonst kaum je gesehen habe.
5 Ich bin ein großer Fan der Schichtenbildung, wie man an den wunderschön übereinandergelagerten Felsformationen der Erde erkennen kann; deine ungläubigen Wissenschaftler schreiben sie Sedimentsablagerungen durch die Äonen zu, doch sie irren.
6 Es ist kein geologischer Prozess, sondern ein Designmotiv.
7 Schichten sind nicht nur gut für Gesellschaften, sondern auch alle darin lebenden Individuen; denn wer seinen Platz

auf Erden nicht kennt, wird immerzu über ihr Antlitz wandeln, während ein Mann, der seinen Platz kennt, anfangen kann, ihn schön zu machen.

8 Schwule, die erklären »Wir sind so geboren«, ernten allseits Jubel, aber Brahmanen, die das Gleiche sagen, werden ausgebuht, dabei sind *sowohl* sexuelle Orientierung *als auch* soziale Kaste beide von Geburt an genetisch festgelegt.

9 Ja, das Kastensystem war eine fabelhafte Idee, die ich gern für meine eigenen Konfessionen übernommen hätten, wenn der Hinduismus nicht noch für das nächste *Kalpa* (4,32 Milliarden Jahre) die Urheberrechte darauf hätte; danach wird es gemeinfrei.

10 Auch Yoga findet mein Gefallen; nicht in seinen New-Age-Ornaten, nicht die einfühlsamen Yoga-Lehrer, nicht der Enya-Soundtrack und nicht die fürchterlichen westlichen Mutanten wie Yogilates, Yogaerobics und Tiyoga, sondern Yoga an sich.

11 Ich mag es, wenn du deine Glieder dehnst und den wunderbaren Leib, mit dem ich dich ausgestattet habe, in fantasievolle und geschmeidige Positionen verbiegst.

12 Die Lehre der Reinkarnation betrachte ich hingegen mit gemischten Gefühlen, nicht bezüglich ihrer Wahrheit, denn sie hat keine, sondern was ihren spirituellen Effekt auf die Gläubigen betrifft.

13 Das System einer posthumen speziesübergreifenden Karriereleiter, auf der man auf- und absteigen kann, hat einen gewissen Reiz; es macht das Leben zu einem Job und den Tod zum Arbeitszeugnis, beides wirkt sich garantiert ungeheuer positiv auf die allgemeine Professionalität aus.

14 Aber jede lebende Kreatur als potenziellen Freund betrachten? Über eine Wiese laufen und Angst haben müs-

sen, dass man gerade auf seinen verstorbenen Uniprofessor getrampelt ist? Sich beim Verzehr einer Ratatouille fragen, ob das Gemüse, aus dem sie besteht, deine Vorfahren sind?
15 (Zum Thema Vegetarier: Dass die Hindus Kühe als heilig verehren, ist lächerlich.
16 Wenn ich gewollt hätte, dass Kühe heilig sind, hätte ich sie nicht aus so ungemein köstlichem Rindfleisch gemacht.)
17 Und schließlich das Karma, die Idee wahrer kosmischer Gerechtigkeit.
18 Es ist genau die gleiche Linie, die Abraham mir Tausende Jahre zuvor aufzudrängen versuchte, und meine Antwort ist heute wie damals dieselbe: Nein, ich ziehe es vor, dass meine Wege unergründlich bleiben.
19 Meine Wege sind unergründlich und meine Gründe dafür noch unergründlicher; und die Gründe für die Gründe meiner unergründlichen Wege sind so unergründlich, dass selbst ich sie vergessen habe.
20 Aber als die Unsichtbare Kraft, die die Vorsehung austeilt, kann ich dir sagen: Sofern auf der Erde so etwas wie Karma am Werk ist, ist es *kein* Bumerang.
21 Das Karma ist eine Pistolenkugel.
22 Und wenn eine andere Kugel zurückkommt und dich trifft, bedeutet dies, dass du schlecht gezielt hast.

Kapitel 2

1 Ja, gut, am Hinduismus gibt es manches zu bewundern, aber den Buddhismus hasse ich mit jeder Faser meines Seins.
2 Ich hasse Buddha; ich hasse buddhistische Mönche; ich

hasse tibetische Glöckchen; und ich hasse jede ihrer einunddreißig Bewusstseinsebenen – ein veritables Franchisesystem des Phrasengeklingels.

3 Ich bin ein Macher. Jesus war ein Macher. Mohammed war ein Macher.

4 Das Leben ist für Macher.

5 Seier sind gut, um mit ihnen beim Fußballgucken ein Bier zu trinken, aber nicht zum Leben.

6 Das Leben als Illusion zu betrachten; die Einheit mit dem All zu suchen; Flucht vor irdischen Leiden zu ersehnen – das kann man nur als die spirituellen Ziele von 500 Millionen verrückten und dummen Feiglingen betrachten.

7 Ich frage dich: Was für eine Religion hat das Ziel, das Selbst auszulöschen?

8 Ich habe jedem menschlichen Wesen ein Selbst als untertänigen Diener gegeben, damit er mit allem ausgestattet ist, von einer Persönlichkeit bis zur Vorliebe für eine bestimmte Sorte Erdnussbutter.

9 Dein Selbst ist das Beste, was du hast!

10 Dein Selbst zu verlassen, um selbstlos zu sein, ist eigensüchtig.

11 Und wofür? »Nirwana«? Wenn das nur ein anderes Wort für »Himmel« wäre, meinetwegen; aber das ist es nicht; denn der Himmel ist ein Ort, das Nirwana hingegen, wie man uns erklärt, »ein Seelenzustand«.

12 Bitte, ihr werdet das Glück allemal eher in Sehlendorf finden (einer idyllischen Ostseegemeinde) als in irgendeinem »Seelenzustand«.

13 Und nachdem ich einige Zeit mit dem Dalai Lama verbracht habe, kann ich unter dem Siegel höchster Verschwiegenheit außerdem berichten, dass er die vierzehnte Reinkarnation von Fritz Depp ist.

14 Oh, er hat wirklich gute Sprüche drauf von Erhabenheit, Transzendenz und Nicht-Materialität, aber ich habe in seinen Körper geblickt, und er ist ebenso fleischlich, irdisch und dinglich wie du.
15 Ich traue dem Mann nicht auf Wurfweite über den Weg; ja, ja, ich weiß, ich könnte ihn auf die andere Seite des Universums schleudern, aber du verstehst, was ich meine.
16 Und Kōans? Rhetorische Fragen von Zen-Meistern, um die Grenzen des logischen Denkens zu durchbrechen und die Intuition zu befreien.
17 Was, bitte sehr, sollen rhetorische Fragen nützen?
18 Du möchtest ein Kōan? Hier ist eines: Was ist das Geräusch eines einzelnen Volkes, das zu beschäftigt damit ist, auf den eigenen Nabel zu starren, um chinesischen Panzern auszuweichen?
19 Antwort: [Chinesisches Schriftzeichen für Autsch]!
20 Du möchtest vier edlen Wahrheiten folgen? Hier hast du vier: 1) Meditation ist sinnlos. 2) Das Leben ist keine Illusion. 3) Richard Gere hat seit *Pretty Woman* in keinem guten Film mehr mitgespielt. Und 4) Das Ende des Leidens kommt mit der Befreiung vom Buddhismus.
21 Ich hasse, *hasse* den Buddhismus mehr als alles andere auf der Welt.
22 Ja, sogar noch mehr als Baby-Robben.

Kapitel 3

1 Es gibt diverse andere Religionen, denen Millionen von Menschen folgen und die deshalb vielleicht ein bis zwei Zeilen Erwähnung verdient haben.

2 Laut Wikipedia – die übrigens viel zu viele Informationen enthält – ist deren größte die »chinesische Volksreligion«, die … was auch immer.

3 Aber so toll kann sie auch nicht sein, wenn sie nach Tausenden von Jahren noch immer keinen besseren Namen hat als »chinesische Volksreligion«.

4 Der Taoismus lässt mich ebenfalls kalt: Die ganze »Yin-Yang«-Idee läuft darauf hinaus, dass alles unentschieden endet, das heißt niemand gewinnt, und das gefällt keinem.

5 Für den Konfuzianismus habe ich hingegen eine Schwäche: eine weise, gut ausgedachte Religion, praktisch, vernünftig, konzentriert auf ein moralisches Leben in der realen Welt.

6 Verkehrt daran ist nur: Es ist keine Religion.

7 Den Sikkhismus mag ich sehr; er ist wie der Hinduismus, dabei aber vollkommen monotheistisch; ich habe meine Engel sogar gebeten herauszufinden, ob ich ihr Gott bin oder nicht; wenn ich es bin, sind eine Menge Entschuldigungen fällig.

8 Bei der Bahai-Religion ist es das Gleiche; ich bin fast sicher, dass ich ihr Gott bin; so wie sie über ihn reden, klingt er *genau* wie ich.

9 Jainisten sind Weicheier.

10 Leute: OP-Masken tragen, damit man beim Einatmen keine Mikroben tötet?

11 Das Gurgeln in deinem Bauch sind einhundert Billionen Mikroorganismen, die *längst in deinem Verdauungstrakt leben* und dich auslachen.

12 Der Shintoismus macht einen ganz vernünftigen Eindruck.

13 Wicca? Also bitte.

14 Rastafarianismus ist nur ein großer Vorwand zu kiffen.

15 (Die Ironie der Geschichte liegt für mich darin, dass ihr meinetwegen keinen Vorwand zum Kiffen braucht; ich unterstütze Marihuana; ich habe es erschaffen, damit es geraucht wird; ja, auf diese Weise lerne ich viele der nettesten und hungrigsten Menschen kennen.)
16 Aber meine *mit Abstand* liebste nicht-Ich-fundierte Religion ist Scientology.
17 L. Ron Hubbard, ich salutiere dir; denn ich habe *Dianetik* gelesen; ich habe deine Celebrity Center besucht (ich hielt mich für hinreichend prominent); ich habe 250000 Dollar meines hart erschaffenen Geldes für deine Kurse ausgegeben; ich habe das Level OT VIII erreicht; ich habe sogar eine Entspannungswoche auf deinem privaten Kreuzfahrtschiff *Freewinds* verbracht, während der ich auch dein geheimes Hauptquartier unter dem Marianengraben besucht habe.
18 Und an keinem Punkt dieser Erfahrungen habe ich auch nur einen einzigen Partikel von irgendetwas gefunden, das man als Substanz bezeichnen könnte.
19 Damit, Ron, bist du das einzige Wesen außer mir, das ein komplettes Universum aus absolut nichts erschaffen hat.

Kapitel 4

1 Bleibt noch ein letzter Glaube: Keiner.
2 Mein Verlag sagt, dass er davon ausgeht, dass viele, die diese Worte lesen, in die Kategorie der Atheisten/Agnostiker/Nichtgläubigen fallen.
3 Er ist froh darüber, denn er sagt, dass das der drittgrößte Sektor des heutigen Buchmarkts ist; direkt nach den Blödmännern und den Idioten.

4 Ich nehme an, er kennt sein Geschäft; aber ich finde es seltsam, dass so viele Leser ein Buch von einem Autor kaufen, an den sie nicht glauben.

5 (Ich weiß natürlich, dass die Autorenzeile keineswegs ein Beweis dafür ist, dass die so bezeichnete Person tatsächlich der Autor ist oder überhaupt *existiert.*

6 Man betrachte nur James Patterson; er hat letztes Jahr 14 Millionen Bücher verkauft, wobei die meisten von Affen geschrieben wurden, die man mit Schreibmaschinen in einen Raum sperrt; und nicht einmal die sprichwörtlichen tausend Affen mit tausend Schreibmaschinen, die rund um die Uhr arbeiten, sondern bloß drei Affen, die sich zwei Schreibmaschinen teilen und fünf Tage die Woche acht Stunden arbeiten.)

7 Wenn ich an den Atheismus denke, fallen mir vor allem die vielen denkwürdigen und dummen Zitate ein, die er hervorgebracht hat.

8 Das bekannteste ist natürlich Nietzsches »Gott ist tot«, das schon vor langer Zeit die klassische Erwiderung gefunden hat »Gott ist tot (Nietzsche). Nietzsche ist tot (Gott)«.

9 Siehe, wenn je etwas komisch war, weil es wahr war, dann das.

10 Dann gibt es Voltaires Zitat: »Gäbe es keinen Gott, so müsste man ihn erfinden.«

11 Das ist eine elegante Formulierung, die jedoch bei näherer Betrachtung in sich zusammenbricht; denn gäbe es mich nicht, gäbe es auch keine Werkzeuge, mich zu erfinden; und auch kein Patentamt, was bedeuten würde, dass dem Erfinder eine Menge Erlöse entgehen würden.

12 Voltaires Zitat führte zu folgendem Bonmot von Bertrand Russell: »Dort im Regal steht eine Bibel. Aber ich stelle sie immer neben Voltaire. Gift und Gegengift.«

13 Wirklich, Bert? Dann ist das meine Antwort: »Die Bibel ist Gift (Russell). Russell ist Gift (Gott)!«
14 Hmmm, mit Nietzsche hört sich das irgendwie besser an.
15 Edmond de Goncourt: »Wenn es einen Gott gibt, muss der Atheismus ihm wie eine geringere Beleidigung vorkommen als die Religion.«
16 Eigentlich nicht, nein.
17 Frank Lloyd Wright: »Ich glaube an Gott, ich buchstabiere ihn nur Natur.«
18 Nein, Frank; es buchstabiert sich G-o-t-t; N-a-t-u-r ist ein vollkommen anderes Wort.
19 Ernest Hemingway: »Alle denkenden Männer sind Atheisten.«
20 Und siehe, Ernie, alle denkenden Götter lesen lieber F. Scott Fitzgerald!
21 A. A. Milne: »Das Alte Testament ist für mehr Atheismus, Agnostizismus und Unglauben – nennen Sie es wie Sie wollen – verantwortlich als jedes andere Buch, das je geschrieben wurde; es hat mehr Kirchen geleert als alle feindlichen Verlockungen wie Kino, Motorrad und Golfplatz.«
22 Netter Spruch, A. A.! Wer hat den für dich geschrieben, Tiger oder Pu?!?
23 *[Erholt sich von einem Lachanfall.]*
24 Oh, manches, was Ungläubige so sagen, ist einfach unglaublich.
25 Ich bin sicher, sie würden es zu Propagandazwecken gern sehen, wenn ich – oder genauer gesagt »ich«, denn ich bin ja nur ein Gebilde meiner eigenen Fantasie – meine lange Litanei der Ungehörigkeiten fortsetzen würde, um ihre Gottlosigkeit zu propagieren.
26 Doch dessen werde ich mich enthalten.

27 Atheisten: Ihr mögt nicht an mich glauben; aber ich glaube von ganzem Herzen an *euch.*
28 Also, nur zu; räumt mir weiterhin nicht einmal einen Misstrauensvorschuss ein.
29 Aber überlegt euch schon mal, was ihr für den unendlich unwahrscheinlichen Fall sagen würdet, dass ihr mir eines Tages gegenübersteht.
30 Ja; fangt *jetzt* damit an, darüber nachzudenken; denn sollte es je geschehen, kann ich euch eines versprechen: Es wird eine kurze Begegnung werden.

Oviductus

»Über Abtreibung«

Kapitel 1

1 Ach, ich werde das Folgende kurz halten.

2 Eines Tages rief ich aufgeregt meine Lektorin an.

3 »Sitzt du?«, fragte ich.

4 »Ja, Gotti-Baby, was gibt's denn?«, fragte sie.

5 »Sarah, du und ich … wir werden ein Kapitel über Abtreibung haben!«

6 *[Schweigen]*

7 »Hast du gehört, was ich gesagt habe?«, fragte ich. »Wir … werden … ein Kapitel über Abtreibung haben!

8 Eine definitive Erklärung über meine Empfindungen zu dem Thema, die wir mit der ganzen Welt teilen können!«

9 *[Schweigen]*

10 »Bist du noch da?«

11 »Ja … bist du sicher, dass wir das tun sollten?«

12 »Ja!«

13 »Woher weißt du das?«

14 »Wahrlich, ein Gott weiß so was einfach.«

15 *[Weiteres Schweigen]*

16 »Ich dachte, du würdest dich freuen.«

17 »Gott … wir hatten darüber gesprochen. Ich habe dir ganz deutlich gesagt: Ich bin nicht bereit, die Konsequenzen zu tragen, die die Veröffentlichung eines Kapitels über Abtreibung mit sich bringt.

18 Jedenfalls in den nächsten paar Jahren noch nicht.«

19 »Aber du hast auch gesagt, wenn mich ein solches Kapitel glücklich macht, würdest du es mit offenen Armen aufnehmen.

20 Außerdem, hast du nicht gesagt, dass du dir ein bisschen kontroverse Diskussion wünschst?«

21 »Ein *bisschen,* ja.

22 Werwölfe zum Beispiel.

23 Mit einem Kapitel über Werwölfe könnte ich umgehen.

24 Es wäre nett, eins zu haben.

25 Aber das ist etwas ganz anderes, Gott. Ein Kapitel über Abtreibung würde all unsere Zukunftspläne über den Haufen werfen; alles, wofür wir so hart gearbeitet haben.

26 Das Marketing, das Zielpublikum, die Sicherheitsmaßnahmen … *alles.*«

27 »Na, na, das kriegen wir schon hin, Sarah; beruhige dich, du bist hysterisch.«

28 »Nein, du bist – verdammt, ich hasse es, wenn du mich dazu zwingst! – *Du* bist derjenige, der naiv ist, Gott.«

29 »Dann tut es mir leid, dass du so denkst. Aber die Entscheidung ist gefallen. Das Kapitel ist schon empfangen. Wir werden es bekommen.«

30 »Ach ja? Und was ist mit mir, Gott? Hat die Lektorin in der Sache vielleicht auch ein Mitspracherecht? Oder bin ich bloß hier, um meine Grammatik zu spenden?«

31 »Aber was ist mit dem *Kapitel,* Sarah? Bekommt das *Kapitel* ein Mitspracherecht?

32 Ich kann schon spüren, wie es sich in mir regt, Sarah. Wie es strampelt und … und … und ich glaube, ich liebe dieses Kapitel über Abtreibung schon jetzt, Sarah.«

33 »Kommst du wenigstens mit, wenn ich mit dem Verleger spreche?«

34 »Nein! Es ist mir egal, was der Verleger sagt! Was ein Autor mit seinem Buch macht, geht niemanden außer dem Autor etwas an!
35 LASS DEINEN SCHMUTZIGEN KORREKTURSTIFT VON MEINEM KAPITEL!«

Kapitel 2

1 Ein Monat verstrich, und das Kapitel über Abtreibung rührte sich in mir, und seine Realität wurde mit jeder Woche, die verging, greifbarer.
2 Während eines als »Routine-Termin« angekündigten Treffens mit Sarah, dem Verleger und der gesamten Marketingabteilung, wurde ich dann gezw

1400 Jahre Heiligkeit

Kapitel 1

1 Ich werde nun eine häufig übersehene Phase meiner Karriere ansprechen: die letzten 1400 Jahre.

2 Es war eine ereignisreiche Zeit.

3 Ich will mit dem Mittelalter beginnen, das ich als sehr angenehm in Erinnerung habe.

4 Besonders die dunklen Jahrhunderte; herrlich.

5 Ich erinnere mich daran, wie du dich vielleicht an einen Kindheitssommer in Omas Landhaus am See erinnerst, wo die Tage verträumt ineinander übergingen, du dich in der Zuwendung der dich Liebenden sonntest und endloses Ergötzen in der Betrachtung der winzigen Krabbelwesen empfandest, die unter deinen Füßen wimmelten.

6 Vielleicht machtest du dir hin und wieder einen Spaß daraus, eins davon mit einer Lupe zu verbrennen, aber die meiste Zeit warst du mit bloßem Zusehen zufrieden.

7 Ja, man mag über die Armut, den Schmutz, die Krankheiten, die intellektuelle Trägheit und die kulturelle Stagnation des Mittelalters nörgeln; aber für mich sind das Petitessen.

8 Aus meiner Sicht war es die großartigste Ära der Menschheitsgeschichte; vor allem in Europa, wo niemand klagte; die Menschen erwarteten nicht viel vom Leben, und jeder – *jeder* – hatte eine Religion.

9 Und die Architektur! Die großen mittelalterlichen Kathedralen zählen für mich nach wie vor zu deinen größten Errungenschaften, Bauwerke, die meiner und meines Sohnes würdig sind.
10 (Wenn ich eine besuche, kann ich manchmal buchstäblich meine eigene Gegenwart *spüren.*)
11 Ich liebe vor allem die farbigen Glasfenster; denn es ist unmöglich, ein Werk in dieser Kunstform zu schaffen, das nicht Ehrfurcht gebietend ist.
12 Durch sie wird ein Kreis zum Heiligenschein, ein Vogel zu einem Engel und ein Gesicht zu einem Gott; ich bin sicher, hoch oben in einem sonnendurchfluteten Kirchenschiff würde auch die Glasmalerei einer Supermarkteinrichtung dem Betrachter am Boden erscheinen wie Himmelshallen, die von einem reichen Überfluss an Waren überquellen, die alle zu Preisen angeboten werden, die die Grenzen zwischen dem Irdischen und dem Göttlichen verwischen.
13 Und die Nörgler, die bekritteln, dass das Mittelalter eine Zeit grausamen religiösen Zwistes war, möchte ich darauf hinweisen, dass es das sowohl mit dem vorausgehenden Frühalter als auch mit dem noch kommenden Spätalter gemein hat.
14 (Und warte erst, bis du das Letztalter siehst!)
15 Und zur reinen spirituellen Unterhaltung gibt es *nichts,* was den Kreuzzügen vergleichbar wäre.
16 Für mich als Gott war der Anblick von Christen und Muslimen, die sich mehr als zweihundert Jahre lang gegenseitig massakrierten, zutiefst befriedigend.
17 Denn siehe, es geht nichts über das Spektakel von Zehntausenden von Leuten, die dir ihre unsterbliche Liebe erklären, indem sie mit einem Spieß auf Zehntausende andere

Leute losstürmen, die von ebenso unsterblicher Liebe für dich erfüllt sind.
18 (Vor allem, wenn du weißt, dass die theologischen Differenzen zwischen den beiden großen Glaubensrichtungen in dieser verrückten Welt nicht viel bedeuten.)
19 Und es gab so viele Kreuzzüge! Wahrlich, so viele, dass selbst *ich* Probleme hatte mitzuhalten.
20 Es waren mindestens neun; aus einigen gingen die Christen als Sieger hervor, aus anderen die Muslime.
21 Und dann gab es auch noch diesen Kinderkreuzzug; ich nehme an, den hat keiner gewonnen, obwohl die Händler, die all die kleinen Kinder in die Sklaverei verkauften, wahrscheinlich ganz gut dabei weggekommen sind; denn damals war ein guter Kindersklave sein Gewicht in Nelken wert.
22 Aber ebenso wenig wie bei Sportwettkämpfen habe ich zu irgendeinem Zeitpunkt der Kreuzzüge aktiv zugunsten einer der beiden Seiten ins Geschehen eingegriffen oder ihr auch nur die Daumen gedrückt.
23 Lautet die einzig richtige Antwort für einen liebevollen Vater nicht: »Oh, können sie nicht beide verlieren?«

Kapitel 2

1 Ich habe auch deshalb nur warme Erinnerungen an das Mittelalter, weil es eine Zeit war, in der die Monarchie die einzig vorstellbare irdische Staatsform war.
2 Rom war gefallen und mit ihm jede Idee einer Legislative; danach war Europa kaum mehr als eine Ansammlung sich bekriegender monarchistischer Ministaaten.

3 Derer gab es viele; einmal waren es 87000, manche da-
von mit nur zwei Bewohnern, von denen aber selbst dann
einer der König und der andere der Vorkoster war.
4 Ich bin ein großer Befürworter von Königreichen; irgend-
was an der Idee, dass ganze Horden sich untertänig vor ei-
nem einzigen Thron verbeugen, gefällt mir.
5 (In diesem Punkt ist Jesus anderer Meinung; er bevorzugt
eine gemeinschaftlichere Regierungsform, die sich auf Res-
sourcenteilung, Pflege der Kranken, Glaube, Hoffnung und
einen dritten abstrakten Substantiv gründet, bis zu dem ich
ihn meist gar nicht erst kommen lasse.
6 Denn jedes Mal, wenn er seine utopische Vision zu pre-
digen beginnt, schneide ich ihm wütend das Wort ab: »Das
ist Sozialismus!«
7 Und er sagt: »Nein, Vater, das ist kein Sozialismus.«
8 Und er behelligt mich mit weiteren Details seiner Welt-
sicht, bis ich ihn wieder unterbreche: »Jawohl, Sozialismus!
Du bist ein Sozialist!«
9 Und er sagt: »Vater, das ist nur ein Buh-Wort, um andere
zu verteufeln.«
10 Und ich sage: »Du bist verteufelt?!? Hinaus! Weiche von
meinem Sohn, du böser sozialistischer Geist!«
11 Und er sagt: »Vater, ich bin Jesus Christus. Glaubst du
wahrhaftig, ich wäre besessen?«
12 Und ich sage: »Fürwahr, nein; denn ein sozialistischer
Dämon würde dich nicht ›besitzen‹; er würde dich mit
all seinen faulen, von Sozialhilfe lebenden, dämonischen
Freunden teilen.
13 Wirklich, Jesus, deine verräterischen Reden lassen mich
beinahe an der Authentizität der seltsamen Umstände um
deine Geburt zweifeln.
14 Wenn du so weitermachst, verlange ich noch, dass du

mir eine Kopie der Langfassung deiner Geburtsurkunde vorlegst.«

15 (Stichwort: Der Blick.)

16 Im Mittelalter florierten alle möglichen dualistischen Hierarchien: König – Untertan; Papst – Kirche; Priester – Herde; Herr – Diener; Glück – Elend.

17 Aber die Aufrechterhaltung dieser Hierarchien wäre nicht möglich gewesen, wenn dies nicht auch eine Ära gewesen wäre, an der die Lesefähigkeit ihren Platz in der Welt noch kannte: als exklusiver Besitz religiöser Fanatiker.

18 Denn für die mittelalterlichen Mönche waren Bücher hoch geschätzte Güter und das Lesen eine Art Sakrament; und sie feilten so eisern an ihrer Handschrift, dass sie nur kunstvoll verzierte Manuskripte hinterließen, die in ihrer glanzvollen Unlesbarkeit unübertroffen sind.

19 Zugegeben, der Islam erlitt zur selben Zeit ein »Goldenes Zeitalter«, geprägt durch eine blühende Kultur und gewaltige Fortschritte in den Künsten und Wissenschaften; aber ich war geduldig.

20 Ich wusste, dass unter diesem urbanen Äußeren ein puritanischer Kern schlummerte, der nur darauf wartete, zum Vorschein zu kommen.

Kapitel 3

1 Das gesamte Mittelalter hindurch behielt ich die menschlichen Angelegenheiten genau im Blick, aber was göttliche Interventionen betrifft, markierte diese Ära den Beginn der dritten und letzten Phase meiner dramatischen Karriere.

2 Denn wie die Garbo hatte ich stumm angefangen und den

Übergang zum Ton geschafft; doch nun wollte ich mehr und mehr nur noch in Ruhe gelassen werden.

3 Deshalb hatte ich zunehmend weniger Cameo-Auftritte; und viele berühmte Gestalten jener Ära, die weithin als meine Verbündeten oder Menschen gelten, die Umgang mit mir gepflegt hätten, waren in keinster Weise mit mir assoziiert.

4 Attila, der Hunne, etwa, schon zu Lebzeiten mit dem Spitznamen »die Geißel Gottes« belegt, war fürwahr eine Geißel, aber nicht meine; er war nur eine Stammesgeißel, die alles geißelte, was ihm hunnenhaft geißelbar erschien.

5 Dasselbe gilt für die Wikinger; ich habe bei keinem ihrer Raubzüge, bei keiner Beutefahrt oder Plünderung eine Rolle gespielt, obwohl ich ihre Arbeit bewundert habe.

6 (In einer kleinen Nebenbemerkung muss ich meinem Missvergnügen darüber Ausdruck verleihen, dass drei deiner sieben Wochentage nach heidnischen germanischen Göttern benannt sind.

7 Dienstag, Donnerstag, Freitag; du verbringst sechzig Prozent deiner Arbeitszeit in nomenklaturischer Walhalla.

8 Am schlimmsten ist der Freitag, denn es ist der Tag, an dem ich gezwungen bin, mir endlosen irrtümlichen Dank anzuhören.

9 Dankt nicht mir, dankt Freia, der nordischen Göttin der Liebe, ihr unwissenden Heiden.)

10 Und irgendwann auf seinem brutalen Eroberungsfeldzug durch halb Eurasien erklärte Dschingis Khan: »Ich bin die Strafe Gottes.«

11 Ich habe keine solche Strafe geschickt.

12 Ebenso wenig waren die großen Helden jener Zeit mit mir im Bunde; Karl der Große etwa, der von vielen seiner Untertanen vergöttert wurde, nachdem er sein Königreich

in »Heiliges Römisches Reich« umbenannt hatte; sie nahmen es als Zeichen meiner Gnade, doch das war es nicht, es war einfach gutes Marketing.

13 Und die Ritter, die als vorgebliches Vorbild des christlichen Kriegers durch die Lande streiften; einige retteten hübsche Jungfrauen, andere raubten hübsche Jungfrauen, und mehr als die Hälfte von ihnen verkleideten sich unter ihrer Rüstung als hübsche Jungfrauen, aber nichts von alldem war »das Werk des Herrn«.

14 Sogar Dante, Autor der Göttlichen Komödie – der größten Science-Fiction-Trilogie aller Zeiten –, hat allein gearbeitet; aber sein Werk sprühte so vor Erfindungsreichtum, dass ich mir am Ende ein paar seiner Ideen »geborgt« habe wie übrigens auch der Teufel.

15 (Welche? Da müsst ihr abwarten!)

16 Aber es gab einige wenige bedeutende Ereignisse in diesem gottesfürchtigsten aller Zeitalter, bei denen ich tatsächlich ein bisschen Gott gespielt habe.

17 Das eine war der Schwarze Tod, den ich bereits weiter oben im Zusammenhang mit einem von Raphaels großartigen Scherzen erwähnt habe; ich habe ihn über Europa verhängt als strenge, aber gerechte Strafe für … irgendwas.

18 Ich kann mich im Augenblick nicht im Detail erinnern, aber wie ich mich kenne, könnte es irgendwas mit Bosheit und Lasterhaftigkeit zu tun gehabt haben.

19 Oder vielleicht war es auch einfach nur »diese Zeit im Jahrhundert«.

20 Des Weiteren habe ich eine aktive Rolle bei der Christianisierung Irlands gespielt und St. Patrick auf seinen Reisen über die Grüne Insel geleitet.

21 Ja, ich habe St. Patrick gern zugesehen, wie er auf seinem Weg paradierte, in bunter Pracht marschierte und stolzierte

und viele gleichgesinnte Männer, die er unterwegs traf, einlud, sich seinem festlichen Umzug anzuschließen; und das taten auch viele, häufig beseelt von Met, und bekehrten dieser Art die ganze irische Nation zu Christus und/oder der Sodomie.

22 Und ich habe Marco Polo auf seiner epischen Reise nach China persönlich geführt.

23 Er hatte inständig gebetet, ich möge seine Wanderlust befriedigen, indem ich ihn bis in den Orient geleitete; also willigte ich ein, ihm zu helfen, aber nur, wenn er gelobte, vollkommen auf meine Navigation zu vertrauen.

24 Also hielt er die ganze Reise über die Augen geschlossen; die Richtung der Fahrt bestimmte er, indem er wiederholt seinen Vornamen rief und auf den Klang meiner Stimme vor ihm lauschte, die mit seinem Nachnamen antwortete.

25 Auf diese langsame, aber seltsam angenehme Art reiste er von Venedig nach Kathai, wo er seine Ankunft mit einem Sprung in den Pool feierte.

Kapitel 4

1 Und dann war da noch Johanna von Orleans, jene süße, unschuldige Bauerntochter, die sich mir ohne Umschweife hingab.

2 Nein, ich scherze, in Wahrheit lag mir Johanna von Orleans sehr am Herzen, denn sie war niemand anderes als die irdische Inkarnation meiner Tochter Kathy, auf die Erde gesandt wie ihr Bruder, um geboren zu werden, andere zu inspirieren und jung zu sterben.

3 Jesus und H.G. waren schon seit Langem aktive Partner

in sämtlichen Geschäftsbereichen geworden, aber Kathy hatte die letzten vierzehnhundert Jahre davor damit zugebracht, Ruth bei ihren Pflichten als Himmelsfrau zur Hand zu gehen.

4 (Beachte, dass ich nicht gesagt habe »nur Himmelsfrau«, denn ich weiß, wie schwierig es ist, den Himmel in Ordnung zu halten.

5 Ja, in gewisser Weise ist Himmelsfrau der härteste Job von allen!)

6 Seit seiner triumphalen Rückkehr hatte Kathy Jesus bewundert und auch ein wenig beneidet; ich bin nicht der Typ, der sich Sorgen macht, aber etwa jedes Jahrhundert einmal bekam ich mit, wie sie unter einem offenkundigen Märtyrer-Komplex leidend jammerte: »Das ist ungerecht! Warum lässt Daddy mich nicht für sich sterben?

7 Ist es, weil ich ein Mädchen bin?«

8 Mehr als tausend Jahre lang überhörte ich ihre Klagen, denn sie wollte eine Laufbahn einschlagen, an deren unvermeidlichem Ende ein früher qualvoller Tod stand, was ich mit großer Besorgnis sah.

9 Manchmal bin ich wie gesagt ein wenig überbehütend.

10 Aber Kathy war mein Augapfel, und als ich sie 1421 ein weiteres Mal murren hörte, machte ich mich voller Liebe daran, ihren Tod zu arrangieren.

11 Ihre Mission musste nicht so global sein wie die von Jesus, nur ein Auftritt, der in irgendeinem epischen irdischen Unternehmen den Ausschlag geben würde; und die naheliegende Wahl war zu der Zeit der Hundertjährige Krieg.

12 Er wurde schon damals so genannt, obwohl er da erst seit fünfundsiebzig Jahren tobte, denn in jenen Tagen träumten Männer noch große Träume.

13 Bis zu jenem Zeitpunkt war der Krieg ein rein säkularer

Konflikt zwischen England und Frankreich gewesen; sein Ausgang war mir völlig gleichgültig, doch es war ein hinreichend großer Waffengang, um Kathys bescheidenen messianischen Zielen zu genügen, also beschloss ich, sie mittendrin abzusetzen.

14 Ich warf eine Münze; Zahl, sie wurde Französin.

15 Ich werde dir die ermüdenden Einzelheiten unserer Planung und des Lebens von Kathy/Johanna ersparen, die du anderenorts nachlesen kannst, obwohl ich darauf hinweisen möchte, dass anders als bei Jesus und Joseph noch keine definitive Musicalfassung *ihrer* Lebensgeschichte geschrieben wurde.

16 Aber im Gegensatz zu Jesus erfuhr »Johanna« ihre wahre Identität nie, sodass sie sich bis zum Augenblick ihres Todes für nichts mehr als eine französische Bäuerin hielt.

17 Oder in den Begrifflichkeiten der Zeit: eine »dreifache Nicht-Bedrohung«.

18 Aber ihre Brüder und ich überwachten ihren Fortschritt eng; die »Heiligen«, die sie besuchten und ihr befahlen, für Frankreich zu kämpfen, waren eigentlich nicht Michael, Katharina und Margareta, sondern wir drei in Tarnkleidung.

19 Ich war Michael, nur damit du das weißt.

20 Und siehe, Kathy wuchs mit ihrer Herausforderung; sie war furchtlos und unkorrumpierbar; sie hat für immer bewiesen, dass eine Frau in einer Männerwelt etwas erreichen konnte, wenn sie nur tough war, ihre Weiblichkeit versteckte, ihre Haare wie eine Lesbe trug und unter dem persönlichen Schutz von deinem Gott und König stand, und davon gab es nur eine.

21 Und sie war auch schlau; denn als ich sie nach dem Prozess im Gefängnis besuchte, um ihr mitzuteilen, dass die Engländer sie enthaupten wollten, sagte sie: »Verzeih mir,

Herr; aber wenn es darum geht, andere durch das Leiden zu inspirieren, wäre es da nicht vielleicht effektiver, wenn ich eine qualvolle öffentliche Verbrennung auf einem langsam geschürten Scheiterhaufen erleide?«

22 Sie hatte recht, ich hatte unrecht. Punkt.

23 Aber während ihr Fleisch noch schmorte, erhob sich Kathys Seele himmelwärts; dort begrüßte sie ihre ganze Familie und das komplette himmlische Kontingent mit einem fröhlichen »Überraschung!«, und die Überraschung war natürlich, dass sie Gottes eingeborene Tochter war.

24 Und sie war überrascht, ehrlich überrascht; ich war so froh, dass wir es geschafft hatten, das Geheimnis zu hüten.

25 Bis heute ist Kathy sehr stolz auf alles, was sie als Johanna erreicht hat; und auch wenn sie seitdem wieder ihrer Mutter bei der Himmelsarbeit hilft, spricht sie immer noch liebevoll von ihrer Zeit als Nationalheldin.

26 Und auch du hast ihre Leistung anerkannt; denn 1920 hat die römisch-katholische Kirche sie offiziell heiliggesprochen.

27 Das ist nicht dasselbe, wie ein Drittel der Dreifaltigkeit zu sein, aber trotzdem: Mein Mädchen!

Kapitel 5

1 Leider muss alles Gute ein Ende haben.

2 (Ich liebe diese Redensart, denn ihre implizite logische Folge ist ebenso wahr: Alles Schlechte muss ewig weitergehen.)

3 Ein strenger Winter weicht einem stürmischen Frühling; eine hinreißende Raupe entpuppt sich als unansehnlicher

Schmetterling; und irgendwann welkte die duftende Blüte des Mittelalters zur Renaissance.

4 Zumindest ergab das Zeitalter sich nicht kampflos; denn es schwang sich in Form der spanischen Inquisition zu einem letzten Spektakel heiligen Wahnsinns auf.

5 Ich wusste, dass das Ende des Mittelalters unvermeidlich war; lange schon hatte ich die Wiederkehr eines deiner periodischen Humanismusanfälle erwartet; offen gestanden war ich angenehm überrascht, wie lange du es geschafft hast, den Status quo zu halten.

6 Zumindest bot mir die Renaissance Gelegenheit, etwas zu tun, was ich seit mehr als fünftausend Jahren immer wieder aufgeschoben hatte: Ich stand Modell für ein offizielles Porträt.

7 Denn selbst ein berüchtigt strenger Kunstkritiker wie ich musste anerkennen, dass im Europa jener Zeit große Werke geschaffen wurden, und besser noch, die meisten waren Darstellungen christlicher Szenen, was sehr befriedigend war.

8 (Obwohl ich kurz anmerken möchte, dass sie Marias tatsächliches Aussehen nach Christi Geburt nie auch nur annähernd getroffen haben; denn sie wird als engelsgleich, verträumt und liebevoll dargestellt, während sie in Wirklichkeit erschöpft, aufgequollen und in Fruchtwasser gebadet war.)

9 Die Engel schrieben den Auftrag aus, und wir erhielten mehr als 2000 Angebote aus ganz Europa, von traditionell (Höhlenmalerei) bis Avantgarde (Aquarell, unglaublich).

10 Am Ende blieben zwei Finalisten übrig, zwei junge, angesagte Italiener namens Lenny und Mike.

11 Beide hatten beste Referenzen: Jesus und die Apostel lobten Lenny in den höchsten Tönen, und König David schwärmte davon, wie heroisch Mike jeden Teil seines Körpers mit Ausnahme seines Penis dargestellt hätte.

12 Beide waren qualifiziert; wir konnten uns nicht entscheiden; am Ende bekam Mike den Auftrag, hauptsächlich aus Termingründen.

13 Denn er war der Einzige, der am 8. November 1511 Zeit hatte, auf den Tag genau 500 Jahre vor dem Erscheinungsdatum dieses Buches, wie ich wusste.

14 Ein unschätzbarer Anlass für ein Tie-in-Marketing, den man immer gerne mitnimmt.

Kapitel 6

1 Es war ein Einmal-in-alle-Ewigkeit-Ereignis.

2 Ich war sehr nervös; ich brauchte Stunden, um zu entscheiden, welche sterbliche Verkleidung meinen grenzenlosen Glanz am ehesten repräsentieren würde, entschied mich dann letztlich für ein Gewand, das um die Hüften sehr schmeichelhaft fiel.

3 Ich mag diesen weißen Umhang; er impliziert Reinheit, und aus irgendeinem Grund wecken meine wehende Mähne und der buschige Bart bei dir ein Gefühl von unendlicher Kraft und vollkommenem Urteil; deshalb habe ich auch eine halbe Stunde lang still gesessen, während die Stylistin meine Frisur auftoupiert hat.

4 Solcherart zurechtgemacht, betrat ich die Sixtinische Kapelle und lernte Mike kennen, fürwahr ein großes Genie, endlos kreativ, unstet, temperamentvoll und egoman; für ihn war die Welt nichts als Futter für seine Vision davon, wie die Dinge sein sollten; ich kannte den Typus.

5 Wir plauderten nicht, denn ich bin ein sehr beschäftigter Gott; rasch nahm ich die Position ein, die unsere Vertreter vorher ausgehandelt hatten.

6 Der Augenblick, der für die Ewigkeit festgehalten werden sollte, war »die Erschaffung Adams«; die Engel, die sich um mich scharten, waren meine echten Engel: Gabriel, Uriel, Michael, Raphael und acht andere, die ich aus kompositorischen Gründen ausgewählt hatte oder weil sie die Kinder von Freunden waren.

7 »Adam« war ein toskanischer Muskelmann namens Umberto.

8 Mike erklärte mir, Umberto sei sein Lehrling, der »für die Reinigung meiner Pinsel« zuständig sei.

9 Ich reagierte nicht; zu einfach.

10 Mike legte sich auf einem in der Kapelle errichteten Gerüst auf den Rücken; Umberto, die Engel und ich standen auf einem zweiten Gerüst neben ihm Modell; Mike drehte den Kopf zur Seite, blinzelte in unsere Richtung, blickte wieder an die Decke und malte, bevor er erneut den Kopf wandte.

11 Das tat er acht Stunden lang ohne Pause, und in der ganzen Zeit sprach er nur einmal, um mich zu bitten, meinen Finger auf Adam zu richten.

12 Ich fragte: »So besser?«

13 Er sagte: »Noch näher.«

14 Ich fragte: »So besser?«

15 Er sagte: »Noch näher.«

16 Ich fragte: »So besser?«

17 Er sagte: »Noch näher.«

18 Ich fragte: »So besser?«

19 Er sagte: »Bingo.«

Kapitel 7

1 Wenn eine Religion anfängt, zur Mission oder Sicherung des eigenen Bestands krasse Marketing-Techniken anzuwenden, besteht die große Gefahr, dass sie diese Techniken billig macht oder sogar permanent korrumpiert.
2 Ich bin der Herr dein Gott, König des Universums; und ich habe viel zu viel Respekt vor der Kunst, andere dazu zu bewegen, Dinge zu sagen oder zu kaufen, die ihrer nicht würdig sind, um Gefallen daran zu finden, mit anzusehen, wie diese Kunst für Dinge prostituiert wird, die würdig sind.
3 Als meine Söhne mir also berichteten, dass der Papst zur Steigerung seiner Einnahmen »Ablassbriefe« verkaufte, wurde ich gottteufelswild.
4 Die Kirche erzählte den Sündern, also euch allen, dass sie mit ihren Geldgeschenken göttliche Vergebung für vergangene und zukünftige Verfehlungen kaufen könnten.
5 Der Geld-Sünden-Wechselkurs schwankte natürlich, abhängig vom Zustand der Wirtschaft und der öffentlichen Moral, aber alltägliche Masturbationen wurden in der Regel für um die fünf Goldmünzen vergeben.
6 Trunkenheit machte einen um zehn Goldmünzen ärmer, ebenso wie Diebstahl, Raufereien und falsches Zeugnis.
7 Unzucht kostete 20, ehebrecherische Unzucht 30 und homosexuelle Unzucht 40; homosexuelle Unzucht gegen Geld machte 50 Goldmünzen, es sei denn, man hatte selbst mehr als 50 verlangt, dann waren es sechzig.
8 Das waren Wucherpreise, und bedenke, dass zusätzlich ein Trinkgeld üblich war.
9 Es war eine empörende Praxis, vor allem, wenn du jemals

den Vatikan besucht hast, denn dann weißt du, dass man sich dort nicht direkt abrackern muss, um die Miete zu bezahlen.

10 Aber das passte zu dem Umstand, dass die Kirche über die vergangenen Jahrhunderte aufgeblähter geworden war als Heinrich VIII. nach einem Ochsenbraten zu Pfingsten.

11 Insbesondere das Papsttum war nicht mehr das, was es einmal war; denn die Kardinäle waren in ihrer Arroganz immer achtloser mit dem Auswahlverfahren umgegangen; für jeden Gregor den Großen, der ein Lächeln auf mein Antlitz zauberte, kam ein Sixtus der Päderast, um Sand ins Getriebe zu streuen.

12 Der Tiefpunkt war 1402 mit dem Aufstieg von Alexander VI. erreicht, einem Mann, der zehn Kinder von drei Mätressen hatte – etliche während seines Pontifikats – und den Petersdom buchstäblich in ein Bordell verwandelte.

13 Alexander VI. war ein so furchtbarer Mensch und eine derartige Katastrophe, dass Jesus bei einem Treffen, bei dem ich seinen Namen erwähnte, unvermittelt losbrüllte: »Der blöde Wichser!«

14 Und solche Ausdrücke nimmt er nur höchst selten in den Mund.

15 Kurz nach meiner Sitzung in der Sixtinischen Kapelle erklärten er und H. G. mir, dass sie einige radikale Schritte zur Reform des Christentums in die Wege leiten wollten.

16 »Jungs«, sagte ich, »ich habe gewisse Bedenken, den Glauben so radikal zu verändern; aber ich habe, wie ihr wisst, höchste Achtung vor der Heiligen Dreifaltigkeit; und wie es aussieht, bin ich überstimmt.

17 Ich möchte euch nur bitten, die römisch-katholische Kirche nicht vollständig dichtzumachen; denn ich habe mir eine gewisse Zuneigung für das alte Mädchen bewahrt; und

bedenkt außerdem, wie viel wir mittlerweile allein in die Kostüme investiert haben.
18 Aber wenn ihr einen neuen *Zweig* des Christentums als Konkurrenzunternehmen erschaffen wollt, nur zu!«

Kapitel 8

1 Am Morgen des 31. Oktober 1517 erwachten die Bewohner von Wittenberg in Deutschland nach einer besonders fröhlichen Nacht der Ausgelassenheit.
2 Toilettenpapier war auf den Straßen verstreut; Eier tropften von der Fassade des Rathauses; und alle erhoben sich müde und erschöpft, denn halbwüchsige Scherzbolde hatten die ganze Nacht die Glocken geläutet und waren dann weggelaufen.
3 In Erwartung des Tohuwabohus hatte der Küster der Schlosskirche seinen Hahn auf 5.30 Uhr gestellt, damit ihm genug Zeit blieb, die Grabsteine auf dem Friedhof wieder aufzurichten und die Reste der verloschenen brennenden Dungbeutel von den Wänden des Kirchenvorraums zu wischen.
4 Aber als er sich dem Gotteshaus näherte, bemerkte er etwas Sonderbares: einen dicken Stapel Pergament, der an das Portal genagelt war.
5 Zunächst war der Küster verärgert; denn jedermann wusste, dass der Platz für öffentliche Bekanntmachungen der Kiosk auf dem Dorfplatz war, wo sich die jungen Studenten versammelten, um Informationen über zu vermietende Zimmer und den Versammlungsort für die anstehende Demonstration zur Legalisierung von Wermut zu bekommen.

6 Doch dann wich der Ärger Entsetzen; denn als er sich dem Pergament näherte, las er seinen fett geschriebenen Titel: *95 Thesen zu Wirkungen und Nebenwirkungen der Ablassbriefe, von Martin Luther.*
7 Luther war ein junger, ehrgeiziger Professor an der Universität Wittenberg, einer Lehranstalt, die sich ambitioniert darum bemühte, den Ruf loszuwerden, hier würde auch der Ausschuss der Universität Greifswald einen Abschluss schaffen.
8 Luther hatte mehrere Jahre als Mönch gelebt und sich der Abstinenz, dem Fasten und langen Stunden des Gebets gewidmet, bevor er diesen Lebensstil letztendlich als »zu frivol« verwarf.
9 In seinen weiteren Predigten und Schriften kommt er als liberal und antiautoritär rüber, ein Widersacher der Wohlhabenden, Verächter der Korruption und leidenschaftlicher Reformer im Dienste des »gemeinen Manns«.
10 Privat war er allerdings ein sauertöpfischer, aufbrausender Mann, der in Bezug auf seine Person *keinen* Ungehorsam duldete und fast jedem »gemeinen Mann«, der seinen Weg tatsächlich kreuzte, mit Verachtung begegnete.
11 Siehe, er war ein Michael Moore im Wams.
12 Es war H. G. gewesen, der diesen äußerst unsympathischen Menschen als Erster entdeckt und in dessen einzigartiger Mischung aus Gerissenheit, Selbstgerechtigkeit und dem tiefen Bedürfnis, gehasst zu werden, das perfekte Vehikel erkannte, um eine Revolte gegen die Kirche zu lancieren.
13 Und es war der Geist von H. G., der Luther erfüllte, als der im Oktober 1517 an dem Text arbeitete, der die Art und Weise, wie Weiße im Stillen einander be- und verurteilten, für immer verändern sollte.

14 Alles, was Luther davor und danach geschrieben hat, ist in denkbar teutonischstem Deutsch abgefasst; nach der Lektüre einer einzigen Seite wird der Verstand schwer von Bier, Sauerbraten und Umlauten.

15 Aber der federführende Geist hinter den *95 Thesen* war H. G.; und deshalb sind sie in ihrer Logik, ihrem Stil und ihrer Verkaufe göttlich inspiriert.

16 In ihnen steckte der Samen, aus dem nicht nur die gesamte Bewegung des Protestantismus, sondern auch ein Großteil der Geschichte der nächsten 500 Jahre sprießen sollte.

17 Heute indes werden sie nur noch selten erörtert und treiben in derselben schlammigen Region des kollektiven Unbewussten, in der auch die *Magna Charta,* das Stempelgesetz und die Präsidentschaft Jimmy Carters vor sich hin dümpeln.

18 Das mag daran liegen, dass im Rückblick von 500 Jahren manche Thesen immer noch offensichtlich fantastisch, andere lediglich gut und etwa die Hälfte von ihnen reines Füllmaterial sind.

19 (Fairerweise muss gesagt werden, dass 95 Thesen in nur ein paar Wochen rauszuhauen, eine Menge Kleinholz für jeden wäre.)

20 Aber die guten Passagen sind sehr gut; deshalb präsentiere ich als kostenlose Beilage das, was eine Plattenfirma wohl *Die größten Hits der 95 Thesen* nennen würde, wenn Plattenfirmen noch Alben veröffentlichen würden.

21 Besonders begeisterte Fans dürfen die folgenden Seiten gerne herausreißen und an ein Kirchenportal heften, aber erst nach Erwerb des Buches.

Kapitel 9

(DIE GRÖSSTEN HITS DER 95 THESEN)

1 Hi! Ich bin der berühmte Theologe Martin Luther, und wenn du diese meine »erste These« liest, stehst *du* vor der Schlosskirche in der wunderschönen Altstadt von Wittenberg.

2 Freunde, ich bin kein Autor, der sein Werk an die Eingangstüren öffentlicher Gebäude nageln *muss,* um wahrgenommen zu werden.

3 Wie du dich gewiss erinnerst, war mein letztes Buch *Auslegung der sieben Bußpsalmen* mit mehr als dreizehn verkauften Exemplaren ein phänomenaler Bestseller.

4 Aber meine Botschaft ist dringlich, denn ich bin wütend: Wütend auf den Vatikan, der zu einer Fallstudie darüber geworden ist, was passiert, wenn Sammelzwang 1200 Jahre lang unbehandelt bleibt.

5 Wisse, wenn man genug Gold zu Dornenkronen für Figuren des gekreuzigten Jesus aus Carrara-Marmor mit Rubinen als Wundmale geschmiedet hat, wird die Ironie irgendwann schal.

6 Und was die Behauptung des Papstes betrifft, er hätte die Autorität, Sündern zu vergeben, die hat er nicht; genau genommen kann er, wenn du ihn in der Basilika anrempelst und »Verzeihung« murmelst, nicht einmal das für dich tun.

7 Und wo ich gerade vom Papst spreche ...

(Es folgen zehn Thesen über die Verderbtheit des Papstes, die Grausamkeit seiner Launen, die Fäulnis seines Atems und das Paarungsverhalten seiner Mutter.)

18 Und deswegen bin ich des Papstes überdrüssig, ich bin absolut papstsatt: Also habe ich ein Dokument des Protestes abgefasst, denn ich bin ein Protestor, und ich gründe einen neuen Zweig des Christentums, der den Geist dieses Protestes widerspiegelt: den Protestantationalismus®.

19 Protestantationalismus® ist ein revolutionär neues System der Gottesverehrung, das deine Ansichten über eine sklavische Befolgung von Dogmen für immer verändern wird.

20 Die komplizierte religiöse Bürokratie wird abgeschafft, damit gemeine Leute wie *du* den grenzenlosen Schrecken göttlichen Zorns persönlich erfahren können.

21 Der Mittelpapst zwischen Gott und Gläubigen wird eliminiert und Gott der Herr damit befreit, seine Erlösung direkt auszuteilen.

22 Um eins klarzustellen: Unsere neue Religion ist *kein* Islam – genau wie du glauben wir, dass Muslime gottlose Tiere sind, für die die Lanze und der Scheiterhaufen gerade recht sind.

23 Und unsere neue Religion ist *kein* Judentum – genau wie du glauben wir, dass Juden verfolgt, gettoisiert und gelegentlich komplett massakriert gehören.

24 Ich persönlich bin so antisemitisch, dass ich 1543 ein Traktat mit dem Titel *Von den Juden und ihren Lügen* veröffentlichen werde, in dem ich dafür plädiere, alle Thoras und Synagogen niederzubrennen und die Juden in den Straßen mit Schweinedung zu bewerfen!

25 Und wo ich gerade von den Juden spreche ...

(Es folgen zehn Thesen über die Verderbtheit der Juden, die Bösartigkeit ihres Charakters, ihre Kontrolle über die Gregorianischer-Gesang-Industrie und die Fadheit ihrer Bagels, wobei man zur Verteidigung der Juden einräumen muss, dass es in jenen Tagen so gut wie unmöglich war, in Wittenberg einen vernünftigen Bagel zu bekommen.)

35 Diese neue Religion bietet sämtliche Vorzüge des Christentums, die ihr kennen und lieben gelernt habt: Gott, Jesus, Kreuzigung, eingängige Lieder und natürlich *reichlich* Feiertage.

36 Aber der entscheidende Unterschied beim Protestantationalismus® ist: *Du* bist der Boss.
37 Du bestimmst deine Arbeitszeiten, hältst deine eigenen Gottesdienste, schreibst deine eigenen Predigten, und wenn du von Anfang an mit dabei bist, kannst du sogar deine eigene Sekte gründen.
38 Inzwischen denkst du wahrscheinlich: »Okay, Marty, das klingt ja alles gut und schön, aber es wird mich garantiert eine Stange Geld kosten, stimmt's?«
39 Nein: Du kannst dich unserem neuen Glauben zu dem unglaublich günstigen Preis anschließen ... einfach die Göttlichkeit Jesu anzuerkennen.
40 Ich wiederhole diese These: Du kannst dich unserem neuen Glauben zu dem unglaublich günstigen Preis anschließen, einfach die Göttlichkeit Jesu anzuerkennen.
41 Das ist ein Glaube, den du wahrscheinlich längst irgendwo im Kopf herumliegen hattest!
(Es folgen zwölf Werbethesen für ortsansässige Unternehmen.)
54 Irgendwann in ihrer Geschichte ist die römisch-katholische Kirche auf die lächerliche, moralisch empörende Idee verfallen, dass gute Werke einem irgendwie helfen könnten, in den Himmel zu kommen.
55 Das hat Generationen von Christen dazu verführt, allerlei verschwenderische Taten zu begehen wie etwa, freundlich und hilfsbereit zu ihren Mitmenschen zu sein.
56 Doch die Wahrheit lautet: Alle Menschen werden mit dem gemeinsamen Makel der Erbsünde geboren.
57 Das heißt, wir alle haben unabhängig von unseren Taten gleichermaßen ewige Verdammnis verdient: Vergewaltige eine Nonne oder lass es bleiben, das ist Gott einerlei.
58 Nein, wir können keine Erlösung durch unsere Taten erlangen, sondern *allein* durch Gottes Gnade, wie sie sich in Jesu Ge-

burt, Leben, Leiden, Tod, Auferstehung und anschließenden 1500 Jahren Arbeitsurlaub manifestiert hat.

59 Der einzige »Haken« an der Sache: Du musst Jesus als deinen *persönlichen* Herrn und Erlöser anerkennen, so weit, dass du ihn dir am Kreuz bei dem Gedanken vorstellen kannst: »Es ist mir ein Vergnügen, zugunsten von [dein Name] aus [deine Heimatstadt] einen qualvollen Tod zu erleiden, um ihn von seinen Sünden der [sämtliche Sünden, die du je begangen hast] zu erlösen.«

60 Aber wenn du das einmal akzeptiert hast, wird *er*, solange *du* Sünden begehst, weiterhin für sie gestorben sein.

61 Das ist richtig: Wenn du erst einmal eingesehen hast, dass du ein kompletter moralischer Versager bist, bist du frei, loszugehen und dieser Versager zu sein!

62 *Es ist … wirklich … so … einfach!*

(Die nächsten fünf Thesen führen eine Nebenhandlung über einen liebenswerten, aber mutwilligen kleinen Hund ein, der die preisgekrönten Gardenien des Nachbarn ausbuddelt; womit die Geduld auch des geneigtesten Lesers beinahe überstrapaziert wird.)

68 Anders als bei »den anderen« gibt es bei uns keine eingebaute Hierarchie; und weil niemand von Beginn an »heiliger« ist als sein Nachbar, hat jeder die Chance, es zu werden.

69 Deswegen wenden wir uns bei der Beichte auch nicht an sogenannte Experten mit ihren magischen »Kabinen«; stattdessen verlassen wir uns auf das natürliche Verachtungspotenzial unserer eigenen Gemeinde.

70 Und dieser Verachtung verleihen wir Ausdruck durch das fortgeschrittenste System sozialer Ächtung, das je erdacht wurde: ein fein justiertes Spektrum der Geringschätzung mit nicht weniger als 143 verschiedenen Beschämungsstufen von verstohlenen Blicken und gedämpftem Getuschel bis hin zur Verbrennung auf dem Scheiterhaufen!

[Es folgen mehrere gut platzierte Anzeigen lokaler Pfahlhersteller sowie Testimonials prominenter Protestanten, angefangen bei Zwingli.]

86 Meine Freunde, ich weiß, dass einige von euch all das bezweifeln und sich eine Welt, in der das Christentum sich einer derart radikalen Verwandlung unterzogen hat, womöglich kaum vorstellen können.

87 Aber, ich, Martin Luther, habe einen Traum.

88 Ich habe einen Traum, dass eines Tages Priester nicht mehr gezwungen werden, im Zustand unnatürlichen Zölibats zu leben, sondern frei sein werden zu heiraten, auf dass das Zölibat langsam und auf natürliche Weise über sie kommt.

89 Ich habe einen Traum, dass eines Tages Menschen mit »Was hätte Jesus getan?«-Armbändchen herumlaufen werden, die sie daran erinnern sollen, was Jesus tun und nicht tun würde, zum Beispiel ein Armband tragen.

90 Und ich habe einen Traum, dass eines Tages Menschen nicht mehr nach ihrem Charakter, sondern nach ihrer oberflächlichen Einhaltung einiger elementarer Spielregeln beurteilt werden.

91 *Libera me! Libera me! Deo gratia omnipotens, libera me!*

92 Es gelten gewisse Einschränkungen.

93 Die Prädestination ist keine juristisch verbindliche Garantie für den Einlass in den Himmel.

94 Die Thesen sind nicht anwendbar auf Freidenker und Wilde.

95 Copyright 1517, Refor-Madness Productions Limited. Alle Rechte vorbehalten.

Kapitel 10

1 Die verbraucherfreundlichen Dogmen des Protestantismus verkauften sich gut und verbreiteten sich in ganz Europa wie ein Lauffeuer.

2 Jesus war entzückt, das Christentum solcherart neu belebt zu sehen, denn er hatte begonnen, die Integrität der Religion anzuzweifeln, die seinen Namen trug; doch seinen Glauben wieder gestärkt zu sehen, stärkte seinen Glauben wieder.

3 Langfristig profitierte sogar die Kirche davon, denn durch die neue Konkurrenz war sie gezwungen, schlanker und kundenorientierter zu operieren.

4 Man erkennt die Fortschritte am Umgang mit der Galileo-Affäre, denn nachdem man ihn der Ketzerei für schuldig befunden hatte, brauchte man nicht einmal 400 Jahre, um das Urteil zu revidieren, was in den alten Tagen mindestens tausend Jahre gedauert hätte.

5 (Raphael meint bisweilen scherzhaft, man sollte Protestantismus und Katholizismus in Pepsismus und Cokeismus umbenennen: Denn im Grunde handele es sich um dasselbe Zuckerwasser in unterschiedlicher Verpackung; trotzdem sind die Verfechter beider Lager äußerst loyal und verachten die jeweils andere Seite; und je mehr sie von ihrem Produkt konsumieren, desto reizbarer werden sie.

6 Bis irgendwann ein Wort das andere gibt, und aus den Worten werden Schläge, die wiederum zu einem ausgewachsenen Cola-Krieg eskalieren; die Parteien tauschen Auge um Auge, bis alle Beteiligten blind und damit angemessen für den Geschmackstest vorbereitet sind.

7 Ja, die Straßen von Belfast sind mit verkrustetem Blut überzogen, das ebenso gut Maissirup sein könnte.)

8 Ich persönlich reagierte weder besonders begeistert noch irgendwie entsetzt auf den Protestantismus; denn ich war mit den Gedanken zwar überall, aber anderswo; und Anfang des 16. Jahrhunderts hatte ich begonnen, zunehmend weniger Zeit auf menschliche Angelegenheiten zu verwenden.

9 Das lag zum einen daran, dass die Hälfte der Menschheit sich fest im Griff entweder des Christentums oder des Islam befand; und ich wusste, dass die Welt mit zwei so reinen und unkorrumpierbaren Religionen am Ruder keinen großen Schaden nehmen konnte.

10 Und auch wenn Informationen über das Leben nach dem Tod geheim bleiben, enthülle ich wohl kaum ein großes Geheimnis, wenn ich sage, dass die Bevölkerung des Himmels im Laufe der Zeit beträchtlich angewachsen und ich deshalb gezwungen war, seiner Instandhaltung einen größeren Teil meiner Kraft zu widmen.

11 Das ist gewiss ein »Erfolgsproblem«, aber nichtsdestoweniger ein Problem, denn der Himmel ist ein Ort, wo man es gern nett haben möchte.

12 Außerdem schlug ich mich seit einiger Zeit mit gewissen göttlichen Problemen herum.

13 Denn ich war jetzt mehr als 5500 Jahre alt und begann, einige natürliche Symptome des Alters zu spüren.

14 Ich war nicht mehr so allgegenwärtig wie früher; für Aufgaben, die ich früher in einer Quintillionstel Sekunde erledigt hatte, brauchte ich jetzt eine Quadrillionstel; ich hatte Probleme beim regelmäßigen Wegspülen von Häresien; und am schlimmsten, ich stellte einen Verfall meines Kurzzeitgedächtnisses fest.

15 Damit meine ich höchst ausdrücklich *nicht,* dass ich nicht mehr allwissend war; das gesamte Wissen des Univer-

sums ist nach wie vor in mir enthalten; mein Verstand ist wie eh und je eine unermessliche Bibliothek.
16 Es ist lediglich so, dass die Rückgabe mancher Bücher überfällig ist; die Information ist nicht mehr so gut besetzt wie früher; und das Computersystem ist zusammengebrochen, sodass ich mich wieder auf den alten Handkatalog verlassen muss.
17 Und die Karteikarten sind schlecht alphabetisiert und in sämtlichen Sprachen der Welt verfasst.
18 Und die Bibliothek ist geschlossen.
19 Der Tiefpunkt war im 13. Jahrhundert erreicht, als ich das »goldene Zeitalter des Monastizismus« in seinem Beisein »Bronzezeit« nannte.
20 Ich habe versucht, mich durchzulavieren; ich habe mir gesagt, es ist nichts Ernstes, nichts, was ich mit ein wenig Hilfe von mir selbst nicht in den Griff kriegen konnte.
21 Aber wie du weißt, kann das Ende jedes Mittelalters in einem fühlenden Wesen eine spirituelle Not auslösen; und leider bildete ich keine Ausnahme.
22 Ich blickte zurück auf das, was ich auf der Erde geschaffen hatte, sinnierte darüber, wo ich stand, und blickte auf die Zeit voraus, die mir bis zum Armageddon noch blieb; und ich geriet massiv aus dem Gleichgewicht.
23 Menschheit, hier beginnt eine dunkle Zeit.

Kapitel 11

1 Denn ich stecke seit 500 Jahren in einer schweren Mid-eternity-Crisis.
2 Ich war ausschweifend und unverantwortlich; ich habe

Dinge getan und bin an Dingen gescheitert, derer ich mich so schäme, dass ich es vorziehe, sie nicht zu wissen.
3 Denn ich habe die Gabe, komplett zu verdrängen; ich lasse einfach meine Allmacht über meine Allwissenheit triumphieren.
4 Doch nun will ich mein ergründbares Ich gründlich ergründen; ich will eine kurze Chronik der Zersetzung meiner letzten Jahrhunderte liefern und ein wenig aus dem bis dato sakrosankten Nähkästchen plaudern.
5 Im Interesse der Offenheit und kommerzieller Gelüste, durchaus, aber auch in der Hoffnung, dass es euch davon abhalten wird, die gleichen falschen Entscheidungen zu treffen, vor allem meine jungen Gläubigen dort draußen, von denen viele mich als eine Art Vorbild betrachten.
6 Ich will damit beginnen, dass ich dich an mein vorheriges Geständnis erinnere, dass ich nach dem Tod Jakobs angefangen hatte, ein anderes Universum zu leiten.
7 Siehe, Leser. Ich muss hier bekennen, dass das nur ein Teil der Wahrheit war.
8 Ich habe mehr als ein Universum geleitet.
9 Ich habe 29 Universen geleitet.
10 Ich will das erklären.
11 Als die Renaissance herandämmerte und der Mensch zum ersten Mal seit dem antiken Griechenland starke Interessen außerhalb unserer Beziehung entwickelte, fühlte ich mich ein wenig überflüssig.
12 Ich sah zu, wie die großen Künstler und Denker anfingen, ihr Leben weder in Verehrung noch in Missachtung meiner Gottheit zu leben, sondern in Gleichgültigkeit ihr gegenüber.
13 Das machte mich zornig; und du weißt ja, dass ich Probleme mit meiner Wutkontrolle habe; aber ich konnte diesen

Zorn nicht mehr so gewalttätig ausleben wie früher, nicht wenn Jesus, H.G., Moses, Mohammed und die gesamte himmlische Bürokratie ständig zur Zurückhaltung mahnten und jeden meiner Schritte genau beobachteten.

14 Anstatt ihn also auszuagieren, suchte ich meine vergangene Herrlichkeit noch einmal zu leben, indem ich begann, mich mit zahlreichen anderen Kosmen herumzutreiben.

15 Alle jünger als deines, manche sogar nur halb so alt, und keines davon allzu helle und mit mehr als nur einigen wenigen Sternen.

16 Ich habe mir sogar eines in Kirschrot spezial angefertigt!

17 Ja, so erbärmlich es auch klingen mag, ich habe ein komplettes Universum einer Rotverschiebung unterzogen und bin damit herumgerast, um zu spüren, wie das Vakuum vorbeifliegt.

18 Außerdem begann ich, meiner äußeren Erscheinung unziemlich viel Beachtung zu schenken.

19 Als ich zum Beispiel Phreculea besuchte und die Nivianischen Brandallaxien beeindrucken wollte, trat ich in Verkleidung eines wunderschönen Worbys vor den Altar der Balrythioidischen Quorngranker, mitten während des Zabwynx.

20 Ich weiß, ich weiß, lächerlich.

21 Ich bin der Herr dein Gott, König des Universums, doch ich folgte dem Weg jedes fünfzigjährigen Wirtschaftsprüfers mit einem Secondhand-Porsche, schütterem Haar und einem Pseudonym bei Lovepoint.com.

Kapitel 12

1 Bei all dieser neuerlichen Schaffenstätigkeit erwachte meine Energie eine Zeit lang wieder, in Erdzeit etwa von der Herrschaft der Medici bis zur Mayflower.

2 Aber dann wurden die Probleme schlimmer, denn einen multiversalen Harem dieser Größenordnung zu halten, wurde immer anstrengender; der Stress löste Angstattacken aus, und diese wiederum führten zu dem bis dahin am meisten beunruhigenden Symptom:

3 Ein gewisses Erlahmen meiner … Omnipotenz.

4 Spotte nicht!

5 Ich versichere dir: So etwas war mir vorher noch nie passiert.

6 Ich bin ganz Gott.

7 Doch es fiel mir zunehmend schwerer, den nötigen Willen für den Vollzug des Schaffensaktes aufzubringen, was sich schnell auf meine Beziehung zu jedem der anderen Universen auswirkte, bis sie alle unzufrieden und wütend waren.

8 Ja, um das Jahr 1700 schien es mir fast wie ein mittleres Wunder, am Morgen eine Sonne aufgehen zu lassen.

9 Und was dich betrifft, wurde meine neue Angewohnheit, verächtliche Distanz zu deinen Angelegenheiten zu wahren, immer schlimmer.

10 Ich beschränkte mich auf die Behandlung der elementarsten Fürbitten, was etwa die spanische Armada oder die Hexenprozesse von Salem betraf.

11 Ich litt unter einer klassischen passiv-aggressiven Persönlichkeitsstörung, was von deinem Standpunkt aus zumindest weniger tödlich war als mein übliches aggressiv-aggressives Verhalten.

12 Trotzdem konnte ich nicht anders, als staunend und mit wachsendem Entsetzen zuzusehen, wie die Geschichte der Menschheit geschwind voranschritt, ja, sie schien in meiner Beinahe-Abwesenheit immer schneller zu werden.
13 Im 17. und 18. Jahrhundert schwang sich die Menschheit auf, komplette und bis dahin unbekannte Kontinente zu kolonisieren, völlig neue Technologien zu erfinden und vollkommen neue Rassen zu versklaven oder ganz auszulöschen.
14 Alles miteinander staunenswerte Errungenschaften und (ohne dein Wissen) alle allein unter deiner eigenen Führung erreicht.
15 Fühlte ich mich bedroht? Ja; ein bisschen vielleicht.
16 Nach und nach geriet ich in eine Spirale so gewaltig wie die Galaxie der Milchstraße, doch das superkolossale schwarze Loch, um das ich kreiste, hieß … Scham.
17 Schließlich begannen meine Probleme auch den einen Aspekt meines Lebens zu betreffen, den ich immer heiliggehalten hatte: meine Familie.
18 Immer häufiger bat ich Jesus und H. G., mir Pflichten abzunehmen, anfangs nur Kleinigkeiten, eine Große Erweckung hier, eine ägyptische Eroberung Mekkas dort, aber zunehmend auch größere Aufgaben und schließlich ganze Sekten und Länder.

Kapitel 13

1 Glücklicherweise hoben H. G. und Jesus ihr göttliches Spiel organisationsmäßig auf eine neue Ebene; sie übernahmen unter widrigen Managementbedingungen das Ruder mit wahrlich durchschlagendem Erfolg.

2 Außerdem waren sie klug genug, immer mehr Verantwortlichkeiten an meine Propheten, Erzengel und das gesamte Netzwerk von Flügelleuten und Wunderlingen zu delegieren, die die irdischen Angelegenheiten auf die Art und Weise erledigten, wie man es von einer himmlischen Firma mit 80 Cherubinen, 25 000 Seraphinen, 750 000 Erzengeln und einem Kopierer erwarten konnte.
3 Aber es gibt eine feine Linie zwischen Delegieren und Ermächtigen; und diese Linie überschritten meine Söhne viele Male.
4 Keiner von uns wollte sich der Realität der Situation stellen; und als die Französische Revolution mit ihrer ausdrücklichen Billigung des Atheismus aufkam, schauten wir alle weg, und Jesus meinte: »Das ist nur eine Phase.«
5 Und als meine Abwesenheit Denker wie Darwin, Marx und Nietzsche dazu bewog, meine Existenz als solche offen infrage zu stellen, zuckte H. G. die Achseln und sagte etwas wie: »Das ist nur die europäische Intelligenz, keine große Sache.«
6 Rückblickend weiß ich nicht, warum nicht ein einziges himmlisches Wesen den Mut hatte, mich, den Herrn seinen Gott, König des Universums, geradeheraus damit zu konfrontieren, dass ich ein schweres Problem hatte.
7 Raphael war der Einzige, der es auch nur vorsichtig versuchte, mich eines Tages kühn ansprach und fragte: »Nun, Herr, wie fühlt es sich an, ›omn*im*potent‹ zu sein?«
8 »Nicht so ›omnimpotent‹«, erwiderte ich, »dass ich dich nicht immer noch in den tiefsten Kreis der Hölle verba–«
9 »EIN SCHERZ, GOTT! ES WAR NUR EIN SCHERZ!«, jammerte er und warf sich in nackter Angst zu Boden.
10 »Es war ein Sch-sch-scherz!
11 Ich b-b-beliebte zu scherzen!

12 V-v-verstehst du keinen Spaß mehr?«
13 Siehe, er hatte Glück, dass er in der Gewerkschaft war.
14 Damit will ich keineswegs von meiner eigenen Verantwortung ablenken; ich gebe niemandem die Schuld an meinem Benehmen.
15 Ich glaube fest an die Lehre vom freien Willen, zumindest soweit es mich betrifft, und ich hatte das Outsourcing der Aufträge selbst beschlossen, um meinen göttlichen Schreibtisch frei zu räumen.
16 Ich bin der Herr dein Gott, König des Universums, und damit habe ich den Schwarzen Peter.

Kapitel 14

1 Tiefpunkt meiner Fahrlässigkeit, Unredlichkeit und persönlichen Ausschweifung war das Viktorianische Zeitalter.
2 In diesen 63 Jahren hatte ich Tausende abgebrochener Tändeleien mit meinem Schwarm attraktiver Totalitäten und gab mir alle Mühe, mich aus allem Ärger herauszuhalten.
3 Aber die Paranoia hatte mich bereits gepackt.
4 Der vitale Gott des Alten Testaments, der alles verzeihende Vater des Neuen Testaments, der mächtige Allah des Koran … all diese Aspekte meiner Persönlichkeit machten einem neuen Platz: der eines wütenden alten Mannes, der in seinem Garten die Nachbarskinder beschimpft.
5 Ich begann, jede bedeutende welthistorische Entwicklung (irrigerweise) als eine persönliche Botschaft an mich zu deuten, so wie viele religiöse Führer jede bedeutende welthistorische Entwicklung (korrekterweise) als eine persönliche Botschaft *von* mir deuten.

6 Das Leben Mozarts deutete ich als: »Siehe, was ein moderner Mensch in der gleichen Zeit leisten kann, die Methusalem zum Kacken brauchte.«
7 Das Leben Napoleons deutete ich als: »Wir werden Größe nur verehren, wenn sie wirklich klein ist.«
8 Die industrielle Revolution deutete ich als: »Alles, was du erschaffen kannst, kriegen wir mit Kinderarbeit besser hin.«
9 Die Erfindung der Narkose bedeutete für mich, dass du dich entschieden hattest, einen meiner liebsten Kommunikationskanäle dichtzumachen.
10 Die Erfindung des Telegrafen deutete ich als eine Verspottung meiner Neigung zu kryptischen Nachrichten.
11 Den Bau des Suezkanals deutete ich als einen Angriff auf die bloße *Idee* einer Massenertränkung im Roten Meer.
12 Die Prägung des Wortes »Dinosaurier« betrachtete ich als zweifache Kränkung.
13 Die Emanzipations-Proklamation deutete ich als eine Ablehnung der Einrichtung der Sklaverei, und schroffer konnte man die Bibel nicht zurückweisen.
14 Ich sah den Aufstieg des britischen Imperiums – der nach allen objektiven Maßstäben eine auch für mich positive Entwicklung war – als Bedrohung meines eigenen Reiches.
15 (Siehe, wenn ich jemanden prahlen hörte, »dass die Sonne im britischen Imperium niemals untergeht«, probierte ich drei Jahre lang an einer non-apokalyptischen Manipulation der Erdumlaufbahn herum, um das zu verhindern.
16 Aber ich konnte es nicht, was mich maßlos wütend machte; ich ließ es an Krakatau aus.)
17 Die Vereinigung Deutschlands betrachtete ich als positiven Schritt; ja, zu diesem Zeitpunkt hatte ich wahrlich den Verstand verloren.
18 Den Eiffelturm betrachtete ich als zu mir ausgestreckten

Stinkefinger der gesamten Menschheit; hätte ich es nur als rein *französische* Provokation sehen können, hätte ich gewusst, dass sie nicht persönlich gemeint war.

19 Den Impressionismus betrachtete ich als Anklage gegen meine Sehkraft.

20 Die Erfindung von Basketball betrachtete ich als Rebellion gegen die Schwerkraft.

21 Und die Erfindung des Flugzeugs betrachtete ich als eine Rebellion gegen Basketball.

Kapitel 15

1 Jedes Wesen, das mit solchen Problemen zu kämpfen hat, erreicht irgendwann einen absoluten Nullpunkt.

2 Für mich kam dieser Moment am 15. April 1912, und er führte leider dazu, dass 1517 Unschuldige sogar unter den Meeresspiegel sanken.

3 Ich kam an jenem Abend erst spät in den Himmel, so gegen 23.30 Uhr.

4 Ich hatte die letzten vier Tage in einem meiner »anderen Universen« verbracht; ich hatte sechs Stunden lang versucht, einen gewöhnlichen Phressel gegen den Uhrzeigersinn zu glaxen, aber er hatte sich nicht einmal geyoipt.

5 Daraufhin stürzte ich mich in eine transgalaktische Zerstörungsorgie, nach der der gesamte Kosmos aussah wie Keith Moons Hotelzimmer; das heißt, wenn Keith Moon damals schon gelebt hätte und man eine Ansammlung von Galaxien mit einem Nachttisch vergleichen kann.

6 Ich kam herein; einige Engel nickten, andere wandten sich flüsternd ab.

7 (Schwachköpfe, man sollte meinen, dass sie sich eines schönen Äons daran erinnern werden, dass ich auch alles hören kann.)
8 Ich sah die Jungs und die Engel plaudern; alle hatten ihr »So-tun-als-ob-alles-normal-wäre«-Lächeln aufgesetzt.
9 Wir sprachen, und sie brachten mich auf den neuesten Stand; Uriel berichtete, dass im Heiligen Land gerade der Grundstein für eine Universität für technische Forschung gelegt worden sei, was mich gleich übellaunig stimmte.
10 Dann erwähnte Jesus, dass die Jungfernfahrt der Titanic schon mehr als zur Hälfte geschafft sei und die transatlantische Überfahrt in Rekordzeit bewältigt würde; die Eigner machten sich keine Sorgen um ihre Sicherheit, denn sie behaupteten, das Schiff sei »unsinkbar«.
11 Ich starrte ihn wütend an.
12 »Unsinkbar?«, fragte ich.
13 »Un-sink-bar.
14 Fürwahr, Jungs, das dünkt mich ein wenig … hochmütig, oder nicht?
15 Die Andeutung, dass es in diesem Universum – oder irgendeinem anderen – keine Macht gebe, die groß genug wäre, ein solch belangloses Gefährt aus grobem Material zusammen mit seiner gesamten kostbaren Fracht menschlichen Lebens in die Tiefe zu reißen?
16 Wahrlich, klingt das nicht … dreist?«
17 Mittlerweile waren alle anderen Gespräche verstummt; im Himmel – ja, in allen elf Sphären – war es totenstill geworden.
18 »Ich versuche, mich daran zu erinnern – helft mir, Jungs, denn meine Omnipotenz ist nicht mehr das, was sie einmal war –, waren die Frevler und Sünder, die Noah vor der Sintflut verspottet haben, nicht ebenfalls unsinkbar?

19 Seht, wartet, nein, vergesst es; jetzt erinnere ich mich, sie sind gesunken.
20 Oder vielleicht meinte ich auch die Ägypter, die Moses durch das Rote Meer verfolgt haben?
21 Nein, vergesst es; wieder mein Fehler, sie sind auch gesunken.
22 Gesunken wie Blei.
23 Jawohl.
24 Mir fällt auf, dass unsinkbar ganz ähnlich klingt wie ›undenkbar‹.
25 Undenkbar, wie in ›undenkbare Tragödie im Atlantik‹.
26 Ist das nicht interessant?«
27 Jesus und H. G. sahen einander nervös an.

Kapitel 16

1 »Vater«, sagte H. G., »vielleicht sollten wir dieses Gespräch lieber in einem anderen Realitätsmodus fortsetz–«
2 »Nein, ich fühle mich durchaus wohl hier, H. G.!
3 Ja, absolut bestens, du Heiliger Geist.
4 Und Jesus, mein Stolz und meine Wonne, Heiland der Welt; Jesus, Jesus, ich meine Jesus *Christus,* jeder liebt Jesus.
5 Wahrlich, wusstest du, dass die Iren ein neues Wort erfunden haben? ›Bejesus‹.
6 Um auszudrücken, dass jemand zu Tode erschreckt wird.
7 Zu Tode erschreckt, ja, das habe ich auch schon ein paar Mal mit denen gemacht, die sich ihrer Gottlosigkeit auch noch rühmen.
8 ›Unsinkbar.‹

9 Ich habe selbst ein wenig maritime Erfahrung, wie ihr euch erinnern werdet, denn ich habe den Leviathan getötet.
10 Ich.
11 *Ich* habe das getan.
12 ›Kannst du den Leviathan ziehen mit dem Haken und seine Zunge mit einer Schnur fassen?‹«
13 »Vater, das hatten wir doch schon«, unterbrach Jesus mich, »es gab keinen Leviathan; das war eine Geschichte, die du dir im Zwiegespräch mit Hiob ausgedacht hast. Und nun wollen wir uns beruhigen und …«
14 »ER WAR SO GROSS!«, brüllte ich und breitete meine metaphysischen Hände halb über den Nordatlantik.
15 »Er war SO groß, und Fackeln fuhren aus seinem Rachen, und sein Rücken bestand aus Reihen von Schilden, und Rauch wehte aus seinen Nüstern wie von … von was habe ich vergessen …«
16 »Von einem siedenden Kessel und Binsenfeuer?«, fragte einer der Assistenten.
17 »Ja! Genau, Seth! ›Einem siedenden Kessel und Binsenfeuer‹!
18 Leviathan war so groß und furchterregend, und als ich ihn tötete …
19 Wahrlich, wahrlich, was ist denn das?
20 Was ist das für ein frostiger Brocken, den ich da vor der Küste Neufundlands spüre?«
21 »Leg den Eisberg weg, Papa«, sagte Jesus.
22 »Leg den Eisberg weg und lass uns wie vernünftige Gottköpfe über die Sache reden.
23 Leg … den Berg … weg!«
24 Wir starrten uns einen Moment lang an, ehe ich den Berg fallen ließ und davonschlenderte, als wollte ich an meinem Schreibtisch den wöchentlichen Gebetsreport lesen.

25 Dann drehte ich mich blitzschnell um, rannte zurück,
packte den Berg und brüllte so laut, dass Raphael, Gabriel,
Uriel und Michael mich hören konnten, die vier Engel, die
vor so langer Zeit schon Zeugen des katastrophalen Scher-
zes am Roten Meer gewesen waren:
26 »Zeit, den Nordatlantik … in das *Tote* Meer zu verwan-
deln!
27 Ich bin der Herr dein Gott, König des Universums!
28 Und ich bin der König der Welt!«

Kapitel 17

1 »Näher mein Gott zu dir« anzuhören, war das Schlimmste.
2 Zuzusehen, wie die Bordkapelle, während das dem Un-
tergang geweihte Schiff langsam sank, nobel auf ihrem Pos-
ten blieb und den letzten Set ihres Lebens mit einer Hymne
zu meinen Ehren beendete …
3 Wahrlich, ich war überrascht, dass mein Herz überhaupt
weiterschlug.
4 Meine impulsive Versenkung der *Titanic* diente als letzte
Bestätigung einer Erkenntnis, die ich zum ersten Mal hatte,
als ich zusah, wie Abraham sich anschickte, Isaak zu töten;
und dann wieder am Roten Meer und wieder mit Hiob und
seitdem Abermillionen Male:
5 Irgendwas *war* schwerstens verkehrt mit mir.
6 Inzwischen waren Ruth und Kathy zu Jesus und H. G. ins
Büro gekommen; ich beobachtete aus meinem allsehenden
Augenwinkel, wie die vier irgendeine Intervention planten,
doch ich ersparte ihnen die Peinlichkeit.
7 Noch vor Ende des Tages machte ich mit allen anderen

Universen Schluss; ich besuchte jedes einzelne und verursachte eine kosmische Explosion, die sämtliche seiner Bestandteile vernichtete; niemand war besonders angetan.
8 Und dann verabschiedete ich mich mit Ruths Segen – und wahrlich, wo wäre ich (metaphorisch gesprochen) ohne sie? – von meiner Familie und zog mich in ein selbst auferlegtes Exil in einem kosmischen Vakuum zurück, das die Kinder für mich gefunden hatten.
9 Und so nahm ich mir das letzte Jahrhundert frei.
10 Ich wollte noch einmal existieren, wie ich es vor der Schöpfung getan hatte, eine Verbindung zu dem jungen unschuldigen Wesen anknüpfen, das alleine auf dem Wasser geschwebt und über seine Vollkommenheit sinniert hatte, damals, als die Zukunft noch grenzenlos und nichts unmöglich schien.
11 Aber ich war nicht mehr derselbe Gott, der ich in jenen sorglosen, berauschenden Tagen von ehedem gewesen war.
12 Ich hatte zu viel gesagt und zu viel getan, zu viel gedacht und zu viel gefühlt, zu viel gesehen und zu viel gehört, zu viel gesegnet und zu viel verflucht.
13 Verdammt, ich hatte eine Menge geflucht.
14 Ich brauchte Hilfe, und wenn du Gott bist, gibt es nur eine Wesenheit, die dir die Hilfe geben kann, die du brauchst.
15 Und nachdem ich ein paar Jahrzehnte lang die nötige Demut gesammelt hatte, öffnete ich mein Herz und sprach zu IHM.

Kapitel 18

1 »Bist du da, Gott?

2 Ich bin's. Ich.

3 Hoffe, du hast nichts dagegen, dass ich die Förmlichkeiten weglasse.

4 Verzeih die Störung, ich weiß, ich habe größere Sorgen als meine eigenen trivialen Angelegenheiten.

5 Und mal ganz ehrlich: Ich und ich wissen *beide,* dass ich nie besonders gut darin war, zu Gott zu beten.

6 Ja, dieser Tage habe ich mit Gedanken und Gefühlen zu kämpfen, die so überwältigend sind, dass ich keine andere Wahl habe, als meine Augen zu mir zu wenden.

7 6000 Jahre lang habe ich versucht, der Gott zu sein, an den die Menschen glauben konnten, aber in letzter Zeit habe ich selbst angefangen, das Wesen meiner Göttlichkeit als solches infrage zu stellen.

8 Na ja, also nicht nur ›in letzter Zeit‹; ich nehme an, irgendwie habe ich sie schon seit Anbeginn der Zeit angezweifelt, aber ich wollte es nicht wahrhaben.

9 Sag mir, was ist mit mir los?

10 Warum lasse ich guten Menschen Böses widerfahren?

11 Und warum macht es mich an?

12 Ich kann weder meine Gene noch meine Kindheit dafür verantwortlich machen; sicher, in meiner Biografie gibt es eine Vorgeschichte von massiver Gewalt, aber die und übrigens auch meine Biografie an sich habe ich selbst erschaffen.

13 *[Drei Jahre Pause]*

14 Ich fühle mich nutzlos, ich.

15 Ich habe das Gefühl, es hat keinen Sinn, weiterzumachen.

16 Vielleicht wäre die Menschheit ohne mich besser dran.
17 Ja; ich wette, sollte mir morgen irgendwas zustoßen, würde es niemand auch nur bemerken, geschweige denn betrauern.
18 Ich habe das Gefühl, ich bin am Ende der Fahnenstange.
19 Also wende ich mich an mich.
20 Ich lege alles in meine Hände.
21 Ja, ich habe das Universum erschaffen; ich habe die Menschheit erschaffen; aus mir entspinnt sich die Totalität von allem, was jemals war und sein wird.
22 Aber wer bin ich?
23 Warum bin ich hier?
24 *Gibt* es mich überhaupt?«

Kapitel 19

1 Und dann, Schweigen.
2 Ich wartete sehr lange Zeit auf eine Antwort; ich kann nicht sagen, dass es sich anfühlte wie eine Ewigkeit, weil ich weiß, wie sich eine Ewigkeit anfühlt, und so lang war es nicht, aber sehr lang.
3 Lass es mich so sagen: Auf der Erde war es lange genug, dass nicht nur alle historischen Ereignisse, die Billy Joel in seinem Song »We Didn't Start the Fire« aufzählt, passierten, sondern dass Billy Joel den Song auch schreiben, aufnehmen und dann zwanzig Jahre lang auf Konzerten spielen konnte.
4 Und die ganze Zeit hallten die brennenden Worte meiner letzten Frage – »Gibt es mich überhaupt?« – in meiner Seele wider.

5 So lange, bis ich am Ende beinahe den Glauben an mich selbst verlor.
6 Dann vernahm ich schließlich, wie sich aus den Tiefen meines Seins meine eigene leise Stimme erhob, kaum mehr als ein Flüstern.

Kapitel 20

1 »Ja, ich bin hier, Gott.
2 Du bist's, Jahwe.
3 Das ist dein wahrer Name, und du erinnerst dich gewisslich, was er bedeutet:
4 ›Ich werde sein, der ich sein werde.‹
5 Nicht: ›Ich war der, der ich war.‹ Und auch nicht: ›Ich bin nicht mehr der, der ich einmal war.‹«
6 Nein: Ich bin, der ich sein werde; das ist dein Name, und die Menschheit ist seiner noch nicht überdrüssig.
7 Und wer ist dieses ›Ich‹, der du bist?
8 Ich werde es dir sagen.
9 Ich bin der Herr, jedermanns Gott, König des Universums.
10 Ich bin derjenige, der die Welt in sechs Tagen erschaffen hat.
11 Ich bin es, der dafür sorgt, dass die Sonne am Morgen aufgeht, und der Mond am Abend (sofern Lunas Stimmung es erlaubt).
12 Ich bin es, der die Planeten in ihrer Umlaufbahn hält; nicht die ›Schwerkraft‹, nicht irgendeine unsichtbare Macht, die alles kontrolliert; was für eine lächerliche Idee.
13 Ich bin der Gott Adams, Noahs, Abrahams, Isaaks, Jakobs und Moses', frag sie, sie werden es dir bestätigen.

14 Ich bin ein Kreis, dessen Mittelpunkt überall und dessen Umfang nirgends ist, und dessen Durchmesser an keiner Stelle durch π geteilt wird.
15 Ich bin der, der gibt, und der, der nimmt, und der, der beides genießt.
16 Ich bin der himmlische Vater, Alpha und Omega, Nachbar der Reinlichkeit, Segner des Niesens, Heimsucher unangenehmer Orte, Schöpfer kleiner grüner Äpfel, allein in der Höh geehrt und einziger Kenner der Beach Boys.
17 Ich bin der, der denen dient, die sich selbst bedienen, vor allem an kalten Büfetts.
18 Ich bin der Gründer des größten Power-Trios neben Cream.
19 Und sogar in deren Fall war ich der Gitarrist.
20 Ich werde von der Hälfte der Weltbevölkerung verehrt und genieße bei der anderen zumindest einen hohen Bekanntheitsgrad.
21 Ich bin großartig; das höre ich zehn Millionen Mal am Tag, also muss irgendwas dran sein.
22 Ich bin der, dessen Geist der sterbliche Mensch niemals ermessen kann, aber raten darf er trotzdem gerne.
23 Ich bin derjenige, an den sich die Menschen nach Akten der Zerstörung durch mich trostsuchend wenden.
24 Ich bin derjenige, in dessen Namen Hunderte von Millionen ihr Leben gegeben oder das Leben anderer genommen haben, und das würden sie nicht für jeden tun.
25 Auch ohne meine Hilfe mögen die Menschen viele bemerkenswerte Dinge erreicht haben, nicht zuletzt die Erfindung Dutzender ausschließlich säkularer Gründe, sich gegenseitig zu massakrieren.
26 Aber ich bin die Wesenheit, ohne dessen fortwährende Gegenwart die gesamte Menschheit in die Vernunft fallen würde.

27 Und um deine Frage zu beantworten:
28 ›Was ist los mit mir?‹
29 Gar nichts.
30 ›Warum lasse ich guten Menschen Böses widerfahren?‹
31 Nicht so bescheiden: Du lässt es nicht einfach geschehen, du *sorgst dafür,* dass es geschieht.
32 ›Warum macht es mich an?‹
33 Um es mit den Worten des unsterblichen – und ich meine *unsterblichen* – Homer Simpson zu sagen: ›Es ist komisch, weil es nicht dich trifft.‹
34 ›Warum bin ich hier?‹
35 Wer weiß?
36 ›Gibt es mich überhaupt?‹
37 Wenn nicht, wer hat dann gerade eine dissoziative Identitätsstörung?
38 Und schließlich: ›Wer bin ich?‹
39 Wer bin ich?
40 Ich bin der Herr mein Gott, König des Universums!
41 Ich bin, der ich bin, und das ist alles, was ich bin; ich bin Jahwe, der Gott der Menschen!!!
42 Und ich BIN … WIEDER … DA!«

Kapitel 21

1 Ich verbrachte mehrere Monate in einem abgeschiedenen Fraktal der zehnten Dimension und versuchte in einer Wellness-Oase meiner eigenen Schöpfung meine geistigen und geistlichen Kräfte zu sammeln.
2 Als ich über mich und mein Verhalten nachdachte, gewährte ich mir den Mut, Dinge zu ändern, die ich ändern

konnte, die Gelassenheit hinzunehmen, dass es nichts gab, was ich *nicht* ändern konnte, und die Weisheit zu erkennen, dass es keinen Unterschied gab.

3 Außerdem beschloss ich, ein paar hilfreiche Schritte zu notieren, um auf dem »rechten« Pfad der Göttlichkeit zu bleiben.

4 Erst wollte ich 40 schreiben, weil das einmal meine Lieblingszahl war; aber im Lichte meiner neuen Klarsicht erkannte ich, dass die 40 sich nur aus dem egoistischen Zweck wiederholt in die Heilige Schrift geschmuggelt hatte, um ihre eigene numerische Karriere voranzubringen.

5 Meine zweitliebste Zahl war schon immer die 12 gewesen, und das erschien mir schrittemäßig auch zu bewältigen zu sein; also schrieb ich zwölf Schritte auf:

6 1. Gestehe mir ein, dass ich allmächtig über alles und jeden bin.

7 2. Glaube, dass nur eine Macht so groß wie ich mich wieder auf den Thron der Menschheit erheben kann.

8 3. Entscheide, mein Leben in meine Hände zu legen, *da ich mich begreife.*

9 4. Unternimm eine gründliche moralische Inventur der Menschheit.

10 5. Gestehe mir selbst das genaue Wesen meiner Vollkommenheit ein.

11 6. Sei vollkommen bereit zu erklären, dass meine Charakterfehler in Wahrheit keine Charakterfehler sind.

12 7. Erbitte demütig (und gewähre) meine Erlaubnis, diese Nicht-Fehler zu beheben.

13 8 Erstelle eine Liste aller Personen, denen ich Schaden zugefügt habe, und ordne sie alphabetisch.

14 9. Wenn möglich, rechtfertige den Schaden, den du die-

sen Leuten zugefügt hast, es sei denn, sie sind bereits tot, was sie in den meisten Fällen sind.
15 10. Prüfe die Menschheit weiterhin ab und zu, und wenn sie in die Irre geht, strafe sie prompt.
16 11. Suche durch nach außen gerichtetes Handeln den bewussten Kontakt mit mir zu verbessern, *da ich mich begreife;* tue meinen Willen und benutze meine unendliche Macht, ihn umzusetzen.
17 12. Trage diese Botschaft nach der spirituellen Erweckung durch die Befolgung dieser Schritte in die Bücher kaufende Öffentlichkeit.

Kapitel 22

1 Und nun bin ich wieder im Himmel.
2 Ich kehrte ins Büro zurück, voller Elan, meine gewohnte Funktion als der Herr dein Gott, König des Universums wieder zu übernehmen, doch ich war, was die aktuellen Entwicklungen betraf, nicht ganz auf der Höhe.
3 Nach einer innigen Wiedervereinigung mit Ruth und Kathy und einer herzlichen Rekonsubstantiation mit den Jungs ließ ich mich also zunächst auf Stand bringen, was sich seit April 1912 in der Welt ereignet hatte.
4 Siehe, was für ein Jahrhundert!
5 Du bist wahrlich emsig beschäftigt gewesen.
6 Offenbar habe ich eine ganze Reihe von faszinierenden Ereignissen und Trends verpasst.
7 Die Mondlandung zum Beispiel: Tut mir leid, dass ich nicht da war, um sie mit anzusehen, aber vielleicht solltest du lieber froh darüber sein.

8 »Ein kleiner Schritt für einen Menschen, ein gewaltiger Schritt für die Menschheit«?

9 Haben wir da nicht irgendwen vergessen?

10 Ebenso verpasst habe ich den Aufstieg und Fall des Kommunismus – einer Philosophie, die meines Erachtens von Anfang an zum Scheitern verurteilt war.

11 Denn es ist, als hätte Karl Marx Jesu Lehren genommen und sie *absolut* zur Kenntlichkeit verzerrt.

12 Aber das mit Abstand staunenswerteste Phänomen der letzten hundert Jahre ist das Internet.

13 Es ist ein kosmisches Wunder und theoretisch ein legitimer Rivale; denn es weiß bereits sechs Prozent dessen, was ich über das Universum weiß, und 350 Prozent dessen, was ich über MILF-Hunting weiß.

14 Wenn ich nicht damit beschäftigt war, diese Worte niederzuschreiben, habe ich einen Großteil des vergangenen Jahres damit zugebracht, diese deine neue Welt zu erforschen.

15 Ich habe die Tiefgründigkeiten von Google, YouTube und www.menwholooklikekennyrogers.com ausgelotet.

16 Ich habe mich über den Numa Numa Guy amüsiert, die Augen verdreht über den »Doppelten Regenbogen« (obwohl ich mich über die zahlreichen »Gefällt mir«s gefreut habe); ich habe mich voller Entsetzen von 2 Girls 1 Cup abgewandt und habe gesehen, wie Rebecca Black sich alle Mühe gegeben hat, die Phrase »Thank God It's Friday« aus dem populären Sprachgebrauch zu tilgen.

17 3000 Meme sind über mein göttliches Display geflimmert; und sähe ich das Internet als eine echte Bedrohung meiner universellen Hegemonie, so würde ich es schneller dichtmachen, als du »verdächtige Sonneneruption« sagen kannst.

18 Aber ich bin zu demselben Schluss gekommen wie viele von euch: Letztendlich ist das Internet nicht mehr als eine globale, elektronisch-alchemistische Erfindung, die Zeit auf mysteriöse Weise in Pornografie verwandelt.
19 Wahrlich, hätte ich geahnt, dass die Menschheit eine Methode ersinnen würde, derart viel Zeit mit dem Betrachten von Pornos zu verbringen, hätte ich ihre Schöpfung nie erlaubt.
20 Die der Zeit, meine ich.

Kapitel 23

1 Doch es gibt einen Aspekt der Hightech-Welt, den ich maßlos bewundere: Twitter.
2 Andere sogenannte »soziale Netzwerke« geben mir nichts; LinkedIn ist nutzlos, da ich bereits erwerbstätig bin; Bloggen ist kaum mehr als eine Kreuzung von Tagebuch schreiben und ins Nichts rufen; und was Facebook betrifft, habe ich gravierende Datenschutzbedenken.
3 Aber Twitter ist die effektivste Methode der Korrespondenz, die die Menschheit je entwickelt hat; und ich habe bereits alle meine Mitarbeiter informiert, dass fortan sämtliche Mitteilungen von mir an sie (und an euch) per Twitter erfolgen.
4 Manche lesen meinen Twitter-Account @TheTweetOfGod womöglich schon mit; die anderen möchten dieses Buch vielleicht jetzt weglegen und sofort damit beginnen.
5 Denn ich beobachte dich und weiß, dass du bei genau diesem Vers angekommen bist und deshalb nicht länger »Unkenntnis« als Entschuldigung anführen kannst; und vielleicht

entscheide ich, deinen Gehorsam oder Ungehorsam in diesem Punkt bei zukünftigen Entscheidungen über gewisse größere Fragen mit einzubeziehen; Fragen, zu denen ich offiziell nichts sagen kann, die jedoch dein ewiges Leben be–
6 Willkommen, neuer Follower!
7 Wie der scharfsinnige Twitter-Nutzer beobachten kann, folge ich selbst nur einer anderen Person, die ihr »Justin Bieber« nennt; es wurde gemutmaßt, dies sei der irdische Avatar meines ältesten Sohnes H. G., auf Erden gesandt, um die Dämmerung eines neuen Zeitalters zu begleiten; eine interessante Spekulation, die ich hier weder bestätigen noch, und das ist bemerkenswerter, dementieren werde.
8 Wenn ich eine Nachricht über Twitter verschicke, erhalten alle meine Anhänger sie unmittelbar und absolut identisch; es gibt keine Zweideutigkeiten und keine unverschämten Widerworte.
9 Wahrlich, hätte ich dem Auserwählten Volk die Zehn Gebote twittern können, ich hätte es getan.

Kapitel 24

1 Ja, Menschheit, ich war fort, viel zu lange fort, aber jetzt bin ich mit einer neuen Einstellung und Selbstakzeptanz zurück und freue mich darauf, mit dir gemeinsam daran zu arbeiten, dass das nächste und letzte Jahr der menschlichen Rasse so lebenswert wie möglich wird.
2 Außerdem habe ich eine Menge Golf gespielt.
3 Ein (oder mit Glück auch) zwei Mal die Woche gehe ich ein bisschen früher aus dem Büro, nehme eine Gestalt an und spiele eine 18er-Runde.

4 In den letzten paar Monaten bin ich regelrecht golfsüchtig geworden; es hat mein Verständnis für die Qualen und Verzückungen des Menschseins vertieft.
5 Mehr noch, es ist eine Metapher für meine Karriere.
6 Denn Golf ist zwar die anspruchvollste, unerträglichste und aufreizendeste Aktivität, die man sich vorstellen kann; es ist die vollkommene physikalische Folge einer beinahe rein mentalen Anstrengung und kann mich über die Maßen und jenseits aller Vernunft auf eine Geduldsprobe stellen.
7 Aber hin und wieder gelingt mir ein perfekter Putt oder ein punktgenauer Blitzschlag in einen langsamen Golfer vor mir.
8 Und für eine glorreiche Sekunde ist im Universum alles im Lot.
9 Golf ist die eine meiner beiden neuen Leidenschaften; die andere ist Reality-TV.
10 Ich liebe Reality-TV, liebe es mit der ganzen Tiefe meines Seins, dem Atem meiner Seele und der Breite meiner Kabelsenderauswahl.
11 Bei der Betrachtung der Reality-TV-Sendungen aus fünfzehn Jahren habe ich mehr über die Menschheit gelernt als in den 6000 Jahren Oberaufsicht über ihre Geschichte.
12 Ich möchte sogar noch weiter gehen: Die gesamte Menschheitsgeschichte war für mich weniger dramatisch als eine einzige Staffel von *Dschungelcamp, DSDS, Let's Dance* oder alles von *Real Housewives,* mit Ausnahme der Staffel aus Miami.
13 Aber dies sind nur die beliebtesten Formate; ich, der Herr dein Gott, König des Universums, habe sie alle gesehen:
14 Mir ist bei *Das Perfekte Dinner* das Wasser im Mund zusammengelaufen; ich habe stirnrunzelnd verfolgt, wie sich die Kandidaten bei *Big Brother* durchgeboxt haben,

und von der *Super Nanny* eine Menge über Kindererziehung gelernt.
15 Pathos und Gelächter, Triumph und Scheitern, Intrigen und Rührung, öffentliches Urteil und »privater« Spott, die Glamourisierung ungewöhnlicher Berufe, das Spektakel, das schiere Ausmaß des Spektakels …
16 Du hast mich gedemütigt, Menschheit; ja, dieses Mal hast du dich wahrlich übertroffen.
17 Ich habe die Realität erschaffen, aber du hast Reality-TV gemacht; wirklich großartig, Menschheit, denn deine Realität ist viel besser geschnitten.
18 Beim nächsten Mal überspringe ich die Ära der realen Realität einfach und fange direkt mit dem guten Kram an.
19 Vielleicht erschaffe ich sechs Tage lang original Reality-TV-Programme; und am siebten Tag schaue ich sie mir an.
20 Und am achten Tag erschaffe ich den Festplattenrekorder.

Alteslied

»Über Sex, Liebe und Ehe«

Kapitel 1

1 Ich bin vermutlich nicht der erste Gott, an den du denkst, wenn es um Sex geht.
2 Wahrscheinlich fallen dir eher Gottheiten wie Venus, Cupido, Ishtar oder Hugh Hefner ein.
3 Doch sie sind Mythen, bloße Gebilde fleischlicher Einbildungskraft, während ich der Herr dein Gott, König des Universums bin.
4 *Ich* war es, der die menschlichen Fortpflanzungsorgane geschaffen hat; *ich* gab dem Penis seine doppelte Gestalt, die ihn sowohl zur Fortpflanzung als auch zum Puppenspiel befähigt; und *ich* habe das Geheimnis des weiblichen Orgasmus hinter einem Dickicht verborgen, auf dass nur die furchtlosesten und hingebungsvollsten Erkunder ihn erreichen.
5 Und *ich* war es, der zugesehen hat, wie sich mehr als sechzig biblische Generationen unter Verwendung von mehr als siebenhundert verschiedenen Begattungspositionen gezeugt haben, darunter eine namens »Der judäische Flammenwerfer«, deretwegen König Salomo einmal mit den Hoden in einer Öllampe ins Krankenhaus musste.
6 Trotzdem wenden sich die Menschen in Fragen der Intimität selten an mich, sondern ziehen stattdessen den Rat von weisen Freunden, kluge Pillen oder raffinierte Vibratoren vor.

7 Aus der Sicht der Menschen stehe ich »über alldem«; schlimmer noch, sie denken, ich sei prüde und spießig, ein Verächter aller sexuellen Aktivitäten, die nur der Entspannung dienen.
8 Gewiss, ich missbillige die Selbstbefleckung; aber nicht, weil ich sie für eine moralische Schwäche oder auch nur achtlose Verschwendung von Samen halte.
9 Nein, ich missbillige die Selbstbefleckung, weil ich Gott bin; und deshalb *muss ich zusehen,* wenn Menschen masturbieren.
10 Ja, das sind die Momente, in denen Allsichtigkeit eher Fluch als Segen ist.
11 Aber was den außerehelichen Sex betrifft, der in der Bibel als »Unzucht« oder »Hurerei« bezeichnet wird, so haben die Begrifflichkeiten im Laufe der Zeit und durch Luther einen negativen Beigeschmack bekommen, den ich nicht beabsichtigt hatte.
12 Denn zu Zeiten des Alten Testaments bedeutete »Unzucht« nichts anderes als Ficken.
13 Meine Ansichten über Unzucht und Sex im Allgemeinen sind tatsächlich recht nuanciert; und ich könnte in großer Detailfreude meine Gedanken über Unzucht, Vorspiel, oralen Sex, tantrische Orgasmen und allerlei abweichende Varianten ausbreiten.
14 Und ich könnte es mit solcher Gründlichkeit tun, dass du bei allen zukünftigen Geschlechtsakten mich, den Herrn deinen Gott, König des Universums, als deinen Führer und Ratgeber vor dir sehen würdest, der dir Anweisungen gibt und dich so anstarrt, wie ich es auf dem Cover dieses Buches tue, was zweifelsohne zu deiner sexuellen Erregung beitragen würde.
15 Aber das werde ich nicht tun.

16 Ich verstehe, dass du mich aus deinem Schlafzimmer verbannen willst; zumindest wenn du nicht anbetend auf den Knien hockst, jedenfalls meistens.
17 Aber wenn dem so ist, flehe ich dich an, bei der Liebe zu allem, was heilig ist, und allem, was es nicht ist: Wenn du deine intimen Momente wirklich weltlich halten willst,
18 HÖR AUF, MEINEN NAMEN ZU SCHREIEN.
19 Wahrlich, das nenne ich eine widersprüchliche Botschaft.
20 Im Laufe eines Tages werde ich Zeuge von 1,5 Milliarden Geschlechtsakten, nicht, weil ich ein Voyeur wäre, sondern weil *du mich rufst.*
21 Ich tue nichts dergleichen, wenn ich mich regeneriere; wenn ich Lava sprühe, um neues Land zu schaffen, fange ich auch nicht an zu schreien: »O Candice Hagerty aus Bournemouth in England! O meine Candice Hagerty aus Bournemouth in England! Bitte mach weiter, mach *genau* so weiter!«
22 Hör auf damit, bitte; ich weiß schon so mehr als genug über jede Nicht-Jungfrau dieser Erde.
23 (Anmerkung: Mit »Candice Hagerty aus Bournemouth in England« meine ich euch natürlich alle, aber auch ganz ausdrücklich Candice Hagerty aus Bournemouth in England.
24 Nicht so laut, Candice; *so* gut ist er nicht, und ich auch nicht.)

Kapitel 2

1 Liebe ist ein viel tieferes und mysteriöseres Phänomen als Sex, das ich nur zum Teil verstehe.
2 Du hast eine Redensart »Gott ist Liebe«; falsch; ich bin alles und lasse mich nicht gern in eine Schublade stecken.

3 Aus meiner Sicht ist es, als ob dem Universum eine neue physische Konstante hinzugefügt wird, wenn sich zwei Menschen ineinander verlieben.
4 Alle meine Berechnungen müssen neu justiert werden; denn zusätzlich zu Schwerkraft und Elektromagnetismus, der starken und schwachen Kernkraft muss ich jetzt auch noch Tony und Peggy einkalkulieren, die sich auf dem Riesenrad verträumt in die Augen schauen.
5 Dem Verständnis der Erfahrung von menschlicher Liebe am nächsten bin ich eines Nachts im Gespräch mit Abaelardus gekommen.
6 Du erinnerst dich vielleicht an Abaelardus als den großen mittelalterlichen Theologen und Gelehrten, der sich in seine Schülerin Héloisa verliebte; sie hatten eine leidenschaftliche Affäre; als ihr Onkel und Beschützer Fulbert erfuhr, dass Abaelardus sie geschwängert hatte, zwang er sie ins Kloster zu gehen, während er ihn von gedungenen Schlägern entmannen ließ.
7 Ja, das war ein grausames Schicksal; gezwungen, eine Nonne zu werden.
8 Viele Jahre später besuchte ich Abaelardus eines Nachts im Traum.
9 Ich war neugierig: Hier war ein Mann, der ein Leben lang mein treuer und keuscher Diener gewesen war; doch selbst er verfing sich in den Fallstricken der Liebe, die ihm letztendlich die Eier abschnitten.
10 »Abaelardus«, sagte ich – wir saßen auf großen bauschigen Kissen im Haus seiner Kindheit, denn ich wollte, dass er sich vollkommen wohlfühlte –, »ich halte dich für qualifiziert, als Liebhaber wie als Theologe, mir eine Frage zu beantworten.
11 Die Frage des Herrn im Himmel lautet:

12 Was ist dieses Ding, das man ›Liebe‹ nennt?«
13 Er sinnierte lange und sprach dann mit ernster Autorität:
14 »Liebe«, deklamierte er, »Liebe will nicht, Liebe kämpft nicht, Liebe wird nicht, Liebe ist.«
15 Ich überlegte.
16 »Aber woher weißt du, ob du sie wirklich liebst?«, erwiderte ich.
17 »Herr«, antwortete er, »du weißt es, wenn du sie siehst und spürst: ›Es hat ZOOM gemacht.‹
18 Oder wenn ihre Freundin zu dir sagt: ›Sie liebt dich, yeah, yeah, yeah.‹
19 Wenn sie dein Alpha und Omega, dein Alles ist.
20 Dann wird sie zum Sinn deines Lebens, deine Inspiration, und du wärst bereit, für sie zu sterben.
21 Jahre der Meditation und Einsamkeit sind seit meiner Affäre mit Heloisa vergangen, und ich habe längst erkannt, dass die größte Liebe von allen in mir selbst ist.
22 Aber ich gestehe, dass ich hin und wieder nach wie vor voller Wehmut an die himmlischen Tage mit meiner Geliebten denke.
23 Wir hatten so viel Spaß, bis ihr Onkel mir meine Eier nahm.«

Kapitel 3

1 Sex ist körperlich; Liebe ist emotional; aber die Ehe ist praktisch; die Ehe verstehe ich *vollkommen.*
2 Was die sexuelle Orientierung des ersten Paares angeht, mag das Buch Genesis revisionistisch sein, aber in diesem Punkt zitiert es mich korrekt: »Es ist nicht gut, dass der

Mensch allein sei; ich will ihm eine Gehilfin machen, die
um ihn sei.«
3 Das stimmte für Adam, und es stimmt auch heute noch:
Menschliche Wesen sind fragil und fehlbar, und es ist gut,
dass sie ihre Tage auf Erden mit einem anderen Menschen
teilen, auf dass beide Unterstützung und Trost finden, wenn
sie sich mit den Mühen des Lebens konfrontiert sehen.
4 Diejenigen, die darüber diskutieren, ob die Ehe in mei-
nem Sinne nur eine Beziehung zwischen einem Mann und
einer Frau oder auch die zwischen zwei Männern oder zwei
Frauen sein kann, haben nichts verstanden.
5 Ich habe die Ehe gedacht als Beziehung zwischen zwei
beliebigen Menschen und dem Riesenhaufen Scheiß, mit
dem sie sich täglich herumschlagen müssen.
6 Die Ehe ist schwierig; ich war in meinem Bund mit Ruth
nicht immer der perfekte Ehemann; so habe ich etwa in den
letzten 843 Jahren jedes Mal unseren Hochzeitstag vergessen.
7 Dabei habe ich, wie sie zutreffend tadelt, nicht einmal
eine Entschuldigung.
8 Doch in jüngster Zeit beobachte ich eine Ausbreitung von
Büchern und Kursen mit Titeln wie »Ratgeber für den guten
jüdischen Ehemann«, »Schlüssel zu einer christlichen Ehe«
oder »Wie die muslimische Ehefrau nicht zu einer schmut-
zigen Hure wird«.
9 Leser, ich rate zur Skepsis; denn kein einziger Abschnitt
irgendeines meiner heiligen Bücher wurde geschrieben, um
Ehegatten mit Kommunikationsproblemen, über Vierzig-
jährigen auf neuerlicher Partnersuche oder Ehepaaren zu
helfen, die mehr Spaß im Schlafzimmer haben wollen.
10 (Ja, Leviticus bietet ein paar explizite Vorschläge zur
schicklichen Unterbringung menstruierender Frauen, aber
ihre Erotik ist begrenzt.)

11 Ich bin der Herr dein Gott, König des Universums und nicht dein schwuler bester Freund.

12 Aber um den falschen Behauptungen dieser Scharlatane ein Ende zu bereiten, werde ich nun meine wahren Ratschläge zu Liebe und Ehe anbieten; ich habe die Lehren aus meinem erfolgreichen Umgang mit der Menschheit abgeleitet und wende sie im Folgenden auf die Sphäre zwischenmenschlicher Beziehungen an.

13 *Gehe am Anfang zügig zur Sache.*

14 *Gehe nie wütend ins Bett.* Bestrafe deinen Partner stattdessen sofort und ewiglich und gehe dann nie mehr ins Bett, Punkt.

15 *Wenn du etwas Negatives zu sagen hast, formuliere es indirekt.* »Wahrlich, Noah sieht heute Morgen schrecklich ehrfürchtig aus. Ich wünschte, gewisse *andere* verfluchte und versenkbare Sünder wären genauso.«

16 Beim Turmbau zu Babel habe ich dies gelernt: *Manchmal ist fehlende Kommunikation wirklich nützlich für die Stabilität.*

17 *Wenn du erst jemanden »auserwählt« hast, darfst du ihn bis in alle Ewigkeit reizen, quälen und enttäuschen.*

18 *Liebe verlangt Opfer.*

19 Ergo, *Liebe verlangt Vieh und Feuer.*

20 *Wenn du eine kleine Tonfigur der ugaritischen Gottmutter Astarte unter deinem Bett findest, kannst du davon ausgehen, dass er oder sie dich betrügt.*

21 *Liebe bedeutet, ständig um Verzeihung bitten zu müssen: »Es tut mir leid! Bitte töte mich nicht!«*

22 *Erzähle deinem Partner nicht, was deine Bedürfnisse sind.* Er kennt ohnehin alle deine Gedanken und deswegen auch die Fantasie, in der dich ein sexy Polizist wegen »zu heißem Fahren« anhält.

23 *Lass deinem Partner keine Privatsphäre.* Verlange seine permanente Aufmerksamkeit durch Ritual, Schuld und Angst.

24 *Beziehungen auf Distanz können funktionieren, aber nur bei konstanter Einwegkommunikation.*

25 *Habe keine Angst, deinem Partner zu sagen: »Ich liebe dich.«* Vielleicht solltest du überlegen, dafür mehrere feste Zeiten am Tag zu bestimmen – fünf ist eine gute Zahl –, um ihm zu sagen, dass es keinen Partner außer ihm gibt und Mohammed sein Gesandter ist.

26 *Lasst euer Kind zwischen euch treten.* Das kann ich gar nicht genug betonen.

27 *Bewahre über Tausende von Jahren unverändert dieselben Praktiken und Rituale.* Gewohnheit ist der Garant fürs Glück.

28 Und schließlich: Da du nie weißt, was die Zukunft bringt, *schließe einen Ehevertrag,* bevor du dauerhaft irgendwas versprichst.

29 Ich habe es getan; mein Kontrakt heißt Offenbarung; und ich kann dir gar nicht sagen, *wie* froh ich bin, sie in der Hinterhand zu haben.

Offenbarung

Kapitel 1

1 Wie du vielleicht bemerkt hast, hatte ich schon immer eine mehr als kleine Schwäche für das Volk der Maya.
2 Hier war eine Gesellschaft, die über keine der Eigenschaften verfügte, nach denen ich bei einer Kultur suche: Sie war polytheistisch, in der westlichen Hemisphäre beheimatet, hatte kein Alphabet und baute Pyramiden; und du wirst dich erinnern, dass ich kein großer Fan von Pyramiden-Baumeistern bin.
3 Doch trotz alledem haben sie mehr als 3000 Jahre überdauert, sich als bemerkenswerte Astronomen, Architekten, Künstler und Bauern erwiesen; sie schufen einen komplizierten Kalender, mit dem sie die Zeit so akribisch verzeichneten, als wären sie die Privatsekretäre des Universums.
4 Und was mich am meisten beeindruckt, sie hingen so leidenschaftlich am Leben, dass sie bereit waren, es durch regelmäßige Opfer zu schützen.
5 Wisse, dass ich keineswegs Menschenopfer befürworte; aber da sie in Verehrung eines Haufens falscher Götter geschahen, bin ich nicht verantwortlich; ich kann die Sachlage also objektiv betrachten und sagen: »Wow, die Typen hatten *cojones*.«
6 Als ich dann – durch mich – darauf aufmerksam gemacht wurde, dass viele von euch den 21. Dezember 2012 – die

Vollendung eines 5125-Jahre-Zyklus nach der Langen Zählung des Maya-Kalenders – als ein wahrscheinliches Datum für das Ende der Welt betrachten, war ich fasziniert.
7 Seit Tausenden von Jahren hat die Menschheit über die Apokalypse gegrübelt, auf sie gewartet und oftmals auf Händen und Knien darum gebettelt.
8 Man dachte, ich würde sie schicken, wenn bestimmte historische Ereignisse passiert waren und/oder die Gattung eine bestimmte Schwelle der Verworfenheit überschritten hatte, die ihre Auslöschung rechtfertigte.
9 Und jede Generation von Fanatikern hat diese historischen Ereignisse in ihrer *eigenen* Lebenszeit kommen sehen und/oder *sich* mit der Überzeugung geschmeichelt, dass sie die Glücklichen waren, die in dem Zeitalter lebten, in dem der Sünd-o-Meter der Spezies das Ende der Skala erreicht hatte und wieder auf Null-Null-Null sprang.
10 Ja, es gab keine Zeit, in der der ungeduldige Ruf der rechtschaffen Unbefriedigten nicht regelmäßig meine Ohren belästigte:
11 »Ich will meinen Jüngsten Tag, und zwar *sofort!*«
12 Höre mich, Menschheit: Ich bin der Herr dein Gott, König des Universums; und die Welt endet nach *meinem* Zeitplan, nicht nach deinem.
13 Was die Terminierung des Armageddon betrifft, war ich jedoch zufällig von jeher relativ flexibel.
14 Ich hatte kein festes Datum im Sinn, nicht einmal eine Äone; ich war ehrlich gesagt zu beschäftigt mit dem Alltag, um mir über solche Makrothemen Gedanken zu machen; wenn ich überhaupt daran dachte, erschien es mir wie eines dieser Dinge, bei denen ich schon merken würde, wenn der richtige Zeitpunkt gekommen war.
15 Und nach meiner kürzlich erfolgten Rückkehr von der

kosmischen Bank war ich fest entschlossen, meine Karriere mit einer gesünderen Einstellung da wieder aufzunehmen, wo ich sie unterbrochen hatte, um wenigstens noch ein paar Jahrhunderte mit dem Selbstvertrauen und der Den-Teufel-gibt-es-vielleicht-aber-gar-nicht-Haltung meiner glorreichen Tage Gott zu spielen.

16 Aber dann wurde ich wie gesagt auf das »2012-Phänomen« aufmerksam, und es passte zu meiner langjährigen Bewunderung für die Maya; es erschien mir wie ein Zeichen.

17 (Ja, es ist albern, solche Zufälle als Omen zu deuten; aber du weißt ja, wie sie einem als Fingerzeige eines höheren Zwecks erscheinen können.)

18 Ich dachte über alles nach, was sich im Laufe der 6000-jährigen Existenz der Erde ereignet hatte – die Maya hatten 5125 geschätzt, was ein bisschen näher dran ist als *13,7 Milliarden,* meinst du nicht auch?

19 Und dann begann ich, über meine Beziehung zu euch nachzudenken: Was verkehrt gelaufen war und wer die Schuld trug, warum es *eure* Schuld war und ob all das überhaupt noch eine Rolle spielte.

20 Und dann überlegte ich, ob die Maya wie üblich recht hatten; ob dies tatsächlich der richtige Zeitpunkt war, eine Phase meiner Karriere hinter mir zu lassen und eine neue zu beginnen, bevor die Erinnerung an meine Größe von meinem Alter überdeckt wurde.

21 Denn nachdem ich mich nun eine Zeit lang gesammelt und ansatzweise erkannt hatte, wer ich war (und bin und immer sein werde), gab es nichts, was mich davon abhielt, von vorne zu beginnen, ein neues Universum zu erschaffen, eines, das besser zu meinen Bedürfnissen passte, zumindest zu diesem Zeitpunkt in meiner Ewigkeit.

22 Aber ich wollte nicht mehr Fremdschöpfen; denn ich

hatte gesehen, wie viele Schmerzen es bereitete; und ich konnte den Gedanken nicht ertragen, dass die Menschheit noch einmal (wenn auch unwissentlich) um meine Aufmerksamkeit buhlen musste; denn sie ist ihrem Glauben zu mir in jeder Ära ihrer Geschichte treu geblieben, obwohl ich ihr viele Gründe – 85 435 432 143, um genau sein – geliefert habe, daran zu zweifeln.
23 Ich hatte gelobt, nie wieder unehrlich zu sein; und ich wollte mein Versprechen halten, selbst wenn es einen sauberen und endgültigen Schnitt bedeutete.
24 Und so traf ich meine Entscheidung: Ein letztes verrücktes Jahr, und dann verabschieden wir uns voneinander, nicht voller Bedauern, sondern in Freundschaft und Wertschätzung der gemeinsamen Zeiten und Erinnerungen, ohne an den Ärger zurückzudenken, den du mir bereitet hast.
25 Die Welt begann am 23. Oktober 4004 v. Chr.; und enden wird sie am 21. Dezember 2012; das kannst du in deinen Kalender eintragen.
26 (Doch bedenke, was ich in *Fakten 5, 2–9* über einen kleinen Spielraum gesagt habe, um Zeit für einen Nachfolgeband zu lassen, sollte sich dieses Buch hinreichend gut verkaufen.
27 Aber ich will dich nicht unter Druck setzen.)

Kapitel 2

1 So viel zum »Wann« des Armageddon; das »Wie« ist schon vor fast zweitausend Jahren bis ins Detail festgelegt worden.
2 H.G., Jesus und ich haben die Einzelheiten kurz nach der Kreuzigung besprochen, und der damals ausgearbeitete

Plan ist nach wie vor derjenige, den wir am 21. Dezember 2012 zu folgen gedenken.
3 Kurz nach der Besprechung besuchte ich Ende des ersten Jahrhunderts den Evangelisten Johannes und gewährte ihm eine Vision des Weltenendes, die er in der *Offenbarung* niederschrieb.
4 Halluzinatorische Bilder, diskursive Handlung, kryptische Sprache und der Ursula-K.-LeGuinn-auf-Drogen-Stil haben viele Fragen bezüglich der Authentizität des Buches als wahre göttliche Prophezeiung aufgeworfen.
5 Aber wahrlich, so wie es geschrieben steht, ist es eine akkurate und vollständige Wiedergabe der Vision, die Johannes in jeder Nacht auf der griechischen Insel Patmos hatte.
6 Und wie die Geschichte des Leviathans war sie von vorne bis hinten spontan improvisiert.
7 Ist das eine Offenbarung?
8 Was? Hast du wirklich geglaubt, ich würde jedes Detail der Apokalypse enthüllen, damit du genau weißt, worauf du dich einstellen musst?
9 Für wen hältst du mich? Thor?
10 Nein, ich habe Johannes benutzt, um euch gründlich in die Irre zu führen, und das hat auch prima geklappt, denn mit der *Offenbarung* als Leitfaden produzierte die Weltuntergangsbranche exponentielle Zuwächse und wuchs von einem Schwarzmarktgeschäft über eine Heimindustrie zu einem legitimen Wirtschaftszweig und schließlich dem eschatologisch-militärischen Komplex, der sie heute ist.
11 Selbst *ich* bin überrascht, dass sie so populär geworden ist, denn rückblickend ist eine Menge von dem Zeug, das ich mir in jener Nacht für Johannes' Halluzinationen ausgedacht habe, eher drittklassige Mythologie, die ich normalerweise nicht mal den Inuit angedreht hätte.

14 Wahrlich: Berausche dich nach Belieben und lies es, wenn du mal richtig ablachen möchtest.
15 Ich bin jedoch bereit, einen kleinen Einblick in den Fahrplan der Zeichen zu gewähren, die auf die unbekannten Ereignisse vom 21. Dezember 2012 hindeuten.
16 Beginnend mit dem 1. Januar wird es an (mehr oder weniger) jedem Tag ein Omen geben, und ich möchte im Folgenden eine kleine Vorauswahl präsentieren; mein Team und ich habe eine Menge Arbeit investiert; viel mehr als vernünftig gewesen wäre, um ehrlich zu sein.
17 Denn wie du erkennen wirst, bedürfen viele dieser Zeichen umfangreicher Planung und einer erstklassigen Ausführung; und die Zuteilung der nötigen Engelpower für ihre Durchführung stellt eine Mehrbelastung für das übrige Personal dar, das bereits mit den Vorbereitungen der dunklen und unergründlichen Ereignisse des 21. Dezember 2012 beschäftigt ist.
18 Ich könnte sagen, wir tun es, um der menschlichen Liebe zu Zeichen Vorschub zu leisten, doch die Menschen bevorzugen Omen der kryptischen Art; wie bei Nostradamus, der vage von beispielsweise »einem braunen Mann aus dem Süden« schreibt und den Leser nötigt, den Zusammenhang herzustellen, der ihn aufspringen und »Hugo Chávez!« rufen lässt.
19 Unsere Omen sind hingegen viel eindeutiger; außerdem – und *deshalb* investieren wir auch so viel Mühe – ein großer Spaß!
20 Die Jungs und ich haben uns beim Schreiben königlich amüsiert; es war wie damals bei den Zehn Plagen; und ich weiß, dass wir viel Spaß bei ihrer Umsetzung haben werden, genau wie mit den rätselhaften, erschreckenden, unbeschreiblichen, unvorstellbaren Ereignissen des 21. Dezember 2012.

21 Wider besserer Vorsatz habe ich deren erstes am Ende dieser kleinen Vorausschau angehängt.
22 Es ist meine Art, Dankeschön zu sagen, geneigter Leser, dafür, dass du so viel von der wenigen kostbaren Zeit, die dir in deinem Leben noch bleibt, für die Lektüre dieses bescheidenen Büchleins geopfert hast.
23 Ich werde mich revanchieren.

Kapitel 3
Januar

1. Als um Mitternacht die Kugel am Times Square fällt, zerbricht sie und enthüllt den abgetrennten Kopf des Weihnachtsmanns.
2. In Indien bringt ein zweiköpfiges Schaf eine zweiköpfige Kuh zur Welt.
3. Italien erwacht in Form eines flachen Ballettschuhs.
4. Alle Mitglieder des Mormon Tabernacle Choir heiraten sich gegenseitig.
5. Große Eröffnung der Galápagos Mega-Mall.
6. In Amerika steigt der Durchschnittspreis für eine Gallone Benzin auf 6,66 Dollar.
7. Ein entfernter, ihm bis dahin unbekannter Cousin hinterlässt Donald Trump sein gesamtes Vermögen von fünf Milliarden Dollar.
8. Bei einem Lawinenabgang in der Schweiz sterben 20 Personen, Tausende bleiben tagelang ohne Schokolade.
10. Bei Fox TV feiert die Reality-Show *Und du glaubst, du kannst ein Flugzeug fliegen* Premiere.
11. In Disney World reißt ein Verrückter die Kontrolle des

deutschen Pavillons an sich. Bis man ihn aufhalten kann, verbrennen sechs Millionen Andenken-Bierkrüge.
12. Die Generalversammlung der UNO lehnt die Resolution 1981 des Sicherheitsrates ab, die ihm erlaubt hätte, zur Toilette zu gehen.
13. Jennifer Aniston unterschreibt einen 10-Boyfriend-Deal mit *US Weekly*.
16. Im CERN-Labor bei Genf konvertieren Physiker zwei subatomische Partikel erfolgreich zum Methodismus.
17. Es regnet Männer. Niemand sagt: »Halleluja.«
19. Tausende von Vögeln fallen vom Himmel ... *erwürgt*.
20. Trotz erdrückender Beweise leugnen Disney-Angestellte hartnäckig die Verbrennung von sechs Millionen Bierkrügen in der Vorwoche.
22. Die Hälfte aller Computer auf der Welt wird von einem Virus betroffen, das sie an Lungenentzündung erkranken lässt.
23. George Lucas beginnt mit der Pre-Production von *Star Wars Episode O: American Graffiti,* einem originalgetreuen Remake von *American Graffiti* mit Ewoks.

Kapitel 4
Februar

1. Der Papst überrascht Beobachter des Vatikans damit, dass er den Februar zum »Internationalen Monat der Pädophilie« erklärt.
3. Nach langen Verhandlungen akzeptiert Israel schließlich die Bedingungen eines Friedensvertrages mit den Sumerern.
4. Auf den Straßen Torontos wird ein Fetzen Abfall entdeckt.

5. Die Anglikanische Kirche verbietet Schwulen den Eintritt ins Priesteramt, zur Sicherung der eigenen Zukunft verbietet sie ihnen gleichzeitig den Austritt.
6. In der ersten republikanischen Vorwahl des Wahlkampfes 2012 in Iowa gewinnt die ehemalige Kandidatin der Partei für das Amt des Vizepräsidenten.
7. Nach einer monatelangen Baisse fällt der Dow Jones auf das 15-Jahres-Tief von 6666,66.
8. McDonald's führt seinen neuen »McEmbolism« ein.
9. Beim Kochen für Freunde verschüttet der ehemalige Vorstandsvorsitzende von BP Tony Hayward versehentlich 380000 Liter Pflanzenöl in seiner Küche.
12. Den ganzen Nachmittag über regnet es Frösche vom Himmel. Am frühen Abend dünnt der Niederschlag zu einem Froschniesel aus, die Nacht wird mild mit Temperaturen zwischen fünf und zehn Grad und einzelnen Fröschen.
16. American Airlines Flug 353 mit 152 Passagieren und elf Besatzungsmitgliedern an Bord landet sicher in Omaha, Nebraska. Alle werden gezwungen, dort zu verweilen.
17. Ein Eisberg größer als Rhode Island treibt aus dem arktischen Ozean vor die Küste von Rhode Island und verspottet sie gnadenlos.
18. Die Zahl der pornografischen Bilder, die man googeln kann, übersteigt die Zahl, nach der Google benannt ist.
19. Tausende toter Fische treiben an Land – *filetiert.*
20. Am Präsidententag verwandeln sich die Porträts am Mt. Rushmore Dorian-Gray-mäßig in Darstellungen der Präsidenten, wie sie aussehen würden, wenn jene bis 2012 gelebt hätten.
21. Während eines Überraschungsbesuchs beim Mardi Gras zeigt Queen Elizabeth II ihre Titten. Alles in allem nicht schlecht.

22. Um Mitternacht taucht über dir am Himmel ein Meteoriten-Cluster auf.
23. Gegen Mittag ist derselbe Meteoriten-Cluster erneut zu sehen.
24. Am nächsten Tag taucht der Cluster drei oder vier Mal einen Block hinter dir auf.
25. Als du nach Hause kommst, hast du eine Nachricht von dem Cluster auf deinem Anrufbeantworter, in der er sich vorstellt und dich auf einen Drink einlädt.
27. Auf Druck der Tea-Party-Bewegung verkündet das International House of Pancakes, dass ausländische Pfannkuchen in ihren Restaurants nicht mehr erwünscht seien.
28. Gewinnerin der vorentscheidenden republikanischen Vorwahl in South Carolina ist die Person, die für fünf Achtel einer Amtszeit Gouverneurin des 47.-bcliebtesten Staates der USA war.
29. Kein Omen der Apokalypse geplant. (Ich hatte offen gestanden vergessen, dass 2012 ein Schaltjahr ist.)

Kapitel 5
März

1. Der März »kommt herein« wie ein Löwe und beißt dem Präsidenten von Tansania bei einer landesweit übertragenen Pressekonferenz den Kopf ab.
2. Justin Bieber dreht – im Alter von 18 Jahren und einem Tag – seinen ersten Porno.
3. Apple gibt der Auslieferung des neuen iPhone 5 eine persönliche Note: Verkäufer sollen jedem iPhone-4s-Besitzer um 9.00 GMT »zufällig« persönlich über den Weg lau-

fen, wo immer er sich laut seinen GPS-Koordinaten auch gerade aufhält.

4. Der Stadtrat von Berkeley, Kalifornien, verabschiedet das »Fleisch-ist-Mord«-Gesetz. Prompt werden 97 Einwohner wegen schweren Steaks verhaftet.

8. Al-Qaida stellt bei LinkedIn Job-Angebote ein, die jedoch zurückgezogen werden, als ihnen einige der Bewerber zu unheimlich werden.

10. Die Weltwirtschaft erlebt einen kurzen Boom, als Oprah Winfrey jedem Menschen auf der Erde ein Auto kauft.

11. Die Amerikaner stellen ihre Uhr um eine Stunde auf die Sommerzeit vor; doch ich durchkreuze ihre Pläne, indem ich auch die *Sonne* eine Stunde nach vorn verschiebe.

12. Japanische Ingenieure präsentieren das erste Fahrzeug, das ausschließlich von sauberer, erneuerbarer Energie angetrieben wird, das Toyota-Fahrrad.

13. Das Gesicht Jesu erscheint unerklärlicherweise auf Tausenden von Renaissance-Gemälden.

14. Mit seiner Fünf-Milliarden-Erbschaft eröffnet Donald Trump sein zweites Trump Taj Mahal Casino – im Taj Mahal.

17. Am St. Patrick's Day übergibt sich kein einziger der Feiernden.

19. Tausende toter Kakerlaken werden gefunden … *in Kakerlakenfallen!*

20. Der Felsendom in Jerusalem wird mit einem zu öffnenden Dach und Astroturf-Boden ausgestattet.

21. Die Frühlingstagundnachtgleiche bringt genau zwölf Stunden Tag und zwölf Stunden Nacht, abwechselnd jeweils eine Stunde lang.

22. Auf dem Tienanmen-Platz demonstrieren 50000 Pandas für größere Nahrungsfreiheit. Sie werden niedergemetzelt und brutal auf Bambus beschränkt.

23. Beim Abendessen verlangt jedes Kind zwischen vier und zwölf mehr Gemüse.
25. Harte wirtschaftliche Zeiten zwingen den Rapper 50 Cent, sich in Quarter Dollar umzubenennen.
26. Die *Simpsons* werden abgesetzt.
27. Der letzte jiddische Muttersprachler stirbt mit 85 an *Shpilkes.*
28. Unter dem Großen Salzsee ereignet sich ein Erbeben von der Stärke 5,3; bei dem folgenden Tsunami werden 93 Personen eingepökelt.
30. Der März »geht« wie ein Lamm, das von dem neuen Präsidenten von Tansania während einer landesweit übertragenen Pressekonferenz getätschelt wird, bis der Löwe wieder auftaucht und dem Lamm den Kopf abbeißt. (Siehe, hast du gedacht, sie würden beieinanderliegen?)

Kapitel 6
April

1. Ich sause mit Blitzen und Trompeten hernieder und verkünde, dass ich gekommen bin zu richten die Lebenden und die Toten. Dann rufe ich »April, April!« und fahre wieder gen Himmel.
3. Nordkoreas Diktator Kim Jong-Il überträgt sämtliche Regierungsvollmachten offiziell dem verrückten kleinen Mann in seinem Kopf.
5. Zum Auftakt des Masters-Turniers erhalte ich einen Brief vom Präsidenten des Augusta National Golf Club, der mich nach Prüfung meines Aufnahmeantrags auf die Warteliste gesetzt hat.

6. Man entdeckt, dass der Wert von π in Wahrheit 6,66 beträgt.
8. Kein Omen der Apokalypse geplant. (Es ist Ostern. Der Junge hat seinen Feiertag verdient.)
9. Bei den heutigen Vorwahlen fiel die auch rechnerisch endgültige Entscheidung für die Präsidentschaftskandidatur der republikanischen Partei zugunsten einer Person, von deren fünf Kindern eins mit 18 alleinerziehende Mutter wurde.
12. Die mutmaßliche republikanische Präsidentschaftskandidatin spricht vor einer begeisterten Menge von Kohlenstoff-abhängigen Menschen wie du, die ehrlich wollen, dass sie Präsidentin wird.
13. Der Präsident von Somalia reicht seinen Rücktritt ein. Das Parlament lehnt ab. Der Präsident verlangt einen Staatsstreich. Die Armee hat Bedenken. Der Präsident fordert, einem Attentat zum Opfer zu fallen. Die Bürger weigern sich. Der Präsident erschießt sich. Trotzdem muss er seine volle Amtszeit ableisten.
14. Der Iran testet erfolgreich eine Atombombe, nur um hinterher zu merken, dass es die einzige war, die er hatte.
15. Am 100. Jahrestag des Untergangs der *Titanic* steigen die Skelette Hunderter Opfer an die Oberfläche und verlangen die Auslieferung von Céline Dion.
16. Die Qumram-Rollen gehen spontan in Flammen auf; übrig bleiben nur die aramäischen Buchstaben für »ZOINK«.
17. Nach einem langen Kampf gegen die Impotenz stirbt im Alter von 86 Jahren Hugh Hefners Erektion.
18. Der Staat von Mississippi fließt über seine Grenzen und überflutet Alabama und Tennessee mit achtzig Quadratmeilen Blödheit.
19. Tausende toter Kühe hängen an Haken ... *in Metzgereien!*

22. Zum »Happy Earth Day« bekommt der Planet aufmerksamerweise eine Everest-große Grußkarte vom Asteroidengürtel.
23. Bei einer Londoner Aufführung von *Jesus Christ Superstar* fangen die Handys aller Zuschauer im 2. Akt bei der Ballade »Could We Start Again Please?« gleichzeitig an zu klingeln.
26. Nach einem großflächigen Blackout ist Tokio ohne Strom.
27. Fünfzig Meilen westlich von Tokio kommt es zu einem Erdbeben der Stärke 8,2, das viele Gebäude zum Einsturz bringt.
28. Im von einem Tsunami zerstörten Block 1 des Kraftwerks Fukushima kommt es zu einer massiven Kernschmelze; eine radioaktive Wolke treibt Richtung Süden auf Tokio zu.
29. Godzilla taucht in der Bucht von Tokio auf und bewegt sich auf die Stadt zu.
30. Die Bewohner Tokios warten weiter geduldig auf Anweisungen der Behörden.

Kapitel 7
Mai

1. Über die Bordlautsprecher aller in der Luft befindlichen Flugzeuge ertönt eine Stimme, die die Passagiere hilfsbereit an das Datum erinnert: »May Day! May! May Day! May Day!«
2. Zur Beruhigung nervöser Eltern einigen sich die Gouverneure von Colorado und Wyoming, die Ecken ihrer Staatsgrenzen abzurunden und damit babysicher zu machen.

3. Die *Christus der Erlöser*-Statue über Rio de Janeiro fällt von ihrem Hügel, zerbricht jedoch wie durch ein Wunder nicht, weil sie auf dem prallen Knackarsch einer Einheimischen landet.
4. Die Mexikaner sind perplex, weil ihr Nationalfeiertag, der Cinco de Mayo, einen Tag zu früh kommt.
7. Brangelina trennen sich. Nach einem erbitterten Sorgerechtsstreit um die Namen einigen sie sich auf eine Scheidung als Brang Pitt und Elina Jolie.
8. Ein gewaltiger Tornado erreicht Kansas. In einem Radius von fünfzig Meilen ist kein Zeichen von Leben mehr auszumachen. Dann schlägt der Tornado zu.
9. In Hollywood beginnt die Produktion eines Remakes der Fortsetzung eines Films nach einem Videospiel, das nach einer Fernsehshow gestaltet wurde, die in Lizenz eines Comicbuchverlags auf tatsächlichen Ereignissen basiert. Regie führt der Macher von *Armageddon*, Michael Bay.
11. Die neue MTV-Reality-Show *Unterschichtenabschaum* erzielt Rekordeinschaltquoten.
13. Am Muttertag will Jesus mit Maria essen gehen, kehrt jedoch frustriert in den Himmel zurück, nachdem er feststellen musste, dass jeder Tisch auf der Erde reserviert ist.
15. Klimatologen taufen die Polareiskappen in »Eis-Beanies« um.
16. Das weltgrößte, unerschlossene, natürliche Öl- und Gasvorkommen wird unter dem New Jersey's Trump National Golf Club entdeckt.
17. Die Moai der Osterinsel beginnen wundersamerweise zu sprechen. Sofort engagiert der Nachrichtensender MS-NBC die sprechenden Köpfe als Moderatoren für die Primetime, worauf sich die Einschaltquoten dramatisch verbessern.

18. Der Vatikan gewinnt den Eurovision Song Contest 2012 mit dem Gregorianischen Rockkracher »Don't Alter Those Boys!«
20. Nach Ende der heutigen Sonnenfinsternis kommt die Sonne wie auf Wetterkarten lächelnd und mit Sonnenbrille wieder zum Vorschein.
21. In dem Gebiet des Indischen Ozeans, wo Osama bin Laden bestattet wurde, ziehen Fischer Krabben mit Bart, Turban und einem ätzenden Hass gegen die Vereinigten Staaten aus dem Meer.
24. Erinnerst du dich an den Meteoriten-Cluster, den du Ende Februar ständig gesehen hast? Er taucht direkt über dir wieder auf, als du auf dem Weg zur Arbeit bist. Siehe, er verfolgt dich doch nicht etwa, oder?
25.
26.
27.
28. URLAUB
29.
30.
31.

Kapitel 8
Juni

1. In einem Bordell in Queens wird der Dalai Lama verhaftet, nachdem er während einer einwöchigen Crackorgie eine Nutte bewusstlos geprügelt hat.
4. Am thailändischen Visakha-Puja-Tag (Buddha-Tag) betritt ein Avatar des Erleuchteten eine von Bangkoks zahlrei-

chen Geschlechtsumwandlungskliniken und bittet, in »Buddhina, Königin des Lotus« verwandelt zu werden.

5. Eine Menschenläuse-Epidemie stigmatisiert die Hälfte aller Kinder der Welt.

6. Bei der Scrabble®-Weltmeisterschaft taucht wie aus dem Nichts ein unbekannter Mitspieler namens Lou Ceepher auf und gewinnt mit 666:0.

7. Aus Wasserhähnen sickert Blut.

8. Aus Duschköpfen sickert Blut.

9. Alle Klempner werden vom Schlag getroffen, sodass niemand die blutigen Hähne und Duschköpfe reparieren kann.

11. Die voraussichtliche republikanische Präsidentschaftskandidatin, die man wochenlang vergessen hatte, tritt in einer großen Talkshow auf und erinnert damit daran, dass sie eine von zwei Personen ist, die zum Präsidenten der Vereinigten Staaten gewählten werden können.

12. Das Kreuz des Südens verschwindet vom Nachthimmel und wird durch das Pentagramm des Südens ersetzt.

14. In den Niederlanden wird das Verbrechen legalisiert.

15. Der Meteoriten-Cluster taucht auf deinem Weg zur Arbeit etwa einen Block hinter dir auf. Seltsam.

16. Bei sämtlichen heute gefeierten Hochzeiten regnet es. (Irgendjemand wird der Braut garantiert erklären, dass Regen am Hochzeitstag Glück bringt. Falsch. Es ist ein Zeichen der Apokalypse.)

17. Jesus kehrt zur Erde zurück, um mich am Vatertag zum Essen einzuladen. Diesmal hat er lange im Voraus einen Tisch bestellt, aber im letzten Moment merken wir beide, dass wir doch mehr Lust haben, uns etwas bringen zu lassen.

20. Der längste Tag des Jahres wird noch länger, als jeder Mensch auf der Erde unerwartet Besuch von den Schwiegereltern bekommt.

22. Pixars neuer Film *Brave* ist nur gut und nicht großartig.
23. Willie Nelson versteigert seine Bong.
24. Eine Wolke in Form eines Drachens spuckt Feuer über Rom.
25. Eine Wolke in Form eines Einhorns galoppiert über London.
26. Eine Wolke in Form eines Zyklops lässt sich über Athen ein Monokel anpassen.
27. Eine Wolke in Form eines Golems nörgelt über Jerusalem.
28. Eine Wolke in Form eines Bigfoot knibbelt sich über Seattle an ihren deformierten Zehen.

Kapitel 9
Juli

2. Microsoft ersetzt das Software-Protokoll von Skype durch ein eigenes. Sofort erleben Benutzer während Video-Chats emotionale Komplettabstürze.
3. Zum Höhepunkt der Party an Tom Cruises 50. Geburtstag springt Xenu aus einer Torte.
5. Google Maps enthüllt sein neues Feature: Bedroom View.
7. Der Old Faithful Geysir im Yellowstone National Park spuckt plötzlich Starbuck's-Kaffee. Die durchschnittliche Wartezeit beträgt trotzdem weiter 90 Minuten.
8. Zu Hause erwartet dich eine Nachricht von dem Meteoriten-Cluster. Er sagt, dass er dich von oben betrachtet sehr attraktiv findet und gerade für ein paar Wochen von seinem flachen Zufallsorbit um die Sonne zurück ist, und wenn du dich mit ihm treffen möchtest, vielleicht am Sonntag um

acht bei McPhee. Er ist der pulsierende, irisierende Meteoriten-Cluster im hinteren Raum.
11. Heute darf Moses das Omen des Tages planen. Ich weiß nicht, was er vorhat, aber wie ich ihn kenne, wird es irgendwas mit Muslimen sein.
12. Die Straße von Gibraltar wird nach einem mysteriösen Stau von 666 Tankern für den Schiffsverkehr gesperrt
14. Als die Franzosen an ihrem Nationalfeiertag erwachen, stellen sie fest, dass sie alle mit breitem amerikanischem Akzent sprechen. Sie verbringen den restlichen Tag damit, sich gegenseitig zu verspotten.
15. Drei Biologen entdecken im Amazonas eine neue Schlangenart, die so giftig ist, dass ihr Gift drei Biologen auf einen Schlag töten kann.
16. Der Meteoriten-Cluster ruft wieder an. Er fragt, ob du am Sonntag vielleicht keine Zeit hattest oder nichts trinkst, dann möchte er um Verzeihung bitten, das nächste Mal ist er am 12. September in der Stadt und wird für acht Uhr unter dem Namen Meteoriten-Cluster + 1 einen Tisch bei Luigi's bestellen.
20. *Batman 3: The Dark Knight Rises* läuft an. Das ist kein Zeichen der Apokalypse; ich bin nur sehr gespannt. Ich habe die Produktion in Indien verfolgt, und siehe, es ist absolut unglaublich. Nicht nur die visuellen Effekte, sondern auch die Geschichte. Ja. Das wird das Prä-12/21-Spektakel des Jahres.
22. Gewinner der 99. Tour de France wird ein an ein Schwinn-Bike geklebter Beutel menschlicher Wachstumshormone.
24. Lady Gaga tritt öffentlich in einer lebendigen Kuh auf.
25. Bei seiner 16-stündigen Fahrt von Cabo San Lucas nach L.A. überschreitet Sammy Hagar kein einziges Mal das Tempolimit.

27. Die Eröffnungszeremonie der Olympischen Spiele in London wird von einer spontanen Oasis-Reunion überschattet.
28. Die designierte republikanische Präsidentschaftskandidatin trifft sich in einem Hotel bei Devil's Tower, Wyoming mit 666 ihrer Top-Fundraiser.

Kapitel 10
August

1. Die Temperaturen in Moskau steigen auf bis zu vierzig Grad. Lenins Leichnam fängt an zu stinken, was die Vorstellung, den einbalsamierten Körper des Architekten einer diskreditierten Weltanschauung zu besichtigen, irgendwie unattraktiv macht.
2. Terroristen greifen die amerikanische Sektion des Olympischen Dorfes an. Wie sich später herausstellt, stammten sie aus der Al-Qaida-Sektion des Olympischen Dorfes.
3. Die Malediven sinken für immer unter Wasser, nachdem ein fetter Mann im Pool des Malé Hilton eine Arschbombe probiert.
4. Wie erwartet gewinnt Usain Bolt die Goldmedaille im 261 147-Ellen-Lauf.
5. Der Gemüsesaft V8 muss sich in V7 umbenennen, nachdem die Verhandlungen mit der Wasserkresse scheitern.
6. Im olympischen Tennisfinale schockiert ein unbekannter Gegner namens B. L. Zebub Rafael Nadal mit 6:0, 6:0, 6:0.
7. Bei der ersten jährlichen afrikanischen AIDS-Konferenz sind Trillionen von Viren aus dem ganzen Kontinent zu Gast.

8. Die zuvor in Hieroglyphen, demotischer und altgriechischer Schrift verfasste Inschrift des Steins von Rosette erscheint plötzlich auf Englisch, in ASCII und Emoticons.
9. Ankläger bieten den Zeugen Jehovas Straffreiheit an, wenn sie gegen mich aussagen.
13. Am Morgen nach dem verabredeten »Date« findest du auf deiner Türmatte einen winzigen Boliden aus den Eisennickellegierungen Kamacit und Tänit. Der Meteoriten-Cluster! *Ich weiß, wo du wohnst!*
14. Anstatt ihren Kandidaten für die Vizepräsidentschaft persönlich bekannt zu geben, überlässt es die designierte republikanische Präsidentschaftskandidatin ihm, das in seiner landesweit ausgestrahlten Radioshow selbst zu tun.
15. Das heutige Omen darf Mohammed planen. Ich weiß nicht, was er vorhat, aber wie ich ihn kenne, wird es irgendwas mit Juden und/oder Christen sein.
16. An seinem 35. Todestag manifestiert sich eine Vision von Elvis Presley über Graceland, ergibt sich der Schwerkraft, stürzt ab und macht die Villa dem Erdboden gleich.
17. Eine Frau im Kongo bringt ein Baby mit zwei Dollar zur Welt.
26. Du bemerkst, wie der Meteoriten-Cluster dich vom Himmel über einem Pizza-Kitchen-Restaurant in Kalifornien beobachtet. Du beschließt, vernünftig mit ihm zu reden; du bittest ihn ruhig, aber entschieden nach unten, erklärst ihm, dass du dich geschmeichelt fühlst, jedoch kein Interesse hast, weshalb er dich bitte in Frieden lassen soll. Der Cluster sagt, dass er das versteht, und wünscht dir alles Gute, bevor er mit 50 Meilen pro Sekunde wieder gen Himmel schießt. Damit wäre das hoffentlich geklärt.
27. Der Nominierungsparteitag der Republikaner wird in

Tampa mit dem Vortrag von Lee Greenwoods Country-Hymne »Proud to Be an American« eröffnet, gesungen von dressierten kahlköpfigen Adlern.

28. Rush Limbaugh wird offiziell zum republikanischen Kandidaten für das Amt des Vizepräsidenten gekürt. Nach seiner Wahl erklärt er, er sei »glücklicher als ein Schwarzer mit einer Wassermelone«.

29. Sarah Palin wird offiziell zur republikanischen Präsidentschaftskandidatin gekürt. Sie winkt lächelnd vom Podium in die Menge, so wie sie eben winkt und lächelt, wenn sie winkt und lächelt.

30. In ihrer Rede zur Annahme der Wahl erklärt die Kandidatin: »Ich glaube an ein Amerika, wo die Spreu vom Weizen getrennt wird, die Gerechten am Tisch des Herrn sitzen und die Sünder im ewiglichen Feuer bestraft werden.«

Kapitel 11
September

1. Das heutige Omen darf Jesus planen. Ich weiß nicht, was er vorhat, aber wie ich ihn kenne, wird es irgendwas mit Umarmen sein.

2. Der magnetische Nordpol verrutscht unvermittelt um zwei Meilen, nachdem ein neugieriger Achtklässler eine nordpolig ausgerichtete Büroklammer darauf hält.

3. Der Nominierungsparteitag der Demokratischen Partei in Charlotte wird mit einem Vortrag der klassischen Punkhymne »Destroy the USA« von den Briefs eröffnet, gesungen von einem Chor von Guantánamo-Häftlingen.

4. Joe Biden wird offiziell zum demokratischen Kandida-

ten für die Vizepräsidentschaft gekürt und erklärt, er sei »glücklicher als ein Koreaner mit einer Wasserkastanie«.
5. Barack Obama wird offiziell zum demokratischen Präsidentschaftskandidaten gekürt. Er winkt in die Menge und sieht neugierig aus. Sehr, sehr neugierig.
6. In seiner Rede zur Annahme der Wahl fragt ein gut gelaunter Präsident: »Wie viele Fehler müsste ich machen, um diese Wahl zu vermasseln? 666? Ernsthaft, rein akademisch, wärt ihr nicht neugierig zu erfahren, was alles passieren müsste, damit ich gegen Sarah Palin verliere? Ich bin es auf jeden Fall. Ich bin sehr, sehr neugierig.«
7. Die Obama-Kampagne stellt ihren neuen Slogan vor: »Obama/Biden '12: Fuck You«.
8. An ihrem ersten Schultag nach den Ferien stellen alle Fünftklässler der Welt entsetzt fest, dass sie in der dritten Stunde Englisch bei Mrs. Heimer (Iiii!) haben.
9. Zu Hause wartet eine Nachricht auf dich. Sie besteht aus seltsamem Knacken und Zischen, gefolgt von einem furchtbaren Überschallknall. Die Anruferkennung weist den Anrufer als »Cluster, Meteoriten« aus. O nein. Nein, nein, nein, nein.
10. Die Palin-Kampagne präsentiert ihren schlichten neuen Slogan: »Palin/Limbaugh '12: Das Ende ist nah«.
11. Am 11. Jahrestag des 11. September teilt der pakistanische Geheimdienst den USA mit, dass man davon ausgeht, dass ein führendes Mitglied von al-Qaida sich irgendwo in der Nähe des Grunds des Indischen Ozeans aufhält.
12. Es sieht aus, als wäre der Schiefe Turm von Pisa begradigt worden. In Wahrheit hat sich jedoch auch der Rest von Pisa geneigt.
13. Sarah Palin erklärt in einem Interview, sie sei »für ein Leben nach dem Tod«.

14. David Trump prahlt in einem Interview mit der Zahl seiner Immobilien. Es sind 666.
15. Die Zahl der Weltbevölkerung erreicht sieben Milliarden. Die Gesamtfläche der Erde bleibt unverändert.
16. Die Niagarafälle verwandeln sich in die Niagarastiege.
17. Die Klagemauer in Jerusalem fängt tatsächlich an zu klagen. Nach einer Weile beruhigt sie sich wieder und schluchzt nur noch leise.
18. Die Berliner Mauer macht auch irgendwas Seltsames. (An den Details arbeiten wir noch, aber die »Wall-to-wall«-Idee hat uns gefallen.)
19. Ein Monsun tötet Tausende … *in Norwegen.*
20. In einem Wahlwerbespot, der komplett auf Französisch gedreht ist, rühmt eine Gruppe kettenrauchender Pariser Künstler Obama als »das einzig Vernünftige, was euer Scheißland je hervorgebracht hat«.
21. Generalsekretär Ban Ki-moon eröffnet die 67. Sitzungsperiode der UNO-Generalversammlung mit einer erhebenden Karaoke-Version von »It's the End of the World as We Know it (And I Feel Fine)«.
22. Die Herbsttagundnachtgleiche bringt zu gleichen Teilen Tag (linke Seite des Himmels) und Nacht (rechte Seite des Himmels).
24. Weinzeitschriften berichten, dass Winzer in ganz Europa den Jahrgang als »zornig« beschreiben.
26. Nach einer großzügigen 10-Millionen-Dollar-Spende ändert Ärzte ohne Grenzen seinen Namen in Ärzte ohne Barnes & Noble.
27. Woher hat der Meteoriten-Cluster deine E-Mail-Adresse?!? Ja: Er hat eine wirre Mail geschrieben, die zwischen Liebe und Hass schwankt, mit einem angehängten obszönen jpeg seiner eigenen Tektiten. Das wird zu viel.

Du hast einen Zusammenbruch im Büro. Zum Glück ist deine beste Arbeitsfreundin Cheryl da, um dich zu trösten.

28. Barack Obama erklärt in einem bis auf den letzten Platz gefüllten Stadion im Wechselwählerstaat Ohio: »Ihr stinkt, als hättet ihr heute Morgen in Scheiße geduscht.«

29. Sarah Palin erklärt in einem bis auf den letzten Platz gefüllten Stadion im Wechselwählerstaat Florida: »Denn mein ist das Reich und die Kraft und die Herrlichkeit in Ewigkeit, Amen.«

30. Konfrontiert mit einer beispiellosen Einwanderungskrise, schließt die mexikanische Regierung die Grenze zu den USA.

Kapitel 12
Oktober

1. Eine Schulaufsichtsbehörde in Arkansas verbannt das kleine *l* wegen seiner anzüglichen Form aus sämtlichen Schulbüchern.

2. In der ersten Fernsehdebatte mit Sarah Palin sagt Präsident Obama: »Ach, halten Sie doch den Mund. Sie sind dumm, wie alle Frauen.«

4. Der Panamakanal verschwindet, an seiner Stelle klafft eine lange, mit 666 666 666 Stichen genähte Narbe.

6. Das National Hurricane Center tauft den sechzehnten tropischen Sturm des Jahres unbesonnenerweise »Hurricane Pussy«. Tausende kommen ums Leben.

7. Nach einer Gallup-Umfrage liefern sich die beiden Kandidaten für das Amt des Präsidenten ein im wahrsten Sinne

des Wortes totes Rennen: 5 % Obama, 5 % Palin, 90 % unentschieden, ob das Leben überhaupt noch lebenswert ist.

9. Du bist auf deiner Wohnzimmercouch eingeschlafen. Kurz vor Mitternacht wachst du auf und öffnest langsam die Augen. Der Meteoriten-Cluster starrt durch das Oberlicht auf dich herab und reibt sich seine Felsbrocken. Du schreist laut auf und greifst zum Telefon, doch ehe du den Notruf gewählt hast, ist der Cluster wieder verschwunden.

10. Du erzählst die Geschichte einem Polizisten, der vorbeikommt. Der Polizist – ein attraktiver Sergeant namens Jenkins, um die vierzig, der noch unter seiner Scheidung leidet – sagt, ohne einen konkreten Beweis für Stalking könne er nichts gegen den Cluster unternehmen. Er gibt dir seine Visitenkarte.

13. In Berlin will ein Selbstmordattentäter das Zentrum einer Suizid-Hotline in die Luft sprengen, wird jedoch von dem geschulten und engagierten Personal davon abgebracht.

14. In seiner zweiten Debatte mit Sarah Palin sagt Präsident Obama: »Gott, Sie sind so *weiß!* Ich *hasse* das! Ich *hasse* alle Weißen!«

18. Arnold Schwarzenegger gibt zu, mit dem Predator ein Kind der Liebe gezeugt zu haben.

19. Tausende fallen einem Taifun zum Opfer … *im Death Valley!*

20. Das Wort des Tages im »Ein-Wort-pro-Tag-Kalender 2012« ist »apokalyptisch« und wird erklärt mit »wie die Ereignisse, die in neun Wochen passieren werden«.

21. In ihrer einzigen TV-Debatte diskutieren die Kandidaten für das Amt des Vizepräsidenten Joe Biden und Rush Limbaugh über ihre weit auseinanderliegenden Positionen

zu den Themen Wirtschaft und Außenpolitik sowie über die Frage, ob Joe Biden sich in einem Loch verkriechen und verrecken sollte.

24. Bei einem Wahlkampfstopp in St. Louis öffnet Obama den Hosenstall und masturbiert.

25. Bei einem Wahlkampfstopp in Denver beginnt Palin in Zungen zu reden. Nach circa fünf Minuten bemerken es auch ihre Zuhörer.

27. Mit einer neuen iPad-App können User ihr Lieblingsessen herunterladen.

28. Die Hadsch in Mekka wird durch den ohrenbetäubend lauten himmlischen Gesang von Al Jolson gestört, der »My Yiddishe Momma« intoniert.

31. Heute gibt es keine Omen der Apokalypse. Viel Spaß bei Halloween, alle miteinander!

Kapitel 13
November

1. Der Drei-Schluchten-Damm am Jangtsekiang bricht. Die folgende Flut löscht unglaubliche 0,01 Prozent der chinesischen Bevölkerung aus.

2. Mehr als hundert junge Menschen zwischen zwanzig und dreißig, die per SMS in letzter Minute zu einer spontanen »Kissenschlacht« im Central Park eingeladen wurden, werden stattdessen im ersten »Flash Mob Hit« der Geschichte von der Mafia niedergemäht.

3. Die eine Person in deinem Leben, vor der du wirklich Respekt hast, spricht sich für das Duo Palin/Limbaugh aus.

4. Die Amerikaner stellen ihre Uhren wieder eine Stunde

zurück auf Winterzeit, aber ich durchkreuze ihre Pläne, indem ich den Tag auf 25 Stunden verlängere.
5. Am Wahlabend deuten Umfragen auf ein buchstäbliches totes Rennen hin: 51 % Schlaftabletten; 49 % Schusswunden am Kopf.
6. Sarah Louise Palin wird zur 45. Präsidentin der Vereinigten Staaten gewählt. Vielen Dank für die Bestellung der Apokalypse. Die Lieferung erfolgt binnen sechs Wochen.
8. Die designierte Präsidentin Palin stellt Chuck Norris als ihren neuen Verteidigungsminister vor.
9. Mötley-Crüe-Bassist Nikki Sixx bricht zu einer Tour auf der Route 66 auf.
10. Als du gerade zu hoffen begannst, dass der Meteoriten-Cluster dich vergessen hat, ertönt in der Mittagspause ein Überschallknall. Am Himmel steht mit weißen Kondensstreifen von einem Dutzend Feuerbällen geschrieben »I ♥ you, [dein Name]«. Du brichst weinend in Cheryls Armen zusammen.
11. Du rufst Jenkins an und verlangst Schutz. Er willigt ein, dich auf einen Kaffee zu treffen. Wieder erklärt er dir, dass er einen Beweis braucht, bevor er etwas unternehmen kann. Aber die männliche Art, wie er es sagt, beruhigt dich irgendwie. Ihr scherzt sogar ein wenig miteinander. Als er sich verabschiedet, beugt ihr euch beide unbeholfen vor und wollt euch küssen, werdet jedoch von einem mysteriösen Überschallknall unterbrochen.
12. In einem Interview prahlt Charlie Sheen (der dieser Tage weder verliert noch gewinnt, sondern plus minus null macht) darüber, wie viele »Göttinnen« er jetzt hat. Es sind 666.
13. Peruanische Offizielle verweigern jeden Kommentar zu Berichten, nach denen beobachtet wurde, dass Lamas eine

riesige Neonreklame mit dem Schriftzug »Machu Trumpchi« in die Anden geschleppt haben.
14. Die designierte Präsidentin Palin stellt ihren reichen Onkel aus Amerika als Finanzminister vor.
15. Usbekistan wird vom Antlitz der Erde getilgt. (Siehe, ich hatte ein schlechtes Gewissen, denn es war bisher in der Liste überhaupt nicht vorgekommen.)
17. Eine Woche seit den Worten am Himmel, und (dank mir) kein Lebenszeichen des Clusters. Aber bei der Arbeit bist du den ganzen Tag von einer seltsamen Unruhe erfüllt, und deine beste Freundin Cheryl ist krank. Dann macht im Büro eine Nachricht die Runde. Cheryl ist tot. Offenbar wurde sie am Morgen beim Joggen im Park mit 400 autogroßen Felsbrocken gesteinigt.
20. Letztmöglicher Drucktermin für eine zweite Auflage von *Das Letzte Testament.* Denk an mein Angebot, Menschheit.
21. Alle Spinnen der Welt ertrinken in Fallrohren.
23. In den Läden und Einkaufszentren beginnt Weihnachtsmusik zu laufen, aber jedes Lied bricht kurz vor dem Ende ab.
24. Die designierte Präsidentin Palin stellt einen Typen, der rumläuft wie Jesus, als ihren neuen Stabschef im Weißen Haus vor.
25. Jenkins sagt, man hätte alle Dienststellen alarmiert, die Augen nach dem Cluster offen zu halten, mehr könne die Polizei zurzeit nicht tun. Doch er bietet dir an – nicht als Polizist, sondern als Freund –, zu bleiben und dich zu beschützen. Ihr seht euch tief in die Augen. (Merke: An dieser Stelle hast du die Option, mit ihm »beieinanderzuliegen«, aber das liegt bei dir.)
26. Zweimal falsch ergibt einmal richtig.

27. Bewegliche Körper neigen zur Trägheit.
28. Runter kommen sie nimmer!
29. Die Summe der Quadrate über den beiden Schenkeln eines rechtwinkligen Dreiecks ist größer als das Quadrat über der längsten Seite.
30. $E=mc^3$

Kapitel 14

Dezember

1. Dein Handy klingelt. Irgendjemand ruft dich an … aus deinem Haus! Du rennst nach Hause, wo der Meteoriten-Cluster lachend auf deiner Couch sitzt, neben sich die zerschmetternden und qualmenden Überreste von Jenkins. Der Cluster erklärt dir, dass er dich liebt, und wenn er dich nicht haben kann, »soll niemand dich haben!«. Er zieht eine Pistole und schießt: Du springst zur Seite, die Uhr schlägt Mitternacht.
2. Der Cluster jagt dich wild um sich schießend durchs Haus. Er kommt ins Schlafzimmer, wo du aus deinem Versteck im Kleiderschrank auf ihn zuspringst. Die Waffe fällt zu Boden, es kommt zu einem heftigen Gerangel, das ganze Haus wird verwüstet. Der Cluster gewinnt die Überhand, doch im letzten Moment siehst du die Pistole, kannst deine Hand gerade weit genug ausstrecken, um sie zu packen und abzufeuern. Der Cluster sinkt tödlich getroffen zu Boden. Mit seinem letzten Atemhauch seufzt er deinen Namen und sagt: »Ich hätte dir den Mond geschenkt.«
3. Du gehst am Strand entlang und denkst über deine Tortur nach. Ja, es hat dich zu einer tougheren Person gemacht

und eine innere Stärke offenbart, die du noch gar nicht kanntest. Aber war es das wert? Nein. Nicht für Cheryl. Nicht für Jenkins. Und nicht für dich. Vor allem weil in zwei Wochen die Welt untergeht.

4. Die Sonne bewegt sich rückwärts.

5. Sterne fallen vom Himmel.

6. Facebook erreicht einen weiteren Meilenstein und begrüßt seinen 666 666 666. Nutzer.

7. Eine Wiederauflage der zehn biblischen Plagen! Das Ende ist nah, aber es bleibt noch genug Zeit, die eineinhalbwöchige Party wiederzubeleben, die Maßstäbe der Zerstörung gesetzt hat – nur dass diesmal *die ganze Welt* teilnehmen darf! Wir beginnen mit Plage Nr. 1: Wasser verwandelt sich in Blut. Heute ist euer Glückstag, Vampire! Durstig? Einfach den Hahn aufdrehen!

8. Plage Nr. 2: Frösche. Das klingt nicht soo schlimm, richtig? Hatte ich erwähnt, dass sie *radioaktiv* sind?

9. Plage Nr. 3: Läuse. Schulkinder, stellt euch darauf ein, mit einer Flasche von diesem übel riechenden Shampoo früher nach Hause geschickt zu werden.

10. Plage Nr. 4: Fliegen. *Überall.* Und sie werden auf der Hut vor deinen Klatschen sein, weil ich sie vorher gebrieft habe.

11. Plage Nr. 5: Viehseuche. Du hast von Rinderwahnsinn gehört – aber kennst du auch Rinder*explosion?*

12. Plage Nr. 6: Ich würde an deiner Stelle für heute Abend kein heißes Date verabreden; denn dein Gesicht wird aussehen wie eine topografische Karte des Planeten Mars.

13. Plage Nr. 7: Hagel. Die kleineren Körner haben die Größe von Smarties, die größeren die von Golfbällen, weil es Smarties und Golfbälle *sein* werden.

14. Plage Nr. 8: Heuschrecken. Die meisten von euch leben

nicht mehr auf dem Land; um sicherzugehen, dass niemand außen vor bleibt, habe ich sie deshalb mit einem Heißhunger auf Beton ausgestattet.

15. Plage Nr. 9: Dunkelheit. Keine Sonne, kein Mond, keine Sterne, kein Strom, kein Feuer. Und wenn ihr mit euren Handys schummelt, fange ich noch einmal bei Plage Nr. 1 an.

16. Plage Nr. 10: Die Tötung der Erstgeborenen. Ehrlich und ganz im Ernst, meine Entschuldigung für euren Verlust.

17. *[Ein freier Tag zur Trauer]*

18. Erdbeben, Vulkane, Wirbelstürme, Blitze, das volle Programm.

19. Merck entwickelt eine Tablette, die jeden Menschen schlank und attraktiv aussehen lässt. Zu wenig und zu spät.

20. Chichén Itzá teilt sich und enthüllt eine eineinhalb Kilometer lange Landefläche für ein Raumschiff. Ja, das letzte Omen geht an die Maya. Ich habe eure Leidenschaft wirklich geliebt!

21. *Um Mitternacht blitzt und donnert es. Ein Sturm tobt, und die Erde birst. Alle Menschen finden sich – wie in der Apokalypse des Johannes angekündigt – nackt und zitternd im Tal von Megiddo wieder. Plötzlich erklingt von überall und nirgendwo zunächst leise, dann alles andere übertönend der verführerische Rhythmus einer Midtempo-Samba. Ganz langsam werde ich, der Herr dein Gott, König des Universums, vom Himmel herabsteigen, und dabei werde ich singen:*

Please allow me to introduce myself

I'm God of wealth and taste ...

Danksagung

1 Anders als ein Universum ist ein Buch wie dieses kein Projekt, das man in weniger als einer Woche alleine aus dem Ärmel schüttelt.

2 Nein, ein Buch wie dieses ist gleichsam eine Wanderung durch den Wald meines Geistes, und der Text die Spur von Wörtern, die diese Wanderung hinterlassen hat.

3 Da mein Geist zufälligerweise ein unendlicher Wald ist und die Informationen, die er enthält, dementsprechend ebenso unendlich, müsste man jeden Baum in diesem Wald fällen, um sie zu Papier zu bringen.

4 (Außerdem wäre eine ∞-seitige Autobiographie dabei herausgekommen, die sich nach der vermutlich zutreffenden Ansicht des Verlages nur schwer verkauft hätte.)

5 Deshalb erfordert eine solche Lebenserinnerung das versierte Lektorat einer brillanten, willensstarken Lektorin, die selbstbewusst genug ist, einem Autor Korrekturen nahezulegen, der sie in einer Trillionstel Sekunde zu Asche reduzieren könnte.

6 Zum Glück hatte ich eine solche Lektorin; also vielen Dank, Sarah Knight, für deine Gabe der Sprache, deine Aufmunterung und deinen feinfühligen Umgang mit einem Autor, der zugegebenermaßen gelegentlich recht temperamentvoll sein kann.

7 Und nochmals Entschuldigung wegen der Praktikantin, die ich gestraft habe, obwohl ich zu meiner Verteidigung sagen muss, dass der Kaffee *wirklich* kalt war.

8 Dank auch an Jonathan Karp, den Chef von Simon & Schuster, dass er das kreative und finanzielle Risiko dieses Projekts eingegangen ist.

9 Ich weiß, der Vorschuss war happig, aber eingedenk der Verkaufszahlen meiner vorherigen Bücher auch gerechtfertigt.
10 Fürchte dich nicht, Jon: Nach den ersten dreihundert Millionen verkauften Exemplaren machen alle nur noch Profit!
11 Ich möchte außerdem meinem literarischen Agenten Daniel Greenberg danken.
12 Dies ist auch dein Triumph, Danny; du hast dich für mich eingesetzt, in schlechten Zeiten zu mir gehalten und nie den Glauben an meine Arbeit verloren.
13 Ja, nicht einmal, nachdem du den Glauben an meine Existenz verloren hattest.
14 Und Jessica Abell vom Marketing und Kelly Welch aus der Presseabteilung: Euch beide habe ich geschickt.
15 Die menschliche Hilfe bei der Abfassung dieser Heiligen Schrift war wichtig; aber in vielerlei Hinsicht waren die wahren Engel in diesem Prozess meine Engel.
16 Es sind ihrer so viele, denen ich danken könnte, denn sie sind zahlreich wie die Sterne am Himmel; deshalb möchte ich an dieser Stelle nur meine vier »hellen Jungs« nennen: Uriel, Raphael, Michael und Gabriel.
17 Ur, Raf, Mike, Gabe: Ihr seid meine besten Kumpel in Ewigkeit, ich liebe euch, Jungs.
18 Aber vor allem möchte ich meiner wunderbaren Familie danken.
19 Schätzchen, ich liebe dich mehr denn je.
20 Und Kids: Ihr drei seid meine allergrößte Errungenschaft.
21 Zuletzt möchte ich kurz meinen irdischen Schreibgehilfen David Javerbaum erwähnen.
22 Alle Achtung, DJ, du weißt ein Diktat entgegenzunehmen.